suhrkamp taschenbuch 5254

Sigríður Hagalín Björnsdóttir

ISLAND FEUER

Roman

Aus dem Isländischen von
Tina Flecken

Suhrkamp

Titel der Originalausgabe: *Eldarnir, Ástin og aðrar hamfarir*
erschienen bei Benedikt, Reykjavík, 2020
© Sigríður Hagalín Björnsdóttir 2020

Die Übersetzerin dankt der VG WORT für ein Stipendium
im Rahmen von Neustart Kultur

 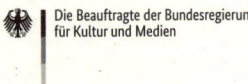

Ein besonderer Dank an Dr. Sonja Philipp
für ihre hilfreichen Kommentare und Erläuterungen

Erste Auflage 2022
suhrkamp taschenbuch 5254
Deutsche Erstausgabe
© der deutschsprachigen Ausgabe
Suhrkamp Verlag AG, Berlin, 2022
Wir behalten uns auch eine Nutzung des Werks
für Text und Data Mining im Sinne von § 44b UrhG vor.
Umschlaggestaltung: Rothfos & Gabler, Hamburg
Umschlagabbildung: Michael Najjar,
Ausschnitt aus dem Werk *eruption* (2021),
Triptychon, © Michael Najjar
Druck und Bindung: C.H.Beck, Nördlingen
Dieses Buch wurde klimaneutral produziert:
climatepartner.com/14438-2110-1001.
Printed in Germany
ISBN 978-3-518-47254-5

www.suhrkamp.de

ISLAND
FEUER

Man könnte sagen, dass die Schmelzregion
im Erdmantel, dort, wo sich Magma bildet,
eine Art »Feuerherz« Islands ist.

Freysteinn Sigmundsson, Magnús Tumi Guðmundsson,
Sigurður Steinþórsson:
Die innere Struktur von Vulkanen. Vulkangefahren

Die wichtigsten Personen

ANNA ARNARDÓTTIR, Professorin für Vulkanologie,
Leiterin des Instituts für Geowissenschaften

KRISTINN FJALAR ÖRVARSSON,
ihr Ehemann, Steueranwalt

ÖRN ÖGMUNDUR KRISTINSSON, ihr Sohn,
23 Jahre, arbeitet in einem Aluminiumwerk

SALKA SNÆFRÍÐUR KRISTINSDÓTTIR,
ihre Tochter, 8 Jahre

TÓMAS ADLER, Fotograf

ÖRN ÖGMUNDSSON, Annas Vater,
Geowissenschaftler, verstorben

GUÐRÚN OLGA JAFETSDÓTTIR, Annas Mutter,
Übersetzerin und Lyrikerin

ÁSTRÍÐUR LIND, Innenarchitektin

ELÍSABET KAABER, Geophysikerin,
Vorsitzende des Instituts für Geowissenschaften

JÓHANNES RÚRIKSSON,
Vulkanologe beim Institut für Geowissenschaften

EIRÍKUR STEINARSSON,
Geologe beim Institut für Geowissenschaften

JÚLÍUS ÓSKARSSON, Abteilungsleiter
der Geogefahrenüberwachung beim Wetteramt

HALLDÓRA RÖGNAVALDSDÓTTIR, Meteorologin
beim Wetteramt

MILAN PETROVIC, Leiter des Zivilschutzes

RAGNAR SVEINBJÖRNSSON, Polizeipräsident

SIGRÍÐUR MARÍA VIÐARSDÓTTIR,
Geschäftsführerin des Tourismusverbands

STEFÁN RÚNAR JÓHANNSSON,
Amtsleiter im Justizministerium

ÚLFAR ÁSBJARNARSON, Techniker bei Iceland Geosurvey

ÓFEIGUR KÚLD, Leiter der Küstenwache

ÓLÖF INGIMARSDÓTTIR, Security-Managerin
des Flughafenbetreibers Isavia

VULKANSYSTEME
AUF DER
REYKJANES-HALBINSEL

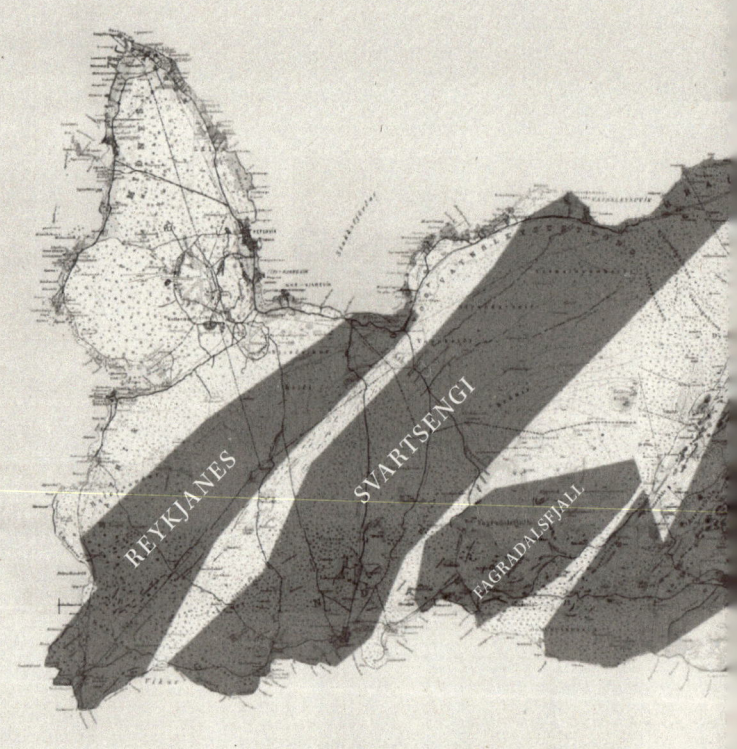

REYKJANES-RÜCKEN

So endet es.

Die Erde umschließt mich, all ihre Jahrhunderte, viertausendfünfhundert Millionen Jahre. Ihr Gewicht erdrückt mich, langsam und unerbittlich, das Schlagen ihres brennenden Herzens. Naturgesetze, die nichts und niemanden verschonen, Beginn und Ende des Lebens. Ich bin in ihrer Gewalt, ein Insekt in ihrer samtig weichen dunklen Handfläche.

Ich versuche, den Kopf zu bewegen, aber er steckt fest. Ich öffne die Augen und schließe sie wieder, nichts als Dunkelheit. Es ist besser, sie geschlossen zu halten, sich darauf zu konzentrieren.

Bloß nicht denken.

Nicht darüber nachdenken, dass ich tot bin, dass sich Totsein so anfühlt.

Das ist trotz allem kein schlechter Abschluss. Löst viele Probleme. Befreit mich von Entscheidungen. Die perfekte Entschuldigung dafür, mich nicht mit meinem Tun auseinandersetzen zu müssen. Keine schlaflosen Nächte mehr, keine Tränen, keine Reue.

Nichts, nie wieder.

Staub bin ich und zu Staub kehre ich zurück, aber mein Gehirn weigert sich, aufzugeben. Es fantasiert weiter wie besessen vom Weltuntergang, produziert Bilder von Häusern, die in schwarze Erdspalten stürzen, sekundenlang auf dem Rand schaukeln, sich dann langsam zur Seite neigen und mit einem schweren Ächzen ins Feuer sinken. Möbel, Gemälde, Fotoalben, Klaviere, Mikrowellen, alles verschwindet unter der schwarzen Zunge, die aus dem roten Maul kommt, über das Land fließt und alles vernichtet, was ihr den Weg verstellt, alle Erinnerungen und Berührungen, Kinderzeichnungen und gründlich gesaugten Teppiche, alles unterliegt diesem unstillbaren Hunger und versinkt in der Dunkelheit.

Finden Sie das nicht schön?

Deine Stimme klingt in meinem Kopf, als wärst du neben mir, dein Gesicht leuchtet vor kindlicher Begeisterung. Du lächelst mich an, deine Augen strahlen. Mein Gehirn weiß, dass das eine Täuschung ist, du bist nicht hier, aber mein Herz jauchzt vor Freude und bricht zugleich. Wenigstens durfte ich lieben.

Hör auf, schimpfe ich mit mir, hör auf, zurückzudenken, dich zu erinnern, dich zu sehnen. Atme nicht so hektisch, sonst verbrauchst du das letzte bisschen Sauerstoff, das noch da ist, sei vernünftig, Frau! Benutz deinen beschissenen Verstand, Homo sapiens, was nutzt er dir jetzt? Du Kreatur, die sich als kluger Mensch ansieht, als Krone der Schöpfung: Jetzt liegst du hier zusammengekrümmt, ein Wurm im Schoß der Erde, eine Maus unter dem Moos, das überdimensionierte Gehirn vollgestopft mit Erinnerungen und Fakten und Reue, Formeln und Dezimalstellen und Informationen und Träumen. Du dachtest in deinem Hochmut, dass du all das auseinanderhalten, dass du die Welt mit deinem Wissen erfassen könntest. Dabei warst du noch nicht einmal fähig, dein eigenes Herz zu verstehen, dessen einfachste Gesetze, die alle kennen sollten.

So endet es, aber hier begann es nicht.

Alles begann letzten Winter. Weißt du noch?

REYKJANES-RÜCKEN
N63°48'56'' W22°42'15''

Der Reykjanes-Rücken ist in vielerlei Hinsicht einzigartig auf der Welt. Er bildet eine der längsten zusammenhängenden Divergenzzonen des Mittelatlantischen Rückens und ist zugleich die längste Divergenzzone, die nicht rechtwinklig zur Richtung der plattentektonischen Spreizung orientiert ist. Der Rücken erstreckt sich von Reykjanes 900 Kilometer nach Süden zur Bight-Transformstörung nahe 56,5 Grad nördlicher Breite.

Submarine Vulkane gibt es auf dem Reykjanes-Rücken häufiger als anderswo auf dem Mittelatlantischen Rücken.

Ármann Höskuldsson, Einar Kjartansson, Árni Þór Vésteinsson, Sigurður Steinþórsson und Oddur Sigurðsson: Vulkane im Meer. Islands Vulkane

PAVANE FÜR EINE VERSTORBENE PRINZESSIN
(ein halbes Jahr vorher)

Der magnetische Pol im Norden ist ein äußerst sensibler Ort. Er ist instabil, in ständiger Bewegung, anders als sein standfester Bruder im Süden wandert er unter der Erdkruste auf seiner ewigen Suche nach einem Zufluchtsort und kann nichts für seine Streunernatur. Er zieht die Nadeln der Kompasse hinter sich her auf seiner Reise von den Nunavut-Inseln in Kanada am Nordpol vorbei, dem geographischen, und scheint auf dem Weg nach Sibirien zu sein, aber niemand weiß, warum und was ihn dort hinführt.

Diese mysteriöse Reise des magnetischen Pols beschäftigt mich im Halbschlaf, ich liege mit geschlossenen Augen im Bett und stelle mich schlafend, denke an den schweren Wellengang im Inneren der Erde, an den Erdmantel, der sich unter der Kruste wälzt wie ein schlummernder Drache, wie mein Mann, der neben mir etwas murmelt und sich auf die Seite dreht, den Arm ausstreckt und im Schlaf meine Schulter berührt. Gleich werden unsere Wecker klingeln, ich spüre es, obwohl meine Augen geschlossen sind. Ich kann fast mitzählen, bis die Harfenklänge aus seinem Handy erschallen werden und drei Minuten später der Signalton des Zivilschutzes aus meinem, laut genug, um die Toten am Tag des Jüngsten Gerichts und mich an einem Montagmorgen zu wecken. Meistens schlafe ich tief und fest, weiß die Nacht gut zu nutzen, aber heute erwache ich früh aus einem unruhigen Traum über den magnetischen Pol, das flüssige Eisen im Erdkern, das ihm keine Ruhe lässt, ihn unablässig gen Osten treibt. Diese geheimnisvollen Bewegungen im Erdinneren verfolgen mich manchmal im Schlaf, die Strömungen im

Erdmantel, der Mantelplume, die Säule aus heißem Gestein, die unter dem Land aufströmt, angetrieben von dem weißglühenden Kern. Er geistert durch mein Unterbewusstsein, hat sich vor langer Zeit dort eingenistet.

Mein Vater erzählte mir vor dem Einschlafen keine Märchen, »genug der Dummheiten«, sagte er und las mir stattdessen Geschichten über Geologie, Astronomie und Magnetik vor. Er lag neben mir in meinem schmalen Bett und las und erklärte, zeichnete Skizzen von Gesteinsschichten und Ellipsen, Schnittbilder von der Erde, erläuterte die innersten Zusammenhänge des Universums, wie es entstanden ist. Mein Vater roch nach Pfeifentabak, seine großen Brillengläser waren verschmiert, und er war älter und grauer als andere Väter, aber trotzdem der Mittelpunkt meiner Welt. Beim Ausbruch der Hekla 1980 hatte ich solche Angst um ihn, dass ich dachte, mein fünfjähriges Herz würde aufhören zu schlagen. Aber er kam zurück nach Hause, müde und überglücklich, mit Sand in den Haaren, und brachte mir einen Lavaklumpen mit.

»Sieh mal, Kleines, das ist unsere Erde, funkelnagelneu«, sagte er und übergab ihn mir, als wäre er zerbrechlich und unendlich kostbar. Ich traute mich kaum, den Lavaklumpen anzufassen, hatte das Gefühl, er würde noch glühen, aber vielleicht war er nur warm von den großen Händen meines Vaters, rotviolett, so groß wie ein Brötchen, ganz rau und erstaunlich leicht. Er hinterließ spitze Körnchen in meiner Handfläche, ich rieb die Partikel und leckte sie mir von den Fingern, als mein Vater nicht hinsah. Sie schmeckten nach Blut.

Jetzt klingelt der Wecker, mein Mann dreht sich auf die andere Seite, streckt den Arm aus und beendet das Harfengedudel. Ich bleibe mit geschlossenen Augen liegen und versuche, die drei Minuten unter der Bettdecke auszukosten, bevor die Tröte aus meinem Handy schmettert.

Wir liegen mit geschlossenen Augen nebeneinander und tun so, als würden wir schlafen. Ich weiß, dass er wach ist, er weiß, dass ich wach bin, so etwas spürt man nach jahrelanger Ehe. Es gibt wesentlich schlimmere Dinge, als nebeneinanderzuliegen und sich schlafend zu stellen.

Dann setzt er sich auf, gähnt und reckt sich, steht auf, öffnet die Tür und geht in den Flur, seine Fersen ploppen auf den weiß gebeizten Eichendielen – wie können Schritte nur so vertraut sein?

Ich öffne erst die Augen, als ich den Strahl in die Kloschüssel prasseln höre, gewöhne mich an die Dunkelheit, strecke dann die Hand aus, nehme das Handy vom Nachttisch und schalte den Wecker aus, kurz bevor er losgeht. 7.02 Uhr, heute ist der 4. März. Laut Wetteramt gibt es Nordostwind mit 8–13 Metern pro Sekunde, überwiegend sonnig, aber im Tagesverlauf bewölkt es sich an der Südküste, es könnte schneien, Temperaturen um den Gefrierpunkt. Wir müssen am Vormittag fliegen, wenn wir etwas sehen wollen. Die Erdbebenserie vor der Reykjanes-Halbinsel dauert an, das Wetteramt hat in der Nacht mehrere Beben über fünf gemessen, sechs Kilometer ostnordöstlich der Insel Eldey.

Ansonsten ein ganz normaler Montagmorgen, ich gehe duschen und öffne danach Salkas Zimmertür. »Aufwachen, Kleines! Aufstehen, Örn!«, rufe ich und klopfe kräftig an die Tür meines Sohnes. Ich drücke die Türklinke runter, aber er hat abgeschlossen, also klopfe ich noch einmal, denn er muss um acht Uhr in der Fabrik sein. Kein Lebenszeichen hinter seiner Zimmertür, aber er ist erwachsen, schon über zwanzig, und muss lernen, für sich selbst verantwortlich zu sein.

Mein Mann und ich wandern durchs Haus, ohne uns zu begegnen, wie Planeten auf unterschiedlichen Umlaufbahnen. Wir teilen uns wortlos die morgendlichen Aufgaben. Er hat die Kaffeemaschine schon eingeschaltet, als ich runterkomme, um Orangen zu pressen und Müsli und Sauermilch rauszustellen. Er hängt die Wäsche auf, ich schmiere Pausenbrote, wir rufen abwechselnd die Kinder und scheuchen sie aus den Betten.

Ein ganz normaler Montagmorgen, in der Küche plärrt das Radio, und ich spitze die Ohren, als um halb acht der Nachrichtenüberblick kommt, aber die Beben vor Reykjanes werden nicht erwähnt. Sie sind schon alltäglich geworden und zählen nicht mehr zu den Neuigkeiten. Der Nachrichtenüberblick ist zu Ende, die nächsten Nachrichten kommen um acht Uhr, kurze Stille, dann Klaviermusik, melancholische Klänge, Pavane für eine verstorbene Prinzessin. Sanft und traurig und unendlich schön, ein Klagegedicht für ein totes Kind. Ich schließe die Augen, und die unergründliche Schönheit durchflutet mich und unterbricht die morgendliche Routine.

Als mein Mann die Küche betritt, eine Kapsel in die Kaffeemaschine schiebt und auf die Taste drückt, wird die zarte Musik von dem Rattern verschluckt.

»Was?«, fragt er, als er mein Gesicht sieht. »Was habe ich denn gemacht? Stimmt was nicht?«

»Nein, alles gut«, antworte ich und drehe mich weg.

»Na hör mal«, sagt er lachend. »Weinst du etwa? Weinst du beim Radiohören? Was ist mit dir los?«

Ich schüttele nur den Kopf. Er nimmt mich in die Arme, und ich weiß, dass er mich liebt. Wir sind seit über zwanzig Jahren verheiratet.

Er küsst mich und ruft den Kindern einen Abschiedsgruß zu. Der Tag der Abrechnung rückt näher, die Abgabe der Steuererklärungen. Er muss früh zur Arbeit, seinen Mandanten dabei helfen, ihren Besitz und ihre Einkünfte in Sicherheit zu bringen. »Steuerberatung ist Erzählkunst«, sagt er manchmal, und der Satz trifft genau den Punkt und bringt ihm bei Partys immer Gelächter ein. Zurzeit verfasst er von morgens bis spät in die Nacht Geschichten und Märchen für den Fiskus.

Ich klopfe wieder an Örns Zimmertür, und wenn mich nicht alles täuscht, höre ich ihn verdrossen schimpfen. Salka sitzt schon am Küchentisch, als ich runterkomme, verschlafen und mit zerzausten Haaren in einem gelben Sommerkleid und Strumpfhose.

»Guten Morgen, Kleines«, sage ich und gieße Lebertran auf einen Löffel, »du musst dich wärmer anziehen, draußen ist es eiskalt.«

»Mir ist nicht kalt, ich will ein Kleid anziehen«, protestiert sie, schluckt den Lebertran und spült hastig mit Orangensaft nach.

»Ich *möchte*, nicht ich *will*«, korrigiere ich. »Und es ist unvernünftig, sich nicht wettergemäß anzuziehen. Wie nennt man Leute, die sich unvernünftig verhalten?«

»Dummköpfe«, murmelt sie.

»Und sind wir Dummköpfe?«

»Nein, Mama. Aber mir ist trotzdem nicht kalt.«

Sie gießt Sauermilch in eine Schale, rührt wie immer Müsli und neun Blaubeeren hinein und löffelt die Beeren dann nacheinander auf, eine konzentrierte Falte zwischen den Augenbrauen. Sie ist acht und klein für ihr Alter, so als würde sie sich große Mühe geben in ihrer Rolle als Nesthäkchen und versuchen, das Wachstum zu unterdrücken.

Im Flur hallen Schritte, Örn kommt angestapft, wirft einen Blick auf die Küchenuhr und flucht. Er trägt schon seine Arbeitsklamotten, einen himmelblau-orangen Overall mit gelben Reflexstreifen quer über der Brust, die dunklen Haare sind ungekämmt, ein Hauch von Bartstoppeln auf der Oberlippe.

»Guten Morgen, junger Herr, es wird aber auch Zeit. Möchtest du kein Frühstück? Solltest du dich nicht mal rasieren?«

Die übergriffigen Bemerkungen rutschen mir heraus, bevor ich mich bremsen kann. Er schüttelt den Kopf, hat keine Zeit, ist schon zu spät. Er überragt mich, mein hübscher Junge, drückt mir einen pflichtschuldigen Kuss auf die Wange, stibitzt meine Kaffeetasse und trinkt einen großen Schluck, verbrennt sich dabei den Mund und flucht wieder, legt seiner kleinen Schwester die Hand auf den Kopf und zerstrubbelt ihre dunklen Locken, »tschüss, Kleine«, und dann ist er weg. »Fahr vorsichtig!«, rufe ich, als die Tür schon hinter ihm ins Schloss fällt. Sein alter Ford hustet sich in Gang, der Motor dröhnt durch die Straße, wird dann leiser und verstummt.

»Jetzt beeil dich«, sage ich zu Salka. »Musst du nicht noch deine Ratten füttern?«

»Das sind keine Ratten. Das sind Degus.«

»Degus, Ratten mit Puschelschwänzen. Füttere sie noch schnell, bevor wir losfahren.«

»Mama, ich will eine Katze.«

»Ich *möchte*. Was glaubst du, wie deine Ratten das fänden?«

»Ich passe ja auf sie auf.«

»Du hast eine Katzenhaar-Allergie, mein Schatz. Und du musst erst lernen, Verantwortung für deine Degus zu übernehmen und dich um sie zu kümmern. Jetzt beeil dich. Hast du dein Handy, deinen Schlüssel, deinen Kopf?«

Ich spüle die Schalen und Gläser ab, stelle sie in die Spülmaschine, wische über den Küchentisch und schiebe die Stühle an den Tisch. Während Salka sich die Zähne putzt, bürste ich ihre Haare und stecke ihr eine kleine Spange in den Pony, damit er ihr nicht ins Gesicht fällt. Unsere Augen begegnen sich im Spiegel und teilen ein kurzes liebevolles

Lächeln. Sie lehnt sich verschlafen an mich und gähnt. Ich bin schon wieder den Tränen nah, weiß wirklich nicht, was mit mir los ist.

»So, Kleines«, sage ich und tätschele ihre Schulter, »nun aber los, jetzt wird nicht mehr herumgetrödelt.«

Zehn Minuten später rollen wir mit dem Benz aus der geheizten Garage. Ich habe kaum noch Zeit, sie zur Schule zu bringen, mache es aber trotzdem, auch wenn ich dann auf dem Weg zur Universität in den morgendlichen Berufsverkehr gerate. Unser Haus liegt verkehrstechnisch eher ungünstig, das ist der Nachteil, wenn man hier am See wohnt, in direkter Waldnähe und mit fantastischer Aussicht auf die Berge der Reykjanes-Halbinsel. Die empfindlichen Wildpflanzen ziehen sich in unseren Garten, Moos, Krähenbeere, Thymian, Veilchen und vereinzelte Weiße Silberwurz. Sie schlafen jetzt unter dem Schnee, die Autolampen werfen kaltes Licht auf den Harsch, aber sie sind noch da und warten auf den Frühling, klammern sich mit den Wurzeln an die Steine.

Mein Mann war so glücklich, als er dieses Haus fand. »Für dich«, sagte er.

»Vergiss es«, entgegnete ich, »das ist viel zu groß und schick.«

Doch er war fest entschlossen, genau das richtige Haus, perfekt für die beste Geowissenschaftlerin des Landes, meinte er.

»Du bist doch verrückt«, protestierte ich, gab dann aber nach. Es reizte mich, am See zu wohnen, umringt von den blauen Bergen, Denkmäler für längst erkaltete Vulkanausbrüche. Hier könnte ich mich wohlfühlen, arbeiten und mich erholen, die Landschaft würde mich ständig inspirieren.

Er behielt recht, das Haus bereitet mir Freude, es macht mich zufrieden, auch wenn ich mir nie hätte vorstellen können, einmal so zu wohnen. So feudal. Das Haus ist geschickt aufgeteilt mit hellen Wohnräumen im oberen Stock mit Rundumblick und einem ruhigen Schlafzimmerflügel im Erdgeschoss im Schutz der Bäume. Als wir nach dem Studium im Ausland zurück nach Island kamen, gehörte uns die Wohnung meines Vaters in der Weststadt. Ich malte mir aus, dass wir uns nach Salkas Geburt etwas vergrößern würden, vielleicht Platz für ein kleines Arbeitszimmer hätten, aber nicht so, ich stellte mir kein solches Schloss vor, und dann auch noch in diesem Stadtteil, einer entlegenen Welt am Rande meines Bewusstseins. Ich wäre kaum überraschter gewesen, wenn er in Australien ein Haus für uns gefunden hätte.

Mein lieber Mann.

Und jetzt sind wir hier, in der Vorstadt, mit all ihren Vor- und Nachteilen. Meine Tochter steigt vor der Schule aus dem Auto und mischt sich unter die anderen Vorstadtkinder, die durch den Eingang strömen, alle in Sicherheit und Überfluss aufgewachsen, oder jedenfalls fast, Auslandsreisen, iPhones und jeden Herbst ein neuer Anorak, drei Autos in den Einfahrten der weitläufigen Einfamilienhäuser, Eltern, die die fette Sahne von der brummenden Schleuder der Marktwirtschaft abschöpfen, vielleicht zu viel Rotwein trinken und manchmal die lallenden Stimmen erheben, aber nicht bei uns zu Hause. Bei uns ist alles in bester Ordnung.

»Tschüss, Mama!«, ruft sie, ohne sich noch einmal umzudrehen. Ich fahre weiter im warmen Dunkel des Wagens, stelle den Klassiksender an und höre Brahms, versuche, mich auf die Aufgaben des Tages vorzubereiten, schwache Erdbeben auf dem Meeresgrund, aber meine Gedanken schweifen ab. Rote Autoscheinwerfer bilden eine lückenlose Kette hinunter in die Stadt, der Verkehr fließt ungewöhnlich langsam, aber es bringt nichts, sich über den Stau zu ärgern, es wäre dumm, Energie daran zu verschwenden. Eigentlich genieße ich diese langen Morgenstunden im Auto sogar, das angenehme Tuckern des Motors und den perfekten Klang des Soundsystems. Alles funktioniert so, wie es soll, alle Angaben und Ziffern auf dem digitalen Armaturenbrett stimmen, der Kaffee im Mitnehmbecher duftet. Meine Aufmerksamkeit driftet zu den Autos um mich herum, das neben mir ist voller Dampfschwaden, der Fahrer saugt gierig an seiner E-Zigarette. Die Frau in dem Wagen davor ist in ihr Handy vertieft und behindert den Verkehrsfluss, sie vergisst, sanft aufs Gaspedal zu treten und das Auto drei, vier Meter weiterrollen zu lassen. In der Schlange hinter ihr kommt spürbare Gereiztheit auf, und das Auto des E-Dampfers gleicht dem Kopf eines wütenden Drachen, der im Begriff ist, tödliches Feuer auf den Wagen vor sich zu speien. Vielleicht haben diese Leute schreckliche Geheimnisse und ihr Leben ist in Auflösung. Vielleicht darf der Dampfer seine Kinder nicht treffen, vielleicht schickt die Frau mit dem Handy gerade eine Mail an ihren Scheidungsanwalt. Vielleicht muss er eine Gefängnisstrafe für ein schlimmes Verbrechen antreten, vielleicht hat sie eine unheilbare Krebserkrankung. Die Leute kämpfen mit den unglaublichsten Problemen, ohne dass man es ihnen ansieht, fahren trotzdem weiter zur Arbeit, gehen einkaufen und putzen sich die Zähne, obwohl man es verstehen würde, wenn sie den ganzen Tag zusammengekrümmt und vor Angst winselnd im Bett lägen.

Ich schüttele den Kopf, verwundert über mich selbst, und schalte von Brahms zu den Nachrichten. Das sind einfach schlechte Autofahrer. Es sieht mir gar nicht ähnlich, mir solchen Quatsch vorzustellen, normalerweise halte ich mich an Tatsachen. Genug der Dummheiten.

UNTER UNSEREN FÜSSEN
SCHLÄGT EIN FEUERHERZ

Mantelplumes sind vermutete Mechanismen, die ungewöhnlich heißes Material aus der Tiefe des Erdmantels an die Oberfläche drücken. Theorien besagen, dass sich einer der mächtigsten Plumes unter Island und der tektonischen Plattengrenze befindet, von der die Insel durchzogen ist. Dadurch wird die Erdkruste geschwächt und eine tektonische Verschiebung stimuliert. Laut dieser Theorien verdankt Island seine Existenz dem Island-Plume.
Örn Ögmundsson: Die Mantelplume-Theorie.
In einem geowissenschaftlichen Lehrbuch für
isländische Gymnasien. Reykjavík, Íþaka 1987.

Auf dem Reykjanes-Rücken bebt es seit drei Wochen. Natürlich war er schon immer in Bewegung, seit die Erdkruste vor über 66 Millionen Jahren auseinanderzugleiten begann und Norwegen und Grönland langsam in entgegengesetzte Richtungen drifteten. Eigentlich nichts Neues, aber in den vergangenen Tagen sind die Beben bei der Felseninsel Eldey stärker geworden und das Epizentrum zieht in Richtung Land. Das ist kein Grund zur Aufregung, meine Kollegen arbeiten unbeirrt weiter, kramen in Unterlagen, starren auf die Bildschirme auf ihren Schreibtischen, stehen in der Küche und erörtern die Lage bei einer Tasse Kaffee, verlagern ihr Körpergewicht von den Fersen auf die Fußballen und wieder zurück, hüsteln und räuspern sich. Eine angespannte Erwartung liegt in der Luft. Als sie mich sehen, verstummen sie.

Alle möchten mitfliegen, aber diesmal gibt es nur zwei Plätze im Hubschrauber.

Jóhannes Rúriksson lehnt an der abgewetzten Küchenplatte und blickt mich unter seinen graumelierten Augenbrauen durchdringend an: »Du willst also fliegen, Annalein? Was soll die Hektik? Der Reykjanes-Rücken bebt, so wie er es immer getan hat. Genau wie letztes und vorletztes und vorvorletztes Jahr. Das sind doch Kinkerlitzchen.«

Die anderen schweigen. Der alte Haudegen mit den breiten Schultern überragt uns um einen Kopf. Er verschränkt die Arme in dem ausgeleierten Islandpullover, kaut Nikotinkaugummi und schaut mich herausfordernd an. Ich halte seinem Blick stand und hebe die Augenbrauen: »Es schadet nichts, mal drüberzufliegen und sich die Sache anzuschauen.«

»Reine Hysterie, genau wie letztens beim Þorbjörn. Ihr solltet lieber über Bárðarbunga fliegen und die Kessel im Vatnajökull abchecken. Das ist meine Meinung.«

Er weiß genauso gut wie ich, dass Bárðarbunga zurzeit ruhig ist, aber er benimmt sich wie ein aufmüpfiger Teenager, dabei geht er stramm auf die sechzig zu. Ich musste ihm schon öfter ins Gewissen reden, weil er immer wieder mit Kolleginnen aneinandergerät und sich bei Feldforschungen riskant verhält, aber er konnte sich immer herauslavieren und bekam nur einmal eine Verwarnung: Da hatte er es beim Holuhraun-Ausbruch auf die Titelseiten ausländischer Zeitungen geschafft, weil er auf eine dicke Lavaplatte gesprungen war, die am Rand des glühenden Lavastroms schwamm, sich in Positur gestellt und in die Kameras gegrinst hatte wie ein Surfer aus der Hölle.

»Nenn das von mir aus Hysterie«, entgegne ich. »Meines Wissens stützen sich die Geowissenschaften nicht auf deine Meinung, sondern auf Messungen und wissenschaftliche Beobachtungen.«

»Die müssen die Ungewissheitsstufe wieder aufheben, da passiert doch nichts. Und bei Grindavík auch nicht.«

Ich baue mich vor ihm auf, verschränke die Arme und fixiere ihn: »Du bist immer so verdammt feinfühlig, Jói. Das Wetteramt soll doch die Messgeräte einfach abschalten und dich stattdessen ankoppeln.«

Wir starren uns in die Augen, während unsere Kollegen beobachtend abwarten. Dann senkt Jóhannes grinsend den Blick und streicht sich durch die grauen Haare. »Die gnädige Frau ist so früh am Morgen ja schon putzmunter.«

»Du weißt genauso gut wie ich, wie ungenau die Daten bei unterseeischen Erdbeben sind. Wir müssen mit einer submarinen Eruption unmittelbar vor der Küste rechnen, über die wir nichts wissen. Es kann ja wohl nicht schaden, da mal drüberzufliegen. Oder würdest du sicherheitshalber lieber selbst fliegen?«

Die Vorsitzende des Instituts für Geowissenschaften steckt den Kopf durch ihre Bürotür und beendet unser kleines Duell. Sie bittet mich, kurz mit ihr zu sprechen. Elísabet Kaabers mausgraue Haare sind ein bisschen strubbelig, und auf ihrem hellrosa Pullover prangt ein Kaffeefleck.

»Ärgere die Jungs nicht, Anna, du weißt doch, dass sie Angst vor dir haben«, sagt sie, während sie mit ihren kurzsichtigen Augen angestrengt die Erdbebenkarte auf der Webseite des Wetteramts mustert und unruhig auf ihrem Stuhl herumrutscht. Alle horizontalen Flächen in dem Büro sind mit Büchern, Karten, Akten, Kaffeetassen, Blumenvasen und Gesteinsbrocken zugestellt, dieses Durcheinander ist eine unmittelbare Fortsetzung ihrer chaotischen, intelligenten Persönlichkeit.

»Glaubst du im Ernst, dass ihr etwas sehen werdet? Oder ist es doch Unsinn, zu fliegen? Das ist wirklich heftig, so was habe ich noch nicht erlebt. Nicht an dieser Stelle.«

»Ist bestimmt nichts Ernstes, aber wir schauen es uns lieber mal an. Das ist ein ungewöhnliches Verhalten, und wir wissen ja, dass der Reykjanes-Rücken zu allem fähig ist«, antworte ich, während ich mich im Raum umschaue und eine Grimasse schneide. »Du solltest wirklich mal aufräumen, Ebba. Findest du hier noch irgendwas?«

»Fang bloß nicht damit an. Ich habe ein genaues System, ich weiß, wo alles liegt. Der Rücken kann jederzeit loslegen, und die Reykjanes-Halbinsel im Grunde auch.«

»Ganz ruhig. Wir sollten es jetzt nicht übertreiben. Beginnen wir mal mit dem Flug, und dann schauen wir weiter.«

Sie nickt. »Du nimmst den kleinen Eiríkur mit, und dann sind da noch ein paar Journalisten. Das Übliche: RÚV braucht Luftaufnahmen, Stöð 2, *Morgunblaðið* und irgendein Fotograf mit einem ausländischen Namen, den ich nicht kenne.«

»Verdammt, Ebba, das ist ein Wissenschaftsflug«, erwidere ich kopfschüttelnd, »so was können wir nicht gebrauchen. Diese Leute drängeln sich vor, um einen Platz am Fenster zu ergattern, und man sieht überhaupt nichts mehr. Dann können wir es gleich lassen.«

»Wir müssen kooperativ sein, Anna«, seufzt sie und schaut mich flehend an. »Bitte versteh das. Es ist sehr wichtig, die Medien zu bedienen, damit wir sie auf unserer Seite haben.«

Ich öffne den Mund, um zu protestieren, aber sie hebt abwehrend die Hand.

»Nein, es geht nicht nur um Fördergelder und Öffentlichkeitsarbeit. Wir dürfen das Vertrauen der Bevölkerung nicht aufs Spiel setzen. Die Leute sollen sehen, was wir machen, und auf unsere Informationen vertrauen, wenn's drauf ankommt. Du bist unser Gesicht nach außen, du musst mit den Journalisten reden.«

»Na gut«, seufze ich. »Aber ich spiele nicht das Kindermädchen. Ich habe keine Zeit, ihnen die einfachsten Zusammenhänge zu erklären. Ich will nur in Ruhe meine Arbeit
machen.«

Sie schenkt mir eines ihrer raren schüchternen Lächeln,
begleitet mich zur Tür und tätschelt mir zum Abschied die
Schulter.

»Guten Flug und viel Glück«, sagt sie. »Sei ein bisschen
nett zu ihnen. Und hoffentlich seht ihr nichts.«

Eiríkur und ich wären fast schneller gewesen, wenn wir
zu Fuß zum Flughafen gegangen wären, aber es ist kalt, und
ich biete ihm an, ihn das kurze Stück im Auto mitzunehmen.
Er ist ein unattraktiver, aber blitzgescheiter junger Mann mit
einer dichten Mähne auf dem großen, kantigen Kopf. Sein
an Besessenheit grenzendes Interesse für die mittelalterliche
Erdschicht auf der Reykjanes-Halbinsel hat neues Licht auf
die Vulkanausbrüche im 13. Jahrhundert geworfen. Er bleibt
kurz vor dem Automaten stehen und holt sich einen Kakao
und ein Krabbensandwich in Plastikfolie, die er aufreißt, als
er in meinen blitzsauberen Jeep steigt. Als ich ihm einen
Blick zuwerfe, zögert er und schließt die Verpackung wieder
mit beleidigter Miene.

Die Presseleute sind vor uns da, ich kenne das Fernseh-
team und den Zeitungsfotografen, alles erfahrene Leute.
Eine blasse, unsichere junge Frau stellt sich als Radiorepor-
terin vor. Wir sitzen schon im Hubschrauber und haben uns
angeschnallt, als der fünfte Mann mit einer Kameratasche
über der Schulter angelaufen kommt, japsend auf seinen Sitz
klettert und sich mit breitem Grinsen das Headset über die
zerzausten Haare stülpt, ohne dass es ihm auch nur im Geringsten peinlich zu sein scheint, dass er fast den Flug verpasst hätte.

Ich habe ihn noch nie gesehen. Er schaut mich an und lächelt, seine Lippen zucken, und seine Augen leuchten, er hat weiße, gleichmäßige Zähne und ist unrasiert. Ich höre nicht, was er sagt, das Dröhnen der Rotoren erstickt seine Worte, aber er geht mir auf die Nerven, ist unpünktlich und arrogant, hat eine aufdringliche Ausstrahlung und versprüht eine nervöse Energie. Ich schaue weg, ohne zurückzulächeln, und konzentriere mich auf die bevorstehende Aufgabe.

Der Hubschrauber hebt ab und nimmt Kurs auf Westsüdwest, über die Reykjanes-Halbinsel in Richtung Eldey. Inzwischen ist es hell geworden, der Boden ist kahl, die Wüstenlandschaft rund um die Hauptstadt erstreckt sich unter uns wie eine Darstellung der Erdgeschichte. Ich schüttele die Gereiztheit ab, schalte das Mikrofon ein, drehe mich zu den Passagieren und schenke ihnen mein kooperativstes Lächeln.

»Soll ich Sie mit einer Vorlesung über Geologie langweilen?«

Alle nicken eifrig, und ich beginne, Fakten herunterzuleiern, beschreibe, wie Reykjanes sich auf der Plattengrenze auf dem Mittelatlantischen Rücken aufgetürmt hat, wie die Palagonitberge sich unter der Last des Eiszeitgletschers aufwölbten und nach dem Rückzug der Gletscher große Lavaströme flossen und das Land anstieg.

»Die Halbinsel ist der jüngste Teil Islands«, sage ich. »Viele dieser Lavafelder entstanden im Beisein von Menschen. Das große Lavafeld zwischen Bláfjöll und Heiðmörk heißt Húsfellsbruni und entstand um das Jahr 1000. Der größte Teil der Lava hier in Hafnarfjörður ist wesentlich jünger, Kapelluhraun zum Beispiel, der Lavastrom, der sich runter nach Straumsvík zieht, floss im Jahr 1151. Wahrscheinlich zerstörte er eine Kirche, nach der er später benannt wurde.«

Der Mann, der zu spät kam, sagt etwas, aber man hört nichts. Er fummelt an seinem Headset herum und schaltet sein Mikro ein.

31

»Ist diese ganze Lava aus demselben Vulkan geflossen?«

»Nein«, antworte ich, »hier auf der Halbinsel gibt es keinen Zentralvulkan. Keinen richtigen Vulkan wie Hekla oder Katla oder Öræfajökull. Die Eruptionen entstehen in Spaltenschwärmen, die sich von der Landspitze Reykjanes über Svartsengi, Fagradalsfjall, Krýsuvík und die Brennisteinsfjöll erstrecken. Der Hengill wird auch manchmal zur Reykjanes-Halbinsel gezählt, aber das ist ein Zentralvulkan, der nicht viel mit den anderen Vulkansystemen zu tun hat. Die Eruptionsserien können hier jahrzehntelang andauern und sich zwischen den Systemen bewegen. Der letzte Ausbruch im Reykjanes-System im 13. Jahrhundert dauerte dreißig Jahre. Allerdings mit Unterbrechungen.«

»Dreißig Jahre? Das muss ja furchtbar gewesen sein.«

»Davon gibt es keine genauen Schilderungen, aber es scheinen keine Menschen zu Schaden gekommen zu sein. Das waren mittelgroße effusive Eruptionen, die kamen und gingen und immer wieder an neuen Stellen hervorbrachen. Solche Vulkanausbrüche nennt man in Island Feuer. In Annalen wird starker Aschefall beschrieben, wie Schluchten auseinanderglitten und das Land aufbrach und sich veränderte. Nach dem Ende der Eruptionen gab es in dieser Gegend jahrzehntelang kaum Vegetation. Mein Kollege Eiríkur kann Ihnen mehr darüber erzählen, das lässt sich alles aus den Gesteinsschichten ablesen.«

Ich hole eine Klarsichthülle mit einem zerknitterten Papier aus meinem Rucksack und gebe es nach hinten durch. Die blasse Frau vom Radio nimmt das Blatt entgegen, mustert es ausgiebig, fotografiert es mit dem Handy und reicht es dann weiter an den Fotografen.

Vulkanausbrüche auf der Reykjanes-Halbinsel im historischen Rückblick

Jahr	Ort	Art
1926	Eldey	submarin
1884	Eldey	submarin
1879	Geirfuglasker	submarin
1783	Eldeyjarboði	submarin
1583	Reykjanes-Rücken	submarin
1422	Reykjanes-Rücken	submarin
1340	Reykjanes-Rücken	submarin
1325	Trölladyngja	Spalteneruption
1210–40	Reykjanes-Feuer 10 Lavaströme	submarin, phreatomagmatisch, Spalteneruption
1200	Brennisteinsfjöll	Spalteneruption
1151–88	Krýsuvík-Feuer 5 Lavaströme	Spalteneruption
950–1000	Kristnitaka-Feuer (Brennisteinsfjöll) 6 Lavaströme	Spalteneruption

»Im 13. Jahrhundert war hier ganz schön was los«, fahre ich fort. »Zehn Vulkanausbrüche in dreißig Jahren. An den Ortsnamen sehen wir, dass die Leute sie miterlebt haben. Direkt unter uns liegt Háibruni, Hochbrand, und da rechts Bruni, Brand. An vielen Stellen gibt es Óbrynnishólar, unverbrannte Hügel, oder auf Hawaiisch *Kipuka*, kleine Anhöhen, die vollständig von Lava umschlossen wurden. Außerdem kann man leicht erkennen, wo neue Lava über alte Lava geflossen ist, wieder und wieder. So hat sich die Halbinsel aufgetürmt.«

Die Reporterin schaltet ihr Mikro ein: »Warum wurde die Hauptstadt hier gebaut, wenn man von all diesen Vulkanausbrüchen wusste?«

Ich lächle sie an.

»Sie gerieten in Vergessenheit. Das passierte alles vor langer Zeit, viele hundert Jahre bevor die alten Dörfer zu einer Stadt wurden und wir begannen, auf den Lavafeldern Häuser zu bauen. Die Geschichte der Menschheit läuft viel schneller als die Geschichte des Landes, und unser Erinnerungsvermögen ist sehr kurz. Tausend Jahre sind dreißig Generationen, aber nur ein kurzer Augenblick in der Erdgeschichte. Wie ein einzelner Tag.«

Sie schaut mich mit großen Augen an: »Ist das nicht gefährlich?«

»Gefährlich? Alles ist gefährlich. Die Wahrscheinlichkeit, dass Sie bei einem Autounfall ums Leben kommen oder sich in der Badewanne das Genick brechen, ist wesentlich größer, als dass Sie bei einem Vulkanausbruch verschüttet werden. Vulkanische Tätigkeit wäre hier auf der Halbinsel nicht sehr gefährlich. Sie könnte diverse Unannehmlichkeiten verursachen, hauptsächlich wegen der Tektonik. Straßen könnten aufbrechen, Wasserspeicher zerstört werden, Stromleitungen reißen und so weiter. Mit so etwas müssen wir rechnen, wenn wir in diesem Land wohnen wollen. Wir leben auf einem Hotspot, über der Schmelzregion im Erdmantel, wo sich das Magma bildet. Sonst wären wir nicht hier, sonst gäbe es Island nicht. Unter unseren Füßen schlägt ein Feuerherz, das ist nun mal Teil unseres Lebens.«

»Das ist total spannend«, sagt der Zuspätkommer mit glänzenden Augen. »Diese unbändige Schaffenskraft, die immer wieder hochkommt und das Land formt. Schöpfung und Zerstörung, alles zur gleichen Zeit. Muss echt Wahnsinn sein, mit so was zu arbeiten.«

Ich lächle hinter meinem Mikrofon höflich.

»Wissenschaftler müssen sich immer an Fakten und wissenschaftliche Ergebnisse halten. Wir haben keine Zeit für Spannung oder Wahnsinn.«

Er grinst so breit, dass seine weißen Zähne aufblitzen.

»Mutter Natur, Baby. Die schert sich nicht um wissenschaftliche Ergebnisse, die ist der pure Wahnsinn.«

Ich schüttele den Kopf und richte meine Aufmerksamkeit auf die Landschaft unter uns. Was für ein Idiot.

Wir fliegen über das Meer, über die Inseln Eldey und Geirfuglasker. Der Hubschrauber berührt fast die Wasseroberfläche, und die Wellen weichen vor den schlagenden Rotorblättern zurück. Wir sehen keine auffälligen Bewegungen, keine Luftblasen oder Farbveränderungen, keine Anzeichen, dass unter der Oberfläche etwas Ungewöhnliches passiert. Deshalb kehren wir um und fliegen zurück über die Lavafelder, betrachten schweigend die Stadt, die sich mit schwindelndem Tempo nähert.

Drei Tage später reißt die Erdkruste südlich des »Zehs« Reykjanestá auf, der äußersten Spitze der Halbinsel. Auf dem Meeresgrund unmittelbar vor dem Küstenstreifen Kerlingarbás öffnet sich mit ohrenbetäubenden Explosionen eine Spalte, die Lavafontäne schießt kilometerhoch in die Luft, und Tausende Kubikmeter Schlacke und Asche regnen auf Keflavík.

Zwölf Minuten vorher weckt mich das Klingeln meines Handys. Ich brauche ein paar Sekunden, bis die Meldung vom Wetteramt zu mir durchdringt, bis ich die Informationen über das Ereignis begreife, das kurz darauf beginnen wird.

Der pure Wahnsinn, Baby.

Erklärende Anmerkung I
HEKLA 1947

Die Erfahrung hat uns gelehrt, dass bekannte Vulkane unvermittelt ausbrechen können, und wir müssen vor ihnen auf der Hut sein.
Páll Einarsson: Vulkane in Island: Überwachung, Warnungen, Ergebnisse und Prognosen. Weihnachtsvorlesung des Isländischen Physikvereins in der Universität Islands, 19. Dezember 2019

Die Hekla ist ein von der Eruptionsspalte Heklugjá durchzogener Bergrücken, ein Zentralvulkan des gleichnamigen Vulkansystems im Westen der östlichen Vulkanzone. Die stolze Königin der isländischen Feuerberge, die jungfräuliche Prinzessin, der Drache, der die fruchtbaren Weiten des Südlands bewacht, das Tor zur Hölle. Die Hekla ist all das und doch auch nur eine Anhäufung von Lava, die sich in den Eruptionen der letzten siebentausend Jahre bis zu 1500 Meter hoch aufgetürmt hat.

Außerdem ist sie ein geologisches Rätsel. Die Menschheit hat schon viele Arbeitsstunden damit verbracht, es zu lösen und nach ihrer geheimnisvollen Magmakammer zu suchen, die sich tief im Inneren der Erde verbirgt, vielleicht in zwanzig Kilometern Tiefe. Und warum ist die Hekla in diesem Jahrhundert noch nicht ausgebrochen, obwohl sie davor alle zehn Jahre ausbrach, regelmäßig wie das Pendel einer Uhr? Worauf wartet sie?

Ich hatte die Hekla schon jahrelang erforscht, als mir klar wurde, welch kompliziertes Verhältnis wir zu ihr haben. Nicht nur zur Hekla, auch zu den anderen Vulkanen in Island. Für mich war die freudige Erwartung beim Beginn einer Eruption immer selbstverständlich, aber als ich andere Vulkangebiete der Welt bereiste, stellte ich fest, dass diese Vorliebe für Vulkanausbrüche eine Seltenheit ist. An anderen Orten der Erde sind aktive Vulkane bedrohliche Monster. Die Menschen auf den Philippinen und in Indonesien fürchten und hassen ihre Vulkane, während die Isländer ihre Kinder nach den gefährlichsten Zentralvulkanen benennen, als wären sie nette, temperamentvolle Tanten. Niemand hat jemals ein Kind Tambora oder Krakatau genannt, während es in Island von kleinen Heklas und Katlas nur so wimmelt.

Mein Vater hatte sich seine eigene Erklärung zurechtgelegt: Uns sei es zugefallen, dieses harsche und schöne Land zu besiedeln, und wir müssten uns ihm als würdig erweisen. Es sei nicht jedermanns Sache, mit solchen Gefahren zu leben, deswegen hätte die Nation die Pflicht, eine hartgesottene Schar von Geowissenschaftlern auszubilden, damit die Insel nicht entvölkert würde. Als 1918 die Katla ausbrach, hätte es in Island keinen einzigen Geologen gegeben.

»Eine nationale Schande«, sagte er kopfschüttelnd. »Wir hatten ausgebildete Dichter und Priester, aber keine Wissenschaftler. Diese gewaltige Eruption wurde von ausländischen Experten erforscht, aber ihnen fehlte die Verbindung zu Island und seiner Geschichte. Sie hatten kein Feuer im Blut«, resümierte er finster und klopfte energisch seine Pfeife aus, als wäre sie voller Ausländer.

Die Isländische Wissenschaftsgesellschaft wurde im selben Jahr gegründet, 1918, unter anderem um diesen Mangel auszugleichen. Als 1938 der Skeiðará-Gletscherlauf begann, waren beim ersten Erkundungsflug über den Vatnajökull ausschließlich isländische Forscher dabei, um die Einsturzkrater nördlich der Grímsvötn in Augenschein zu nehmen. »Der Pilot war zwar Halbdäne und dazu noch von den Nazis ausgebildet, aber es ist egal, woher Gutes kommt«, meinte mein Vater und zwinkerte mir zu. Dann verstummte er und wurde traurig und ernst, denn an diesem Flug nahm auch Steinþór teil. Er starb bei dem Hekla-Ausbruch neun Jahre später, der einzige isländische Geologe, der sein Leben bei der Feldforschung verlor. Er starb den Heldentod für die isländische Wissenschaft. Mein Vater studierte zu der Zeit noch im Ausland, aber er erinnerte sich gut daran, verwahrte den Zeitungsausschnitt wie eine Reliquie und erlaubte mir manchmal, ihn anzuschauen.

Vergangenen Sonntag ereignete sich ein tragischer Unfall bei der Hekla. Magister Steinþór Sigurðsson wurde von einem großen Lavabrocken getroffen, der vom Rand eines Lavastroms rollte und ihn auf der Stelle tötete. Steinþór war zu Forschungszwecken vor Ort und filmte an einer der Lavakaskaden, wo glühende Lava den Hang hinunterfließt. Er stand in der Nähe einer zehn Meter hohen, sich bewegenden Lavakante. Offenbar bemerkte er die glühende Platte nicht, die ungewöhnlich schnell von der Kante stürzte, oder konnte ihr nicht mehr ausweichen. Steinþór fiel zu Boden und war sofort tot. Der Lavabrocken traf ihn an der Brust, direkt ins Herz.

Morgunblaðið, 3. November 1947

Ich machte mir als Kind viele Gedanken über diesen tragischen Tod – von einem glühenden Lavabrocken ins Herz getroffen zu werden! Ich stellte mir vor, wie das Herz in hellen Flammen aufging, und Steinþórs Erstaunen, als es verbrannte.

Wenn ich später bei meinen Reisen ins Ausland Vorträge über Vulkanismus in Island hielt, erklärte ich unsere Liebe zu Vulkanen immer so: Zwischen dem Katla-Ausbruch 1918 und dem Hekla-Ausbruch 1947 gab es keine Eruptionen in Siedlungsnähe. Die Erinnerungen an die Schrecken, die frühere Vulkanausbrüche über das Land gebracht hatten, gerieten in Vergessenheit. Wir hatten uns von der Herrschaft der dänischen Krone befreit und verbanden die vulkanische Tätigkeit in Island mit unserem Selbstbild auf dem Weg zur Unabhängigkeit. Aus den Vulkanen wurden die Kronjuwelen unserer romantischen Vorstellung von der Verbindung zwischen Land und Bevölkerung, und deswegen ist es immer ein Volksfest, wenn die Erde aufreißt und Feuer und glühende Asche über das Land speit. Die Leute steigen ins Auto und fahren so nah wie möglich an das Spektakel heran, klettern heimlich über die Absperrungen, bringen ihr Leben und das ihrer Familie in Gefahr, um einen Vulkanausbruch mit eigenen Augen zu sehen. Aufgekratzte Reporter führen Interviews mit ernst dreinblickenden Vulkanologen, die sich schlagartig von verstaubten Wissenschaftlern in Propheten und Volkshelden verwandeln. Pfiffige Gastronomen fliegen Millionäre zum Rand des Lavastroms und servieren ihnen flambierte Entenbrust und edlen Champagner auf weißgedeckten Tischen, wobei den Gästen die Vulkanasche zwischen den Zähnen knirscht.

»Wir freuen uns, wenn unsere Insel größer wird«, pflegte ich immer grinsend zu sagen und erntete dafür meistens Gelächter aus dem Saal. »Deswegen brauchen wir in Island keine Armee. Wir müssen keine anderen Länder angreifen, unser Land vergrößert sich von selbst.«

Heute bin ich anderer Meinung.

Fast ein Viertel der Bevölkerung starb infolge der Skaftá-Feuer. Seitdem lebten und starben acht Generationen. Wir sind die Nachkommen der Überlebenden, haben das Feuer, die Asche und den Hunger in unseren Genen. Wir können nicht anders, wir werden wie Motten vom Feuer angelockt.

WIR LEBEN AUF EINEM
AKTIVEN VULKAN

Explosive Eruptionen, bei denen Magma in einem
Vulkanschlot oder Vulkankrater mit Wasser in Berührung kommt, nennt man phreatomagmatische
Eruptionen. Eine Variante davon wird nach Surtsey
und den Eruptionsformen benannt, die vorherrsch-
ten, als sich die Insel aus dem Meer erhob. Ein hoher
Anteil kleiner Partikel erhöht den Wärmetransport
zur Eruptionssäule, die dadurch höher aufsteigt als
sonst. Basisches Magma, das mit Wasser in Berührung kommt, kann ohne Weiteres eine dichte, zehn
bis zwanzig Kilometer hohe Eruptionssäule bilden,
die anderenfalls als Lava geflossen wäre.
Ármann Höskuldsson, Magnús Tumi Guðmundsson,
Guðrún Larsen, Þorvaldur Þórðarson: Vulkanausbrüche.
Vulkangefahren

»Wie kann so was passieren, verdammt noch mal! Warum
bricht auf dem Flughafen in Keflavík ein Vulkan aus, ohne
dass wir vorab davon erfahren?«

Vermutlich schreit der Polizeipräsident gerade die Leute vom Wetteramt an, die seit Wochen vergeblich versuchen,
ihn auf die ungewöhnliche Erdbebentätigkeit vor Reykjanestá aufmerksam zu machen. Er steht in der Koordinationszentrale des Zivilschutzes, läuft mit dem Handy vorm Gesicht im Kreis und brüllt. Die Menschen, die in die Zentrale
strömen, werfen ihm irritierte Blicke zu.

»Vorab davon erfahren? Was glauben Sie eigentlich, was

mit dem Wort Ungewissheitsstufe gemeint ist?«, höre ich die barsche Stimme von Júlíus, dem Abteilungsleiter der Geogefahrenüberwachung beim Wetteramt, aus dem Handy des Polizeipräsidenten dringen. Er ist stinksauer. Es ist eine Katastrophe, dass die Messgeräte die leichten Beben, die der Eruption vorausgingen, nicht registriert haben, aber das ist ein generelles Problem bei vulkanischer Tätigkeit auf dem Meeresboden. Dazu noch die gigantische Eruptionssäule, die sich bildet, wenn glühendes Magma die Erdkruste im Meer durchbricht und sich einen Weg hinauf zum Meeresspiegel bahnt, in die Stratosphäre schießt, Lkw-Ladungen von Tephra über Keflavík schleudert und den Flugverkehr über dem Nordatlantik für unbestimmte Zeit lahmlegt. Flugzeuge, die nicht mehr umkehren konnten, wurden zu den Flughäfen in Akureyri, Egilsstaðir, Nuuk und Tórshavn auf den Färöern umgeleitet, die Flugpläne Tausender Passagiere und Fluggesellschaften sind durchkreuzt, auf dem Hemd des Polizeipräsidenten bilden sich große Flecken unter den Achseln, das ist alles so heftig und schlimm und fatal und landet ausgerechnet auf seinem Tisch.

»Guten Tag«, sage ich, darum bemüht, ermutigend zu klingen. Der Mann ist der oberste Chef des Zivilschutzes und muss in der Lage sein, besonnene Entscheidungen zu treffen. Im Moment sieht er nicht so aus, als ob er das könnte. Seine Stirn ist rot und verschwitzt, sein Blick flackert hektisch über die Monitore an der Wand. Jemand müsste ihn mal in den Arm nehmen und beruhigen, schon gut, schon gut, wir sind da, der Wissenschaftsrat tritt zusammen, die Leiter der Rettungswache trudeln ein, und da kommt Milan vom Zivilschutz, ruhig, mit Bürstenhaarschnitt und so breiten Schultern, dass sie den Himmel abstützen können. Alles wird gut.

Wir setzen uns an den fleckigen Konferenztisch, sind alle unausgeschlafen und aufgedreht. Die Security-Managerin der Flughafenbetreiberfirma Isavia scheint noch nicht einmal die Zeit gehabt zu haben, ihren Schlafanzug auszuziehen, aber das ist Nebensache, sie hat ihren Job gemacht, alle Flüge vom Flughafen Keflavík ferngehalten, Ersatzflughäfen organisiert, die Vulkanascheüberwachung in London eingeschaltet und den Flugverkehr über dem Nordatlantik gestoppt. Nach der ganzen Hektik hat sie immer noch einen verdutzten Gesichtsausdruck.

»Danke, dass Sie alle so kurzfristig zu dieser Uhrzeit hergekommen sind«, sagt Milan und lässt den Blick über die inhomogene müde Gruppe schweifen. »Wir hielten es für notwendig, den Wissenschaftsrat wegen des Vulkanausbruchs vor Reykjanes zusammenzurufen. Es sind noch nicht alle da. Die Vertreter vom Umweltamt und vom Wetteramt sind auf dem Weg, der Kaffee ist gleich fertig, aber ich denke, wir sollten beginnen. Am besten fängt Anna Arnardóttir vom Geowissenschaftlichen Institut der Universität schon mal an. Was wissen wir über die Geschehnisse auf der Reykjanes-Halbinsel?«

»Ich weiß nicht viel mehr als Sie«, sage ich. »Nach unseren Informationen hat sich nicht weit vor der Bucht Kerlingarbás im äußersten Südwesten von Reykjanes eine Vulkanspalte auf dem Meeresgrund geöffnet. Es scheint sich um eine typische Surtseyanische Eruption zu handeln, ein kleiner explosiver Ausbruch. Die Eruptionssäule hat eine Höhe von ungefähr zehn Kilometern erreicht. Wir können sie live auf dem Wetterradar am Keflavíker Flughafen beobachten.«

»Wie schlimm ist das?«

»Schwer zu sagen, hängt ganz davon ab, wie sich das weiter entwickelt. Die Eruption ist unterseeisch – noch zumindest –, und das vulkanische Material dringt als Tephra an die Oberfläche. In Grindavík und Hafnir könnte es ziemlich starken Aschefall geben, der die Kraftwerke beschädigen und er-

43

heblich Unannehmlichkeiten im nördlichen Keflavík und auf dem Flughafen verursachen kann. Durch die Asche kann es in einem sehr großen Bereich zu Straßenglätte kommen, aber die größte Gefahr stellt die Ausbruchswolke wohl für den Flugverkehr dar.«

»Ist es zu früh, zu sagen, wie sich das weiter entwickelt?«

»Ja, submarine Eruptionen kommen und gehen, es ist unterschiedlich, wie lange sie brauchen, bis sie zum Meeresspiegel hinaufreichen. Diese Serie könnte einige Stunden dauern, vielleicht aber auch Tage.«

»Diese Serie?«

Milan löst den Blick von seinem Computerbildschirm und schaut mich fragend an. Er artikuliert sich immer sehr deutlich, aber ansonsten erinnert kaum etwas an seine Vergangenheit bei der jugoslawischen Militärpolizei. Seine Stimme ist tief und ruhig, als würden wir übers Wetter plaudern. Er hatte bestimmt weitaus schwierigere Aufgaben zu bewältigen als diesen Vulkanausbruch.

»Es ist viel zu früh, um etwas darüber zu sagen. Submarine Vulkanausbrüche, die an die Oberfläche gelangen, kommen oft in Serien. Der Surtsey-Ausbruch dauerte zum Beispiel mit Unterbrechungen von 1963 bis 1967, dreieinhalb Jahre. Über die vulkanische Tätigkeit auf dem Meeresgrund vor Reykjanes wissen wir wenig. Seit dem vierzehnten Jahrhundert gab es nur vereinzelte kleine Eruptionen. Zuletzt 1926 nordöstlich von Eldey, ein kurzer Ausbruch von ein paar Stunden. Hier in diesem Landesteil gab es, soweit man weiß, seit dem dreizehnten Jahrhundert keine richtige Eruption mehr. Damals begann die Serie an Land und verlagerte sich dann ins Meer.«

»Wie lange dauerte sie?«

»Mit Pausen insgesamt dreißig Jahre.«

»Dreißig Jahre?«

Auf Milans Stirn bildet sich eine Falte, das erste Anzeichen von Besorgnis.

»Ja, die Reykjanes-Feuer dauerten dreißig Jahre. Sie waren das Schlusskapitel eines fast dreihundertjährigen Zeitraums vulkanischer Tätigkeit hier auf der Halbinsel. Zuerst gab es eine Eruption in den Brennisteinsfjöll um das Jahr 1000, dann folgten die Krýsuvík-Feuer im zwölften Jahrhundert und danach von 1210 bis 1240 die Reykjanes-Feuer. Die Ausbrüche flammten an unterschiedlichen Stellen auf und bewegten sich zwischen den Spaltenscharen auf der Halbinsel von Ost nach West.«

»Entschuldigen Sie, aber passiert das jetzt auch?« Ólöf, die Security-Managerin von Isavia, schaut mich ungläubig an, so als würde sie das zum ersten Mal hören.

»Das ist sehr schwer zu sagen«, antworte ich. »Die Eruption hat erst vor wenigen Minuten begonnen, und wir haben natürlich aus dem Mittelalter keine wissenschaftlichen Studien über Vulkanausbrüche. Wir können nur die Gesteinsschichten hier in diesem Gebiet analysieren und ausgehend von neueren Eruptionen an anderen Stellen im Land Rückschlüsse ziehen. Der letzte Ausbruch ist über achthundert Jahre her. Wir können nichts ausschließen.«

»Warum erfahren wir das erst jetzt?«, fragt sie. »Wir haben Milliarden in einen internationalen Flughafen investiert, ihn als Knotenpunkt für den Flugverkehr über den Nordatlantik vermarktet und erholen uns gerade von der Pandemie – was, wenn es die nächsten dreißig Jahre andauernd Vulkanausbrüche gibt?«

»Das steht alles klar und deutlich in dem Bericht mit der Risikoanalyse«, entgegne ich etwas gereizt. »Die letzte Version liegt seit drei Jahren vor. Außerdem ist das doch offensichtlich. Wir leben auf einer aktiven Vulkaninsel, wo es durchschnittlich alle vier Jahre eine Eruption gibt. Was glauben Sie, wo die ganze Lava herkommt, auf der Ihr Flughafen steht?«

»Darüber können wir später diskutieren«, greift Milan ein. »Wir müssen auf die momentane Situation reagieren und den Notfallplan befolgen. Es wurde Alarm ausgelöst, und wir haben begonnen, Hafnir und Grindavík zu räumen. Die Rettungswache richtet in den Schulen in Keflavík und Vogur Notunterkünfte ein. Flugreisende und Touristen können im Flughafen bleiben, zumindest für ein paar Stunden.«

Das Meeting sollte eigentlich kurz und zielorientiert sein, aber der Wissenschaftsrat agiert nach seinen eigenen ungeschriebenen Gesetzen. Alle Beteiligten stehen einzeln auf und erläutern die Sichtweise ihres jeweiligen Fachgebiets oder Instituts: Die Geophysiker sind beunruhigt wegen der Erdkrustenbewegungen, die Petrografen debattieren über Isotope aus alten Lavaströmen in der Region, Maurice von ÍSOR, Iceland Geosurvey, erläutert die neuesten Satellitenfotos von der Halbinsel, und Bárður vom Umweltamt vermutet, dass die Hausdächer einstürzen, wenn die Ascheschicht eine Dicke von achtzig Zentimetern erreicht hat. »Ein Kubikmeter trockene Asche wiegt sechshundert Kilo«, sagt er grimmig, »eine ganze Tonne, wenn die Asche nass wird.«

In diesem Moment geht die Tür auf, und eine lärmende Gruppe Journalisten poltert an der Kaffeeküche vorbei in die Koordinationszentrale. Kameras werden geschultert, Stative aufgestellt, Handys gezückt, und ein Blitzlichtgewitter bricht los. Mit unbewegter Miene steht Milan auf, um der vierten Gewalt entgegenzutreten.

»Guten Morgen, herzlich willkommen«, sagt er. »Wir haben momentan leider noch nicht viele Informationen. Die Besprechung des Wissenschaftsrats dauert an, wir machen uns ein Bild von der Lage. Was wir wissen, ist: Im Meer vor

Reykjanes gibt es einen Vulkanausbruch, direkt vor Kerlingarbás. Der Ausbruch wird als klein oder mittelgroß angesehen, aber es bildet sich eine beträchtliche Eruptionssäule, die ernsthafte Auswirkungen auf den Flugverkehr haben könnte. In ganz Suðurnes gibt es starken Aschefall, wir können eine Gefahr durch Vulkangase nicht ausschließen. Wir haben den Zivilschutzplan aktiviert und in Grindavík, Reykjanesbær und Vogur die Notfallstufe ausgerufen. In Grindavík und Hafnir haben Evakuierungen begonnen. Die Einwohner werden gebeten, sich an die Sammelunterkünfte des Roten Kreuzes zu wenden. Polizei und Rettungswache helfen bei der Evakuierung. Alle Flüge nach und von Keflavík wurden vorerst gecancelt.«

Milan leiert die Informationen herunter, als würde er sie von einem Blatt ablesen, und wirkt wie ein ganzer Basaltberg aus Besonnenheit. Er hat sich diese prägnanten Formulierungen während des Durcheinanders im Konferenzraum im Kopf zurechtgelegt. Die Journalisten hören aufmerksam zu, halten ihm Mikros hin und machen sich eifrig Notizen. Als er sie auffordert, Fragen zu stellen, tritt ein Reporter mit ernster Miene vor, ein erfahrener Kämpe in Katastrophenangelegenheiten, und fragt mit lauter Stimme: »Sind Menschenleben in Gefahr?«

Ich verdrehe die Augen. Genau das ist das Unerträgliche an den Medien bei Naturkatastrophen: ihre unersättliche Gier nach Unglück und Tragödien, ihr Drang, die niedersten Triebe der Öffentlichkeit zu bedienen – Angst und Gefühlsduselei. Milan lässt sich nicht aus der Ruhe bringen.

»Die Notfallstufe wird ausgerufen, um Menschenleben zu retten«, antwortet er. »Wir müssen das Gebiet räumen, während wir die Lage vor Ort untersuchen. Momentan weist noch nichts darauf hin, dass Menschen durch den Ausbruch ernsthaft in Gefahr sind.«

Stimmengewirr kommt auf, die Journalisten reden alle durcheinander, aber der Katastrophenheld übertönt sie: »Es wird doch schon lange darüber geredet, dass der Reykjanes-Rücken überfällig ist. Hätte man da nicht besser vorbereitet sein müssen?«

Ich erhebe mich und stelle mich neben Milan. »Das ist ein Missverständnis«, sage ich und blicke den Reporter scharf an. »Vulkane sind nie überfällig. Sie richten sich nicht nach der Uhr. Sie brechen nur aus, wenn die Bedingungen unter der Erdkruste es verlangen. Manchmal geschieht das in regelmäßigen Abständen, aber das hilft uns nicht dabei, den nächsten Ausbruch vorherzusagen. Dann wäre unsere Arbeit ziemlich leicht.«

Der Katastrophenheld stellt keine weitere Frage, und die blasse junge Frau vom Radio hebt ihre zierliche Hand. Milan nickt ihr zu.

»Muss man mit weiteren Eruptionen in der Gegend rechnen? Soweit ich weiß, dauerten die Ausbrüche beim letzten Mal mehrere Jahrzehnte, an verschiedenen Stellen auf der Halbinsel, oder?«

Sie blickt auf ihren Notizblock und hebt dann wieder den Kopf.

»Ist das der Anfang von neuen Reykjanes-Feuern?«

»Es ist viel zu früh, um das zu sagen«, antworte ich. »Hier und jetzt ist es unsere Aufgabe, auf die submarine Eruption zu reagieren. Das Wetteramt überwacht in diesem Gebiet ein weitläufiges Netz von Seismographen, und wir erhalten Informationen über vulkanische Tätigkeit mit gutem Vorlauf.«

»Diesmal nicht«, erwidert die Reporterin. »Die Vorlaufzeit betrug nur dreizehn Minuten.«

»Dazu muss sich das Wetteramt äußern. Submarine Eruptionen sind immer schwer vorherzusagen.«

Milan beendet das Meeting mit den Worten: »Ihre Kontaktperson ist die Pressesprecherin der isländischen Rettungsgesellschaft. Wenn Sie Anfragen für Interviews und Fotos haben, wenden Sie sich bitte an sie. Was auch immer passiert, achten Sie bitte darauf, nur korrekte und bestätigte Informationen zu veröffentlichen. Es ist sehr wichtig, dass wir Ruhe bewahren und keine unnötige Panik verbreiten. Das gilt für alle Beteiligten.«

Wir setzen uns wieder, und die Journalisten ziehen sich murrend an den Pressetisch zurück. Júlíus vom Wetteramt ist endlich eingetroffen, vollbärtig und düster wie eine Gewitterwolke. Für mich bedeutet das, dass ich zum Reykjavíker Flughafen fahren und den Aufklärungsflug vorbereiten kann, der noch vor Tagesanbruch starten soll. Als ich ihn vorsichtig grüße, nickt er mir zu und knallt seinen Rucksack auf den Schreibtisch.

»Geld«, blafft er. »Immer dreht sich alles nur um die scheiß Kohle. Seit die Erdbebenserie angefangen hat, versuchen wir, denen Geld aus den Rippen zu leiern, um das Messsystem auf dem Reykjanes-Rücken zu verbessern. Aber die Anträge wurden mal wieder zwischen den Ministerien hin- und hergereicht, bis es zu spät war. Und jetzt fliegt uns der ganze Mist um die Ohren.«

»Wären wir früher gewarnt worden, wenn ihr mehr Messgeräte gehabt hättet?«

»Was glaubst du denn? Es müssten dreimal so viele sein, besonders da draußen auf der Landspitze. Aber das fand man wohl nicht bedeutsam oder wichtig genug …«

Er verstummt und schaut mir in die Augen, sein Bart zittert.

»Stell dir vor, das wäre nur ein bisschen später passiert, gegen sechs, wenn die Flüge aus den USA kommen! Tolle Sache, dafür die Verantwortung zu tragen und zuzugucken, wie die vom Himmel fallen wie abgeschossene Gänse.«

»Das ist ja wohl eher unwahrscheinlich«, sage ich aufmunternd. »Das hättet ihr auf jeden Fall früh genug gesehen, um sie zur Umkehr zu bewegen.«

»Tja, wenn du meinst«, entgegnet Júlíus und lässt sich auf einen Stuhl fallen. »Wenn du meinst ...«

GOTTES SCHÖPFUNG
EXISTIERT NICHT

Die TF-Sif, eine Bombardier-Maschine der Küstenwache, ist nicht so wendig wie ein Hubschrauber, aber vollgepackt mit Radargeräten und Wärmebildkameras, um den Ausbruch und die Eruptionssäule zu untersuchen. Außerdem ist sie ein wesentlich bequemeres Transportmittel. Die Besatzung macht die Maschine startklar, während Eiríkur, zwei Leute vom Wetteramt und ich unsere Sicherheitsgurte anlegen. Es wird langsam hell, doch die Morgendämmerung sieht unwirklich aus, wie auf einem alten Foto. Das Licht dringt im Osten nicht richtig durch, sondern stößt auf ein Hindernis und bricht. Im Westen herrscht abgrundtiefe stille Dunkelheit, nur unterbrochen von vereinzeltem fernem Donner.

Ich trinke Kaffee und beiße die Zähne zusammen, damit sie nicht klappern. Die Kälte, der Schlafmangel und die Aufregung setzen mich unter Strom, mein Körper ist eine vibrierende Saite, aber mein Geist ist wach und klar. Gleich fliegen wir los, und ich freue mich darauf, diesem Vulkanausbruch ins Auge zu schauen.

Da wird die Tür zum Passagierraum aufgerissen und Ófeigur, der Leiter der Küstenwache, klettert herein, klein, flink und mit einem strahlenden Lächeln – eine furchtbare Nervensäge, hätte mein Vater gesagt. Er schmettert einen Gruß in die Runde: »Na, jetzt ist es endlich so weit. Da geht die Post ab!«

Er wirft einen Blick auf die Uhr. »Ihr könnt in zwanzig Minuten losfliegen, wir müssen noch auf die anderen Passagiere warten.«

»Die anderen Passagiere?«, frage ich. »Was für Passagiere?«

»Die Regierung«, antwortet er. »Und die Presse.«

Ich traue meinen Ohren nicht.

»Die Regierung? Was meinst du damit?«

»Es gab eine Anfrage. Der Nationale Sicherheitsrat möchte den Ausbruch mit eigenen Augen sehen. Der Ministerpräsident, die Außenministerin und der Justizminister. Sie sind unterwegs, und die Presse trifft gerade ein.«

»Ihr wollt den Kontrollflug verzögern und den Flieger mit Politikern vollstopfen? Seid ihr noch ganz dicht?«

Halldóra vom Wetteramt pflichtet mir bei: »Es geht um den Zivilschutz, das ist ein Forschungsflug. Könnt ihr nicht später einen Extraflug mit den Ministern machen?«

Ófeigur strafft sich, und das Lächeln auf seinem Gesicht gefriert. »Vergesst nicht, dass die Küstenwache über dieses Flugzeug bestimmt, genau wie über die Hubschrauber, die ihr bei euren Forschungsflügen benutzen dürft. Ich leite die Küstenwache, und der Justizminister ist für unsere Belange zuständig. Lehnt euch einfach zurück und macht es euch bequem. Ich entscheide, wer hier mitfliegt und wer nicht, ist das klar?«

Er stapft wieder hinaus und knallt die Tür hinter sich zu, während wir wortlos zurückbleiben und Blicke tauschen.

»Dieser kleine Mistkerl«, murmelt Halldóra.

Ich nehme mein Handy und rufe Milan an. Er antwortet nach einem Klingeln, ruhig und knapp.

»Das entscheidet er«, sagt er, nachdem ich ihm die Lage erläutert habe. »Ich bin anderer Meinung, aber ich kann ihm keine Anweisungen geben. Und ich habe jetzt keine Zeit, Keflavík versinkt in Asche.«

Er legt auf, und wir sitzen ratlos da, bis die Tür wieder aufgeht und Leute in die Maschine drängen. Die Minister und ihre Entourage wünschen guten Tag, aufgeregt, in Anoraks, bis auf die Außenministerin, die in ihrem dicken Pelzmantel und der Fellmütze an einen schläfrigen Bären erinnert. Sie hatte noch genug Zeit, um sich zu schminken und Lippenstift aufzutragen. Sie setzen sich an die Fenster, und die Presseleute müssen mit den Gangplätzen vorliebnehmen.

»Das ist ja wohl ein Witz«, murmelt Halldóra. Wir beugen uns über unsere Laptops und versuchen, die anderen Passagiere zu ignorieren.

Endlich rollt das Flugzeug los, hinaus auf die Startbahn und hebt ab. Wir Wissenschaftler sitzen auf den Ausguckplätzen und kleben an den Fensterscheiben, während die Leute von der Küstenwache die Anzeigen der Messgeräte im Blick behalten. Es wird hell, und im Westen der Halbinsel prangt die steingraue Ausbruchswolke wie eine gegen den Sonnenaufgang geballte Faust. Blitze umspielen sie, und das Flugzeug wird von gewaltigen Donnerschlägen geschüttelt, als würden Berge gegeneinanderschlagen. Wir zucken jedes Mal zusammen.

»Sie ist dunkel«, sage ich, und Halldóra nickt. Unglaublich dunkel für eine submarine Eruption, das deutet darauf hin, dass viel Magma aus der Spalte strömt, zu Tephra wird und mit dem weißen Wasserdampf in die Atmosphäre schießt. Der Ausbruch könnte sich als größer herausstellen, als wir dachten.

Die Passagiere rufen »wow« und »oh mein Gott«, bis einer der Kameramänner sie zurechtweist, weil sie die Umgebungsgeräusche übertönen. Das Flugzeug rast auf die Eruptionssäule zu, die bereits eine Höhe von zwölf Kilometern erreicht hat. Der obere Teil weht nach Norden und überzieht Keflavík und das nördliche Suðurnes mit dunklen Schleiern, dort ist es stockfinster, und es tobt ein heftiger Aschesturm. Die Maschine fliegt südlich um die Eruptionssäule herum, das dunkelgraue Meer brodelt und kocht wie eine heiße Quelle, erschreckend nah an der Küste.

»Reykjanes könnte sich ins Meer hinein ausdehnen«, sagt Halldóra. »Oder die Eruption verlagert sich aufs Land.«

Ich nicke und recke den Hals, um besser sehen zu können. Dann schnalle ich mich ab und gehe rüber zu den Leuten von der Küstenwache, die sich über ihre Infrarot-Kameras und das Radargerät beugen. Ich starre auf die Bilder und versuche zu erkennen, ob es an einer oder mehreren Stellen auf dem Meeresboden Eruptionen gibt.

»Können wir nicht näher ran?«, frage ich den Mann, der das Radargerät bedient.

»Doch, können wir. Es gibt ein Flugverbot in einem Radius von zehn Meilen und 20 000 Fuß Höhe, also müssten wir noch ein paar Meilen haben. Aber das entscheidet der Pilot«, sagt er und nickt mit dem Kopf in Richtung Cockpit. »Vielleicht traut er sich mit der halben Regierung an Bord nicht weiter ran.«

Je näher wir dem Vulkanausbruch kommen, desto heftiger wackelt das Flugzeug. Ich schwanke wieder zu meinem Sitzplatz und schnalle mich an. Schaue wie hypnotisiert auf die graue Säule, die aus dem Meer bricht und in den blauen Himmel schießt. Unablässig schwellen die Rauchwolken an und platzen auf, sprießen wie furchterregende Blumen, Geschwüre aus Dampf, Gas und Vulkanasche. Als hätten sich die Tore der Hölle geöffnet, als ströme das Böse ungehemmt in Gottes Schöpfung, und plötzlich verspüre ich eine Urangst. Das überrascht mich, ich muss mir einen Ruck geben und mir vergegenwärtigen, dass Gottes Schöpfung und die Hölle nicht existieren. Der Vulkanausbruch ist nicht böse, nur ein Produkt der Erde, genau wie ich und alles andere, weder gut noch schlecht, er gehorcht lediglich den Naturgesetzen und geht seinen normalen Gang. Ich verstehe nicht, warum mir so mulmig wird, die Gesichter meiner Kolleginnen sind hochkonzentriert. Ich reiße mich zusammen und versuche, diese irrationalen Gefühle zu verdrängen, werfe einen Blick zur Seite auf die anderen Passagiere, die fasziniert den Vulkanausbruch beobachten, alle außer einem. Der Fotograf, der Zuspätkommer, sitzt zwischen den anderen. Er hat die Kamera gesenkt und blickt mir direkt in die Augen.

Ich ringe nach Luft und schaue schnell wieder zum Fenster. Er hat gesehen, wie ich mich fühle, hat mich gelesen. Diesmal ist sein Blick nicht amüsiert, sondern forschend und nachdenklich. Ich fluche innerlich und starre in die Rauchsäule, als könnten die schwelenden Wolkenbänke mir etwas mitteilen.

Das Flugzeug wendet und fliegt wieder südlich um die Rauchwolke, diesmal etwas tiefer, und jetzt gelingt es. Die Passagiere werden unruhig, die Minister sind eindeutig der Meinung, dass das zu nah ist, aber der Zweck heiligt die Mittel, und wir bekommen nützliche Bilder von der Eruption. Sie ist doch nicht ganz so dicht an der Küste, wie wir zuerst dachten.

Als die Maschine landet, hat sich der Wind leicht gedreht, und die Hauptstadt ist in Dunkel gehüllt. Die Asche fällt wie dicke Schneeflocken aus der Hölle, alles ist grau, Häuser, Autos und Bäume. Ich vermeide es, zu dem Fotografen zu schauen. Wir schlagen unsere Kragen hoch und ziehen Schals vor Mund und Nase, bevor wir zum Flughafengebäude hinüberlaufen. Ein Assistent hält der Außenministerin einen Regenschirm über den Kopf, um ihren wertvollen Pelz zu schützen. Halldóra und ich grinsen uns an.

Ófeigur erwartet uns vergnügt, verteilt Gesichtsmasken und schärft uns ein, vorsichtig zu sein. Die Bevölkerung wurde aufgefordert, nicht nach draußen zu gehen und die Kinder im Haus zu behalten, aber es gibt immer Leute, die die Anweisungen nicht mitbekommen oder missachten und irgendwelche unnötigen Erledigungen machen. Autos schleichen durch die düsteren Straßen, die Straßenlaternen werfen schwaches Licht in das schwarze Schneegestöber.

Die Kinder! Wo sind sie? Wo ist mein Mann? Bei der ganzen Aufregung habe ich gar nicht an sie gedacht und nicht angerufen. Hastig fische ich das Handy aus meiner Jackentasche, aber das Telefonnetz ist überlastet, und ich komme erst beim dritten Versuch durch.

»Schön, deine Stimme zu hören«, sagt Kristinn. »Wir sind ganz entspannt. Salka guckt einen Film, und Öddi schläft. Er soll heute Mittag zur Arbeit kommen, die Aluminiumfabrik muss funktionsfähig bleiben. Ich machte heute Homeoffice, hüte Haus und Kinder. Du bist doch vorsichtig, oder?«

»Ja, natürlich«, sage ich. »Das ist mein Job, wir passen auf uns auf. Hast du die Fenster abgedichtet?«

Er hat es schon gemacht, sogar mit Klebeband, da kommt kein Staubkörnchen rein. Ich spreche auch mit Salka und erkläre ihr, dass es nicht gefährlich ist, nur ein bisschen unangenehm, solange die Asche fällt.

»Das ist voll gruselig«, sagt sie. »Wie bei *Stranger Things*.«

»Die Asche ist wie Sand«, entgegne ich. »Neu und fein, frischgebacken aus der Erde. Die ist ganz schnell wieder weg.«

Ihre Stimme zittert ein bisschen, als sie fragt: »Wann kommst du nach Hause, Mama? Was machst du?«

»Wir müssen den Vulkanausbruch untersuchen. Damit wir mehr über unsere Erde erfahren und damit die Polizei und die Rettungswache wissen, was sie tun sollen.«

»Ich hab Angst um dich.«

»Das ist Unsinn, Kleines. Du brauchst keine Angst um mich zu haben«, versichere ich ihr und verdränge mein schlechtes Gewissen, als mir einfällt, dass ich auch immer Angst um meinen Vater hatte. »Ich bin vorsichtig. Und du passt zu Hause auf alle auf, ja? Auf Öddi und Papa und die Ratten?«

»Mama, das sind keine Ratten«, kichert sie. »Das sind Degus.«

»Du passt doch auf sie auf?«

»Ja. Ich hab dich lieb, Mama.«

»Ich dich auch, mein großes Mädchen. Jetzt sei brav und vernünftig. Kein Grund zur Panik.«

*

Kein Grund zur Panik. In der Koordinationszentrale wird schnell und diszipliniert gearbeitet, im Angesicht des Chaos herrscht Ausgeglichenheit. Milan hockt am Ende der Schalttafel auf einem durchgesessenen Schreibtischstuhl, trinkt Kaffee aus einer henkellosen Tasse und instruiert die Polizei und die Rettungswachen mit konzentrierter Besonnenheit. Sein Chef, der Polizeipräsident, scheint sich wieder eingekriegt zu haben. Er trägt jetzt sein Jackett mit den Messingknöpfen, geht von Tisch zu Tisch und erkundigt sich, wie es läuft, versucht, die Leute zu motivieren und so zu tun, als würde er etwas Sinnvolles machen. Als er Halldóra, Eiríkur und mich sieht, hellt sich sein Gesicht auf. »Endlich sind Sie da! Wir müssen uns unterhalten.«

Wir ziehen uns in den Konferenzraum zurück, um die Luftaufnahmen zu analysieren und die Lage zu besprechen. In Suðurnes türmt sich die Asche auf, Mannschaften der Rettungswache sind im gesamten Südwesten im Einsatz, um Dächer und wichtige Gebäude und Straßen freizuschaufeln, aber man sieht keinen Grund, weitere Häuser zu räumen. Die Einwohner von Grindavík beschweren sich über die Eva-

57

kuierung, denn der Wind kommt weiterhin aus Süden, und sie haben weniger Asche abbekommen als die Orte im Norden der Halbinsel.

»Die gute Nachricht ist, dass keine nennenswerte Gasbelastung gemessen wurde«, sagt Milan. »Die Leute wurden aufgerufen, drinnen zu bleiben und Fenster und Türen abzudichten. Wir warten ab. Aber wir müssen heute Mittag den Flughafen räumen, Reisende in die Stadt bringen und Übernachtungsmöglichkeiten für sie organisieren. Die Leute sind verunsichert und hungrig, viele verstehen kaum Englisch, und Isavia hat jetzt erst angefangen, Informationen in andere Sprachen übersetzen zu lassen.«

»Außerdem sollten Sie wissen, dass der Justizminister eine geringfügige Änderung bezüglich der Organisation des Zivilschutzes vorgenommen hat. Das ist eine Verbesserung, damit die Kommunikationswege kürzer werden«, sagt der Polizeipräsident

»Was für eine Änderung?«, frage ich misstrauisch.

»Der Wissenschaftsrat bekommt einen neuen Namen«, antwortet er. »Er heißt jetzt Beratungsausschuss bei Naturgefahren.«

»Warum denn? Wissenschaftsrat ist doch ein guter Name.«

»Ja, aber so nennen wir jetzt die neue zuständige Stelle beim Zivilschutz«, fährt er fort. »Sie beurteilt bei Naturkatastrophen wie dieser die Lage, unter Bezug auf wissenschaftliche Fakten, und entscheidet über die passenden Maßnahmen für die Sicherheit der Bevölkerung.«

»Aber das hat Milan doch bisher gemacht, in Absprache mit uns vom Wissenschaftsrat.«

»Der alte Wissenschaftsrat, also der neue Beratungsausschuss, ist fabelhaft«, sagt der Polizeidirektor. »Die besten Wissenschaftler des Landes kommen hier zusammen. Aber er ist zu groß und schwerfällig, die Leute reden und debattieren endlos, und es dauert viel zu lange, bis sie zu einem Ergebnis kommen. Außerdem sind sie sich nie einig. Wir brauchen ein Bindeglied zwischen der Wissenschaft und dem Zivilschutz. Leute, die schnell denken und entscheiden.«

»Der Wissenschaftsrat war immer eine informelle akademische Diskussionsplattform zwischen der Wissenschaft und der Leitung des Zivilschutzes«, wende ich ein. »Die besten und vernünftigsten Ratschläge kommen nur zustande, wenn sich Forschende unterschiedlicher Fachgebiete treffen und frei über Dinge diskutieren, Theorien aufstellen und zu einem gemeinsamen Fazit gelangen können. So funktioniert Wissenschaft.«

»Wir haben nur leider nicht immer die Zeit für solche Diskussionen«, erwidert er. »So wie heute Morgen – warum vergeuden wir unsere Zeit mit Gerede über Isotope, wenn wir Grindavík evakuieren müssen?«

»Isotope können wichtig sein«, gibt Eiríkur zögernd zu bedenken. »Und es ist nicht gut, die Petrografen zu brüskieren. Die will man nicht gegen sich haben.«

Der Polizeidirektor schüttelt den Kopf. »Wir brauchen etwas Effektiveres. Anna, Sie wurden vonseiten der Universität für den neuen Wissenschaftsrat vorgeschlagen, Júlíus vonseiten des Wetteramts und Milan und ich von unserer Seite. Damit fangen wir an.«

»Im Grunde setzen Sie den Wissenschaftsrat einfach ab«, sagt Halldóra. »Er hat überhaupt keinen Einfluss mehr.«

»Der Beratungsausschuss wird dem neuen Wissenschaftsrat beratend zur Seite stehen«, sagt der Polizeidirektor.

»Milan, wie ist deine Meinung dazu?«, frage ich.

Er zuckt mit den Achseln. »Ich befolge nur Anweisungen. Ich tue das, womit man mich beauftragt, und versuche, von

Nutzen zu sein. Wir haben jetzt keine Zeit, darüber zu diskutieren.«

Er hat Recht. Ich erläutere die Bilder von dem Flug, und Halldóra geht die Messdaten des Wetterradars vom Flughafen Keflavík durch. Wir überschlagen die Menge an vulkanischem Auswurfmaterial, versuchen einzuschätzen, wie stark die Eruption ist, in welcher Tiefe sie sich befindet und ob es an einem oder an mehreren Stellen Ausbrüche gibt. Wir gehen davon aus, dass sich ungefähr zwei Kilometer vor Kerlingarbás eine Spalte auf dem Meeresboden geöffnet hat und dass der Ausbruch stärker ist, als wir anfangs dachten. Das Wetteramt übermittelt die Angaben über die vulkanische Asche an das Volcanic Ash Advisory Center in London, aber noch hat die Rauchwolke lediglich Einfluss auf die Flughäfen in Keflavík und Reykjavík. Trotzdem haben die Fluggesellschaften und Luftverkehrsbehörden auf beiden Seiten des Atlantik bereits mit dem üblichen Gezänk darüber begonnen, ob Passagierflüge unter diesen Umständen sicher seien, und wägen die Sicherheit der Fluggäste gegen den finanziellen Verlust der Fluggesellschaften ab.

Ich versuche, mich auf das Gespräch zu konzentrieren, aber meine Gedanken schweifen ab. Ich denke an meine Familie zu Hause unter dem verdunkelten Himmel und an die hellen aufmerksamen Augen des Fotografen, wie er direkt in mich hineingeschaut und meine irrationale Angst gesehen hat. Mir wird übel bei der Vorstellung, dass ich ihm diese Seite von mir gezeigt habe. Es fühlt sich so an, als hätte er mich nackt gesehen.

BULGAKOW IM BACKOFEN

Du wirst Donner hören und dich an mich erinnern
und denken: Sie wollte Stürme. Der Rand
des Himmels wird hartes Purpurrot sein
und dein Herz wird brennen so wie einst.
Anna Achmatowa: Du wirst Donner hören

Auf dem Weg nach Hause fahre ich spontan in Eskihlíð vorbei, ohne vorher anzurufen, denn sie würde sowieso nicht
rangehen. Ich bezweifle, ob sie überhaupt etwas von dem
Vulkanausbruch mitbekommen hat. Wahrscheinlich ist er
viel zu profan und real, um ihr Interesse zu wecken.

Der Aschefall lässt nach, und die Scheibenwischer verwandeln den Staub in grauen Matsch, der über die Windschutzscheibe kratzt. Ich versuche, nicht an den champa-
gnerfarbenen Lack des Jeeps zu denken, mein Mann wird
nicht erfreut sein, aber das ist ja nicht meine Schuld.

Ich parke vor dem Wohnblock und stapfe hinauf in die
oberste Etage, folge dem Zigarettengeruch, der intensiver
wird, je höher ich komme. Die armen Nachbarn. Ich klopfe
an die Wohnungstür, erst leicht, dann fester, hole schließlich
den Schlüssel aus der Tasche, schließe auf und stecke den
Kopf in die überheizte Wohnung.

»Bist du zu Hause?«

Sie sitzt in ihrem kleinen Arbeitszimmer vor dem alters-
schwachen Computer und dreht sich um, als sie meine Stimme hört. Über ihre Brille hinweg blickt sie mich durchdringend an, wirkt überrascht, aber nicht unbedingt froh, mich
zu sehen.

»Anna? Was machst du denn hier? Musst du dich nicht um diesen Vulkanausbruch kümmern?«

»Doch, mache ich schon seit letzter Nacht. Jetzt will ich nach Hause und mich hinlegen. Ich dachte, ich schaue mal bei dir vorbei, falls du was brauchst.«

»Ich? Nein, was sollte ich denn brauchen?«

»Essen? Gesellschaft? Was zu lesen?«

Letzteres ist ein Versuch, witzig zu sein. Sämtliche Wände der Wohnung sind vom Boden bis zur Decke mit Bücherregalen zugestellt, Bücher stapeln sich auf den Tischen, dem Klavier, den Fensterbänken, und ich habe den Verdacht, dass sie auch im Backofen Bücher aufbewahrt.

Sie verzieht keine Miene und tippt auf das oberste Buch auf dem Stapel auf ihrem Schreibtisch. »Keine Sorge, ich habe meine Achmatowa, da bin ich gut mit beschäftigt. Ich muss noch so viel machen, mir bleibt nicht mehr viel Zeit, die Tage laufen mir davon.«

Ich mag es nicht, wenn sie von der ungewissen Todesstunde redet. Ich gehe in ihre winzige Küche, öffne den leeren Kühlschrank, seufze beim Anblick des schmutzigen Aschenbechers, der alten Sardinenbüchse im Spülbecken und des übervollen stinkenden Mülleimers.

»Du hast die Fenster noch nicht abgedichtet«, nörgele ich, gehe ins Badezimmer, suche ein paar verschlissene Handtücher zusammen, mache sie nass und stopfe sie in die Ritzen der undichten Fenster. Und, nicht zu fassen, das findet sie witzig.

»Meinst du, diesem Vulkanausbruch gelingt das, was der alte Winston seit sechzig Jahren nicht schafft, mich ins Jenseits zu befördern?«, fragt sie glucksend. Das Lachen mündet in einen Hustenanfall, sie tastet nach der Zigarettenpackung, zündet sich eine an und saugt gierig den Rauch ein. Ich schaue weg. Sie ist so abgemagert und ausgezehrt, dass ich sie kaum ansehen kann. Ihr Körper hat die Form einer Krabbe angenommen, weil sie ihr ganzes Leben geraucht und sich über die Tastatur gebeugt hat. Ich weiß noch, wie hübsch ich sie fand, als ich klein war, aber jetzt erinnert sie mich an ein graues Gespenst.

»Willst du nicht mitkommen und bei uns essen«, frage ich, obwohl ich weiß, dass ihre Antwort nein lauten wird. »Ich kann dich nach Hause bringen, bevor ich heute Nacht zur Schicht fahre.«

Sie würdigt mich noch nicht einmal einer Antwort, sondern setzt sich auf ihren Schreibtischstuhl, der aussieht wie aus dem Nachlass von Trotzki, dreht sich zum Plattenspieler auf dem Bücherregal daneben und setzt die Nadel auf die Schallplatte, Schostakowitsch, wendet sich dann wieder dem Computer zu, späht über die Brille auf den Bildschirm und blättert demonstrativ in dem Buch, um mir zu signalisieren, dass meine Anwesenheit nicht länger erwünscht ist.

Ich seufze und öffne die Wohnungstür.

»Ruf an, wenn du was brauchst.«

Keine Antwort.

»Ich richte Kristinn und den Kindern Grüße von dir aus.«

»Viele Grüße!«

Ihre Stimme klingt barsch und kratzig. Ich ziehe die Tür hinter mir zu und steige mit einem Kloß im Hals die Treppe hinunter. Es war eine schlechte Idee, bei ihr vorbeizuschauen, erschöpft nach dem anstrengenden Tag. Kindisch, zu glauben, dass sie sich für mich interessiert, mich für die heutigen Interviews lobt, wie tüchtig und klug ich sei. Im Haus meiner Mutter erwartet mich nie etwas anderes als Enttäuschung.

WER BRAUCHT MITTEN
IN EINEM VULKANAUSBRUCH
EINE INNENARCHITEKTIN?

Als ich die Haustür aufmache, kommt Salka angerannt und schlingt die Arme um meinen Hals, als wäre ich dem sicheren Tod entronnen. Vielleicht freut sie sich aber auch nur über die Abwechslung, nachdem sie den ganzen Tag eingesperrt war.

»Nicht so stürmisch, Kleines.« Ich drücke sie an mich, löse mich dann aus der heftigen Umarmung, wasche mir die Hände und setze mich an den Küchentisch. Mein Mann hat mit dem Abendessen, Quiche und Salat, auf mich gewartet und eine Flasche Weißwein geöffnet, aber ich lehne das Glas dankend ab, muss um Mitternacht wieder zur Arbeit. Er freut sich, mich zu sehen, und sehnt sich nach dem langen einsamen Tag nach Gesellschaft, aber eigentlich bin ich zu müde zum Reden. Trotzdem erzähle ich ihm von dem Flug mit den Ministern und dem merkwürdigen Beschluss, den Wissenschaftsrat zu entmachten und ein neues Gremium einzusetzen, um schneller auf Katastrophen reagieren zu können.

»Und dann sitzen in dem neuen Gremium im Handumdrehen lauter eingestaubte Abteilungsleiter von der Energiebehörde, die sich mehr für Verordnungen als für Geowissenschaften interessieren«, klage ich. »Das ist alles so unüberlegt. Die Minister begreifen nicht, dass der alte Wissenschaftsrat unsere größte Stärke war, eine offene Diskussionsrunde zwischen der Wissenschaft und dem Zivilschutz.«

Mein Mann schüttelt den Kopf und schneidet mir ein Stück Quiche ab.

»Politiker und Wissenschaftler sprechen nicht dieselbe

Sprache«, sagt er. »Für Politiker und Beamte ist Wissen eine Waffe. Ihre Macht beruht auf geheimen Informationen. Sie wollen möglichst viel für sich behalten und für ihre Zwecke nutzen, während es euer Ziel ist, Wissen und Informationen zu generieren und in der Gesellschaft zu verbreiten. Ihr lebt auf unterschiedlichen Planeten.«

»Ich bin mir nicht sicher, ob ich das unterstützen will. Am liebsten würde ich von diesem Amt zurücktreten.«

»Du weißt, dass du das nicht kannst«, erwidert er. »Du bist die Beste auf diesem Gebiet, denkst am schnellsten, bist am vernünftigsten. Niemand könnte das besser als du.«

Ich lächle ihn an, er ist immer so gut zu mir. Dann unterdrücke ich ein Gähnen. Ich habe keinen Appetit und bin todmüde. Er versteht es, übernimmt das Reden und berichtet mir von seinem heutigen Tag, erzählt euphorisch von Paragrafen, Gründungskapital und Verlusten, trinkt dabei Weißwein und kaut genüsslich. Ich stochere mit der Gabel in meinem Essen herum und tue so, als würde ich zuhören, denke dabei an den Vorfall mit dem Fotografen im Flugzeug, denke an meine Mutter. Auf einmal vermisse ich meinen Vater heftig und wünsche mir nichts sehnlicher, als dass er mit einem dicken Buch auf dem Bauch auf dem Sofa liegt und über Geophysik spricht, dass seine tiefe warme Stimme durchs Wohnzimmer dröhnt.

»... machst du das bitte?«

»Was?«, sage ich zerstreut. »Entschuldige, ich war in Gedanken.«

»Holst du deinen Kalender und machst einen Termin mit der Innenarchitektin? Sie hat erst in drei Wochen Zeit.«

»Die Innenarchitektin?« Ich schaue ihn irritiert an.

»Ja, weißt du nicht mehr, diese Ástríður Lind, wir wollten doch, dass ihr euch zusammen das Wohnzimmer anschaut. Wegen der Gardinen und dem Sofa.«

»Ja, ich mache das, wenn es wieder ruhiger wird. Wer weiß, wie die Lage in drei Wochen aussieht.«

Ich stehe auf und schwanke vor Müdigkeit.

»Danke für das Essen«, sage ich. »Ich lege mich ein bisschen hin. Wann wollte Örn nach Hause kommen?«

»Er wollte eigentlich gegen acht hier sein, kommt aber jetzt später. Sie kriegen einen Zuschlag, wenn sie länger bleiben und die Fabrikdächer freischaufeln. Ein echtes Abenteuer, genau das Richtige für ihn.«

»Er soll aufpassen. Ich hoffe, sie setzen Masken auf.«

»Örn ist ein großer Junge, er passt schon auf.«

Ich gehe duschen, nehme eine Schmerztablette und lege mich ins Bett, kann aber nicht sofort einschlafen. Salka übt Klavier, und ihr Vater räumt die Küche auf, klappert mit Töpfen und Pfannen, während im Wohnzimmer der Fernseher läuft. Dieses große schöne Haus ist hellhörig, vielleicht wäre das etwas, das man mit dieser Ástríður besprechen könnte.

Aber mal ehrlich, geht mir noch durch den Kopf, bevor ich in einen leichten, unruhigen Schlaf sinke, eine Innenarchitektin, in einem solchen Moment, mitten in einem Vulkanausbruch?

SONNENKORONA

Mit Schlacke aufgezeichnet ist unsere Geschichte ...
Hannes Sigfússon: Feuerstäbe

Mein Vater war kein studierter Geowissenschaftler, nicht von Beginn an. Er ging zunächst zum Astronomie-Studium an die Universität Göttingen, kurz nachdem diese wichtige Bildungsinstitution nach dem Krieg den Lehrbetrieb wieder aufgenommen hatte. Er war fasziniert von der Sonne, geblendet sozusagen, und schrieb seine Abschlussarbeit über die Sonnenkorona, den äußersten Bereich der Atmosphäre, der sich Millionen von Kilometern ins All erstreckt, das weiße Licht, das von der Photosphäre ausströmt, heißer als die Sonne selbst.

Nach seinem Abschluss stellte er fest, dass er keine Berufsperspektive hatte. Es gab keinen Bedarf für junge isländische Astronomen, die auf die Sonnenkorona spezialisiert waren. Er suchte Rat bei einem wohlwollenden Professor, der ihm klarmachte, er verschwende seine Energie an die Sonne. Auf der ganzen Welt könnten sich die Menschen mit Sonnenkunde beschäftigen, außer vielleicht auf Island, wo die Sonne ein selten gesehenes Wunder sei. Er hingegen befinde sich in der einmaligen Lage, den Blick nach unten und sein akademisches Interesse von der Sonne in all ihrer ersichtlichen Pracht auf die geheimnisvollen Kräfte unter der Erdkruste richten zu können.

»Hekla erwartet Sie«, sagte der Professor mit glänzenden Augen. Mein Vater war jung und optimistisch, aber vor allem vernünftig. Er schluckte die Enttäuschung, fuhr mit dem Dampfschiff Gullfoss nach Hause und setzte seine Begabung zur Erforschung der inneren Beschaffenheit der Erde ein, die dumpfe Antwort auf die Kräfte der Sonne. Zunächst versuchte er es mit Forschungen über die Lichtbrechung in der Atmosphäre, interessierte sich dann für Magnetfeldmessungen und war der Erste, der die Gravitationsbeschleunigung des Landes kartierte. Die Vulkane folgten später, und sein tiefes Verständnis für Physik und Mechanik half ihm dabei, ausgehend von der Viskosität und dem Säuregrad des Magmas Theorien über Lavaströme aufzustellen – Ideen, die in der Geschichte der geowissenschaftlichen Forschung in Island bahnbrechend waren.

Er war nicht perfekt, mein Vater, keineswegs. Das möchte ich nicht behaupten. Er mochte zum Beispiel keine Karten und Diagramme. Die meisten Theorien stellte er in Form komplizierter physikalischer Gleichungen auf, die für Laien schwer verständlich waren. Er misstraute der Erforschung von Gesteinsschichten und anderen Methoden der Geologie und hörte nie auf, die Sonne zu lieben. Bei jeder Gelegenheit setzte er sich ihr aus, ohne Hut, mit seiner Pfeife und einer gesprungenen Tasse mit Kaffee, schloss die Augen oder las. Im Sommer verbrannte er sich immer die Glatze, wie sehr ich ihn auch ermahnte oder eincremte.

Mein Vater war ein Geschichtenerzähler, so wie alle guten Geowissenschaftler. Längst erkaltete Eruptionen entflammten bei uns zu Hause im Wohnzimmer, am Abendbrottisch, auf meiner Bettkante. Askja, Surtsey, Hekla und Krafla, er hatte es mit allen Vulkanen aufgenommen und sprach mit Respekt und Zuneigung über sie wie über verflossene Liebschaften.

Das größte Abenteuer blieb jedoch der Vulkanausbruch auf Heimaey. Ich quengelte und drängelte, bis er seufzte:

»Aber die hast du doch schon gehört!«, sich dann vergnügt zu mir auf die Bettkante setzte, die Stirn runzelte und mit der Geschichte begann, immer auf die gleiche Weise, wie alle guten Märchenerzähler:

»Keiner schöpfte Verdacht. Keiner wusste, dass Heimaey eigentlich ein quicklebendiger Vulkan war, der aus dem Meer ragt, und als am 21. Januar 1973 die ersten Erdbeben in Mýrdalur und Laugarvatn gemessen wurden, dachten die Leute, die Hekla würde ausbrechen. Die Beben waren in so großer Tiefe, dass die Leute auf den Westmännerinseln sie gar nicht merkten.«

Seine Stimme war tief und klangvoll, und er pausierte immer an den gleichen Stellen: wenn die Erde aufriss und sich entlang der Spalte ein Feuervorhang bildete, wenn die Leute aus dem Schlaf hochschreckten und in Schlafanzügen zu den Booten flohen, wenn die Häuser im Ort unter der Asche einstürzten, unter der glühenden Tephra verbrannten. Tatkräftige Studenten schwärmten auf die Insel, um die Dächer freizuschaufeln, hatten aber die Schaufeln vergessen. Die Kühe von Tobbi auf Kirkjubær wurden vor dem Lavastrom gerettet, nur um sodann im Kühlhaus geschlachtet zu werden. »Aber die Fische aus dem Aquarium haben überlebt«, fügte er zu meinem Trost hinzu.

Ich mochte natürlich am liebsten das Kapitel, in dem mein Vater selbst wie ein Superheld die Bühne betrat. Er fuhr mit einer Gruppe tapferer Geowissenschaftler, die eine verrückte Idee hatten, auf die Insel: Sie wollten das Fließen der Lava eindämmen, indem sie sie mit Wasser bespritzten. Þorbjörn Sigurgeirsson, Freund und Mentor meines Vaters, war auf die Idee gekommen und hatte bereits einige Jahre zuvor auf Surtsey Versuche gemacht. Mein Vater half ihm bei der Ausarbeitung und sah schnell anhand seiner Berechnungen, dass die Löschschläuche der Feuerwehr nicht ausreichen würden, dass man mindestens zehnmal so starke Pumpen benötigte, um den Hafen und das, was vom Ort noch übrig war, zu retten. Zuerst wurde ein Baggerschiff herangeschafft, dann schickte die US-Armee Transportflugzeuge mit riesigen Pumpen, mit denen sie normalerweise Öl von Invasionsschiffen an Land brachte. Sie pumpten tausend Liter Meerwasser pro Sekunde auf das Ende des Lavastroms, der die Hafeneinfahrt, die Lebensader des Orts, bedrohte, und das Manöver glückte, der Hafen war gerettet, und die Westmännerinseln blieben besiedelt.

»Falls man da überhaupt von einer Siedlung sprechen kann«, sagte mein Vater mit einem gutmütigen Grinsen. Er war Sozi und hegte eine tief verwurzelte, politisch motivierte Abneigung gegen die Leute von den Westmännerinseln, die jedoch nicht stark genug war, um ihren Hafen von dem Vulkanausbruch zerstören zu lassen.

Ich lag im Bett, die Decke bis zum Kinn hochgezogen, schloss die Augen und sah ihn vor mir auf dem Kai stehen, im Anorak, mit seiner großen Brille und seiner Pfeife zwischen den Lippen, wie er sich über seine Notizen beugte und mit einem schwarzen Bleistift Berechnungen anstellte: Viskosität, Wärme und Beschleunigung – die Gedanken strömten aus seinem Kopf durch den Bleistift auf das nasse, zerknitterte Papier. Überall regnete es Asche, die Häuser hatten sich in weiche schwarze Hügel verwandelt, nur die weiß gestrichenen Dachtraufen und die Strommasten ragten aus dem Dunkel und erinnerten daran, dass hier einmal ein Ort gewesen war, dass hier Leute gewohnt hatten. Der Vulkan brüllte und spuckte Feuer und Glut, aber mein Vater rührte sich nicht. Er rechnete unverdrossen weiter, rechnete, um die Welt zu retten; der kluge Mensch, mit Vernunft und wissenschaftlicher Methodik bewaffnet, forderte den Vulkan heraus und besiegte ihn mit den Gesetzen der Physik.

HEMINGWAY IM LAMPENHAUS

Alle sind erleichtert, als es am nächsten Morgen hell wird. Der Wind hat gedreht und den meisten Aschefall nach Süden mitgerissen, im Südwesten sieht man die Sonne. Die Leute sind froh über das Licht und gehen mit Leitern und Schaufeln nach draußen, um in der fahlen Sonne ihre Hausdächer freizuschaufeln. Alles ist möglich, wenn der Vulkan die Stadt aus seiner schwarzen Pranke entlässt und das Aschedunkel sich lichtet. Es kümmert uns nicht, dass die Asche auf die Färöer, auf Schottland und Irland fällt, bis nach Sibirien getragen wird und erhebliche Verspätungen im Flugverkehr auslöst.

Ich sitze auf der Rückbank eines orangen Jeeps der Rettungswache und gähne. Die Nachtschicht war relativ ereignislos, der Vulkan köchelt weiter im Meer vor sich hin, aber die Lage scheint stabil zu sein, keine Verluste von Menschenleben, keine Verunglückten. Wir haben die Prüfung, vor die das Land uns gestellt hat, wieder einmal bestanden. Jetzt möchte ich unbedingt zum Ort des Geschehens. Meine Begründungen sind technischer Art: Messdaten müssen abgeglichen werden, und es muss überprüft werden, ob die Geräte an den richtigen Stellen positioniert sind, wobei dafür eigentlich andere zuständig sind. Aber ich muss dieses Ereignis einfach mit eigenen Augen sehen, mit festem Boden unter den Füßen.

Die Asche in der Luft verdichtet sich, je weiter wir nach Westen kommen, sie spritzt unter den Autoreifen hervor und bedeckt das Land wie schwerer dunkler Schnee. Alles wirkt tot und grau, nichts Lebendiges zu sehen, bis auf den stetigen Strom von Autos in beide Richtungen. Die Reykjavíker fahren nach Süden bis zur Grenze des Sperrgebiets, um den Vulkanausbruch zu besichtigen, und die Leute aus Suðurnes fahren in die Stadt, um bei Verwandten und Freunden unterzuschlüpfen, die Autos vollbeladen mit Kindern, Haustieren und Gepäck. Die paradoxe Einstellung der Nation zu Vulkanausbrüchen prallt auf der Schnellstraße aufeinander: Panik, Angst und freudige Erwartung.

Das Sperrgebiet umfasst einen Radius von zwanzig Kilometern um die Ausbruchstelle, aber die Leute wandern auf den Þorbjörn oder fahren zu den Leuchttürmen von Stafnes und Garðskagi, um einen besseren Ausblick zu haben. Der Verkehr kriecht voran, die Straßenwacht hat mit einem Schneepflug die Asche von der Straße geräumt. Wir fahren mit blinkendem Warnlicht und überholen ein Auto nach dem anderen. Eins ist mit weißen Schleifen geschmückt, die Braut hat ein Glas Champagner in der Hand und starrt mit großen Augen durch die Autoscheibe, sie kann es kaum erwarten, ganz in Weiß mit der schwarzen Eruptionssäule im Hintergrund zu heiraten, die Fotos werden der Wahnsinn.

»Die Isländer sind verrückt«, sage ich zu dem Rettungswachmann neben mir. »Jedenfalls wenn es um Vulkanausbrüche geht.«

Er beißt in einen Krapfen und zuckt mit den Achseln. »Na klar. Die toppen jedes Sturmtief. Hier passiert ja sonst nichts.«

Als wir auf die Straße nach Hafnir biegen, kontrolliert ein Polizist mit Schutzmaske unsere Ausweise und lässt uns durch die Straßensperrung an der Kreuzung südlich des Flughafens. Die Landschaft war schon vorher karg, aber jetzt erinnert sie an meine alptraumhaften Vorstellungen als Kind von der Welt nach einem Atomkrieg: So weit das Auge reicht, nichts als schwarze, verbrannte Ödnis und eine kaum erkennbare Fahrspur, die an der Küstenlinie entlang zur

Eruptionssäule führt. Wir passieren ein paar Häuser, düster und niedergedrückt unter der Last auf ihren Dächern. Die kleine Kirche in Hvalsnes von Pfarrer Hallgrímur Pétursson hält sich wacker und reckt ihr Kreuz in den Himmel: Tod, ich fürchte nichts.

Alles ist schwarz und leblos, bis auf die Blitze, die im Süden den aschegrauen Himmel erleuchten, das Krachen ist das einzige Geräusch, das von der Eruption herübergetragen wird. Wir rasen in die Schwärze, meine Hände sind feucht, wieder bekomme ich Angst, aber ich verdränge sie, diese blöde Gefühlsduselei. Ich bin Wissenschaftlerin, verdammt noch mal, und halte das interessanteste Forschungsobjekt meiner beruflichen Laufbahn in den Händen.

Wir sehen zuerst den Dampf von der Fabrik, die weißen Rauchsäulen heben sich wie Banner von dem Schwarz im Süden ab, und da steht der Reykjanes-Leuchtturm auf dem Hügel, hell und kühn, winzig klein angesichts der Übermacht. Er hat schon viele Stürme überstanden, aber das ist nichts im Vergleich hierzu.

Vor dem Hügel steht ein zweistöckiges Wohnhaus, das frühere Zuhause des Leuchtturmwärters, das jetzt von Wissenschaftlern und Presseleuten in Beschlag genommen wurde und an eine quirlige Kaserne erinnert. Niemand hat richtig geschlafen, alle sind überspannt und voll freudig banger Erwartung auf das nur wenige Kilometer entfernte Ungeheuer. Die Polizei hat das Gebiet nicht grundlos abgesperrt. Der Vulkanausbruch ist zu allem fähig, es kann heftige Explosionen geben, die Eruption kann sich auf das Land zubewegen, neue Spalten können sich unter unseren Füßen öffnen. Wir vertrauen auf die Seismographen und die wachsamen Augen der diensthabenden Kolleginnen vom Wetteramt.

Das Institut für Geowissenschaften hat in der ehemaligen Wohnstube des Hauses ein martialisches Arbeitslager eingerichtet. Überall surren Computer und Messgeräte, der junge Eiríkur beugt sich über den Partikelanalysator, sein Tisch ist mit akribisch markierten Schachteln, Asche und Bims bedeckt. Über die Monitore flackern Linien und Wellen, die Frequenzdiagramme, die normalerweise in blauen und gelben Tönen gluckern, kreischen jetzt feuerrot und violett.

»Ach nee, die Frau Vorsitzende kommt zur Visitation und besucht ihre Untertanen. Was verschafft uns die Ehre?«

Jóhannes Rúriksson marschiert in den Raum, komplett mit Asche bedeckt, sodass ich seinen weißen Helm und seine orange Reflektorweste kaum noch erkennen kann, aber es steht außer Zweifel, wer da kommt, denn das schelmische Glitzern in den Augen hinter dem Glas der Maske entlarvt ihn. Fehlen nur noch ein Revolvergurt und Sporen.

»Johnny boy, wie siehst du denn aus?«, kontere ich. »Kannst du nicht deine Schuhe abtreten, bevor du reinkommst? Und keine Angst, hier drinnen darfst du ruhig die Maske absetzen.«

Er lacht sein tiefes Lachen, nimmt die Maske ab und streicht sich mit dem Handrücken über den grauen Bart und das kantige Gesicht.

»Ach Anna, wer hätte gedacht, dass wir so was noch erleben? Wenn das dein Vater sehen könnte! Ich sehe ihn vor mir, da draußen im Ascheregen. Er hätte niemals so eine beschissene Maske aufgesetzt, er wäre einfach mit seiner Pfeife rausgegangen, ha, mehr hätte er nicht gebraucht!«

Ich lächle ihn freundlich an. Jóhannes und die anderen Vulkan-Cowboys halten die Erinnerung an meinen Vater in Ehren, vergöttern ihn geradezu. Für sie war er ein raubeiniger, einfühlsamer Lehrer, eine Legende in der Feldforschung, furchtlos und erfinderisch. Vor ein paar Jahren schenkten sie mir ein gerahmtes Foto von ihm, als wir aus Anlass seines neunzigsten Geburtstags ein kleines Symposium abhielten. Das Foto wurde bei Viskositätsmessungen während des Askja-Ausbruchs 1961 aufgenommen. Er geht voraus, bewaffnet mit einem großen Schürhaken, den er in die glühende Lavawand rammen wird. Mit einem Aluminiumschild wehrt er die Hitze und die Glut ab, das Gesicht hochkonzentriert, eine Zigarette zwischen den Lippen, die Kapuze seines Anoraks reicht bis zum oberen Rand des robusten Brillengestells und ist der einzige Schutz gegen die Vulkanasche, die um ihn herum auf den Schnee fällt. Die Hand, in der er den Schürhaken hält, steckt in einem geblümten Ofenhandschuh.

»Sieh ihn dir an!«, sagten sie, strahlend vor Bewunderung. »Da ist dein Vater ganz in seinem Element!«

Ich mag diese Männer und ihren Respekt vor ihm. Ich finde das Foto wundervoll, aber die Person darauf kommt mir nicht vor wie mein Vater. Es zeigt einen Ritter, der einen grausamen Drachen angreift, schlecht ausgerüstet und absurd zuversichtlich angesichts der Übermacht. Das ist nicht der besonnene und vernünftige Mann, der mich großgezogen hat. Ich fühle mich immer gezwungen, mich gegenüber den Cowboys zu rechtfertigen, ihnen klarzumachen, dass ich mehr bin als die einzige Tochter und der Liebling meines Vaters, gezeugt, als er sein bestes Alter schon überschritten hatte. Ich bin nicht nur ein Papakind, sondern ihre Kollegin und Vorgesetzte.

»Das waren andere Zeiten«, sage ich zu Jóhannes. »Heutzutage sind wir zum Glück besser ausgerüstet. Und wenn mein Vater diesen Ausbruch schon nicht sehen kann, dann kann ich es wenigstens. Sollen wir raufgehen?«

Jóhannes nickt, tunkt einen Butterkeks in seine Kaffeetasse und steckt ihn sich in den Mund. Dann stapft er wieder hinaus, wobei er ein Aschehäuflein auf dem Fußboden hinterlässt. Ich schnappe mir eine Maske, einen Helm und eine

Sicherheitsweste und folge ihm nach draußen, steige die alten, aus schiefen Lavasteinen zusammengeschusterten Stufen hinauf zum Leuchtturm. Unter unseren Füßen bebt die Erde, und es schneit dunkle Asche. Jóhannes lässt mir mit einer galanten Handbewegung den Vortritt in den Leuchtturm, ich blicke ihn kurz an und haste dann vor ihm die Treppe hinauf, zwei Stufen auf einmal nehmend. Die Luke zum Lampenhaus steht offen, und da ist er, der unterseeische Vulkanausbruch vor Reykjanes.

Die gesprungenen Fensterscheiben des Leuchtturms wurden entfernt, und ich habe das Gefühl, dass der Sturm mich vom Rand wehen könnte, dabei existiert er nur in meinem Kopf. Trotz der grauen Wolken und der Blitze ist es windstill, und eine wundersame Ruhe liegt über dem Land. Die Rauchsäule wird von uns weggetragen, nach Südsüdost, und tut niemandem etwas, der nicht in der oberen Atmosphäre unterwegs ist. Die Asche fällt weiter auf den versengten, zerklüfteten Boden, das Meer bäumt sich mit vereinzelten Brandungsspritzern an der Küste auf, scheint jedoch von dem Feuer, das sich unter ihm nach oben presst, vernichtend geschlagen worden zu sein. Weiter draußen brodelt und kocht der Ozean, das Grau wird schwarz und dann weiß, wenn das Wasser sich mit dem Magma vereint und es in den Himmel jagt, Blitze tanzen, und Wolkenhaufen quellen unablässig hervor, schwellen an und fallen zusammen.

Ich stehe wie angewurzelt da und starre auf die graue Säule. Die Eruption selbst liegt im Wasser verborgen, viele Meter unter dem Meer. Wir müssen zu ihr vordringen, Bilder von ihr machen. Eine Idee geht mir durch den Kopf: Wir brauchen ein U-Boot. Plötzlich fällt mir ein, dass das Institut für Meeresforschung ein ferngesteuertes U-Boot mit einer brauchbaren Kamera besitzen müsste.

»Das Feuerherz ist jetzt richtig gut drauf«, höre ich eine Stimme neben mir sagen. Ich zucke zusammen, hatte den Mann im Lichthaus gar nicht bemerkt. Er hat eine einfache Feinstaubmaske vor dem Gesicht und späht zu der Lavafontäne. Asche klebt in seinen Augenbrauen und seinen Locken, die sich unter dem Helm hervorringeln. Seine Kamera ist in eine Plastiktüte eingewickelt, nur die Linse ragt heraus. Ich starre ihn an, er erwidert meinen Blick, und seine Augen leuchten, grün und hell wie bei einer Katze.

»Das ist so irreal«, sagt er. »Da tobt ein heftiger Vulkanausbruch, und es ist so seltsam leise. Als würde man einen Stummfilm anschauen.«

»Aber er macht Geräusche«, entgegne ich. »Wir messen sie mit speziellen Mikrofonen unter Wasser. Die meisten haben eine so niedrige Frequenz, dass wir sie nicht hören können.«

»Der Vulkan singt im Meer«, sagt er. »Das ist eine schöne Vorstellung.«

Als ich ihn verwundert anschaue, stutzt er lächelnd und räuspert sich.

»Tómas«, sagt er dann und reicht mir die Hand. »Tómas Adler, ich war letztens mit Ihnen im Hubschrauber. Als Sie über das Feuerherz sprachen. Und bei dem Flug gestern«, ergänzt er.

»Sie sind der Fotograf, der fast den Flug verpasst hätte«, sage ich und schüttele ihm die Hand. »Ich heiße Anna Arnardóttir.«

»Ich weiß«, sagt er. Um seine Augen, die über der Maske verschmitzt lachen, hat sich die Asche in schwarzen Streifen festgesetzt. »Sie sind die Frau, vor der alle Angst haben.«

Eine groteske Bemerkung, die ich in dieser Situation völlig unangemessen finde, aber mit einer Maske vor dem Gesicht ist es schwierig, Missbilligung zum Ausdruck zu bringen. Ich drehe mich weg und will wieder runtergehen, aber er hält mich auf.

»Entschuldigung, ich wollte Sie nicht beleidigen.«

»Kein Problem, ich bin nicht beleidigt. Ich muss nur weiterarbeiten.«

»Ich habe die Lavasäule fotografiert«, sagt er. »Von hier und von dem Felsen da unten am Strand. Schauen Sie sich die Bilder doch mal an, vielleicht sind sie nützlich.«

»Ja, danke, schicken Sie mir einfach eine Mail«, antworte ich und will mich gerade durch die Luke quetschen, als Jóhannes heraufkommt, prustend wie ein Wal. Er stützt sich an dem Scheinwerfer in der Mitte des Lampenhauses ab und ringt nach Luft.

»Scheiß Treppe«, röchelt er durch seine Maske. »Bist du schon wieder weg?«

»Ja, ich muss mir ein U-Boot leihen.«

Er blickt zu der Eruptionssäule und runzelt die Stirn.

»Scheint ziemlich stark zu sein. Könnte bei drei oder vier liegen.«

Ich nicke. »Mindestens vier. Wenn die Rauchsäule so dunkel und fast zwölf Kilometer hoch ist. Das gibt mindestens zwei, dreihundert Millionen Kubikmeter. Mal abwarten, wie viel davon an Land geweht wird. Kommt drauf an, wie der Wind steht und wie viel Glück wir haben.«

Tómas Adler justiert die Kamera und macht ein paar Fotos von uns. Jóhannes nimmt sofort Haltung an. Er setzt die Maske ab, fischt eine Zigarette aus seiner Anoraktasche, zündet sie an und blickt zu der Ausbruchswolke, breitbeinig, die Hände in die Hüften gestützt. Seine durchdringende Stimme dröhnt hinaus in die Schwärze:

Sieh ich bin der Leuchtturm
dort wo die Wüste den Tod anbetet!

Ich schüttele den Kopf und klettere durch die Luke nach unten.

»Warten Sie«, sagt Tómas, »bitte lassen Sie mich noch ein Foto von Ihnen machen.«

»Nein, ich will Mister Hemingway nicht die Show stehlen.«

»Keine Sorge«, ruft Jóhannes mir nach, und sein dreckiges Lachen folgt mir auf dem Weg nach unten. »Mich stellt niemand in den Schatten, hast du gehört? Noch nicht mal du, Annalein!«

»Du kannst mich mal, Johnny boy.«

FAGRADALSFJALL
N63°53'36" W22°16'10"

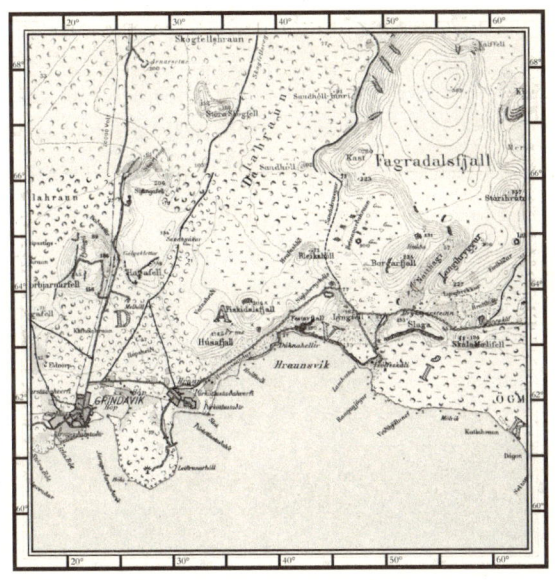

Das Fagradalsfjall-Vulkansystem unterscheidet sich in vielerlei Hinsicht von den anderen Vulkansystemen auf der Reykjanes-Halbinsel. Seine Besonderheit liegt darin, dass es nicht mit dem ursprünglichen Spaltenschwarm verbunden ist.

Neben den großen Schildvulkanen gibt es im Fagradalsfjall-Vulkansystem 30–40 kleine Lavaschilde. Sechs von ihnen, darunter der Skála-Mælifell, bestehen aus paramagnetischem, olivinreichem Gestein. Nach radiometrischer Datierung sind sie 90 000 Jahre alt und stammen aus einem Zeitraum magnetischer Instabilität. Von den anderen Eruptiveinheiten des Systems lässt sich der Festarfjall hervorheben. An diesem Berg kann man den Fördergang in den Klippen sehen, die Kette oder das Tau, isld. *festi*, durch den die Lava den Berg bildete.

Kristján Sæmundsson und Magnús Á. Sigurgeirsson:
Reykjanes-Halbinsel. Islands Vulkane

VULKANE SIND DOOF

Der Vulkanausbruch vor der Bucht Kerlingarbás auf Reykjanes (Kerlingar-Eruption) war eine mittelgroße submarine Eruption auf dem Reykjanes-Rücken. Sie begann früh am Morgen des 7. März und dauerte sechs Tage. Am zweiten Tag zeigten Unterwasserbilder eine zwei Kilometer lange Spalte, die sich in südwestlicher Richtung nach Eldey erstreckte.

Die Eruption war nur 2,5 Kilometer von der Küste entfernt und verursachte im Westen der Halbinsel, besonders in Reykjanesbær und auf dem Flughafen Keflavík, starken Aschefall, Land- und Sachschäden. Viele Gebäude wurden durch Erdbeben beschädigt. In Hafnir wurden vier Häuser zerstört, deren Dächer durch die schwere Aschelast einstürzten. In den Fischzuchtbetrieben verendete der gesamte Lachsbestand. Das Geothermiekraftwerk Svartsengi war aufgrund von Gebäudeschäden und veränderten Bedingungen der Hydrothermalfelder vorübergehend betriebsunfähig. Die Straße nach Grindavík wurde bei Svartsengi zerstört. In Reykjanesbær gab es drei Tage kein fließendes Wasser.

Die Eruptionssäule erreichte am ersten Tag eine Höhe von zwölf Kilometern. Vulkanasche verteilte sich in ganz Europa und verursachte beträchtliche Störungen in der Luftfahrt, der Flugverkehr wurde in vielen Ländern tagelang eingestellt. Die Ascheschicht war im äußersten Süden der Halbinsel etwa fünfzig Zentimeter dick und in Reykjanesbær und auf dem Flughafen Keflavík durchschnittlich sechs Zentimeter. Im Hauptstadtgebiet betrug die Dicke der Ascheschicht circa zwei Zentimeter. Noch viele Monate nach dem Ende des Ausbruchs gab es Ascheverwehungen und Feinstaubverschmutzung.

Anna Arnardóttir: Die Kerlingar-Eruption.
Vortrag bei der Frühlingstagung des Isländischen Geologieverbands. Synopse

Der Vulkanausbruch ist genauso schnell zu Ende, wie er begonnen hat, er versiegt, so als hätte man ihm den Hahn abgedreht, die Eruptionssäule sinkt ab, wird dünner und verschwindet innerhalb weniger Stunden unter dem Meeresspiegel. Das Meer dampft noch einige Tage, spült Bims und tote Fische an Land, aber der Schrecken ist vorbei. Das Zittern des vulkanischen Tremors auf dem Monitor des Wetteramts ebbt ab, die Polizei entfernt die Absperrungen und gibt die Straßen wieder frei. Die Einwohner von Suðurnes kehren zurück nach Hause und machen sich daran, die Asche von ihren Dächern zu fegen, die Gärten freizuschaufeln und die Abflussrohre von Schlacke zu befreien. Sie ärgern sich über die abgeblätterte Farbe und die gesprungenen Fensterscheiben. Naturkatastrophen sind auf Dauer ermüdend, man gewöhnt sich schnell an den Weltuntergang.

Aber die Welt ist weiterhin grau, die Stadt ist grau, jeder Strauch und jeder Grashalm ist mit Asche bedeckt. Sie klebt an den Straßen, Häusern und Autos, egal wie oft man sie abwäscht. Sie wirbelt durch die Luft, zieht einen Vorhang vor die Sonne, setzt sich in Haaren, Mund und Nase fest. Wir atmen sie ein, unsere Augen tränen, wir kauen sie beim Essen, nehmen das Grau in uns auf und versuchen durchzuhalten, warten auf den Frühling und die Stürme, darauf, dass sie die Asche weit hinaus aufs Meer fegen, dass der Regen sie in die

Erde spült und quietschgrünes Gras aus ihr hervorsprießt, dass die Welt wieder neu und rein wird.

Salka sitzt am Wohnzimmerfenster und malt mit dem Finger Muster in den Staub auf der Fensterbank. Seufzend hole ich einen Lappen, um im Wohnzimmer Staub zu wischen, wieder einmal.

»Ich will raus zum Spielen«, quengelt sie.

»Ich möchte«, korrigiere ich sie. »Du weißt doch, dass das nicht geht. Draußen ist die Luft verschmutzt, das ist schlecht für dein Asthma. Du hast eine empfindliche Lunge.«

Sie funkelt mich unter ihrer dunklen Mähne verdrossen an und zieht die Unterlippe schmollend nach unten.

»Meiner Lunge ist langweilig.«

»Möchtest du jemanden zum Spielen einladen? Ruf doch Máni an! Oder Hulda.«

»Nein. Vulkanausbrüche sind doof.«

Ich zucke zurück, fast so, als hätte sie mich getreten.

»Aber Herzchen, warum sagst du denn so was?«

»Die machen alles schwarz und hässlich«, murmelt sie verschämt. »Man darf nicht draußen spielen und nix.«

Ich setze mich neben sie auf den Fußboden und streiche ihr über die Haare.

»Weißt du, Vulkanausbrüche sind vielleicht ein bisschen anstrengend, aber ohne sie wären wir nicht hier. Alles ist durch sie entstanden, alles auf der Welt. Die Vulkanausbrüche haben vor ganz langer Zeit die Länder gemacht, und Island entwickelt sich immer noch weiter durch sie. Wegen ihnen sind wir hier, unsere Häuser und Straßen, alles ist aus dem Material von uralten Vulkanausbrüchen gemacht. Sogar die Erdatmosphäre, und ohne die gäbe es kein Leben.«

Sie zieht ihren Finger über die Fensterbank und betrachtet den schwarzen Staub an der Fingerkuppe.

»Mama, ist das von dem Vulkan im Meer?«

»Ja, das ist Asche vom Kerlingar-Ausbruch.«

»Dann ist der Vulkanausbruch zu uns nach Hause gekommen? Bis in unser Wohnzimmer?«

»Ja, das könnte man sagen.«

»Aber er macht alles kaputt!«

»Vulkane machen ein wenig kaputt, wenn sie ausbrechen, aber sie lassen auch neues Land entstehen, neue Erde. Sie zerstören und erschaffen Neues. Deshalb finde ich sie so spannend.«

»Du bist ja auch ein bisschen komisch, Mama«, sagt sie, und wir müssen beide lachen. Sie ergreift die Gelegenheit beim Schopf und fragt: »Darf ich eine Katze haben, Mama? Dann ist mir nicht mehr so langweilig.«

»Hör mal, Kleines«, sage ich und durchwühle ihre Haare, »du weißt doch, dass du allergisch gegen Katzenhaare bist. Sollen wir was backen?«

Sie strahlt mich an, und ich bekomme ein schlechtes Gewissen, weil ich sie seit dem Beginn des Vulkanausbruchs vernachlässigt habe. Sie darf die Eier aufschlagen und den Zucker und die Butter abwiegen, während ich Schokolade schmelze und die Rührmaschine und den Backofen beaufsichtige. Wir sind ganz ins Backen vertieft, als mein Mann hereinkommt und mir mein Handy hinhält.

»Es ist Guðrún Olga, deine Mutter«, fügt er erklärend hinzu, als müsste er mich daran erinnern, wer sie ist.

Ich nehme das Handy und gehe aus der Küche. Ich kann mich nicht erinnern, dass sie mich jemals von sich aus angerufen hätte. Ihre raue Stimme klingt fremd, leise und stockend, und ich lasse sie erst mal reden.

»Und wie geht es dir?«, frage ich dann wie eine Idiotin. Sie schnaubt. »Soll ich zu dir kommen?«

»Nein, das ist doch Quatsch. Vor Anfang nächster Woche passiert sowieso nichts. Der Arzt hat ja gestern erst angerufen und es mir mitgeteilt. Kein Grund, hysterisch zu werden.«

»Na gut, aber du meldest dich, wenn du was brauchst, ja? Ich kann jederzeit kurz bei dir vorbeifahren.«

Wir beenden das Gespräch, und ich sinke auf den nächsten Stuhl.

»Was ist los?«, fragt mein Mann.

»Sie hat Krebs«, antworte ich. »In der Lunge und eigentlich überall, so wie ich es verstanden habe. Sie sagt, sie hat nicht mehr lange.«

»Willst du nicht zu ihr fahren?«

»Nein.«

»Anna, sie ist todkrank. Sie steht unter Schock, du musst zu ihr.«

»Sie möchte es nicht.«

»Ich kann mitkommen.«

Ich schüttele den Kopf, bleibe still sitzen und starre auf das Handy, auf ihren Namen, Guðrún Olga, dann halte ich mir die Augen zu.

»Sie will mich nicht dahaben, hast du nicht gehört? Noch nicht einmal jetzt, wenn sie stirbt.« Ich breche in Tränen aus und muss laut schluchzen. Er kniet sich vor mich und nimmt mich in den Arm.

»Ach, Anna«, flüstert er. »Das tut mir so leid, mein Schatz.«

Ich lasse mich von ihm halten und heule an seiner Schulter. Nicht aus Trauer oder Mitgefühl mit meiner Mutter, sondern aus purem Selbstmitleid. Ich weine über mich selbst, weil mein Vater tot ist und ich jetzt auch noch meine Mutter verliere, obwohl ich sie nie besaß, obwohl ich sie nie dazu bringen konnte, mich gernzuhaben. Ich weine über all das, während Salkas Schokoladenkekse im Backofen anbrennen.

DU WEINTEST SO VIEL, ICH HALF DIR, ALS DU KOTZEN MUSSTEST

Wenige Wochen nachdem mein Vater plötzlich im Schlaf verstorben war, lernte ich meinen Mann kennen. Die Trauer war noch so roh und neu, dass ich mich mehrmals am Tag vor lauter Angst übergeben musste. Ich schien zwischendurch immer zu vergessen, dass er tot war, und jedes Mal, wenn es mir wieder einfiel, musste ich würgen, mein Magen drehte sich um und entledigte sich seines Inhalts. Meistens nur Kaffee, weil ich nichts anderes runterkriegte.

Ich ging zwar wieder zur Uni, bekam aber im Grunde nichts mit, starrte nur vor mich hin und wartete auf das Ende der Vorlesung, um zu rauchen, noch einen Kaffee zu trinken, nach Hause zu gehen und auszuharren, bis die Trauer nachließ. Das war am vernünftigsten, ich hatte mich über Trauer informiert wie über irgendeine Krankheit und wusste, dass sie ein Werkzeug ist, ein Prozess, der seinen Lauf nehmen muss. Ich versuchte, daran zu glauben, mit aller Kraft, aber das Verlustgefühl und die Einsamkeit waren stärker als die Vernunft. Mir wurde schwindelig bei dem Gedanken an mein Alleinsein, ich war seekrank vor Schmerz.

Meine Trauer war allgemeines Gesprächsthema, die ganze Fakultät durchlebte sie mit mir. Die Dozenten waren alte Freunde und Kollegen meines Vaters und bekundeten mir mit unbeholfenem Gemurmel betreten ihr Beileid, meine Kommilitoninnen machten sich Sorgen um mich. Eines Abends schleppten sie mich mit in den Stúdentakjallari. Ich war zu schlapp, um zu protestieren, konnte mich aber auch nicht amüsieren. Irgendwann nach dem zweiten Bier hatte ich einen Blackout und wachte am nächsten Morgen mit einem schrecklichen Kater auf, in Papas Schlafanzug. Jemand hatte einen Putzeimer neben mein Bett und ein Glas Wasser auf den Nachttisch gestellt.

Ich tastete in der Nachttischschublade nach einer Packung Lucky Strike und zündete mir eine Zigarette an, rauchte liegend im Düstern und versuchte, mir die nächtlichen Ereignisse und das Gesicht der Person ins Gedächtnis zu rufen, die den Geräuschen nach zu urteilen in meiner Küche herumhantierte und anscheinend neben mir geschlafen hatte. Erinnerungsfetzen an den Abend waberten durch meinen Kopf, ernste Augen unter einer hohen Stirn und ein grauer Anzug. Ich erinnerte mich dunkel, dass ich mich auf dem Weg durch die Suðurgata an ihn gehängt hatte, dass ich versucht hatte, ihn zu küssen, aber auf dem Glatteis ausgerutscht war. Er war standfest gewesen, als er mir hochgeholfen hatte, das wusste ich noch.

Die Zigarette zischte, als sie in dem Wasserglas landete, und ich schleppte mich aus dem Bett. Alles schwankte, und ich hatte einen säuerlichen Geschmack im Mund, schaffte es aber auf die Beine. Nachdem ich einen Wollpullover über den Schlafanzug gezogen hatte, betrachtete ich mein abgemagertes bleiches Spiegelbild an der Kleiderschranktür, rieb die schwarz verschmierte Schminke unter meinen Augen weg und fuhr mir mit den Fingern durch die Haare. Dann öffnete ich die Tür und tappte in den Flur, zu den Geräuschen.

Er stand mit dem Rücken zu mir an der Spüle und wusch ab. Er schien schon eine ganze Weile damit beschäftigt zu sein, denn der dreiwöchige Berg von schmutzigem Geschirr war wie durch ein Wunder fast verschwunden. Ich musterte seine angespannte Rückenansicht. Er trug eine graue Hose und ein weißes Hemd, hatte die Ärmel hochgekrempelt, und

seine dünnen blonden Haare hoben sich vor dem Küchen-
fenster ab wie ein Heiligenschein.

Ich stützte mich mit einer Hand an den Türrahmen, zog
den Pullover fester um mich und hüstelte, woraufhin er zu-
sammenfuhr und sich umdrehte.

»Was zum Teufel machst du da?«

Er lächelte verzagt.

»Guten Morgen. Ich hab dich ausschlafen lassen. Wollte
ein bisschen aufräumen, kann wohl nicht schaden.«

Er trocknete sich die Hände an Papas Schürze ab, war
groß und schlank, mit einem Grübchen im Kinn und wasser-
blauen treuen Augen. Ich war stinksauer.

»Spinnst du? Machst du das immer so? Betrunkene
Frauen abschleppen und dann ihr Geschirr spülen? Willst
du als Nächstes das Klo putzen? Gibt dir das einen Kick?«

Das Lächeln in seinem Gesicht erstarb.

»Entschuldige. Ich wollte dir keine Angst einjagen. Und …
letzte Nacht ist nichts passiert.«

»Und das soll ich dir glauben?«

»Glaub, was du willst. Du warst betrunken und dir war
schlecht und … du hast so viel geweint.«

»Geweint?«

»Ja, du warst ziemlich abgefüllt. Musstest kotzen, und ich
hab dir geholfen, und dann hast du losgeheult und über deinen Vater geredet. Ich wollte dir nur helfen.«

»Aha. Danke. Ich brauche keine Hilfe.«

»Das sehe ich«, entgegnete er grinsend. »Deine Wohnung sieht schlimm aus.«

Ich schaute mich um. Überall lagen Bücher, Handtücher
und schmutzige Klamotten. Ich hatte mir nur einen Weg frei-
geräumt, um zum Bett, ins Bad und in die Küche zu gelangen. Die Tische und Fensterbänke bogen sich unter welken
Blumensträußen von der Beerdigung, die Rosen ließen ihre

braunen Köpfe hängen, die Tischplatten waren mit grauen Haufen von Lilienblättern übersät. Die Trauer war greifbar, als hätte es in der Wohnung Asche geregnet.

»Ich hatte so viele andere Dinge im Kopf. Ich wusste nicht, wo ich anfangen sollte. Das sind eigentlich alles Sachen von meinem Vater, die ganzen Papiere und Bücher.«

»Hm, aber jetzt haben wir ja angefangen.«

»Wir?«

Ich musterte ihn von oben bis unten, diesen jungen blonden Mann, der in mein Leben eingedrungen war, in meine düstere, zurückgezogene Existenz, mit dem absurden Anspruch, Ordnung zu schaffen. Ich musste an meine Mutter denken, die einsam und unterkühlt oben in ihrer Dachgeschosswohnung hockte. Dann schluckte ich und zwang mich trotz meines üblen Mundgeruchs zu einem Lächeln.

»Willst du einen Kaffee?«

Er wurde erstaunlich schnell zu einem Teil meines Lebens. Am Anfang versuchte ich, eine gewisse Distanz zu wahren, bat ihn, abends nach Hause zu gehen, und vermied es, ihm in der Uni zu begegnen, aber er blieb am Ball, war hartnäckig und auf sanfte Art zielstrebig. Er überredete mich zu Spaziergängen, wir schlenderten zusammen durch die Stadt und lernten uns besser kennen, sprachen über die Vergangenheit, unsere Eltern und Freunde, über das Studium und die Zukunft. Ich redete über die Kräfte der Erde, er redete über die Gesetze des Marktes, fest entschlossen, reich zu werden und ein schönes, bequemes Leben zu führen.

»Nicht Millionär oder so, aber ich will ein angenehmes Leben haben«, sagte er. »Das lernt man zu schätzen, wenn man bei einer alleinerziehenden Mutter groß geworden ist.«

Und er wollte dieses angenehme Leben mit mir teilen.

Am Ende ging ich sogar zu Guðrún Olga, setzte mich in ihre kleine Küche und erzählte ihr von ihm. Sie war nicht schlecht drauf und schien sich fast zu freuen, mich zu sehen.

»Ach, meine Tochter hat einen Freund! Darauf müssen wir anstoßen.«

»Nein, darauf müssen wir nicht anstoßen«, erwiderte ich.

»Aber sicher«, insistierte sie, holte eine Flasche Kirschschnaps, goss ihn in zwei verstaubte Gläser, gab mir eins und hob das andere ins Licht.

»Auf Kristján und dich!«

»Er heißt Kristinn, nicht Kristján. Kristinn Fjalar Örvarsson«, sagte ich und schob das Schnapsglas weg.

»Bist du verliebt?«

»Ja, er ist ein netter Kerl, ich fühle mich wohl mit ihm.«

Sie lachte leise und zündete sich eine Zigarette an.

»Du bist nicht verliebt. Das kannst du gar nicht sein. Du bist wie ich.«

Da saß sie, schlank, dunkelhaarig und geheimnisvoll wie eine Schauspielerin in einem französischen Film, schon leicht ergraut, blass und hohlwangig vom vielen Drinnensein und von den Zigaretten, und behauptete, sie würde mich kennen. Sie war nicht bei Papas Beerdigung gewesen, aber immerhin am Tag nach seinem Tod zu mir gekommen, um mich zu trösten. Ihre Umarmung war kalt und steif, als wäre sie selbst gestorben.

»Ich bin nicht wie du«, sagte ich. »Ich liebe Kristinn. Über alles.«

Sie pustete Rauch aus und fixierte mich durch den Zigarettenqualm über dem Tisch.

»Du bist haargenau wie ich, unempfänglich für die Liebe. Und das ist ja auch in Ordnung, dann hast du mehr Energie für andere Sachen, für die Arbeit, für deine Wissenschaft. Menschen, die unempfänglich für die Liebe sind, haben die Möglichkeit, es im Leben zu etwas zu bringen.«

»So wie du? Ja? Vergeudest dein Leben alleine in diesem Rattenloch mit Schreiben und Übersetzen, irgendeinen Mist, den niemand liest? Du spinnst ja wohl. Ich bin nicht wie du, hast du gehört?«

Als ich sie mit Tränen in den Augen anstarrte, stocksauer, senkte sie den Blick und lächelte ihr schiefes Lächeln, fast entschuldigend.

»Ich wünschte, du wärst anstelle von Papa gestorben.«

Die Worte hingen zwischen uns in der Stille, ich wagte es kaum zu atmen, wartete auf eine Entgegnung. Sie schaute nur auf die Tischplatte, griff dann nach meinem Glas und leerte es.

»Sei nicht undankbar«, sagte sie leise. »Ich bin trotz allem deine Mutter. Du solltest mir den gebührenden Respekt entgegenbringen.«

»Ich habe dir nichts zu verdanken, außer dass du mich aus dir rausgepresst hast. Ich verstehe nicht, was Papa an dir finden konnte, warum ihr jemals zusammen wart.«

»Menschen verändern sich«, wisperte sie. »Wir konnten miteinander reden. Über Dostojewski und Tolstoi.«

»Papa hat Dostojewski gelesen?«

»Menschen verändern sich«, wiederholte Guðrún Olga, zündete sich eine neue Zigarette an, schloss die Augen und saugte den Rauch ein.

Kristinn und ich schafften es zweimal ins Kino und einmal ins Restaurant, bevor das Leben die Zügel in die Hand nahm, uns ausbremste und vor vollendete Tatsachen stellte. Ich weiß nicht, wie es passierte, ob ich vergaß, die Pille zu nehmen, oder sie auskotzte, jedenfalls betrachtete ich es als reine Formsache, ihm mitzuteilen, dass ich abtreiben würde. Wir saßen zusammen bei mir im Wohnzimmer, in Papas Wohnzimmer, unter gerahmten geologischen Karten und bräunlichen Landschaftsgemälden. Ich redete und rauchte. Er fuhr sich mit der Hand durch die blonden Haare, runzelte die Stirn und schaute mich mit seinen blauen Augen an, und ich fragte mich wieder einmal, was er eigentlich von mir wollte.

»Es gibt noch eine andere Möglichkeit«, sagte er schließlich. »Ich will dich nicht unter Druck setzen. Du tust natürlich, was du möchtest und für richtig hältst. Das ist deine Entscheidung. Aber du könntest das Kind auch bekommen. Wir könnten zusammenziehen. Es ausprobieren.«

Ich schaute ihn an, glotzte ihn an – auf die Idee wäre ich nie gekommen. Trotzdem lief auf einmal die Zukunft vor meinem inneren Auge ab wie ein Film auf einem alten Projektor, Bilder von einem schönen Zuhause, einem jungen Paar mit einem kleinen Kind und einer hellen Zukunft, Bilder von einem frühzeitigen, gesettelten Glück, einer gesunden, normalen Familie.

»Bist du verrückt?«, stammelte ich. »Willst du etwa jetzt schon Vater werden?«

»Es gibt viele größere Dummheiten, wenn du mal drüber nachdenkst«, erwiderte er. »Wir sind keine Kinder mehr. Du wirst 21 und ich 23. Was könnte denn schlimmstenfalls passieren? Hast du etwas zu verlieren?«

Er erhob sich von seinem Stuhl, setzte sich neben mich aufs Sofa und umarmte mich.

»Ich weiß, dass du durcheinander bist, dass du dir nicht sicher bist«, sagte er. »Aber ich liebe dich. Ich liebe dich, seit ich dich zum ersten Mal gesehen habe. Ich möchte mit dir zusammenleben, für dich sorgen. Ich möchte ein Kind mit dir haben. Gibst du uns wenigstens eine Chance? Denkst du drüber nach?«

Ich schaute in seine blauen treuen Augen. Er war ehrlich, er meinte es ernst. Er liebte mich. Was hatte ich zu verlieren? Ich zögerte und nickte dann. »Ich denke drüber nach.«

Er gab mir einen Kuss, nahm mir die Zigarette aus der Hand und drückte sie lächelnd in dem übervollen Aschenbecher aus Lavagestein aus.

»Aber du musst mit diesem Mist aufhören. Zumindest bis du dich entschieden hast.«

Er tröstete mich. Brachte Licht in mein Leben und ordnete das Chaos.

Er spülte das Geschirr.

MA CHE CAZZO STA SUCCEDENDO
IN QUESTO PAESE?

Man spricht von vulkanischer Unruhe, wenn etwas Ungewöhnliches auftritt, beispielsweise verstärkte seismische Aktivität. Natürlich ist die korrekte Einordnung einer solchen vulkanischen Unruhe entscheidend für die Beurteilung der Lage. Geowissenschaftler, die vor einem drohenden Vulkanausbruch warnen möchten, befinden sich in dem Dilemma, dass nicht alle Szenarien, die diese ersten Anzeichen aufweisen, in eine Eruption münden.
Freysteinn Sigmundsson, Magnús Tumi Guðmundsson,
Sigurður Steinþórsson: Die innere Struktur von Vulkanen.
Vulkangefahren

So wie die alljährliche Schneeschmelze setzen im Frühling die Erdbeben wieder ein, als wollte das Land den Winter abschütteln. Der Reykjanes-Rücken wälzt sich, knirscht mit den Zähnen und versetzt Suðurnes Tritte. Der Asphalt bekommt Risse wie altes Porzellan, und die Brücke an der Plattengrenze zwischen Europa und Amerika kracht mit einer Busladung Touristen ein. Sie bleiben unverletzt und flüchten kreischend mit erhobenen Handys, bis sie wieder festen Boden unter den Füßen haben – ma che cazzo sta succedendo in questo paese? Videos von dem Unglück gehen um die Welt, als könnte die Tourismusindustrie sich das erlauben. Die Einwohner von Suðurnes seufzen genervt und räumen ihre Regale wieder aus, packen das feine Geschirr in Kisten und stellen Bilder und Wanduhren in die Kleiderschränke.

Man gewöhnt sich an die ständigen Erschütterungen und hebt noch nicht einmal den Kopf, wenn die Kronleuchter klirren und Risse sich die Hauswände hinaufziehen.

Im Lauf des Mai bewegen sich die Erdbebenherde landeinwärts, tasten sich nördlich von Grindavík an der Bruchzone entlang über die Halbinsel und nehmen Kurs auf die Hauptstadt. Bevor sie dort ankommen, machen sie Halt und tanzen zwischen Krýsuvík und Bláfjöll. Die Stadt zittert, im gesamten Südwesten bebt es gewaltig.

»Ärger«, seufzt der Polizeipräsident. »Nichts als Ärger. Da bereitet man sich auf eine echte Katastrophe vor, und dann muss man sich mit Abwasserleitungen herumschlagen.«

Er wirkt enttäuscht und übernächtigt, war gerade bei einem Meeting mit den Ingenieuren vom Straßenbauamt und von der Strom- und Wasserversorgung, die nicht hinterherkommen, die Löcher in den Straßen zuzuschaufeln und kaputte Leitungen zu reparieren. »Wer hatte eigentlich die Idee, auf dieser gottverdammten Halbinsel zu bauen?«, fragt er, ohne sich an jemand Bestimmten im Konferenzraum zu wenden. Der neugegründete Wissenschaftsrat trudelt ein, fünf Leute und der Polizeipräsident, den der Justizminister ohne Auswahlverfahren als Vorsitzenden bestimmt hat, alles im Dienste schnellerer und effektiverer Kommunikationswege.

Milan fährt den Computer hoch und schaltet die Monitore an den Wänden ein. Júlíus vom Wetteramt ist da und murmelt finster vor sich hin, er hätte Wichtigeres zu tun, als ausgerechnet jetzt in affigen Meetings zu sitzen, während die längste Erdbebenserie seit Menschengedenken im am dichtesten besiedelten Gebiet des Landes wütet. Eine sportliche Frau um die vierzig in einer grellen Outdoorjacke und ein blutjunger untersetzter Mann im schicken Anzug nehmen ihre Plätze ein. Der Polizeipräsident stellt sie vor: »Sigríður

María Viðarsdóttir, Geschäftsführerin des Tourismusverbands, und Stefán Rúnar Jóhannsson, Amtsleiter im Justizministerium.«

»Schön und gut«, sage ich und verschränke die Arme, »bevor wir beginnen, möchte ich begründete Bedenken darüber äußern, dass Lobbyistinnen und Ministerialbeamte in diesem Rat sitzen. Ursprünglich sollte er eine Verbindung zwischen Wissenschaft und Zivilschutzleitung darstellen, aber nun wurde der alte Wissenschaftsrat im Grunde abgesetzt, und stattdessen sollen Beamte und Interessenvertreterinnen die Gefahr von Erdbeben und Vulkanausbrüchen einschätzen. Das ist eine unverständliche und unkluge Maßnahme.«

Stefán räuspert sich und setzt eine wohlwollende Miene auf. Sein teurer Anzug wäre in der zweckmäßig eingerichteten Koordinationszentrale lächerlich, wenn er ihn nicht mit einer solch bemerkenswerten Arroganz tragen würde wie eine Katze ihr Fell.

»Das Ministerium hält es für selbstverständlich, einen Vertreter in diesen Kreis zu entsenden. Es geht hier um weitreichende öffentliche Belange, die in unseren Aufgabenbereich fallen. Und der Tourismusverband muss wegen der Reisenden in dem betroffenen Gebiet mit einbezogen werden.«

»Immerhin sind wir noch der größte Wirtschaftszweig«, ergänzt Sigríður María und sieht mich unter ihren gezupften Augenbrauen durchdringend an.

»Es wäre naheliegend gewesen, Vertreter von ÍSOR und vom Umweltamt einzuladen, oder von den Zivilschutzabteilungen der betroffenen Gemeinden. Wir sollen auf Grundlage wissenschaftlicher Fakten Ratschläge für die Sicherheit der Bevölkerung geben, nicht auf der Grundlage von Politik und Wirtschaftsinteressen. Eine solche Arbeitsweise widerspricht der bewährten Tradition der Zusammenarbeit von

Wissenschaft und Zivilschutz. Der alte Wissenschaftsrat war immer effektiv.«

»Niemand zwingt Sie, teilzunehmen«, wendet der Polizeidirektor ein und betrachtet mich mit halbgeschlossenen Augen. »Sie wurden vonseiten der Universität vorgeschlagen, aber es steht Ihnen frei, den Vorschlag abzulehnen, wenn das unter Ihrer Würde ist. Das gilt auch für Sie«, sagt er an Júlíus gerichtet. »Es ist immer möglich, jemand anderen zu finden.«

»Das können Sie vergessen«, kontert Júlíus. »Wenn diese Sekte uneingeschränkte Macht über die Reaktion auf Naturkatastrophen haben soll, ist es gut, wenn Anna und ich dabei sind.« Er wirft mir einen Blick zu. »Komm bloß nicht auf die Idee, zurückzutreten.«

Natürlich trete ich nicht zurück. Ich erfülle meine Pflicht, nehme am Meeting des neuen Wissenschaftsrats teil und lasse mich nicht davon abbringen, die Experten aus dem alten Rat zu einer Lagebesprechung zusammenzutrommeln, obwohl ich mich eigentlich auf die Erforschung jener Kräfte konzentrieren sollte, die unter der Halbinsel erwacht sind. Die Treffen des Beratungsausschusses werden kaum noch wahrgenommen, die Leute finden sie sinnlos. »Du bringst im neuen Wissenschaftsrat doch sowieso nur das vor, was du für richtig hältst«, meckert Jóhannes. »Die kleine Anna weiß doch immer alles besser, oder?«

Ich kann nicht schlafen. Nach zwei Nächten in unserem schönen Sommerhaus in Grímsnes sollte ich ausgeruht und erholt sein, aber ich komme nicht zur Ruhe. Liege rastlos auf der Seite neben meinem Mann und lausche auf das Telefon. Es juckt mich in den Fingern, die neuesten Erdbebendaten vom Wetteramt zu checken. Die Drosseln machen alles nur noch schlimmer, ihre Liebesgesänge schrillen durch die helle Mainacht.

»Wir sollten uns eine Katze anschaffen und diese Schreihälse zum Schweigen bringen«, knurre ich am Sonntagmorgen, woraufhin Salka losjubelt:

»Ja, wir bekommen eine Katze!«

»Versuch mal, dich zu entspannen«, sagt mein Mann. »Du wälzt dich die ganze Nacht im Bett. Immer, wenn ich wach werde, sehe ich, wie du Löcher in die Luft starrst, als würdest du auf etwas Fürchterliches warten. Warum nimmst du keine Schlaftablette?«

»Dann wache ich nicht auf, wenn was passiert«, antworte ich und spüle meine Kaffeetasse aus. »Das bringt alles nichts, ich fahre zurück in die Stadt.«

Salka bleibt bei ihrem Vater. Sie kann Sonne und frische Luft gut gebrauchen, nachdem sie den ganzen aschegrauen Frühling im Haus eingesperrt war. Sie haben Internet und reichlich Essensvorräte und Medikamente gegen ihre Allergie, die Birkenpollen können ihr nichts anhaben. Trotzdem habe ich Gewissensbisse, weil ich die beiden zurücklasse. Ich nehme meine Tochter in den Arm, gebe ihr einen Kuss auf die Wange und verspreche, sie am Ende der Woche abzuholen.

Dann rase ich nach Hause, übernächtigt und mürrisch, und als ich die Haustür aufschließe, werde ich von den Überresten einer offensichtlich gelungenen Party überrascht: Die Tische sind mit Gläsern, Flaschen und Bierdosen vollgestellt, in der Küche stapeln sich Pizzakartons, und auf dem Boden liegen Chips verstreut, während mein Sohn mit einer jungen Frau im Arm auf dem Sofa im Wohnzimmer schläft.

»Örn Ögmundur Kristinsson«, rufe ich, und er fährt erschrocken hoch.

»Mama, was machst du denn hier? Ich … äh … dachte, ihr würdet länger bleiben.«

»Was war hier los?«, brülle ich.

»Ich hab nur ein paar Freunde eingeladen ... ich wollte aufräumen, bevor ihr nach Hause kommt. Mama, das ist Líf.« Er tastet nach seiner Unterhose und macht eine Handbewegung in Richtung des Mädchens, das hastig seine Klamotten zusammensucht.

»Hi«, sagt sie mit einem verzagten Lächeln. Sie ist hübsch, hat kurze blonde Haare, ein Nasenpiercing und ein auffälliges Schmuckstück im Bauchnabel. Ich wende den Blick ab.

»Was hast du dir dabei gedacht? Können wir nicht einmal aufs Land fahren, ohne dass du das Haus verwüstest?«

»Hör zu, Mama, gib mir nur ein paar Minuten, dann räume ich alles auf.«

»Das ist ja wohl das Mindeste!«, zische ich und stürme hinunter ins Erdgeschoss. Hier wurde auch gefeiert, jemand hat auf der handgewebten Tagesdecke im Elternschlafzimmer gelegen und eine Bierflasche auf dem Nachttisch abgestellt. Ich gehe durchs Haus und mache eine kurze Bestandsaufnahme. Niemand scheint mein Arbeitszimmer betreten zu haben, nichts ist zerbrochen oder kaputt, trotzdem kommt mir alles schmutzig vor, als wäre unser Heim entweiht worden. Als ich wieder hinauf ins Wohnzimmer stapfe, koche ich immer noch vor Wut. Das Mädchen ist auf dem Weg nach draußen zum Taxi, und mein Sohn dreht sich um sich selbst, verwirrt und mit verstrubbelten Haaren, ohne einen blassen Schimmer, wo er anfangen soll. Wenigstens hat er sich angezogen.

»Wie kannst du eine Party veranstalten, ohne uns vorher zu fragen?«, brülle ich ihn an. »Du bist doch keine sechzehn mehr!«

»Hör zu, sorry, das ist irgendwie aus dem Ruder gelaufen«, murmelt er, schiebt sich die dunklen Haare aus den Augen und blickt mich mit braunen Welpenaugen an. »Wir waren nicht viele, wir wollten nur Pizza bestellen. Und ich wollte aufräumen, bevor ihr zurückkommt.«

»Es geht nicht ums Aufräumen, es geht um Vertrauen. Das ist unser Haus, das Zuhause deiner kleinen Schwester. Kein Ort für Besäufnisse und Orgien.«

»Das war keine Orgie«, protestiert er. »Líf ist meine Freundin ... eigentlich«, sagt er und blickt zweifelnd zur Haustür, die das Mädchen soeben zugezogen hat.

»Du wirst bald vierundzwanzig, wohnst in deinem Elternhaus und benimmst dich wie ein Teenager. Total verantwortungslos. Du machst keine Ausbildung, denkst nicht an deine Zukunft, arbeitest in dieser Fabrik, damit du ein Leben wie ein Rockstar führen kannst. Hilfst nicht im Haushalt, machst immer nur Party.«

»Ich dachte, das wäre auch mein Zuhause«, sagt er. »Wenn ich nicht willkommen bin, gehe ich halt. Kein Problem.«

»Ja, vielleicht solltest du das tun. Endlich ausziehen.«

Ich bereue meine Worte sofort. Örn zuckt zusammen, als hätte ich ihn geschlagen. So sollte das nicht laufen, ich möchte nicht, dass er geht. Nicht auf diese Weise.

»Ach, Öddi«, seufze ich. »Ich hab's nicht so gemeint. Natürlich kannst du so lange hier wohnen, wie du willst, aber vielleicht ist es an der Zeit, dass du dich für irgendetwas entscheidest. Im Herbst mit der Uni anfängst.«

»Ich gehe nicht zur Uni«, sagt er verkniffen. »Ich gehe nach Italien.«

Ich starre ihn an. »Nach Italien? Wozu?«

Er räuspert sich und strafft die Schultern.

»Ich hab mich an einer Schule in Mailand beworben. Ich will Bühnenbildner werden.«

»Bühnenbildner? Ist das dein Ernst?«

Er schaut mich an und nickt. »Mein voller Ernst.«

»Bühnenbildner? Und wovon willst du leben? Bist du verrückt geworden, Junge?«

»Ich bin kein Junge, Mama. Und das ist genau das, was ich machen möchte.«

Ich bin entsetzt.

»Örn, du bist intelligent. Du wärst ein guter Student, wenn du dich dahinterklemmen und auf das Studium konzentrieren würdest. Du kannst alles werden. Wirf dein Talent nicht weg, verschwende deine Zeit nicht mit solchem Unsinn.«

»Du müsstest dich mal hören, Mama! Ich gehe auf eine Schule und nicht zum Zirkus.«

Ich schüttele verzweifelt den Kopf. »Das ist eine unvernünftige Entscheidung, Öddi. Davon kannst du nicht leben. Das bietet dir keine Sicherheit, keine Zukunft. Ich dachte, du jobbst im Aluminiumwerk, weil du fürs Studium sparst, um an eine gute Uni im Ausland zu gehen, MIT oder so. Du hast gesagt, du denkst darüber nach und orientierst dich.«

»Das habe ich, Mama, und das ist das Ergebnis. Ich weiß jetzt, was ich will.«

»Zum Theater?«

Ich schüttele frustriert den Kopf und beginne, die Dosen und Flaschen einzusammeln. Mein Sohn schaut mich gekränkt an.

»Was soll das, Mama? Du tust so, als würde ich vor die Hunde gehen. Das ist doch Quatsch. Man kann auch ein anderes Leben führen als Papa und du. Man muss nicht unbedingt Jura oder Geologie oder Ingenieurwissenschaften studieren und eine Frau und Kinder und eine Eigentumswohnung haben, bevor man dreißig ist. Es gibt noch andere Dinge im Leben. Dinge, die auch wichtig sind.«

Ich nehme eine selbstgedrehte Kippe aus einer Unterschale meines feinen Porzellangeschirrs und halte sie ins

Licht. »Und das hier? Sind das die Dinge, die wichtig sind? Von einer Party zur anderen ziehen und Gras rauchen? Ist das das Leben, das du führen willst?«

»Sei doch nicht so spießig, Mama«, sagt er kopfschüttelnd. »Du urteilst immer so hart über andere. Wenn man nicht genauso ist wie du und nicht die ganzen Erwartungen erfüllt, die du an dich selbst und andere stellst, ist man gleich ein Chaot. Drogenabhängig und kriminell. Aber das stimmt nicht. Die Leute leben nun mal unterschiedlich, sie fühlen sich wohl, sie werden glücklich, auch wenn sie nicht immer vernünftig sind. Gib anderen doch mal eine Chance, auch wenn sie nicht so sind wie du. Sei mal ein bisschen tolerant.«

Ich halte ihm die Mülltüte hin. »Hier, ich gebe dir eine Chance. Du bekommst die Chance, selbst aufzuräumen. Ich muss nämlich zur Arbeit, etwas Sinnvolles tun. Erdbeben beobachten und Geld für unsere Familie verdienen, von der du so wenig hältst. Wenn ich nach Hause komme, ist das hier alles sauber, verstanden?«

»Es gibt auch andere Dinge im Leben!«, ruft er mir nach, als ich die Tür hinter mir zumache. »Die Welt besteht nicht nur aus Steinen!«

DIE ERSCHAFFUNG DER WELT
ODER IHRE ZERSTÖRUNG

Tómas Adler eröffnet Ende Mai eine Ausstellung mit seinen Fotos, gut zwei Monate nach dem Ende des Vulkanausbruchs vor Reykjanes. Wie durch ein Wunder hat der Frühling Einzug in die Stadt gehalten. Helles Gras zwängt sich durch die schwarze Asche nach oben, Goldregenpfeifer und Bekassinen trippeln mit unverschämtem Optimismus zwischen den Schlackehaufen umher, aber schon ein leichter Wind reicht, um die Asche aufzuwirbeln. Dann legt sie sich wieder auf die Welt, und eine Dunstwolke hängt über der Stadt wie Trauer in einem alten Haus. Niemand möchte mehr über den Vulkanausbruch reden, alle haben die Schnauze voll von dem grauen Dreck an den Hauswänden, auf der Kopfhaut, in den Nasenlöchern. Hochdruckreiniger und Reisen in den Süden sind ausverkauft, und das Interesse an Fotos von diesem nervigen Vulkanausbruch ist auf dem Tiefpunkt.

Ich gehe zur Eröffnung, um fachliches Engagement und Anteilnahme zu bekunden, denn auch das Institut für Geowissenschaften spürt das hartnäckige Desinteresse der Bevölkerung, die Telefone klingeln schon lange nicht mehr. Wir haben alle Hände voll damit zu tun, den Aschefall zu kartieren und chemisch zu analysieren, Verwerfungen einzumessen und die Erdbebendaten abzugleichen, aber die Anfragen von außerhalb nehmen ab. Die Helden haben ihre Umhänge in den Schrank gehängt und hocken wieder vor den Bildschirmen, der Ruhmesglanz ist dem alltäglichen Gezänk über Diagramme und Partikelgrößen bei lauwarmem Kaffee gewichen, akademisches Kräftemessen in Filzpantoffeln.

Die Bilder hängen an den Wänden eines Kunstmuseums in der Innenstadt, durch die hellen Säle hallt Stimmengewirr und Gläserklirren. Die Fotografien sind groß und grobkörnig, ganz anders, als ich dachte. Sie erinnern mich an die ersten Bilder vom Surtsey-Ausbruch, den entgeisterte Seemänner in den sechziger Jahren des letzten Jahrhunderts fotografierten. Zuerst wirken sie schwarz-weiß, aber dann erkenne ich auf jedem Bild einen grellen Fleck: den roten Griff einer Schaufel, einen Fichtenzweig, ein Stück blauen Himmel. Es sind Farbfotos von einer schwarz-weißen Welt, von der dunkelgrau-weißen Eruptionssäule, von eingestürzten Häusern, Fahrspuren in schwarzer Landschaft, dem entfesselten Übel, das aus dem Meer quillt.

»Finden Sie das nicht schön?«, fragt der Fotograf, der plötzlich neben mir steht und mit verschränkten Armen die Bilder betrachtet. »Alle sind genervt von dem Vulkanausbruch, von der Asche und dem Dreck, aber ich wollte seine Schönheit einfangen und zeigen, wie großartig das war.«

Wir schütteln uns die Hände, sein Griff ist fest und warm. Er ist unrasiert und hat ein offenes Gesicht mit erstaunlich grünen Augen, die dichten dunklen Haare von grauen Strähnen durchsetzt. Seine Begeisterung ist ansteckend.

»Das sind sehr genaue und aufschlussreiche Fotos«, sage ich lächelnd. »Sie fangen die Eruption gut ein. Herzlichen Glückwunsch. Und danke für die Einladung.«

»Genau und aufschlussreich? Sie sind echt witzig«, entgegnet er lachend, aber es ist ein warmes, freundliches Lachen, kein ironisches. Ich muss mitlachen.

»Entschuldigen Sie, ich bin Wissenschaftlerin, das kann ich nun mal nicht verbergen. Ich finde die Fotos wirklich gut, aber ich habe keine Ahnung von so was. Von Ästhetik und künstlerischem Anspruch und so weiter.«

»Vielen Dank, Sie brauchen sich nicht zu entschuldigen.

Sie sind toll. Ich freue mich sehr, dass Sie da sind«, sagt er. »Kommen Sie, ich muss Ihnen etwas zeigen.«

Er führt mich durch die Halle in einen Nebenraum mit kleineren Fotografien. Sie sind schärfer als die Bilder in dem großen Saal, die Motive konkreter: ein Besen an einer Hauswand, aschegraue Schafe, die auf einen Anhänger getrieben werden, eine tote Möwe, halbvergraben im Sand. Außerdem Bilder von Menschen: kleine Kinder in bunten Skianzügen spielen mitten in der schwarzen Apokalypse, eine niedergeschlagene Frau trägt einen Koffer zu einem Auto, Jóhannes Rúriksson fixiert den Vulkanausbruch mit zusammengekniffenen Augen, eine Zigarette im Mundwinkel, und dann bin da ich, auf drei oder vier Fotos. Ich zeichne in der Koordinationszentrale in Skógarhlíð etwas an ein Whiteboard, ich stehe mit Asche in den Augenbrauen und einer Handvoll Bims neben dem Reykjanes-Leuchtturm. Mein Gesichtsausdruck ist auf allen Fotos konzentriert und verbissen, außer auf einem: an Bord der Bombardier-Maschine, zwischen den anderen Wissenschaftlern. Wir schauen aus dem Fenster, und in allen Gesichtern spiegelt sich gelassene Professionalität, nur in meinem nicht. In meinem Blick liegt Erstaunen, Angst und Faszination. Ich habe die Augen aufgerissen, die linke Hand auf die Brust gelegt, die Finger berühren das Schlüsselbein.

Wir betrachten die Fotos.

»Wie finden Sie sie?«, fragt er verlegen.

Ich antworte nicht, weiß nicht, wie ich mich fühle. Gekränkt, erschüttert und – geschmeichelt? Kann das sein?

»Ich war kurz davor, Sie zu kontaktieren und zu fragen, ob ich es zeigen darf«, erklärt er. »Aber dann habe ich es gelassen, weil ich Angst hatte, dass Sie nein sagen. Das ist mein Lieblingsfoto in der gesamten Ausstellung.«

»Warum?«

»Sehen Sie«, sagt er, streckt die Hand aus und berührt das Bild. »Sehen Sie, wie das Licht durchs Fenster hereinfällt und Ihr Gesicht beleuchtet? Es ist wie ein Heiligenbild, als hätten Sie eine Vision, als hätten Sie die Auferstehung miterlebt, die Erschaffung der Welt, oder ihre Zerstörung.«

Sein Finger streicht über meine Wange auf dem Foto.

»Sie sind Wissenschaftlerin, entschlossen, klug, akribisch. Aber hier hatte ich das Gefühl, hinter die Fassade zu blicken und Sie so zu sehen, wie Sie wirklich sind. Fasziniert und schutzlos angesichts dieser gewaltigen Kräfte, ein Mensch gegenüber der Natur. Und Sie sind so schön.«

Ich schaue ihn verwundert an, und er erwidert meinen Blick, intensiv, das Lachen ist aus seinen Augen verschwunden. Ein Moment vergeht, zwei, drei, er scheint noch etwas sagen zu wollen, doch da betritt mein Mann den Raum, entdeckt mich und kommt lächelnd auf uns zu. Er umarmt mich und gibt mir einen Kuss auf die Wange, entschuldigt sich für die Verspätung, reicht Tómas die Hand und beglückwünscht ihn, dann entdeckt er das Foto.

»Oh, das ist ja ein tolles Foto von dir«, sagt er zu mir. »Schön, dich so in Aktion zu sehen. Sollen wir es nicht kaufen? Ist es verkäuflich?«

»Ja«, antwortet Tómas. »Das ist eine Verkaufsausstellung.«

»Großartig«, sagt Kristinn und fügt augenzwinkernd hinzu: »Wir unterstützen gerne einen armen Künstler. Was soll es kosten?«

Ich bin erschrocken, als ich merke, dass ich mich für ihn schäme.

»Unter einer Bedingung«, wende ich ein. »Wenn wir es kaufen, möchte ich es sofort mitnehmen.«

Tómas wirft mir einen unergründlichen Blick zu. Dann verschränkt er die Arme.

»Na gut. Aber Sie bezahlen nichts dafür. Ich schenke es Ihnen.«

»Kommt nicht in Frage«, protestiert Kristinn. »Natürlich kaufen wir es, wir können uns das durchaus leisten.«

»Nein«, beharrt Tómas. »Es ist ein Geschenk. Für Anna.«

Wir starren uns wortlos an. Mein Mann schaut verunsichert von einem zum anderen und fängt sich dann wieder.

»Hören Sie, dann kaufen wir eben ein anderes Bild. Eins von den großen vorne im Saal. Wie fändest du es, Anna, deinen Vulkanausbruch zu Hause im Wohnzimmer zu haben?«

Tómas nimmt das Foto von der Wand und gibt es mir.

»Bitte sehr«, sagt er. »Ich hoffe, ich habe Sie nicht gekränkt.«

Ich schüttele den Kopf und nehme das Bild schweigend entgegen. Dann gehen wir nach vorne und wählen eine der großen Fotografien aus, auf der man den Bereich des Gasausstoßes der Eruptionssäule deutlich erkennen kann und der weiße Teil der Rauchwolke sich klar von dem grauen abgrenzt, wie auf einem Schaubild in einem Lehrbuch.

Mein Mann zückt seine Kreditkarte, und Tómas klebt einen roten Punkt an die Wand über den Titel des Fotos, um es als verkauft zu markieren. »Aber das können Sie nicht sofort mitnehmen«, erklärt er, »ich brauche noch welche in der Ausstellung.«

»Wo sollen wir das Bild von dir hinhängen?«, fragt Kristinn, als wir nach Hause kommen. Ich zucke mit den Achseln. »Keine Ahnung, vielleicht in mein Arbeitszimmer, oder ich hänge es in mein Büro.«

Dann bringe ich es runter in die Waschküche, lege es in eine Schublade im Wäscheschrank und verstecke es unter einem Stapel Tischdecken und Stoffservietten.

MAGMAINTRUSIONEN HABEN
EINEN NEGATIVEN MARKTWERT

»Das ist eine sehr unangenehme Situation«, wiederholt der Polizeidirektor und schaut Júlíus und mich an, als wären wir dafür verantwortlich. »Kann man wirklich nicht sagen, was als Nächstes passieren wird?«

Wir sitzen an einem ovalen Konferenztisch in der Koordinationszentrale und klammern uns an unsere Kaffeetassen. In der Mitte des Tischs thront ein Teller mit gräulichem Plundergebäck und blassen Krapfen. Die Anspannung im Raum ist greifbar.

»Wenn ich Sie richtig verstehe, gibt es keine konkreten Hinweise auf einen Ausbruch«, sagt Stefán und streicht über seine glänzende Krawatte. »Es ist äußerst wichtig, dass wir keine unnötige Angst in der Bevölkerung verbreiten.«

Ich habe ihn schon nach unserem Meeting im Frühling richtig eingeschätzt und mustere ihn. Er ist kaum dreißig, hat schon ausgedünnte Haare, und die Manschetten seines maßgeschneiderten Hemds sind mit seinen Initialen bestickt. Die Teilnahme am Wissenschaftsrat ist für ihn die Eintrittskarte für die nächste Stufe in der Rangordnung des Beamtenapparats. Er ist im selben Grade abgeklärt, schnieke und aalglatt, wie Júlíus vom Wetteramt hitzköpfig und schludrig ist. Sie scheinen eine geradezu körperliche Abneigung gegeneinander zu empfinden. Als der Erdbebenexperte den Mund aufmacht und auf die Bemerkung des Ministerialbeamten reagieren will, werfe ich ihm einen warnenden Blick zu. Er besinnt sich und hält die Klappe.

»Tut mir leid, aber es ist schwierig, den weiteren Verlauf vorherzusagen«, sage ich und setze mein höflichstes Lächeln auf. »Das Magma könnte an die Oberfläche gelangen und eruptieren, wahrscheinlich als basische Spalteneruption. Aber höchstwahrscheinlich handelt es sich um eine Magmaintrusion, wie wir sie aus Grindavík kennen. Darauf weisen die Krustenbewegungen und Erdbeben hin.«

»Was ist eine Magmaintrusion?«, fragt Sigríður María, die Geschäftsführerin des Tourismusverbands.

»Magmaintrusion bedeutet, dass das Magma sich in der Erdkruste nach oben bewegt. Eigentlich wie ein Vulkanausbruch, der nicht an die Oberfläche gelangt. Das Magma quetscht sich zwischen die Gesteinsschichten im oberen Teil der Erdkruste und bildet an der Oberfläche eine Blase oder Landhebung.«

Sigríður María mit der blonden Kurzhaarfrisur schüttelt den Kopf. »Das ist alles so kompliziert und wissenschaftlich. Ich wünschte, wir hätten wieder so einen Ausbruch wie beim Eyjafjallajökull. Erst die Pandemie, dann der Kerlingar-Ausbruch und jetzt das … Ein hübscher Vulkanausbruch an Land lässt sich immer vermarkten, aber nicht dieses abscheuliche Aschemonster da draußen im Meer. Solche Magmaintrusionen haben einen negativen Marktwert.«

»Also wirklich«, unterbreche ich sie, »negativer Marktwert? Wie können Sie so was sagen? Die Kräfte der Erde sind keine Werbeagentur, bei der Sie eine Kampagne bestellen können, die der Tourismusindustrie in den Kram passt. Wir können solche Ereignisse nicht steuern. Das Einzige, worauf wir Einfluss haben, sind unsere Reaktionen. Wir können versuchen, uns vernünftig zu verhalten und die Sicherheit der Bevölkerung zu garantieren.«

Milan schaut zu Júlíus: »Apropos Sicherheit der Bevölkerung: Wie ist der Stand der Dinge? Wie interpretiert das Wetteramt die seismische Aktivität der letzten Tage?«

Júlíus steht auf und stellt sich neben die Landkarte, die

an der Wand hängt. Sein brauner Karo-Pullover spannt sich über seinem Bauch.

»Es ist ähnlich wie in den vergangenen Wochen. Die seismischen Unruhen auf der transtensionalen Plattengrenze der Halbinsel setzen sich fort«, erklärt er und zeigt auf die Karte. »In den letzten Tagen haben die Beben im Fagradalsfjall abgenommen, während sie hier unter Trölladyngja wieder stärker geworden sind, und im Krýsuvík-Vulkansystem gab es eine Landhebung, aber das sind im Grunde minimale Veränderungen. Die gesamte Halbinsel bebt, aber die Erdbeben erreichen nur selten eine höhere Stärke als drei.«

Stefán unterbricht Júlíus: »Aber das sind doch gute Nachrichten, oder? Wenn sich die Beben nicht verändern, besteht kaum Gefahr, dass es wieder einen Vulkanausbruch gibt.«

Júlíus wirft ihm einen vernichtenden Blick zu.

»Sie werden aber auch nicht weniger«, erwidert er. »Das Land hebt und senkt sich, die Erdbebenherde bewegen sich Richtung Osten auf die Stadt zu. Ich weiß nicht, warum Sie von guten Nachrichten sprechen. Aber …«, sagt er und zuckt mit den Achseln, »es gibt keine konkreten Hinweise, dass Magma an die Oberfläche tritt. Jedenfalls noch nicht.«

Stefán stützt sich auf den Tisch und blickt Júlíus eindringlich an. »Wenn ich Sie richtig verstehe, gibt es keine konkreten Hinweise, dass die Beben intensiver werden oder eine Eruption zu erwarten ist. Das bedeutet für mich, dass es keinen Anlass gibt, die Alarmstufe zu ändern.«

Ich schüttele den Kopf und schaue zum Polizeipräsidenten. »Ich möchte noch einmal meine ernsthaften Bedenken dazu äußern, dass Vertreter von Ministerien und Lobbyisten im Wissenschaftsrat des Zivilschutzes sitzen. Ziel dieser Meetings ist eine wissenschaftliche Beurteilung der Lage und nicht, modifizierte Tatsachen zu erfinden, die der Regierung und der Tourismusindustrie zupasskommen.«

Der Polizeipräsident hebt die Hand.

»Das haben wir alles schon durchexerziert«, sagt er. »Wenn die Pandemie uns etwas gelehrt hat, dann ist es, keine Entscheidungen bezüglich der Sicherheit der Bevölkerung zu treffen, ohne die wirtschaftlichen Folgen zu berücksichtigen. Eine funktionierende Wirtschaft ist auch Zivilschutz. Stefán ist im Ministerium dafür zuständig, das Zivilschutzsystem zu überarbeiten, und ich habe die klare Anweisung des Ministerpräsidenten, sowohl die Politik als auch die Wirtschaft miteinzubeziehen.«

Stefán grinst zufrieden und streicht über seine Seidenkrawatte. »Ich vertrete hier nur die Sichtweise des Ministeriums. Die Regierung macht sich große Sorgen über die momentane Lage. Es ist schon schlimm genug, dass Sie wegen dieser Erdbeben die Ungewissheitsstufe ausgerufen haben, selbst wenn Sie nicht wieder auf Gefahrenstufe gehen und alles auf den Kopf stellen. Die Wirtschaft verkraftet keine weiteren Erschütterungen.«

»Wir machen das nicht zu unserem Vergnügen«, entgegne ich. »Wir müssen die Sicherheit der Menschen garantieren. Der größte Teil der Bevölkerung lebt in dieser Region, fast alle Touristen bereisen sie.«

»Zur Sicherheit der Bevölkerung gehört auch, Arbeit zu haben und sich ernähren zu können«, wirft Sigríður María ein. »Wenn wir die Handlungsfreiheit der Leute einschränken und die Touristen abschrecken, verlieren wir alle neu geschaffenen Jobs und die ganze Anstrengung zum Wiederaufbau des Tourismus war für die Katz. Wir sind gerade erst wieder auf die Beine gekommen, da rufen Sie die Ungewissheitsstufe aus. Seitdem ist die Zahl der Touristen um fast vierzig Prozent zurückgegangen! Die wenigen Tourismusunternehmen, die es nach der Pandemie noch gab, sterben wie die Fliegen, und überall in der Stadt stehen die Hotels leer. Wenn Sie weiter solche Hysterie verbreiten, erleben wir den nächsten Wirtschaftskollaps.«

Ich traue meinen eigenen Ohren nicht.

»Hysterie? Vielleicht haben Sie es nicht mitgekriegt, aber vor zwei Monaten gab es zwanzig Kilometer vom internationalen Flughafen entfernt eine starke explosive Eruption. Glauben Sie, es ist unsere Schuld, dass die Touristen nur zögerlich nach Island kommen? Das einzig Verantwortungsvolle in dieser Situation wäre, die Grenzen zu schließen, anstatt den Flughafen und die Stadt mit Touristen zu überschwemmen. Falls wir die Stadt räumen müssen, können wir noch nicht einmal alle Einwohner evakuieren.«

»Wir können die Stadt nicht räumen? Warum denn nicht?«

Ich schaue Stefán resigniert an und blicke dann hilfesuchend zu Milan, der sich erbarmt und das Wort ergreift.

»Die Fluchtwege aus Reykjavík sind wie Nadelöhre«, erklärt er. »Im Südwesten des Landes leben fast 250 000 Menschen, die Touristen nicht mitgezählt. Wenn alle gleichzeitig versuchen wegzukommen, verstopfen sie die Straßen.« Er zuckt mit den Achseln. »Und wo sollen die Leute hin? Nach Akureyri? Nach Selfoss? Da ist kein Platz. Wir können höchstens ein paar Stadtteile räumen, das reicht hoffentlich.«

»Hoffentlich?«

»Hoffentlich«, sagen Júlíus und ich gleichzeitig.

»Das ist keine zufriedenstellende Antwort«, erwidert Sigríður María. »Es ist schon sehr verwunderlich, dass ein Expertenausschuss auf der Grundlage von Mutmaßungen im gesamten Südwesten des Landes die Gefahrenstufe ausrufen will.«

Der Polizeipräsident räuspert sich: »Ich stimme Stefán und Sigríður María zu. Das klingt alles nicht so, als gäbe es einen Grund für derart einschneidende Maßnahmen. Wir dürfen nicht vergessen, dass hier sehr viele Interessen auf dem Spiel stehen, Deviseneinnahmen, Islands Status als Reiseziel, Wirtschaftswachstum und die allgemeinen Lebensbedingungen.«

Júlíus steht immer noch neben der Landkarte, und sein Gesicht unter dem zotteligen Bart ist feuerrot angelaufen.

»Was denken Sie sich eigentlich?«, fragt er mit lauter Stimme. »Glauben Sie, es geht hier nur um Spinnereien und Devisen und Wirtschaftswachstum? Was glauben Sie, was passiert, wenn es ein großes Erdbeben oder einen Vulkanausbruch gibt und die Bevölkerung dahinterkommt, dass hochrangige Beamte und Wissenschaftler die Gefahr heruntergespielt haben?«

Er schnappt sich einen roten Filzstift und malt große Kreise auf die Karte.

»Hier! Hier ist vor achthundert Jahren Lava geflossen! Und hier! Und hier und hier auch! Auf diesen Lavafeldern wurden Wohnviertel gebaut. Schulen, Altenheime, Mehrfamilienhäuser. Wissen Sie, wie lang achthundert Jahre in der Erdgeschichte sind?«

Er schnippt mit den Fingern. »Nicht länger als das! Ein Augenblick. Wir haben zum ersten Mal in der Geschichte die Möglichkeit, zu messen und zu analysieren, was unter uns geschieht, uns vernünftig zu verhalten und zu retten, was zu retten ist, und dann mischen sich die scheiß Politiker ein und wollen ihre Schäfchen ins Trockene bringen. Interessen, immer dreht sich alles nur um beschissene Interessen.«

Er verstummt, ist ganz außer Atem und hat etwas Spucke im Bart. Wir starren ihn an. Er stößt einen Fluch aus, schleudert den Filzstift auf den Boden, nimmt seinen Laptop und seine Unterlagen, stopft alles in seinen Rucksack, stürzt hinaus und knallt die Tür hinter sich zu.

Milan fixiert mich.

»Tja, Anna, und was ist nun das Fazit?«

Ich schlucke.

»Als Geowissenschaftler im Wissenschaftsrat empfehlen wir, dass der Zivilschutz wegen der Gefahr eines großen Erdbebens oder Vulkanausbruchs im Südwesten des Landes die Gefahrenstufe ausruft.«

»Na gut«, sagt Milan und blickt zu seinem Vorgesetzten. »Der Polizeipräsident stimmt diesem Fazit vermutlich zu?«

Der Polizeipräsident schaut erst mich, dann Stefán und Sigríður María an und räuspert sich.

»Als oberster Leiter des Zivilschutzes sehe ich momentan keinen Anlass, die Risikoeinschätzung oder den Katastrophenplan im Südwesten des Landes zu ändern. Die Ungewissheitsstufe wird beibehalten. Wir verfolgen die weitere Entwicklung genau und passen diese Beurteilung bei Bedarf an. Es ist wichtig, dass alle beteiligten Führungskräfte verantwortlich und einheitlich handeln, um keine Panik oder Misstrauen in der Bevölkerung zu schüren.«

Er schaut mich eindringlich an. »Ich vertraue darauf, dass alle dieser Beurteilung folgen und sich entsprechend verhalten.«

»Ihnen ist hoffentlich klar, was für eine Verantwortung wir tragen«, wende ich ein. »Diese Entscheidung verzögert alle Vorbereitungen und Reaktionen im Katastrophenfall.«

Der Polizeipräsident nickt. »Wir verfolgen die Lage und ändern den Plan, wenn es nötig ist.«

Er lässt den Blick durch die Runde schweifen. »Noch Fragen?«

Niemand sagt etwas. Stefán grinst, als hätte er im Poker gewonnen.

»Das Meeting ist beendet«, verkündet Milan und steht auf.

Erklärende Anmerkung IV
KÜHNE UND MÄCHTIGE ABENTEUER

Der Spiegel hing schon über dem Schreibtisch meiner Mutter an der Wand, solange ich mich an sie erinnere. Das Glas ist fleckig und braun von den vielen Zigaretten, die sie beim Übersetzen von Zwetajewa und Majakowski qualmte. Das alte, skurrile Ding verfolgt mich, seit meine Mutter im Frühjahr erkrankte, und mir wird bewusst, dass ich für sein weiteres Schicksal verantwortlich bin. Soll ich ihn verschenken, wegwerfen oder behalten? Er ist keine Augenweide und wertlos, nur eine nostalgische Kuriosität, ein groteskes Beispiel sowjetischer Dekorationskunst. Der Rahmen ist aus billigem Zinngemisch, die Reliefs zeigen Arbeiter mit Werkzeugen, Bauernmädchen mit Lämmern und Kornbündeln, einen Panzer, einen Satelliten, eine Balalaika, und ganz oben prangen Hammer und Sichel, die Symbole der arbeitenden Stände des Vorzeigestaats.

Der Spiegel hat sich in meinem Kopf eingenistet, seit ich meine Mutter nach ihrer Heimkehr nach Island zum ersten Mal wiedertraf. Ich kann mich nur vage an unser Wiedersehen erinnern, weiß aber noch, dass ich das seltsame Ding anstarrte und die Reliefs berühren wollte, so als könnten sie mir erzählen, was ihr in der Ferne widerfahren war. Ich weiß nicht mehr, ob sie mir etwas schenkte und was sie zu mir sagte, aber ich war ja auch erst fünf Jahre alt. Das Einzige, woran ich mich erinnere, ist die bange Vorfreude, sie wiederzutreffen, die Enttäuschung und ebenjener Spiegel.

Später erlaubte sie mir manchmal, ihn anzuschauen und die Reliefs zu berühren, wenn sie gut gelaunt war. Meine Besuche bei ihr waren kurz und schrecklich. Ich versuchte verzweifelt, ihr zu gefallen und in ihren Augen Gnade zu finden, aber ohne Erfolg. Ich fühlte mich wie ein Fremdkörper, als würde ich sie immer nur stören. Sie war nicht böse zu mir, überhaupt nicht; sie fragte mich immer, wie es in der Schule laufe, und ich antwortete ihr möglichst ausführlich, zählte meine Fächer und Lehrerinnen auf und bemühte mich krampfhaft, die darauffolgenden Gesprächspausen zu füllen. Es gab nichts, worüber wir uns unterhalten konnten, und sie hatte meistens vergessen, etwas zu essen für mich einzukaufen. Nach wenigen Minuten erdrückender Sprachlosigkeit erhob sie sich, legte eine Schallplatte auf und setzte sich an ihren Schreibtisch, um zu arbeiten. »Spiel doch ein bisschen«, sagte sie. Ich war schon ein Teenager, als ich zum ersten Mal auf die Idee kam, die Frage zu stellen: »Was stimmt eigentlich nicht mit Mama?«, anstatt mir immer nur den Kopf darüber zu zerbrechen, was mit mir nicht stimmte.

Wir saßen zu Hause am Küchentisch vor dem Fenster mit den karierten Gardinen und aßen Frikadellen mit gebratenen Zwiebeln und Spiegeleiern, eines von Papas Spezialgerichten. Er schaute angespannt auf seinen Teller und pikte Erbsen auf die Gabel, als wären sie die Wörter, nach denen er suchte, um meine Frage zu beantworten.

»Die Leute sind verschieden«, sagte er schließlich. »Deine Mutter ist ein ungewöhnlicher Mensch.«

Ich dachte kurz darüber nach.

»Will sie deshalb nicht mit uns zusammenwohnen?«

»Tja, vielleicht«, antwortete er. »Das könnte der Grund sein. Und wir können nicht mit ihr zusammenwohnen. Sie braucht das Alleinsein.«

Ich besaß ein paar Fotos von uns, von mir als Baby auf ihrem Arm, von uns dreien zusammen bei meiner Taufe. Da war mein Vater schon leicht ergraut, und sie sieht aus, als wäre sie seine Tochter, mit großen Augen, langen dunklen

Haaren und dürr wie ein Konfirmationskind. Das Foto wurde in unserem Wohnzimmer geknipst, mit den großen Bücherregalen im Hintergrund. Ich starre mit treuherzigem Schafblick Löcher in die Luft, mein Taufkleid reicht bis auf den Boden.

»Früher hat sie aber mal hier gewohnt, oder?«

»Ja, kurz nach deiner Geburt. Dann ging es nicht mehr. Sie wurde krank.«

»Aber wenn sie krank wurde, mussten wir uns da nicht um sie kümmern? Konnte sie nicht geheilt werden?«

»Weißt du, Kleines, das war eine andere Art von Krankheit.«

Papa seufzte, legte das Besteck auf den Tisch, stützte das Kinn in die Hände und schaute an mir vorbei durchs Fenster. Er trug seine orange Schürze, hatte die Ärmel seines Hemds vom Kochen noch hochgekrempelt und wirkte erschöpft.

»Sie hatte es nie leicht im Leben, weißt du. Hatte unrealistische Vorstellungen, lebte in einer Art Traumwelt. Gedichte und Romane, sonst drang nichts zu ihr durch. Am Ende konnte sie Einbildung und Wirklichkeit nicht mehr auseinanderhalten. Sie ... verirrte sich und fand nicht mehr zurück.«

Er setzte seine große Brille ab, putzte sie mit dem Zipfel der Schürze und spähte mit kurzsichtigen Augen durchs Fenster.

»Sie ist kein schlechter Mensch, deine Mutter«, sagte er. »Sie tat, was sie konnte, aber sie schaffte es nicht, mit uns zusammenzuwohnen. Deshalb war es das Beste, dass du bei mir bliebst.«

Er trank einen großen Schluck aus seinem Milchglas und aß weiter. Offenbar hielt er das Thema für abgehandelt, aber ich war noch nicht fertig.

»Aber wenn sie kein schlechter Mensch ist, warum ist sie dann so?«

»Wie?«

»Warum will sie nicht meine Mutter sein?«

Meine Stimme zitterte, und Papa hob den Kopf. Dann streckte er seine große Pranke über den Tisch und griff nach meiner Hand.

»Weißt du, ich glaube, sie hat sich nichts sehnlicher gewünscht, als deine Mutter zu sein. Sie hat es versucht, aber es ist ihr nicht gelungen. Es war nicht ihre Schuld. Du darfst nicht wütend auf sie sein, das wäre unvernünftig. Wir müssen ihr dankbar sein.«

»Dankbar? Wofür denn bitte?«

»Sie hat dich auf die Welt gebracht, sie hat dich mir geschenkt.«

Er drückte meine Hand, lächelte zärtlich und schob ein Stück Rote Bete auf seine Gabel.

»So, Kleines, jetzt iss deinen Teller leer.«

Wir sprachen nie wieder darüber. Ungefähr zu dieser Zeit hörte ich auf, sie Mama zu nennen. Ich bin mir nicht sicher, ob sie es merkte.

Ich durchlebte eine Phase, in der ich mich bemühte, ihre Krankheit zu verstehen. Ich las Ratgeber für Angehörige von Menschen mit psychischen Problemen, fand darin aber keine Antworten auf meine Fragen. Guðrún Olga war nicht gewalttätig. Alles, was sie mir angetan hatte, war, mich zu verlassen und mich der Obhut eines behäbigen Wissenschaftlers anzuvertrauen, der mich liebte und sich anstrengte, mich großzuziehen. Bis auf übermäßiges Passivrauchen, jede Menge Fachartikel und zu viel Fleischkonsum konnte ich mich während meiner Kindheit über nichts beklagen.

Als sie stirbt, bin ich bei ihr und lausche ihren letzten rasselnden Atemzügen. Es ist Sommer, und das Licht strömt durchs Fenster herein, obwohl es fast Mitternacht ist. Sie ist schon seit Tagen nicht mehr bei Bewusstsein. Der Südwesten wird weiter von Erdbeben geschüttelt, aber mittlerweile interessiert sich kaum jemand mehr dafür, am allerwenigsten im Hospiz. Die Angehörigen und das Pflegepersonal rücken die Engelbilder an den Wänden gerade, heben die Blütenblätter auf, die von den Lilien in den Kristallvasen gefallen sind, und setzen sich dann wieder auf die Bettkanten und warten, so wie ich bei Guðrún Olga. Morphium fließt durch ihre Adern und lindert die Schmerzen, nimmt ihr aber auch den letzten Rest Bewusstsein, die Chance, die Augen zu öffnen und mich zu sehen, sich von mir zu verabschieden. Mich um Verzeihung zu bitten? Mir ihre Liebe zu gestehen, auf den letzten Metern, fast ein halbes Jahrhundert nachdem sie mich verschmäht hat? Eigentlich sollte ich trauern. Ich habe die letzte Gelegenheit verpasst, ihre Tochter zu sein, aber ich fühle mich einfach nur rastlos. Auf der Arbeit ist viel zu tun, und ich sitze hier herum. Bei dieser mir nahezu fremden Frau.

Nach der Diagnose ließ sie sich von Kristinn eine Erklärung aufsetzen und unterzeichnete sie mit ihrer grazilen, aber resoluten Handschrift: Keine Chemo, keine Bestrahlung, keine Operation, nur genug Morphium.

Und sie wusste genau, was sie tat. Als sie endlich zum Arzt ging, hatte der Krebs schon von der Lunge auf die Leber und die Bauchspeicheldrüse übergegriffen. »Drei unheilbare Krebsarten in einer kleinen Frau«, sagte sie und hustete, »ziemlich gut geschätzt.«

Ich versuchte nicht, sie zu einer Behandlung zu überreden, das musste sie selbst entscheiden. Ich bemühte mich, sie zu besuchen oder jeden Tag mit ihr zu telefonieren, obwohl ich eigentlich nicht wusste, warum. Sie zeigte nur begrenztes Interesse für meine Fürsorge, wollte unbedingt noch die Übersetzung der *Zaren-Jungfrau* von Marina Zwetajewa abschließen und eine alte Übersetzung von *Anna Karenina* überarbeiten – ein ganzer Kulturraum ruhte auf ihren krummen, hageren Schultern, und sie schuftete wie ein Ackergaul, bis das Morphium sie bremste, ihre Schrift abgehackter und die Zeilen schiefer wurden und von den Seiten tropften wie geschmolzenes Kerzenwachs.

»Warum tust du das?«, fragte mein Sohn. »Warum scherst du dich um eine Frau, die sich nie um dich gekümmert hat?«

»Ach, Öddi. Sie ist alleinstehend, und ich bin ihre einzige Verwandte. Das ist meine Pflicht.«

Die Antwort war vielleicht nicht ganz ehrlich, aber sie musste genügen. Örn ist erwachsen – an diesen Gedanken habe ich mich langsam gewöhnt –, aber ich glaube, er ist noch nicht reif genug, um zu verstehen, dass es hierbei nicht nur um sie geht, sondern auch um mich. Auf diese Weise räche ich mich an ihr, indem ich sie besser behandle, als sie mich behandelt hat. Niemand soll sagen, dass ich meinen Teil nicht erfüllt, meine Pflicht nicht getan hätte.

Und ich schlage mich gut. Verdammt, ja, ich halte es aus, befeuchte ihre trockenen Lippen, stelle das Kopfende ihres Betts höher, lese ihr vor und tippe die letzten Seiten ihrer Manuskripte in den Computer.

Dann macht sie ihren letzten Atemzug, und ich bemerke es noch nicht einmal, sitze geistesabwesend am offenen Fenster und betrachte die sich bauschenden Gardinen. Ich merke es erst, als die Krankenpflegerin hereinkommt und ihr den Puls fühlt. Ich sitze da und starre vor mich hin, erschöpft, nachdem ich sie drei Monate beim Sterben begleitet habe.

»Sie ist von uns gegangen«, flüstert die Krankenpflegerin, und jetzt sehe ich es auch: Die Frau, die nicht meine

Mutter sein konnte, hat ihren Körper verlassen. Er erinnert mich an ein welkes Laubblatt im Herbst, die leere, nichtssagende Hülle einer begabten und eigenbrötlerischen Person. Wahrscheinlich sollte ich weinen, das wäre der Situation angemessen, aber ich kann es nicht. Dieser kleine tote Körper geht mich nichts an, unvorstellbar, dass er mich vor meiner Geburt monatelang beherbergt, geschützt und ernährt hat.

»Möchten Sie die Augen schließen?«, fragt die Krankenpflegerin, und ich starre sie an wie eine Idiotin – warum zum Teufel soll ich die Augen schließen?

»Die Augen Ihrer Mutter«, fügt sie mit einem sanften Lächeln hinzu. »Nicht Ihre eigenen.«

»Ach so, natürlich«, stammele ich und betaste ihr Gesicht. Meine Finger streichen über ihre Stirn, über die feinen Augenbrauen und Lider, die trocken sind wie Schmetterlingsflügel, und ich ziehe sie über die starren, matten Augen.

Ich stehe neben ihr und streichle ihre eingefallene Wange, berühre ihr Gesicht zum ersten und letzten Mal, und auf einmal tropfen Tränen auf ihre Brust. Das Weinen überrumpelt mich, es ist unvernünftig, Guðrún Olga verdient weder meine Tränen noch meine Gebete. Trotzdem stehe ich weinend an ihrem Bett und bete voller Inbrunst, bete zu Gott, an den ich nie geglaubt habe, er möge sie beschützen, ihr verzeihen, sie an einen besseren Ort geleiten.

Genug der Dummheiten.

Die Beerdigung findet im engsten Kreis statt. Ich sitze neben meinem Mann in der kleinen Friedhofskapelle, Salka und Örn sind zu Hause geblieben. Ich wüsste keinen Grund, warum sie an dieser einsamen traurigen Zeremonie teilnehmen sollten – niemand sollte so sterben, niemand sollte so leben, isoliert und ohne Freunde. Die einzigen anderen Trauergäste sind ein paar Gestalten von der Uni und vom Russischen Kulturverein. Ein förmlicher Mann um die sechzig schüttelt mir lasch die Hand und stellt sich als Herausgeber ihrer Bücher vor. Er bekundet mir sein Beileid und möchte wissen, wie er an die letzten Seiten ihrer Übersetzungen kommt, jemand muss ihr Lebenswerk fortführen, da weitermachen, wo sie aufgehört hat.

Die Musik hat sie selbst ausgesucht, Walzer Nr. 2 von Schostakowitsch, ein russisches Volkslied, Protestsongs, gespielt auf einer falsch gestimmten Orgel.

Wir murmeln gemeinsam:

Sinkt die Sonne ins tiefe Meer
und trübt verborgner Kummer das Herz
gedenken wir derer die starben beim Traum
von kühnen und mächtigen Abenteuern

Ich fange an zu zittern. Als Kristinn mir den Arm um die Schultern legt und mich an sich drückt, weine ich in seine Jacke, weine schluchzend wie ein Kind. Er streichelt meine Wange, küsst mich auf die Stirn.

»Sie hat ihr Bestes gegeben«, sagt er. »Sie hatte kein leichtes Leben, aber jetzt hat sie ihren Frieden gefunden.«

»Ich weiß«, schniefe ich. »Ich verstehe nicht, warum ich so traurig bin.«

»Du hast sie trotz allem geliebt«, sagt er. »Du hast dich gut um sie gekümmert. Du warst so stark und tüchtig. Ich bin stolz auf dich.«

Ich drücke seine Hand, unendlich froh, einen so guten Mann zu haben. Einen Kameraden, der mich durchs Leben begleitet, in guten wie in schlechten Zeiten.

Beschleicht mich da ein Zweifel? Schlüpft eine Schlange in mein Herz?

Ich glaube nicht. Ich bin zufrieden.

Meine Mutter ist tot, und ich bin nicht sie. Ich lebe mein glückliches, sicheres Leben, mit meinem guten Mann und meiner schönen Familie.

Die Trauer geht in Dankbarkeit über, und ich weine Freudentränen.

Am nächsten Tag gehe ich in ihre Wohnung und begutachte mein Erbe. Man kann Guðrún Olga wirklich nicht als materialistisch bezeichnen. Der Isländisch-Russische Kulturverein wird einige Bücher übernehmen, die restlichen dränge ich der Universität auf, das meiste andere landet im Müll. Auch die wenigen Möbel, die zu verschlissen und verqualmt sind, als dass sie jemand haben wollte. Ich möchte nichts aufbewahren, bis auf ein verblichenes Aquarell vom Roten Platz in Moskau und ein paar Fotos von uns beiden, mit gekünsteltem Lächeln und weiten Hosenbeinen.

Und diesen hässlichen Spiegel. Ich möchte ihn eigentlich zur Möbelkammer bringen, behalte ihn dann aber in einem Anflug von Sentimentalität, den ich mir selbst nicht erklären kann. Ich nehme ihn mit nach Hause, aber er passt nicht an unsere hellen Wände, zu unserer geschmackvollen, modernen Einrichtung. Weil ich ihn nicht in meinem Arbeitszimmer haben möchte, landet er schließlich an der Wand in meinem Uni-Büro, zwischen Bücherregalen und Landkarten. Da hängt er und verstaubt, geduldig und leise. Er spiegelte so lange das Gesicht meiner Mutter, während sie an ihrem Schreibtisch arbeitete, dass ich fast das Gefühl habe, sie wäre in ihm gefangen. Manchmal sehe ich sie ganz kurz in dem Spiegel auftauchen, mit ironischem Blick.

CRÊPE DE CHINE

»Kauf dir was Schönes, das hast du dir verdient.«

Mein Mann umfasst meine Schultern und schmiegt seine Nase an meine Haare. »Ein Kleid oder eine Jacke oder einen schönen Pullover, warum nicht?«

Er ist glücklich und zufrieden, weil wir gemeinsam etwas unternehmen, nur wir beide in der Innenstadt, zum ersten Mal seit Monaten. »Wir arbeiten zu viel«, sagt er, »sehen uns nur noch mitten in der Nacht. Man muss seine Ehe hegen und darf sie nicht vernachlässigen, das ist wie bei einer Firma, wie wenn man die Reederei Eimskip betreibt, weißt du.« Ich meine einen Vorwurf aus seiner Stimme herauszuhören, obwohl er fast genauso viel arbeitet wie ich. Er findet mich distanziert, dazu neige ich mitunter, dann bin ich geistesabwesend und höre ihm nicht zu, manchmal einen ganzen Abend lang. Er erzählt etwas und ich nicke zustimmend, ohne ein Wort von dem zu hören, was er sagt.

»Wo bist du?«, fragt er dann. »Wo befindest du dich gerade?« Ich zucke zusammen. »Ach, ich bin nur müde«, entgegne ich, aber er hat recht, ich war weit weg, habe in den Armen meines Vaters etwas über Gesteinsschichten gelesen, hoch oben in der Bombardier-Maschine gesessen und zugeschaut, wie die Wolkenbäusche in der Eruptionssäule auseinanderbrechen, mich im Inneren der Erde befunden, tief unten in der Dunkelheit, habe an Ausdehnung und Verwerfung und Druck gedacht. Diese Distanz war mir schon immer zu eigen, aber nach Guðrún Olgas Tod wird sie stärker, als wäre eine Wand eingestürzt und meine Aufmerksamkeit hinausgeflossen, meine Gedanken haben keinen Platz mehr in ihren alten Räumen.

Aber heute ist Sommer, die Sonne scheint, und unsere kleine Innenstadt sieht mit ihrer Blütenpracht und dem bunten Treiben fast hübsch aus. Und ich bin präsent, aufmerksam und liebevoll. Wir haben draußen im Windschutz vor einem Café zu Mittag gegessen und Weißwein getrunken und schlendern jetzt Hand in Hand die Bankastræti und den Skólavörðustígur hinauf, als wären wir zwanzig Jahre jünger und verliebt, der Alkohol kribbelt angenehm im Blut. Ich möchte nichts kaufen und brauche nichts, lasse mich aber überreden, in eine Boutique zu gehen. Es macht Spaß, sich in Versuchung führen zu lassen, etwas anzuprobieren, das ein klein wenig zu teuer und zu auffällig ist, sich im Spiegel zu betrachten und zu merken, dass man eine ganz andere Frau sein kann, exotisch und raffiniert, zu spüren, wie ein wohliger Strom und Dopamin durch den Körper schießen, wenn man die Kreditkarte zückt und bezahlt.

Er hat recht, ich war dumpf und zerstreut, habe mich selbst vernachlässigt. Mein Haaransatz ist grau, meine Nägel sind abgekaut, und meine Klamotten schlabbern, sind schäbig und verfilzt. Eine Frau muss sich Mühe geben, um gut auszusehen, das kommt nicht von alleine, nicht mehr.

Ich genieße es, über die Kleidungsstücke in der Boutique zu streichen, Kleider, Röcke und Blusen, halbtransparentes Organza, knisterndes Krepp, Seide, Musselin, Popeline. Die Namen der Webarten betören mich, jeder Stoff hat eine andere Beschaffenheit, ein anderes Gewicht und andere Eigenschaften, genau wie das Gestein und die Minerale, die ich auf der Arbeit betaste. Die Frau im Spiegel dreht sich und lächelt mich zufrieden an, sie trägt ein rotes Sommerkleid, das etwas zu teuer ist, etwas zu gewagt, aber gut zu ihren dunklen Haaren passt, schön um Bauch und Taille fällt, ihre Brüste wirken nicht zu groß. Ich schaue mich suchend nach meinem Mann um und möchte ihm das Kleid zeigen, kann ihn aber nicht finden, entdecke ihn schließlich vor dem Schaufenster. Er steht auf dem Bürgersteig vor dem Laden und unterhält sich mit einer kleinen Frau in einem grauen Mantel. Ich sehe sie nur von hinten, sie fasst ihn am Arm, redet ernst und mit Nachdruck auf ihn ein und neigt immer wieder den Kopf. Er lächelt betreten, nickt und drückt der Frau zum Abschied die Hand.

»Wer war das?«, frage ich, als er wieder in die Boutique kommt.

»Nur was Berufliches«, antwortet er und mustert mich. »Tolles Kleid!«

»Eine Mandantin?«

Er weicht meinem Blick aus. »Ach, sie hat sich alleine mit ihrem Sohn nach Island durchgekämpft und brauchte Hilfe bei ihrem Asylantrag, keine große Sache. Willst du das Kleid kaufen? Oder das da? Das ist wirklich schön«, sagt er und zeigt auf ein hellgraues braves Blusenkleid, das auf einem Bügel in der Umkleidekabine hängt.

Mein geliebter Mann. Seine Herzensgüte ist ein Hemmschuh, sie kommt ihm überall in die Quere. Er möchte sich auf die Steuerberatung konzentrieren, seine wohlhabenden Mandanten durch die Irrwege des Steuersystems geleiten – es ist nicht leicht, in Island reich zu sein –, Firmeninteressen vertreten und lukrative Nachlässe verwalten, doch dann kreuzt ein armer Mensch seinen Weg, ein tragisches Schicksal, Ungerechtigkeit, Menschenrechtsverletzung, und er stürzt sich blind in juristische Unwägbarkeiten, um zu helfen und die Ungerechtigkeit aus der Welt zu räumen. Asylsuchende, Obdachlose, Opfer sexueller Gewalt – Opfer des Systems –, seine Sekretärin hat alle Hände voll zu tun, ihm Prozesskostenhilfefälle vom Hals zu halten, die nichts einbringen, nur weinende Mandanten im Wartezimmer, Notanrufe mitten in der Nacht, keine Krone in der Kasse; so leitet man keine rentable Anwaltskanzlei, so führt man kein angenehmes Leben.

Ich betrachte die Kleider. »Weißt du, ich glaube, ich lasse es. Sie sind zu teuer. Und ich brauche kein Kleid.«

»Man braucht ja nie was. Aber wir können uns das leisten und uns auch mal Dinge gönnen, die wir nicht brauchen.«

Ich küsse ihn auf die Wange, lege ihm den Arm um den Hals und schaue ihm in die Augen.

»Du bist ein guter Mensch, weißt du das?«

Er schüttelt verlegen den Kopf. Ich gehe in die Umkleidekabine, ziehe meine alten Klamotten wieder an und lasse beide Kleider auf den Bügeln hängen.

»Komm«, sage ich zu ihm. »Lass uns einen Kaffee trinken.«

Als ich zwei Tage später von der Arbeit nach Hause komme, steht eine Einkaufstüte auf dem Küchentisch, eine Papiertüte mit dem Logo der Boutique im Skólavörðustígur. In der Tüte ist ein Kleid, in raschelndes schwarzes Seidenpapier eingepackt. *Für Anna, von einem Verehrer*, steht in Kristinns schöner, gleichmäßiger Handschrift auf der Karte. Ich falte das Papier auseinander, rechne mit dem roten Seidenkleid, entdecke aber stattdessen das Blusenkleid, das hellgraue, brave.

Ich probiere es an und betrachte mich im Spiegel. Es steht mir ausgezeichnet und passt zu einer Frau meines Alters, meiner Stellung. Ich freue mich sehr darüber, wirklich.

DAS GEOLOGISCHE MISSVERSTÄNDNIS

und Heidekraut und Moos
brennen
in mythischem Feuer
Matthías Johannesen: Ringkampf mit dem Berg

Wir leben in aufgeklärten Zeiten, genießen das Privileg, wissenschaftliche Methodik nutzen zu können, um ein Gespür für Phänomene zu entwickeln, die früher vollkommen unverständlich waren. Unsere Vorfahren waren gezwungen, auf Aberglaube und Mystizismus zurückzugreifen, wenn sie den Rätseln dieser Welt auf den Grund gehen wollten, dem Lauf der Gestirne, dem Wechsel der Jahreszeiten, Leben und Tod.

Das galt auch für die Kräfte der Erde, die so mannigfaltig waren und so viele Namen bekamen. Typhon war ein vielköpfiger Sturmgott, der in der Unterwelt rumorte und Erdbeben auslöste; Vulcanus befeuerte den Ätna und den Vesuv, und die Römer warfen lebende Tiere und sogar Kinder ins Feuer, damit er nicht wütete und die Welt zerstörte. Platon beschrieb den Feuerstrom Pyriphlegethon, der durch die Unterwelt floss und manchmal an die Oberfläche trat; Pele erschuf die hawaiianischen Inseln und schützte sie vor der Bedrohung des Meeres und der Winde. Normalerweise gebe ich nicht viel auf solchen Unsinn, aber ich kann es mir nicht verkneifen, die Einwohner der Vulkaninseln auf dem pazifischen Rücken zu beneiden um ihre schöne, mächtige Feuergöttin mit den schwarzen Lavasträngen auf den Schultern, den glühenden Zöpfen und dem brennenden Blumenkranz um die Stirn. Sie hatten auch ein Verständnis für die Schöpfungskraft eines Vulkans und seinen Kampf gegen die Erosion. Pele befindet sich in einer ständigen Auseinandersetzung mit ihren Schwestern, dem Meer, den Stürmen und dem Schnee. Im Vergleich dazu sind die mythologischen Erklärungen, die sich die Leute auf der Plattengrenze auf unserer Seite der Erdkugel ausdachten, nicht sonderlich überzeugend. Der Riese Surtur hütete das Feuer in Muspellsheim mit einem brennenden Schwert, als hätte dieses Feuerland eines Schutzes bedurft, und die Erde bebte, wenn das Gift der Giftschlange auf Lokis Gesicht tropfte. Fantastische Geschichten, die auf dem europäischen Festland entstanden sind, bevor die ersten Siedler nach Island kamen und Erdbeben und Vulkanausbrüche am eigenen Leib erfuhren.

Ich rechne es den Isländern hoch an, dass sie sich von Beginn an nicht groß um die Mythen scherten und Vulkanausbrüche mit eiskaltem Realismus betrachteten. Sie kamen und gingen, zwanzig-, dreißigmal in einem Jahrhundert, spuckten ihre schwarzen Rauchsäulen aus, jagten Aschewolken und Gletscherfluten über das Land, vernichteten fruchtbare Wiesen und Felder, türmten neue Berge und Inseln auf, töteten Schafe und Pferde. Die Leute stöhnten, schüttelten sich den Sand aus den Haaren, erfanden treffende Namen für die neuen Landschaften und widmeten sich wieder der täglichen Arbeit: Schafe zusammentreiben, fischen, spinnen und weben, ab und zu eine Strophe dichten, überleben. Vulkanausbrüche erlangten nur selten einen mythischen Rang, die meisten lagen fern von bewohnten Gegenden, und die verheerendsten wurden schlicht als eines der zahlreichen Werkzeuge Gottes, des Allmächtigen, zur Züchtigung seiner sündigen Kinder angesehen, genau wie andere Katastrophen, Hungertod im Winter und die Pest.

Da kam ein Mann gelaufen und sagte, in Ölfus sei ein Vulkan ausgebrochen und die Lava bewege sich auf den Hof des Goden Þóroddur zu. Daraufhin sagten die Heiden: »Es verwundert nicht, dass die Götter über solche Reden erzürnt sind.« Da sprach der Gode Snorri: »Worüber erzürnten sich die Götter, als die Lava brannte, auf der wir hier stehen?«

Diese Schilderung von der Annahme des Christentums kam mir immer unglaublich modern vor. Ich sehe Snorri förmlich vor mir, im Anorak, wie er diese Dummköpfe durch seine großen Brillengläser scharf ansieht und kopfschüttelnd seine Pfeife ausklopft: Genug der Dummheiten. Snorri stand auf einem achttausend Jahre alten Lavafeld, als er über diesen Aberglauben die Nase rümpfte, seine Vorfahren waren hundertdreißig Jahre zuvor über den Ozean gesegelt und hatten diese Insel besiedelt, die eigentlich kein Land ist, sondern ein aus dem Wasser ragender Meeresboden. Ein Aufstrom heißen Mantelgesteins auf der Plattengrenze hat ihn aufgetürmt, viele Jahrhunderte lang, Vulkanausbruch um Vulkanausbruch. Island ist also kein richtiges Land, sondern ein geologisches Missverständnis, das aus Zufall entstanden ist und fortwährend entsteht, solange der Aufstrom weiter aus dem Erdmantel strömt, so wie in Großstädten warme Luft aus U-Bahn-Schächten, die im Sommer die Röcke der Frauen hochwirbelt, wenn sie über ein Lüftungsgitter laufen. Island ist die Bauschung des Rocks kurz vor dem Hochfliegen, kurz bevor die Frau scharf einatmet und den Saum hinunterdrückt.

Genau so, nur ein bisschen langsamer.

NICHTS IST SCHÖNER ALS EINE
HÜBSCHE FRAU, DIE SCHWEIGT

Das Wasser löst sich aus dem Magma, wenn der
Druck sinkt, das Volumen des Magmas sich verviel-
facht und es sich in Schaum verwandelt, wie Champagner, der schäumt, wenn die Flasche entkorkt wird
(dabei wird allerdings Kohlendioxid freigesetzt, CO_2,
nicht Wasserdampf).
Freysteinn Sigmundsson, Magnús Tumi Guðmundsson
und Sigurður Steinþórsson: Die innere Struktur von
Vulkanen. Vulkangefahren

Der Sommer ist stürmisch und widerspenstig, der Staub
klebt an den Autos und Fensterscheiben, und die Kinder
haben schwarzen Rotz in der Nase, wenn sie abends heim-
kommen. Die Asche weht durch Straßen und Gärten, zieht
einen grauen Filter vor das Licht, der Himmel ist trüb und
farblos. Wir hoffen alle auf Niederschlag, warme Regengüsse,
die das Grau und den Ärger wegspülen und die Welt wieder
bunt machen.

Wir können eine Aufmunterung gebrauchen, und Ende
Juni feiert Jóhannes Rúriksson, Professor der Vulkanologie,
mein Kollege, Rivale und Freund, seinen sechzigsten Geburtstag mit Pomp und Gloria, mit Band und einer Bar und
zweihundert Gästen in einem Partyzelt im Garten.

Wir sind spät dran, weil Kristinn auf der Arbeit aufgehalten wurde. Ich lackiere mir die Fingernägel korallenrosa und
mixe mir einen Gin Tonic, während ich zu Hause auf ihn warte. Eine innere Unruhe brodelt in mir, ich ziehe das hellgraue

Blusenkleid aus und Hose und Jackett an, lege mehr Lidschatten auf, wechsle dann wieder zu dem Kleid, trommele mit den Fingern auf dem Küchentisch und schicke ihm eine Nachricht: *Wann kommst du?*

Bin unterwegs, antwortet er und kommt eine halbe Stunde später, verschwitzt und gestresst. »Entschuldige, Schatz, das Meeting hat sich länger hingezogen. Ein großer Kunde, der sehr wichtig für die Kanzlei ist.«

Er zieht ein frisches Hemd an und schlüpft in den blauen Anzug. Ich beobachte ihn beim Umziehen. Die Zeit ist nahezu spurlos an ihm vorübergegangen, seine Haare sind ein bisschen dünner geworden, nur vereinzelte graue Stellen in seinem gepflegten Bart, aber das steht ihm gut. Er ist groß und breitschultrig, braungebrannt vom Radfahren und Skilanglaufen, hat weder Bierbauch noch Schnapsnase, seine Kleidung und Schuhe zeugen von guter Finanzkraft und einem exquisiten Geschmack. Er ist müde von der Arbeit und seufzt, während er sich mit den Fingern durch die Haare fährt.

»Du musst nicht mitkommen«, sage ich. »Ich kann auch alleine gehen, wenn du dir lieber einen ruhigen Abend machen möchtest.«

»Ich will aber mitkommen«, entgegnet er. »Mit dir zusammen sein. Wir haben uns in den letzten vier Monaten kaum gesehen.«

»Willst du wieder vor Mitternacht nach Hause, so wie letztes Mal?«

»Nein, natürlich nicht. Was soll denn das?«

Er gibt mir einen Kuss auf die Wange, mustert mich von oben bis unten und schaut mir in die Augen.

»Du siehst toll aus. Soll ich uns ein Taxi rufen?«

Ich nicke lächelnd und freue mich.

Die Reden haben begonnen, als wir eintreffen, die Gäste sind schon beschwipst, Gelächter übertönt die Redner, und der Moderator kündigt eine kurze Pause an. Der Abend ist windstill, die Ebereschen blühen, Grashalme haben sich durch die Asche gezwängt, und meine Absätze versinken in der weichen Grasnarbe. Ich fluche leise, weil ich keine vernünftigeren Schuhe angezogen habe, eine Frau in meinem Alter sollte so klug sein, nicht in Tanzschuhen zu einer isländischen Gartenparty zu gehen.

Ich lege mein Mitbringsel auf den Geschenktisch, hochzufrieden, dass ich eine ledergebundene Ausgabe von *Alltag und Flurnamen im Mývatn-Bezirk* ergattert habe. Das Buch wurde in den zwanziger Jahren des letzten Jahrhunderts in zweihundert Exemplaren gedruckt und ist kaum noch erhältlich – das perfekte Geburtstagsgeschenk für den alten Nordländer.

Da kommt er angetänzelt, greift nach meiner Hand und drückt mir, leicht schwankend, einen Kuss auf den Handrücken. Er ist aufgedreht vom Wein und von der ausgelassenen Feier, seine Augen funkeln und sein grauer Bart fließt auf das rote Seidenhemd, das bis auf die Brust aufgeknöpft ist.

»Meine liebe kleine Anna, willkommen! Ich bin so froh, dass du da bist. Du siehst fantastisch aus, du solltest öfter Kleider tragen. Frauen sollen feminin sein und ihre Schönheit betonen. Und schweigen. Das habe ich schon immer gesagt: Nichts ist schöner als eine hübsche Frau, die schweigt.«

Mein Mann starrt ihn empört an, aber ich kenne Jóhannes und tappe nicht in die Falle, die er mir stellt. Stattdessen entgegne ich lachend: »Du bist selber am besten zu ertragen, wenn du schweigst, du alter Aufschneider. Herzlichen Glückwunsch zum Geburtstag! Heute darfst du alles sagen, aber nur heute! Wie geht es dir? Amüsierst du dich?«

»Tja, wenn man mit einem Bein im Grab steht, bleibt einem nichts anderes übrig, als zu feiern«, antwortet er. »Kommt mit, meine Lieben, darauf stoßen wir an!«

Er bahnt uns einen Weg zum Getränketisch und reicht uns schwungvoll zwei Sektgläser, ich kann meins gerade noch auffangen, bevor sich der Inhalt über mein Kleid ergießt.

»Guck mal, was ich mir selbst geschenkt habe«, sagt er und krempelt den Ärmel hoch. »Ist es nicht schön?«

Er hat sich einen Vulkan auf den kräftigen, sehnigen Unterarm tätowieren lassen, rote Feuerzungen und eine in den Himmel ragende Lavafontäne.

»Hekla 91«, erklärt er und schließt genießerisch die Augen. »Die erste Eruption ist wie das erste Mal mit einer Frau, das vergisst man nie.«

Ich lache, aber mein Mann verdreht die Augen.

»Warum muss er immer so dick auftragen?«, flüstert er mir ins Ohr.

»Er ist schon in Ordnung«, flüstere ich zurück. »Er kann nun mal nicht anders. Und er ist ziemlich angetrunken.«

Lächelnd erwidert Kristinn: »Er kommt mit Sachen durch, die du sonst bei niemandem dulden würdest. Du hast ihm gegenüber einen merkwürdigen Beschützerinstinkt.«

»Quatsch«, kontere ich und schaue mich nach meinen Kollegen um. Wir begrüßen uns leise, um die Reden nicht zu stören, trinken schweigend unseren Sekt, während wir den lobenden und ziemlich langatmigen Aufzählungen der Erfolge des Geburtstagskinds lauschen: seine Forschungsfelder, seine Expeditionen zu den Grímsvötn und dem Kilauea, seine Abenteuer am Eyjafjallajökull – immer ist Jóhannes Rúriksson der Erste unter den Kollegen und gelangt an Orte, wo sonst niemand hinkommt, über die unglaublichsten Umwege, ein Flachmann mit Whisky und die Zigaretten stets dabei.

»Ihr erzählt immer Heldengeschichten über euch selbst«, kommentiert mein Mann. »Ihr tut so, als wäre Jóhannes irgendein Indiana Jones.«

»Er ist Indiana Jones. Jedenfalls hält er sich dafür.«

Als die Rede zu Ende ist, spricht Elísabet einen Toast auf das Geburtstagskind aus, wir heben unsere Gläser und Bierflaschen und rufen viermal Hurra, dann reiht sich mein Mann in die Schlange vor dem Buffet ein.

Und plötzlich steht er da und schaut mich an, als wüsste er etwas über mich, das andere nicht wissen. Tómas Adler trägt keinen Anzug und sieht gar nicht so aus, als wäre er auf einer Party oder würde sich auch nur im Geringsten darum scheren, was andere von seiner Aufmachung halten. Eigentlich sieht er schrecklich aus in seiner schäbigen Jeans und einer alten Lederjacke, seine Haare stehen in alle Richtungen, als wäre er gerade aufgestanden. Er hat ein Glas Wein in der Hand und betrachtet mich mit einem breiten Lächeln in seinem unrasierten Gesicht, als wäre er überglücklich, mich zu sehen.

»Hi«, sagt er. »Toll, dass ihr alle so schick seid, ich sehe euch sonst immer nur im Katastrophenoverall. Eine Vulkanologin im Ballkleid trifft man nicht jeden Tag.«

»Das war die Mindestanforderung für den heutigen Abend«, entgegne ich und bereue es sofort. Er deutet lachend auf sich selbst.

»Sorry«, sage ich, »ich wollte Sie nicht kritisieren. Sie sind schick genug.«

»Nein, garantiert nicht«, erwidert er. »Ich bin dem Geburtstagskind zufällig im Alkoholladen über den Weg gelaufen. Er hat mich mitgeschleppt, mir blieb nichts anderes übrig. Und jetzt stehe ich hier wie ein Penner, kenne keine Sau und bin schon fast so betrunken wie der Gastgeber.«

»Das will ich nicht hoffen«, sage ich. Wir schauen beide zu Jóhannes, der auf der Tanzfläche mit seinen Doktorandinnen einen Sirtaki hinlegt und bei den Hüpfern fast das Gleichgewicht verliert.

»Sind alle Vulkanologen so wie Jóhannes und Sie?«

»Wie sind Jóhannes und ich denn?«

»Härter als die Berge, die Sie erforschen?«

Ich muss lachen. »Sie stecken Jóhannes und mich unter einen Hut? Er ist der Coole. Eigentlich zu cool. Ich bin nur eine normale Frau im mittleren Alter aus einem Vorort.«

Tómas fixiert mich. »Nein, das sind Sie ganz sicher nicht. Sie sind eine sehr ungewöhnliche Frau. Die Coolste von allen. Wie kam es dazu? Warum sind Sie Geowissenschaftlerin geworden?«

»Das lag auf der Hand. Mein Vater war Geowissenschaftler, ich habe seinen Beruf geerbt.«

Und dann rede ich auf einmal über Vulkanausbrüche und Erdbeben, erzähle ihm von meinem Vater und dem Lavaklumpen von der Hekla.

»Dabei hat er ursprünglich gar nicht Geowissenschaften studiert«, füge ich hinzu, »sondern Astronomie. Sein Fachgebiet war die Sonnenkorona, der äußerste Bereich der Atmosphäre. Sie hat ihn fasziniert, und er träumte davon, ihr Rätsel zu lösen. Warum sie viel heißer ist als die Oberfläche der Sonne. Er sprach oft über das Thema, las Bücher über die Sonnenkorona und studierte sie. Eigentlich war sie sein einziges Interessengebiet, neben den Vulkanen.«

»Ich hätte es ihm sagen können«, entgegnet Tómas mit ernstem Gesicht.

»Was?«

»Warum die Korona heißer ist als die Oberfläche der Sonne.«

»Ach ja?«

»Sie ist der heiße Kuss der Sonne. Die Sonne küsst die Welt.«

Ich starre ihn irritiert an, er fixiert mich mit einem breiten Grinsen im Gesicht, und dann müssen wir beide so lachen, dass sich etwas in meiner Brust löst und mir Tränen in die Augen steigen. Auch ihm treibt das Lachen Tränen in die Augen, sie sind erstaunlich grün, und seine Nase ist ziemlich groß. Er ist etwas jünger und kleiner als ich in meinen hochhackigen Schuhen. Wir lachen und reden und holen uns ein Glas Wein, und dann noch eins und noch eins, bis auf einmal mein Mann neben uns steht, höflich und reserviert, er will nach Hause, auch wenn er es nicht sagt. Tómas verabschiedet sich und verschwindet in der Menge, es ist erst zehn Uhr, und die Band spielt das erste Lied. Ich versuche, Kristinn auf die Tanzfläche zu ziehen, aber er hat keine Lust.

»Tanz ruhig mit deinen Freundinnen«, sagt er. »Ich warte so lange.«

Es ist schwierig, zu tanzen, wenn jemand auf einen wartet, es sei denn, man hat ein paar Gläser Wein intus, dann ist es einem egal, dass jemand neben der Tanzfläche steht und einen beobachtet und immer wieder auf die Uhr schaut.

Ich tanze mit meinen Kolleginnen zu *Dancing Queen* und *Heart of Glass* und mit dem Geburtstagskind, das mich bei *Sweet Home Alabama* fast mit seinem Rasierwasser und seinem roten Seidenhemd erstickt, und dann tanze ich mit Tómas Adler. Er lächelt verlegen, bewegt sich aber selbstbewusst, nimmt mich in den Arm und dreht mich im Kreis. Ich bin ein klein wenig zu betrunken, tanze ein klein wenig zu eng mit ihm, schleudere meine Schuhe weg, damit ich nicht größer bin als er, seine Hände sind warm, seine Augen grün und strahlend, sein Hals riecht nach Seife.

»Also dann, das Taxi ist da.«

Mein Mann steht urplötzlich mitten auf der Tanzfläche, kerzengerade und stocknüchtern, mit meinem Mantel über dem Arm. Ich lasse Tómas los, und Kristinn legt mir den Mantel um die Schultern. Dann laufe ich zum Taxi, während der Tanz in meinem Blut pulsiert, in meinen Hüften, meinem Unterleib. Kristinn küsst mich auf dem Heimweg im

Taxi, schiebt die Hand unter mein Kleid und streichelt meinen Oberschenkel.

»Du bist ein bisschen betrunken«, sagt er. »Ich bringe dich ins Bett.«

»Es ist noch nicht mal zwölf«, protestiere ich. »Ich wusste, dass du mich vor Mitternacht nach Hause schleppst.«

»Du bist eine Frau im gesetzten Alter, in einer gehobenen Position. Du hast nach Mitternacht nichts mehr draußen zu suchen«, sagt er neckend.

Dann küsst er mich wieder und ich lasse ihn gewähren, obwohl ich genervt bin – von ihm und von mir selbst, weil ich ihn nicht einfach nach Hause geschickt und weitergetanzt habe. Aber er hat recht, was hat eine mittelalte Universitätsprofessorin im Nachtleben verloren, wo sie sich doch nur besoffen blamieren und über ihre akademische Arroganz stolpern kann?

Wir öffnen leise die Haustür und schleichen nach unten ins Schlafzimmer, um Salka nicht zu wecken. Kristinn zieht seine Krawatte aus und hängt sein Hemd auf einen Bügel. Ich seufze erleichtert, als ich aus meinen Schuhen schlüpfe und die Strumpfhose loswerde. Wir berühren uns umsichtig und sanft, so wie man sich nur berühren kann, wenn man sich schon seit Jahrzehnten liebt. Jede Stelle ist vertraut, jede Berührung erzeugt die immergleiche Reaktion, als würde man dasselbe Instrument spielen, ein halbes Menschenleben dieselben Saiten anschlagen. Ein Zucken geht durch meinen Körper, genau im selben Augenblick, als er einen erstickten Schrei ausstößt und auf mich sinkt, und es ist wie Nachhausekommen.

DIE TÜR WAR OFFEN

Hiesige Naturkatastrophen müssen an anderen Orten keine Naturkatastrophen sein. Heutige Naturkatastrophen sind in zehn Jahren nicht unbedingt Naturkatastrophen. Mit Naturkatastrophen reagiert die Natur auf ein Ungleichgewicht und versucht, das Gleichgewicht wieder herzustellen.
Páll Imsland: Überlegungen zu Vulkangefahren.
Mit Naturkatastrophen leben

Als ich nach Hause komme, sitzt sie am Küchentisch, als gäbe es nichts Selbstverständlicheres.

Beladen mit Einkaufstüten stoße ich die Haustür mit dem Ellbogen auf und zucke zurück, als ich sie sehe. Sie sitzt mit übergeschlagenen Beinen am Küchentisch, die Hände in den Taschen ihres unansehnlichen Kunstfellmantels mit Leopardenmuster, und lächelt mich an.

»Guten Tag«, sage ich verwirrt. »Wer sind Sie?«

Ich warte ein paar Sekunden auf die Erklärung, was diese fremde Frau in meiner Küche macht, aber sie antwortet nicht, schaut mich nur mit einem strahlenden Lächeln an, als wäre sie hocherfreut, mich zu sehen, als gäbe es nichts Normaleres und Beglückenderes, als in meiner Küche zu sitzen.

»Verzeihung, kann ich Ihnen helfen?«, frage ich.

»Nein, das glaube ich nicht«, antwortet sie schließlich mit einer tiefen, heiseren Stimme und einem leicht ironischen Tonfall. »Die Frage ist eher: Kann ich Ihnen helfen?«

Ich glotze sie verdutzt an, bis mir plötzlich ein Licht aufgeht. »Um Himmels willen! Sie sind die Innenarchitektin! Wir waren um vier Uhr verabredet!«

Sie nickt. »Passt.«

»Oh Gott, bitte entschuldigen Sie«, rufe ich in einem Anflug von Panik, stelle die Einkaufstüten auf die Küchenbank und reiche ihr die Hand. »Das hatte ich total vergessen, ich habe schrecklich viel zu tun.«

»Kein Problem, das macht nichts«, sagt sie und steht auf, ohne mir die Hand zu schütteln. »Ich habe es nicht eilig.«

»Wie sind Sie denn reingekommen?«

»Die Tür war offen.«

»Ach so, natürlich. Ich ermahne die Kinder ständig, dass sie abschließen sollen ... darf ich Ihnen einen Kaffee anbieten? Mineralwasser? Eine Tasse Tee?«

»Nein danke.«

Sie lächelt leicht überheblich, misst mich mit Blicken ab und schaut mich an, als wüsste sie alles über mich – wieder mal eine dieser gutsituierten Vorort-Frauen. Aber sie weiß nichts über mich. Ich ziehe meinen Mantel aus und hänge ihn in den Garderobenschrank, stelle meine Schuhe mit den Spitzen nach vorne ins Schuhregal und stecke die Schnürsenkel hinein. Ich hetze mich nicht, lasse sie warten.

»Also«, sage ich dann. »Es geht um die Vorhänge und die Wände im Wohnzimmer.«

Sie geht vor mir her ins Wohnzimmer, immer noch mit den Händen in den Manteltaschen. Während ich ihr folge, mustere ich sie unauffällig von hinten. Ich habe mir Innenarchitektinnen immer als ätherische Wesen in geschmackvollen Leinenkleidern vorgestellt, aber diese Frau ist anders. Ihr Alter lässt sich schwer schätzen, ihre Haare sind struppig und schlecht gefärbt, am Scheitel auffällig dunkel, und reichen bis an die Schultern ihres verschlissenen Kunstpelzes. Sie trägt enge schwarze Jeans, ist schlank und so groß wie ich und marschiert in schweren Schnürlederstiefeln über das geweißte Parkett. Dabei kneift sie die Augen zusammen und taxiert mein Zuhause.

»Das Sofa haben wir vor ungefähr zehn Jahren gekauft, es ist ein bisschen grau und fad geworden, aber ich mag es sehr. Ich wollte es noch mal aufpolstern lassen, aber es ist viel teurer, es neu beziehen zu lassen, als ein neues zu kaufen – absurd, oder?«

Da sie nichts entgegnet, quassele ich weiter: »Wir fühlen uns in diesem Raum ein bisschen wie auf dem Präsentierteller, seit direkt vor dem Garten der Fußweg vorbeiführt. Hier am See gibt es sehr viele Spaziergänger. Wir hätten gerne Vorhänge, aber nichts zu Schweres oder Altmodisches, Sie wissen schon, keine Ungetüme. Auch keine Jalousien, sondern etwas Klassisches, Stilvolles.«

»Aha«, sagt sie grinsend. »Etwas Klassisches, Stilvolles.«

»Und die Wände, die waren immer weiß, mit einem leichten Beigestich, aber wir können sie nicht mehr sehen. Ich würde sie gerne in einer schönen Farbe streichen. Nur eine kleine Veränderung. Wir dachten, Sie hätten vielleicht ein paar Ideen. Eine Wand grau streichen vielleicht?«

Sie dreht sich um und mustert mich. »Gibt es noch mehr Räume, die ich sehen muss?«

»Nein, ich denke nicht. Es geht nur um das Wohnzimmer.«

»Dieses Wohnzimmer ist so … stilvoll, dass es sehr wenig über Sie aussagt. Ich bräuchte etwas mehr, mit dem ich arbeiten kann.«

Sie tritt ans Fenster. »Die Aussicht ist fantastisch. Ich kann gut nachvollziehen, dass nichts von ihr ablenken soll, aber wir könnten den Raum ein wenig persönlicher gestalten, etwas mehr … Sie.«

»Ich? Das bin ich. Das ist mein Wohnzimmer.«

»Schauen Sie«, sagt sie seufzend. »Das ist alles sehr schön, sehr klassisch. Aber es fehlt das Tüpfelchen auf dem I, etwas Charakteristisches, verstehen Sie?«

Leicht gekränkt lasse ich den Blick durch mein Wohnzimmer schweifen. Es ist vielleicht nicht topmodern, aber geschmackvoll und schlicht: dänische Möbelklassiker, hübsche Bilder an den Wänden, Iittala-Kerzenständer und Omaggio-Vasen auf den Tischen, ein glänzendes schwarzes Klavier und ein heller Teppich, zertifiziert und hergestellt von erwachsenen Fachkräften in einer gesellschaftlich verantwortlich agierenden Weberei in Pakistan. Ich brauche mich für nichts zu schämen.

»Die Schlafzimmer sind im unteren Stock, sonst gibt es nur noch meine Rumpelkammer ... äh ... mein Arbeitszimmer.«

Sie dreht sich mit leuchtenden Augen um: »Rumpelkammer? Das klingt gut. Darf ich sie sehen?«

Erst zögere ich, aber dann führe ich sie nach unten, durch den Schlafzimmerflügel und die steile Treppe hinauf zu meinem Arbeitszimmer. Sie bleibt im Türrahmen stehen und begutachtet den Raum, dann tritt sie ein, verschränkt die Arme und nickt. »Jetzt können wir weiterreden.«

Ich hebe die Augenbrauen. »Worüber?«

»Hier«, sagt die Innenarchitektin und macht eine ausladende Handbewegung, »haben wir Charakter.«

»Das nennen Sie Charakter? Ich lasse fast nie jemanden hier rein, das ist alles alter Krempel.«

»Der Schreibtisch ist ein Juwel. Und das Sofa würde ich ins Wohnzimmer stellen. Hier nimmt es sehr viel Platz ein, aber im Wohnzimmer wäre es der Mittelpunkt, der Fokus, der die Aufmerksamkeit auf sich zieht und alles lebendiger macht. Die Teppiche, die Bilder – hier ist Farbe, hier ist Leben.«

»Wir werden es uns überlegen«, sage ich und halte ihr

die Tür auf, damit sie mein Arbeitszimmer möglichst rasch wieder verlässt. Ich fühle mich fast beleidigt. Ich dachte, Innenarchitekten würden einem dabei helfen, das Heim zu verschönern, eine fachliche Beratung zu Wandfarben und Vorhängen geben und nicht vorschlagen, alte ausgediente Möbel umzustellen und die Wohnräume mit geschmacklosem, eingestaubtem Kitsch zu dekorieren.

»Und wegen der Wände«, sagt sie, als wir wieder ins Wohnzimmer kommen, »da würde ich etwas Auffälliges und Knalliges vorschlagen: Rot.«

»Rot?«

»Das ist der einzige Weg«, fabuliert sie. »Wir streichen die Wände blutrot. Die Decke auch. Etwas Organisches«, fügt sie hinzu und stolziert mit schlackerndem Kunstpelzmantel durch den Raum. »Ich denke da an etwas Dynamisches und Blutiges. Ihr Wohnzimmer ist ein pulsierendes Herz, ein blutender Herzbeutel.«

Ich baue mich mit verschränkten Armen in der Raummitte auf. »Das kommt nicht in Frage, befürchte ich. Solche Veränderungen haben wir uns nicht vorgestellt.«

Sie fixiert mich unter ihren zusammengewachsenen Brauen, die großen dunklen Augen sind viel zu stark geschminkt, der Lidschatten bildet in den Lidfalten Klümpchen, und der rote Lippenstift ist verschmiert. Sie riecht nach Zigaretten und schwerem süßem Parfüm.

»Wissen Sie was«, sagt sie »Ich kann das nicht lösen.«

»Wie meinen Sie das?«

»In diesem Haus herrscht ein Ungleichgewicht. Ich kann das nicht in Ordnung bringen. Sie müssen sich entscheiden.«

»Entscheiden?«

»Sie müssen sich entscheiden, welche Frau Sie sein wollen. Die da oben im Arbeitszimmer oder die brave, ordentliche hier unten im Wohnzimmer.«

Wut kocht in mir hoch, aber ich beherrsche mich und setze ein kühles, höfliches Lächeln auf. »Ich fürchte, Ihre Ideen passen nicht zu uns. Tut mir leid.«

Sie zuckt mit einem kryptischen Lächeln die Achseln und macht Anstalten, zu gehen. Ich begleite sie zur Haustür und sage: »Auf Wiedersehen. Bitte schicken Sie uns für die Beratung eine Rechnung.«

Ich schließe vorsichtig die Tür und verharre reglos, während ich versuche, meinen Herzschlag unter Kontrolle zu bekommen, den Aufruhr, der in meinem Kopf tobt.

Wie kann sie es wagen! Was glaubt sie, wer sie ist?

Dann gehe ich hinauf in mein Arbeitszimmer.

Hier sind die alten Möbel und Landschaftsgemälde aus Papas Wohnung, das durchgesessene Sofa und die eingerissenen grünen Ledersessel, sein Schreibtisch, ausladend und schwer wie ein Flügel, die dunklen breiten Bücherregale mit den veralteten Fachbüchern, die ich nicht wegwerfen kann, dicke Schinken in weichen Ledereinbänden, die nach Druckerschwärze und Staub riechen, voll mit Papas Fingerabdrücken. Pure Sentimentalität, die nicht zu diesem prachtvollen, sonnigen Raum passt, der entworfen wurde, um die Weite und den Ausblick auf den See Elliðavatn, die Heiðmörk und die Reykjanes-Halbinsel zu genießen, am besten mit einem Martini auf einer minimalistischen italienischen Chaiselongue. Stattdessen habe ich ihn mit Krempel vollgestopft, mit Aktenschränken und einem altmodischen Globus, dem man öffnen und als Bar benutzen kann, in dem sich aber nur ein kleiner Wasserkocher und eine Packung meines Lieblingstees befindet, Twinings Earl Grey, eine Notration, wenn ich zu beschäftigt bin, um durchs ganze Haus zu laufen und mir in der Küche einen Tee zu machen.

*

»War die Innenarchitektin da?«, fragt Kristinn nach dem Abendessen. »Wollte sie nicht heute kommen?«

»Nein, ihr ist etwas dazwischengekommen«, lüge ich. »Ich bin mir auch nicht sicher, ob sie die richtige Person für uns ist.«

»Ach? Kein Problem, du entscheidest«, entgegnet er und beginnt, die Teller in die Spülmaschine zu räumen. »Ich finde es wunderschön bei uns. Es gibt doch keinen Grund, nur der Veränderung wegen etwas zu verändern.«

»Nein«, stimme ich ihm zu. »Das Haus ist perfekt, hier muss nichts verändert werden.«

Ich verstehe nicht, warum ich ihm nicht erzähle, was heute passiert ist, von dieser ordinären, übergriffigen Frau. Normalerweise verheimliche ich ihm nichts – aber es ist, als würde ich mich schämen. Als wäre das Gespräch mit der Innenarchitektin ein schmutziges Geheimnis. Ich schüttele über mich selbst den Kopf, während ich abräume, den Lappen auswringe und den Tisch abwische. Auf der Tischplatte liegt ein einzelnes ausgefärbtes Haar, das ich unauffällig in den Müll werfe.

RISSREPARATUREN
IN DER TIEFE

Auf den Spaltenschwärmen der Reykjanes-Halbinsel wechseln sich Eruptions- und Riftperioden zwischen Nordost und Südwest und Erdbebenperioden mit seismischer Aktivität in den Nord-Süd-Spalten ab. In der letzten Eruptionsphase bewegte sich die vulkanische Aktivität in einem Abstand von 30 bis 150 Jahren zwischen den Vulkansystemen. Die vulkanische Aktivität ist gekennzeichnet durch Spalteneruptionen, die mit Pausen zwischen den einzelnen Ausbrüchen mehrere Jahrzehnte andauern. Ausbruchserien dieser Art nennt man in Island Feuer.
Kristján Sæmundsson und Magnús Á. Sigurgeirsson:
Reykjanes-Halbinsel. Islands Vulkane

»Wir wissen im Grunde nichts. Wir können hundert verschiedene Theorien aufstellen, die sich alle auf wissenschaftliche Argumente und erdgeschichtliche Fakten stützen, aber es ist uns völlig unmöglich, die Entwicklung der nächsten Wochen, Monate oder Jahre vorherzusagen. War die Kerlingar-Eruption einmalig? Ein isoliertes Ereignis, so wie die anderen submarinen Ausbrüche auf dem Reykjanes-Rücken in jüngerer Zeit? Oder kündigt sie eine neue Periode anhaltender Vulkantätigkeit auf der Reykjanes-Halbinsel an? Sind die Erdbeben bei Þorbjörn und Fagradalsfjall ein Hinweis darauf, dass die anderen Vulkansysteme nacheinander in nordöstlicher Richtung aktiv werden, da die Kontinentalplatten auseinanderdriften, so als würde die Erde mit einem Reißverschluss geöffnet? Oder entstehen sie nur aufgrund von Veränderungen der Erdwärme? Wir wissen es nicht.«

»Ihr arbeitet mit Sprengungen bei diesen Untersuchungen?«

Milan klingt so, als würde er fragen, ob ich Milch in meinen Kaffee möchte. Der Jeep holpert über die Buckelpiste wie ein riesiges Insekt. Ich rede, während ich nach den Leitpfosten Ausschau halte, die aus der Asche ragen. Manchmal muss ich anhalten und zurücksetzen, damit ich nicht neben der Piste lande und das Auto in einer Senke festfahre. Er sitzt seelenruhig neben mir und hört zu, ohne meinen Fahrstil groß zu kommentieren. Ich bin ihm dankbar, denn normalerweise krallen sich die Männer, mit denen ich zusammenarbeite, an dem Handgriff über der Autotür auf der Beifahrerseite fest und treten hektisch auf eine imaginäre Bremse.

»Das ist unüblich«, antworte ich, lege den Rückwärtsgang ein und manövriere den Vorderreifen aus einem Loch. Dann holpern wir weiter. »Hauptsächlich benutzt man seismische Messungen, um den Aufbau der Erdkruste zu untersuchen. Um Veränderungen, Hebungen und Absenkungen des Bodens zu untersuchen, sind sie weniger geeignet. Oft sind sie zu teuer und schwerfällig, deshalb wenden wir meistens andere Methoden an. Wie du weißt, hat das Wetteramt inzwischen ein ziemlich gutes Seismographen-Netz, und wir bekommen jede Woche neue InSAR-Radarbilder von Satelliten. Dann haben wir natürlich noch die GPS-Messungen. Aber diese klassischen Methoden bringen nicht den gewünschten Erfolg, weil die Ascheschicht nach der Kerlingar-Eruption die Ergebnisse verzerrt.«

»Was machen wir dann hier?«

»Hier hat sich der Boden seit dem Jahreswechsel um zwanzig Zentimeter gehoben, gleichzeitig ist er wenige Kilometer westlich von hier gesunken. ÍSOR hat die Theorie, dass diese Veränderungen nicht auf eine Magmaintrusion zurückgehen, sondern auf erhöhten Druck aufgrund von Phasenübergängen durch Reinjektionen in Svartsengi und auf der Hellisheiði.«

»Hä?«

»ÍSOR glaubt, dass die Verwerfungen und Erdbeben nicht von Magmabewegungen ausgelöst werden, sondern mit Veränderungen der Erdwärme durch die Geothermie-Kraftwerke hier im Südwesten zu tun haben. Jóhannes Rúriksson möchte das widerlegen, indem er ein paar kleine Ladungen sprengt und die seismischen Reflexionen misst. Das ist eine altmodische Methode, ziemlich weit hergeholt, aber in diesem Stadium dürfen wir im Grunde nichts ausschließen. Und ich behalte ihn lieber im Auge, wenn er mit Dynamit rumspielt.«

Die Hänge am See Djúpavatn sind zu dieser Jahreszeit sonst immer knallgrün, und das Tal Móhálsdalur bildet in der Vulkanwüste eine weiche Oase aus Moos. Doch in diesem Sommer ist die Reykjanes-Halbinsel eine versengte Brandruine, aus der die Berge wie kaputte Zähne ragen. Die einzigen Pflanzen, die gegen die Asche eine Chance haben, sind vereinzelte Lupinen, die ihre violetten Kelche aufstellen. Auf der Wetterkarte ist der Himmel wolkenlos, trotzdem sieht man die Sonne kaum. Der Südwestwind wirbelt die feine Asche auf und zieht einen grauen Schleier über das Land. Die Asche setzt sich überall fest, auf der Kopfhaut, in den Augen und Nasenlöchern, sie dringt durch die Ritzen der Autotüren, durch die Reißverschlüsse unserer Goretex-Jacken und unter meinen BH, sodass die Haut rot und rau wird wie von heftigen Küssen.

Der Jeep kriecht weiter über die schwarze Piste bis zu der Schutzhütte, die das Geowissenschaftliche Institut für die technische Ausrüstung aufgebaut hat, eine kleine Hütte, die mit ihrem orangen Anstrich absurd fröhlich wirkt. Sie steht keck auf einem Hügel mit Blick auf den See und den Schildvulkan Trölladyngja im Norden und den Bergrücken Sveifluháls im Südosten. Ein paar Leute in gelben Westen stehen dicht beieinander in der Ebene nördlich des Hügels, ihre weißen Helme leuchten in der Schwärze wie Glühbirnen. Ich parke den Jeep neben dem Schuppen, dann steigen wir aus, ziehen Staubmasken und gelbe Westen an und setzen die vorschriftsmäßigen Helme auf.

Die Techniker heben noch nicht einmal die Köpfe, als wir näher kommen, sondern blicken gespannt in eine Spalte, in der Jóhannes ein Rohrstück justiert. Er grinst, als er uns sieht. »Ach nee, feine Gäste! Eine Abordnung des hochehrwürdigen Wissenschaftsrats. Ihr kommt genau richtig zur Party, wir mixen gerade den letzten Cocktail.«

Er nimmt einen roten Zylinder aus der neben ihm stehenden Tasche und lässt ihn in das Rohr fallen. Dann klettert er aus der Spalte, klopft sich die Asche von den Händen und zündet sich eine Zigarette an. »Jetzt passiert gleich was«, nuschelt er in seinen Bart.

Der Schuppen ist vollgestopft mit IT-Ausrüstung und Messgeräten. Wir setzen uns vor die Bildschirme und warten, während Jóhannes die diensthabende Schicht beim Wetteramt vorwarnt. Dann beginnt einer der Techniker, die Sicherungen abzukoppeln.

»Na, dann lassen wir's mal singen«, sagt Jóhannes und öffnet das Programm. Er klickt Punkte auf einer Karte an und drückt auf Enter. Wir lauschen und hören in der Ferne ein leises Grummeln, das klingt, als hörte man im Nachbarraum einen Magen knurren.

Milan schaut uns erstaunt an.

»War das alles?«

»Ja«, antworte ich. »Das ist nicht wie im Kino. Keine große Kiste mit einem Griff zum Runterdrücken, kein Atompilz.«

Er grinst. »Ich bin aus Sarajevo, weißt du. Da ist man anderes gewöhnt.«

»Diese Fürze reichen uns, wir wollen ja niemanden verletzen«, sagt Jóhannes, öffnet auf dem Bildschirm Tabellen und Bilder und kratzt sich mit beunruhigter Miene am Bart.

»Hm, na so was! Ich sehe gar nichts, Anna.«

»Nein, auf den ersten Blick nicht«, pflichte ich ihm bei und taxiere das Bild, das auf dem Computer erscheint: typische Lava- und Tuffbildungen, so weit man in das Grundgestein hineinblicken kann.

»Scheiße!«, flucht Jóhannes enttäuscht.

»Mach mal halblang, du wusstest, dass du im Dunkeln tappst«, sage ich. »Wir sehen zwar keine Anzeichen von Magmaintrusionen, aber auch keine Hinweise auf Veränderungen im Geothermalgebiet. Jetzt haben wir Trölladyngja ausgeschlossen und können uns auf die anderen Gebiete konzentrieren.«

»Das Magma ist hier«, knurrt Jóhannes. »Da bin ich mir ganz sicher. Ich spüre es einfach. Wir suchen nur nicht an der richtigen Stelle oder nicht tief genug. Es könnte viel tiefer sein.«

»Oder ganz woanders oder hundert Jahre in der Zukunft«, erwidere ich. »Es sieht so aus, als wäre hier alles in bester Ordnung. Unsere Beurteilung muss auf ...«

»... Fakten und wissenschaftliche Ergebnisse aufbauen, ja, ja. Mensch, du klingst wie eine Platte, die einen Sprung hat«, fällt Jóhannes mir ins Wort. »Ich weiß das. Aber das Magma kann genauso gut da unten sein, und wir finden es nur nicht. Diese Erdbeben sind nicht normal, jeden Tag öffnen sich neue Spalten, ganze Seen sind verschwunden.«

»Wo könnte das Magma denn sonst sein?«, fragt Milan.

Ich zucke mit den Achseln. »Eigentlich überall. Es gibt fünf Vulkansysteme hier auf der Halbinsel, die draußen im Meer nicht mitgezählt. Ganz außen liegt Reykjanes, dann kommen Eldvörp und Svartsengi, wo die Blaue Lagune ist, dann Fagradalsfjall, und jetzt befinden wir uns im Krýsuvík-Gebiet, das in drei Spaltensschwärme aufgeteilt ist: Trölladyngja nördlich von hier, Sveifluháls und der Krýsuvík-Zug beim See Kleifarvatn. Das fünfte Gebiet ist der Gebirgszug Brennisteinsfjöll, außerdem wird Hengill noch oft mitgezählt, obwohl der Berg streng genommen nicht auf der Halbinsel liegt. Eigentlich ist die gesamte Halbinsel eine Kette von Vulkanen, die überall und jederzeit ausbrechen können.«

»Sucht ihr nach einer Art ... Speicherkammer für das Magma?«

»Eine Magmakammer? Nein, unter den Vulkansystemen hier auf der Halbinsel gibt es keine Magmakammern. Dafür braucht man einen großen Zentralvulkan wie die Hekla oder die Katla oder den Öræfajökull. Hier gibt es nur primitive Spaltenscharen, aber die Erdkruste ist dünner als an vielen anderen Orten, nur fünf bis zehn Kilometer mächtig, deshalb kommt das Magma leicht nach oben, wenn die Kruste aufbricht. Es gelangt nur selten an die Oberfläche. Meistens bilden sich unterirdisch Einschübe.«

Jóhannes grinst. »Wie Rissreparaturen in der Hölle. Der Teufel hantiert mit einer Kartuschenpistole.«

Milan schaut auf den Monitor und mustert das Bild, das die seismischen Reflexionen wiedergibt.

»Das ist alles sehr interessant«, sagt er stirnrunzelnd. »Aber es gibt uns kaum Anlass, die Alarmstufe zu ändern.«

Schulterzuckend entgegne ich: »Es ändert vielleicht nichts, aber es beweist auch nicht die Theorie von ÍSOR, dass die Erdwärme schuld ist. Wir haben keinen Grund, von etwas anderem als Magmaintrusionen und Erdkrustenbewegungen auszugehen. Um kein Risiko einzugehen, sollten wir die Gefahrenstufe ausrufen.«

»Wie lange kann dieser Zustand andauern?«

»Das lässt sich unmöglich vorhersagen. Wochen oder Jahre, vielleicht Jahrzehnte.«

Milan schüttelt den Kopf. »Dann lassen wir es so, wie es ist. Die Leute nehmen die Gefahrenstufe nicht mehr ernst, wenn sie zu lange anhält. Wir müssen abwarten, ob sich etwas verändert.«

»Schwachsinn«, schimpft Jóhannes. »Die Halbinsel geht hoch. Das spüre ich bis in die Knochen.«

»Warten wir mal ab«, lenke ich ein, stehe auf und klopfe mir die Asche von der Hose. »Deine Knochen reichen nicht, um die Alarmstufe zu ändern. Wir müssen dieses Magma finden, wenn wir den Wissenschaftsrat zur Vernunft bringen wollen.«

NEGRONI

Olivin ist ein Mineral, ein Magnesium-Eisen-Silikat mit der chemischen Zusammensetzung $(Mg^{2+}, Fe^{2+})_2SiO_4$. Es bildet den größten Teil des Oberen Erdmantels und ist volumenmäßig das am häufigsten vorkommende Mineral des Planeten. An der Erdoberfläche verwittert es schnell und wird abgetragen.

Kristján Sæmundsson und Einar Gunnlaugsson:
Das isländische Gesteinsbuch, 1999

»Herzlich willkommen! Hereinspaziert! Ich nehme euch die Jacken ab.«

»Schön, euch zu sehen.«

»Danke für die Einladung! Tolles Haus!«

»Fantastische Lage!«

»Hallo, mein Freund! Warst du beim Friseur?«

»Schick!«

»Supersüßes Kleid, woher hast du das?«

Die Gäste trudeln ab sieben Uhr ein, nicht zu früh und nicht zu spät, und ihre aufgekratzten Stimmen hallen durch die Räume. Die Männer sind schlank und braungebrannt, haben graue Schläfen und gepflegte Bärte; die Frauen sind dezent geschminkt, haben glatte Haare und pastellfarben lackierte Fingernägel. Die Männer möchten stark gehopftes Bier, die Frauen italienische Cocktails in geschnitzten Kristallgläsern.

Es fällt in meinen Aufgabenbereich, sie zu empfangen und ins Wohnzimmer zu führen, während mein Mann den

Grill und die drei digitalen Thermometer im Rinderrostbraten überwacht.

»Sollen wir nicht lieber was Einfacheres machen?«, hatte ich ihn gefragt. »Das wir auch wirklich können? Wie wär's mit gegrillter Lammkeule?«

Aber das ist schließlich sein Fahrradclub. Die Männer trainieren gemeinsam für die Rennen im Sommer und befinden sich in einem ständigen internen Kampf, nicht nur, was ihre sündhaft teuren, federleichten Carbonräder betrifft. Der Wettbewerb dreht sich auch um Häuser, Autos, Jobs, Jahreseinkommen, Charisma, Bauchmuskeln, Golf-Handicaps, Taillenumfang der Ehefrauen und Schulnoten der Kinder. Und um Grills: Man tritt an in den Kategorien Weber und Landmann, Kohle und Gas. Ich bekomme einen Schreck, als ich die Quittung von der Metzgerei sehe: »Sechzigtausend Kronen für ein Stück Fleisch? Bist du verrückt geworden?«

»Wir können uns das doch leisten«, entgegnet er. »Uns ruhig mal was gönnen. Und es macht Spaß, ein neues Gericht auszuprobieren.«

Allerdings wirkt er nicht so, als hätte er Spaß. Er steht gestresst am Grill und versucht, die kritischen Kommentare seiner Freunde mit Gelassenheit hinzunehmen. »Lass den Deckel zu. Die Kohle hättest du besser nach rechts geschoben. Gieß mehr Wasser in die Aluschale. Lass den Deckel offen. Pass auf, da am Ende brennt es schon. Hast du noch ein Bier?«

Die Männer stehen lässig auf der Terrasse, blicken ernst drein und stoßen mit ihren Bierflaschen an, während die Frauen sich plappernd im Wohnzimmer umschauen, die Eiswürfel in ihren Gläsern klirren lassen und auf ihren Pfennigabsätzen wie große farbenprächtige Watvögel umhertrippeln. Ich habe sie schon mal getroffen, kann sie aber kaum auseinanderhalten; die fröhliche laute heißt Elín oder Emilía und ist Personalleiterin bei einer Versicherung, eine ist Stewardess und eine andere Krankengymnastin. Dann gibt es noch eine Marketingleiterin, eine Anwältin, eine Ernährungsberaterin, Alda, Lísa, Gurrý, Aníta Rún, sie unterhalten sich über Golfplätze, Chia-Samen, Fernsehserien und Leute, die ich nicht kenne. Als sie sich höflich nach meiner Arbeit erkundigen, murmele ich etwas über Satellitenbilder und Seismographen, begegne ihren leeren Blicken und schlage in meiner Verzweiflung vor, ihnen das Haus zu zeigen. Sie stöckeln hinter mir her durchs Wohnzimmer in die Küche und hinunter in den Schlafzimmerflügel, während ich vor Panik anfange zu schwitzen. Plötzlich sehe ich das Haus durch die Augen der Innenarchitektin. Die weißen Wände und hellen Möbel sind furchtbar blass und unpersönlich, und die Bilder sehen aus, als wären sie für eine Filmkulisse ausgewählt worden. Das Haus ist mir fremd, dumpf und grau wie eine leere Hülle. Ich führe die Frauen von Raum zu Raum und fühle mich, als würde ich eine andere spielen, als würde ich nur so tun, als ob ich hier wohne, als befände ich mich in einem Haus, das ich gar nicht kenne, und wäre in die Rolle der Gastgeberin geschlüpft.

»Und was ist da oben?«, fragt eine der Frauen auf der Hälfte der Treppe, die zu meinem Arbeitszimmer führt.

»Ach, nur mein Arbeitszimmer, eine schreckliche Rumpelkammer«, antworte ich, zu spät, um sie zu stoppen. Die anderen folgen ihr nach oben und drängeln sich in den Raum. Sie betrachten die Bücherregale, den alten Perserteppich und den Mahagoni-Schreibtisch vor dem Fenster mit der Aussicht auf den See, den Wald und die Berge. Ich habe nicht mit Gästen gerechnet und also nicht aufgeräumt. Der runde Tisch mit den geschnitzten Beinen ist mit Büchern und Karten übersät, einer der Aktenschränke steht halb offen, und aus den Ordnern quellen Papiere. Salka sitzt mit

Papas alter Steinesammlung auf dem Boden. Sie hat Geoden um sich herum aufgereiht, inspiziert durch ein großes Vergrößerungsglas einen schönen Zeolith und beachtet uns nicht.

»Was machst du denn da, Schatz? Du weißt, dass du das wieder aufräumen musst, jeden Stein in das richtige Fach.«

Sie hebt den Kopf, die Brauen konzentriert zusammengezogen, sodass sich eine senkrechte Falte zwischen ihren Augen bildet. »Ich gucke, ob das Islandspat oder Bergkristall ist.«

»Oh Gott, wie süß!«, flötet eine der Frauen und hockt sich neben das Kind. Sie stellt ihr Glas auf den Boden und wühlt in der Kiste herum. »Die kleine Geologin, genau wie die Mama. Macht es dir Spaß, mit den schönen Steinen zu spielen?«

Salka starrt sie beleidigt an und sagt: »Bergkristalle sind Quarze und Islandspat ist Calcit. Das ist wichtig.«

»Schon gut, Schatz«, lenke ich ein. »Sieh mal, das ist ein Sprudelstein. Ein Zeolith. Bei Kristallen musst du die Ecken zählen, weißt du noch? Islandspat hat drei und Bergkristall sechs. Das lernst du noch.«

»Was für ein wundervolles Arbeitszimmer«, sagt eine der Frauen.

»Das ist meine Höhle«, entgegne ich mit einem entschuldigenden Lächeln. »Manchmal arbeite ich gerne zu Hause.«

Ich erzähle ihnen nicht, dass mein Mann sich darüber beklagt, dass ich jeden Abend und jedes Wochenende hier verbringe, anstatt mit ihm Netflix-Serien zu schauen, Fahrradtouren zu machen, essen, ins Kino oder in ein Konzert zu gehen. Warum ich kein Nähkränzchen habe oder meine Freundinnen treffe. Ich erzähle ihnen nicht, dass ich eigentlich keine Freundinnen habe, sondern nur meine Arbeitskollegen treffe, Leute, die verstehen, wovon ich rede, sich für dasselbe interessieren, mit mir Gletscher oder Vulkane besteigen und Gesteinsschichten und Magmagänge lesen können wie Kriminalromane. Dass ich nach den üblichen Maßstäben ein ziemlich langweiliger Workaholic bin, mit einem verständnisvollen Mann verheiratet, der dieses schicke Haus mit dem großen Arbeitszimmer gekauft hat, damit ich glücklich bin und in Ruhe arbeiten kann.

»Mega«, kommentiert die andere Frau und steht wieder auf, wobei sie auf ihren Stöckelschuhen ins Schwanken kommt und sich am Schreibtisch abstützen muss. Sie blickt mich mit glasigen Augen an. »Du kannst froh sein, was du alles hast ... toller Mann, nette Kinder, schickes Haus, guter Job – alles perfekt, oder?« Sie stößt ein schrilles Lachen aus. »Ist das nicht absolut perfekt, Mädels?«

»Schon gut, Gurrý«, beschwichtigt ihre Freundin und nimmt sie am Arm. »Komm, wir setzen uns mal und trinken ein Glas Wasser.«

Das Essen gelingt, die drei Thermometer liefern das Fleisch einwandfrei angebraten und mit einer Temperatur von einundsechzig Grad Celsius. Wir servieren es mit Kräuterbutter und grüner italienischer Soße, die gebackenen Kartoffeln sind mit Spinat, Butter und Camembert gefüllt, dazu gibt es Spargel mit in Butter geschwenkten Mandeln, Dill und Kapern und einen Salat aus Orangen, Fenchel und schwarzen Oliven. Kristinn zückt das Steakmesser, während ich den Wein einschenke, und die Gäste seufzen zufrieden.

Alles ist perfekt, und trotzdem werde ich das merkwürdige Gefühl nicht los, dass mein Zuhause mir auf einmal fremd ist, dass ich einer der Gäste bin, die plaudernd und lachend am Esstisch sitzen, sich das Rinderfett von den Lippen wischen und am Wein nippen, einem Châteauneuf-du-Pape 2015.

Sie gehen kurz nach Mitternacht, das Stimmengewirr und das Gelächter verklingen. Wir räumen die Kaffeetassen und Cognacgläser ab und stellen die erste Spülmaschine an, der Rest muss bis zum nächsten Morgen warten. Dann geht die Haustür auf, und Örn kommt von der Spätschicht, müde, die dunklen Haare fallen ihm in die Augen.

»Was ist denn hier los?«, poltert er. »Was fällt euch ein, ein Festgelage abzuhalten und das Haus zu ruinieren, ohne euch vorher mit mir abzusprechen?«

Kichernd umarme ich ihn. »Sehr witzig, du Spaßvogel. Pass bloß auf, ich hab dir noch nicht ganz verziehen, weißt du?«

»Ich weiß«, sagt er und drückt mir einen Kuss auf den Scheitel. »Aber du hast dich damit abgefunden, dass ich nicht Geologie studieren werde, oder?«

»Du bist erwachsen. Ich weiß nicht, was ich noch tun soll, um dich von dieser fixen Idee abzubringen. Es ist deine Entscheidung. Fahr einfach nach Italien und guck, wo dich das hinführt. Schlimmstenfalls lernst du kochen und einen vernünftigen Negroni zu mixen.«

Das Lächeln weicht aus seinem Gesicht. »Ich meine das vollkommen ernst, Mama. Ich will nicht nur Party machen. Das ist genau mein Ding, und ich habe schon tausend Ideen.«

»Drei wertvolle Jahre«, erwidere ich kopfschüttelnd. »Um Bühnenbilder fürs Theater zu entwerfen. Weißt du was, ich entwerfe auch Bühnenbilder, allerdings um Menschenleben zu retten und Sachschäden zu verhindern. Ein bisschen mehr Pragmatismus kann nicht schaden.«

»Anna«, mahnt mein Mann. »Hör auf. Du wirst ihn nicht davon abbringen. Er muss das selber entscheiden, du kannst nicht über ihn bestimmen.« Er klopft seinem Sohn auf die Schulter. »Ich bin froh, dass du deine Nische gefunden hast, Kumpel. Es ist an der Zeit, endlich loszulegen und nicht länger rumzuhängen. Außerdem kannst du deine Meinung jederzeit ändern und was anderes machen.«

Örn stößt ihn weg. »Ihr nehmt mich überhaupt nicht ernst! Ihr glaubt, das ist keine Arbeit, aber wartet nur. Ich hab jede Menge Erfahrung in der Fabrik gesammelt, ich kann mit Maschinen und Metallen und so umgehen. Ich weiß, was ich tue. Ich werde bekannt, ich arbeite an internationalen Theatern und mache coole Sachen.«

»Entschuldige«, lenkt Kristinn ein. »So habe ich das nicht gemeint. Das ist spannend, du wirst bestimmt erfolgreich sein.«

Ich betrachte die beiden, wie sie sich gegenüberstehen, gleich groß, aber ansonsten vollkommen unterschiedlich. Örn ist stämmig, sein Vater schlank. Örns dunkle Haare sind zerzaust, er ist unrasiert, und seine dunklen Augen funkeln vor Leidenschaft, während die seines Vater eine wasserblaue Milde ausstrahlen. Örn ist mein Sohn, er kommt auf seinen Großvater und Namensvetter, hat die Wissenschaft und das Feuer im Blut. Ich begreife nicht, wie er dieses Erbe verleugnen kann.

»Also, Jungs«, sage ich. »Wir werden das heute Abend nicht lösen.« Als ich die Schürze ausziehe, die Bänder zusammenknote und sie an einen Haken hänge, überkommt mich plötzlich wieder dieses seltsame Fremdheitsgefühl.

»Ich gehe ins Bett«, verkünde ich, werfe auf dem Weg aber noch einen Blick in Salkas Zimmer. Sie liegt eingerollt wie ein Wollknäuel unter der Bettdecke, ihre dunklen Locken fließen über das weiße Kopfkissen. Ich kann kaum erkennen, dass sie atmet, aber ihre schwarzen Wimpern flimmern über den geschlossenen Augen; mein Kind träumt. Sie hält etwas in der Hand, und ich löse vorsichtig ihren Griff. Es ist ein wunderschöner grüner Olivin in der Größe einer Streichholzschachtel. Die Kristallflächen sind so glatt, dass sie auf den ersten Blick aussehen wie Flaschenglas. Ein Bruchstück der Ewigkeit, das aus der Tiefe hinaufgetragen wurde und in der Steinesammlung meines Vaters gelandet ist, liegt nun in der Hand meiner Tochter und beeinflusst ihre Träume. Es fühlt sich warm und weich an wie ein lebendiges Wesen. Ich lege ihre Finger wieder um das Mineral und küsse die kleine Faust. »Schlaf gut, Kleines, und träum was Schönes. Ich liebe dich.«

DER EUROPÄISCHE FORSCHUNGSRAT

An: anna.arnardottir@hi.is
Von: tomas.adler@gmail.com
Betreff: Foto Nr. 13 vom Kerlingar-Ausbruch

Liebe Anna,
danke für neulich! Es war so schön, dich zu treffen,
mit dir zu reden, mit dir zu tanzen. Ich wollte dich
wissen lassen, dass die Ausstellung zu Ende ist und
du dein Bild abholen kannst. Ich bringe es dir auch
gerne vorbei, falls dir das besser passt. Dann könntest du mir vielleicht zeigen, wo du das andere Bild
hingehängt hast, das von dir im Flugzeug? Ich hoffe, du bist zufrieden damit und es hat dich nicht unangenehm berührt. Ich mag es sehr.
Dein Tómas

Ich lese die Mail noch einmal, möchte darauf antworten,
weiß aber nicht, was ich schreiben soll. Schließe das Mailprogramm, öffne es wieder, nestele an meinen Haaren herum, schrecklich nervös. Schön zu tanzen ... er wollte ... er
hofft ... er mag es ... das Foto von mir. Vielleicht sollte ich
ihm zeigen, wo ich es aufbewahre, ihn in die Waschküche
führen und es unter den Weihnachtstischdecken im Wäscheschrank hervorkramen?

Ich springe auf, tänzele durch mein Uni-Büro, mache
kehrt und tänzele in die andere Richtung. Erblicke mich
selbst in dem alten Spiegel meiner Mutter, sehe eine tan-
zende Frau, als hätte ihr Körper das Kommando übernom-

men. Die Arbeiter grinsen, und die Bauernmädchen stecken kichernd die Köpfe zusammen; die Frau ist über vierzig und trägt bequeme, vernünftige Hausschuhe und Kleidung, die zu einer Universitätsprofessorin passt; die Regale hinter ihr biegen sich unter wissenschaftlichen Schriften und Artikeln, unter denen ihr Name steht; und jetzt funkelt sie und tanzt übermütig wie eine törichte Fünfzehnjährige, obwohl sie eigentlich eine neue Modellrechnung über potenzielle Magmabewegungen unter dem Fagradalsfjall prüfen sollte.

Tómas Adler, sagt das Gesicht im Spiegel und schnaubt. Was ist los mit dir, Frau? Verdammter Schwachsinn.

Es klopft. Elísabet reißt die Tür auf, steckt den Kopf durch die Öffnung und schaut mich über ihre Brille hinweg durchdringend an.

»Und?«, fragt sie forschend.

»Und was?«, frage ich zurück.

Sie atmet hektisch ein. »Ist er da?«

»Wer?«, frage ich und schneide eine Grimasse.

»Der Förderbetrag vom Europäischen Forschungsrat?«

»Nein, wieso?«

»Du strahlst so. Hast ganz gerötete Wangen. Ich dachte, sie hätten vielleicht geantwortet.«

»Nein«, sage ich, betaste meine Wangen und sinke auf den Schreibtischstuhl. »Ich schaue mir gerade die Erdbebendaten vom Fagradalsfjall an. Wollte sie mit den Beben bei den Krafla-Feuern abgleichen.«

Wir starren beide auf den Computerbildschirm, und Elísabet redet weiter, während meine Gedanken wieder zu der Mail wandern – was zum Teufel soll ich ihm antworten?

»Scheint, als würden sich die Plattengrenzen verändern«, sagt sie und tippt mit dem Bleistift auf die neuesten Erdbebendaten aus Krýsuvík. »Die Halbinsel verhält sich seit Jahrhunderten wie eine Transformstörung und bewegt sich entlang dieser schmalen seismischen Zone, aber die Aktivität hat sich offenbar verändert. Das könnte alles auseinanderbrechen.«

»Du meinst, es gibt eine Eruption an Land? Hm, oder auch nicht«, sage ich schulterzuckend. »Die Bebenschwärme kommen und gehen, das Land hebt und senkt sich, das ist alles so anormal.«

»Du bist nervös«, sagt meine Freundin und fixiert mich. »Das spüre ich. Was für ein Gefühl hast du bei der Sache?«

Ich lächle sie an.

»Gefühle gelten hier nicht, Elísabet. Ausgerechnet du solltest das wissen. Wir lesen die Seismographen ab, beobachten die Daten, messen Ausschläge, Oberflächenbewegungen, Neigungsänderungen und Gasaustritt. Es kann überall auf der Halbinsel zu einer Eruption kommen, jederzeit, in jeder möglichen Form, aber erst wenn die Seismographen es vorausgesagt haben. Und denen sind unsere Gefühle scheißegal.«

»Erst wenn die Seismographen es vorausgesagt haben«, seufzt sie und nickt. »Es ist nur so verdammt unangenehm, es nicht genauer vorhersagen zu können. Weißt du, wie viele Anrufe ich täglich von Ministern, Behörden, Journalisten und Fluggesellschaften bekomme? Alle warten auf Neuigkeiten. Der Tourismus ist gerade wieder in Gang gekommen, und dann diese Ungewissheit. Wir tragen eine große Verantwortung.«

»Die lastet auf dir«, erwidere ich grinsend. »Du bekommst die Anrufe, damit wir in Ruhe arbeiten können.«

Sie geht zur Tür. »Ich lasse dich besser in Ruhe«, sagt sie. »Aber sag Bescheid, wenn du auf etwas Interessantes stößt. Irgendeinen Brocken, den man ihnen hinwerfen kann, um sie vorübergehend ruhigzustellen.«

»Na klar«, sage ich. »Du bist die Erste, der ich Bescheid gebe.«

Die Tür geht zu, und ich schaue weiter auf den Bildschirm, auf die Tabellen und Zahlenreihen und Diagramme. Ich schließe die Augen und spüre die Bewegung dahinter, fühle, wie sich das Land hebt und senkt wie eine Welle, wie die Glut aus dem Erdmantel aufströmt und sich einen Weg unter die Erdkruste bahnt, wie das Magma sich dreht wie ein vollständig entwickelter Embryo, gegen die Membrane um sich herum drückt und nach einem Ausgang sucht.

Nur ein Gefühl, nichts Greifbares, nichts, was sich begründen ließe. Ich greife nach dem Bleistift und kritzele auf ein Blatt:

$$\tau = \gamma \frac{\eta}{\mu}$$

Ich betrachte die Gleichung, sie ist schön in ihrer Schlichtheit. Es ist nicht kompliziert, bei Vulkanismus geht es im Grunde nur um Zeit, Magmadruck und Widerstand des umliegenden Gesteins.

Seufzend schließe ich die Tabellen, öffne das Mailprogramm und lese noch einmal die Mail von Tómas Adler. Dann schreibe ich eine knappe Antwort: *Danke gleichfalls. Ich schaue gleich in deinem Atelier vorbei und hole das Bild ab.* Dann drücke ich auf *senden*.

Zeit, Druck und Widerstand, das ist alles.

KÓPAVOGUR

Tómas Adlers Wohnatelier befindet sich in einem alten Industriegebäude zwischen Resterampen und Reifenhändlern in Kópavogur. Ich brauche lange, um die richtige Stichstraße und den richtigen Eingang zu finden. Die Tür ist nicht beschriftet, keine Klingel, also klopfe ich ein paarmal, aber niemand antwortet. Ich zögere, drücke dann die Klinke runter, stoße die unabgeschlossene Tür auf, stecke den Kopf durch die Öffnung und rufe: »Hallo?«

In dem Vorraum voller Jacken empfängt mich ohrenbetäubende Musik, an einem Haken hängt ein Motorradhelm. Als ich an die Innentür klopfe, öffnet sie sich mit einem Ruck, und Tómas Adler schaut mich perplex an. Dann zieht sich ein Lächeln über sein Gesicht. »Wie schön! Ich hatte gar nicht mit dir gerechnet! Komm rein!«

Er sieht wüst aus, unrasiert, die Haare verfilzt, in einem abgerissenen Heavy-Metal-Shirt. Er hat meine Mail nicht gelesen, scheint sich aber wirklich zu freuen, mich zu sehen. Als ich ihm die Hand reiche, möchte er mich im selben Moment auf die Wange küssen, sodass wir gegeneinanderstoßen. Wir lachen und begrüßen uns erst mit Handschlag und geben uns danach Küsschen auf beide Wangen, wobei ich rot anlaufe und den Blick senke. Er fährt sich mit der Hand durch die Haare und lädt mich in den Lärm ein:

Die Berge sind wach
Seit tausend Jahren.
Wenn du in den Fels schaust
Siehst du Tränen funkeln.

Ich erinnere mich an diesen Song von Egó, das war vor ewigen Zeiten, in einem anderen Leben, aber ich sage nichts, sondern konzentriere mich darauf, einen Fuß vor den anderen zu setzen, und folge ihm in die Wohnung. Seine schnellen, geschmeidigen Bewegungen erinnern mich an einen Tänzer, er hat muskulöse Schultern und einen Farbklecks auf dem Handrücken.

Das Wohnatelier ist ein offener Raum mit einem gestrichenen Betonboden und einem mit Fotos bedeckten Arbeitstisch in der Mitte. An den Wänden stehen Kleiderständer, Pappkartons, Werkzeugtaschen und Eisenregale mit Papieren und Krimskrams, und in eine Ecke schmiegt sich ein ungemachtes Schlafsofa. Kreuz und quer im Raum verteilt stehen Scheinwerfer und Stative wie verirrte Gäste bei einem Cocktailempfang, an den Wänden hängen Fotografien, Zeichnungen und Landkarten. Durch die große Fensterfront strömt Licht herein, und mir stockt der Atem: Die Stadt zeigt sich in einer neuen, überraschenden Perspektive mit den grünen Südhängen des Stadtteils Fossvogur und des Öskjuhlíð-Hügels, den Kirchtürmen, Baukränen und dem glitzernden Meer.

»Tolle Aussicht«, sage ich bewundernd und bemühe mich, das Chaos zu übersehen.

»Ja, kaum einer kennt die geheime Schönheit von Kópavogur«, entgegnet er grinsend. »Ich entschuldige mich gar nicht erst für die Unordnung. Ich habe gern Dinge um mich, mit denen ich arbeite, das inspiriert mich. Manchmal wird es ein bisschen chaotisch, aber ich finde immer alles, wie unglaublich es auch klingen mag.«

»Du musst dich für gar nichts entschuldigen«, sage ich. »Ich störe dich bei der Arbeit.«

Er dreht sich auf dem Absatz um und lächelt mich an. »Du störst mich überhaupt nicht. Du würdest mich nie stören. Ich freue mich, dich zu sehen. Sollen wir uns das gute Stück mal anschauen?«

Er geht zu den großen Rahmen, die an der Wand lehnen, und zieht das Bild heraus.

»Es ist gut«, sagt er und hält es ins Licht. »Vielleicht nicht das beste in der Ausstellung, aber es fängt die Situation gut ein. Wie hast du es noch mal beschrieben? Sehr genau und aufschlussreich?«

Er grinst, und ich stammele entschuldigend, ich würde Fotos normalerweise als Analysemittel einsetzen, fände es aber wirklich sehr schön.

Tómas zeigt auf den Leuchtturm – ein kleines, weißes Ausrufezeichen vor der schwarzen Eruptionssäule. »Da haben wir uns getroffen, weißt du noch?«

Ich nicke, ohne das Bild richtig anzuschauen. Das Herz schlägt mir bis zum Hals, und meine Hände zittern. Er merkt es nicht und betrachtet stirnrunzelnd das Foto. Das Licht umspielt seine Augen, die feinen Lachfältchen werden tiefer, und eine kleine Narbe erscheint auf seiner Stirn, Indiz eines unbekannten Ereignisses in der Vergangenheit. Ich muss mich beherrschen, ihn nicht danach zu fragen. Er ist keineswegs fotogen. Die Fotos, die ich von ihm im Internet gesehen habe, ähneln ihm nicht, er wirkt darauf zu ernst, mit einer großen Nase und ohne ein Lachen in den Augen. Seine Attraktivität und seine ansteckende Energie kommen durch die Linse nicht rüber. Er ist dafür bestimmt, hinter der Kamera zu stehen.

Als er mich anschaut und merkt, dass ich ihn mustere, stellt er das Bild wieder an die Wand, streicht sich nervös die dunklen Haare aus der Stirn und wirkt plötzlich ganz jungenhaft. »Möchtest du einen Kaffee?«, fragt er.

Ich bringe kein Wort heraus und nicke nur.

Tómas gießt Kaffee aus einer karierten Thermoskanne

in eine grüne Tasse, und unsere Hände berühren sich, als er sie mir reicht. Wir schauen uns in die Augen, und dann stürze ich, einfach so, kann mich nicht mehr orientieren, verliere den Gleichgewichtssinn und falle auf ihn zu, werde von ihm angezogen wie von einem schwarzen Loch, absolut unkontrolliert. Ich treffe nicht bewusst die Entscheidung, loszulassen, mich fallen zu lassen, mein Körper gehorcht mir nicht mehr, mein Geist ist still, aber mein Herz schreit vor Glück. Ich strecke die Hand aus und berühre sein Gesicht, er schließt die Augen und legt die Wange an meine Handfläche, wir zittern beide, als wären wir von derselben Druckwelle erfasst worden. Er öffnet die Augen, die jetzt nicht mehr lachen, sondern glühen, nimmt meine Hand und zieht mich an sich, als wollte er mit mir tanzen. Unsere Körper berühren sich, unsere Wangen, Schultern, Brüste, Bäuche, Hüften, wir umarmen uns, umschlingen uns für einen kurzen Moment, eine ganze Ewigkeit. Wir atmen zusammen ein, unsere Herzen schlagen im Takt, einmal, zweimal, dreimal, dann reiße ich mich von ihm los, stürme in den Vorraum, stolpere über die Schuhe und falle auf die Knie. Ich rappele mich wieder hoch, renne zum Auto, starte den Motor, fahre rückwärts aus der Parkbucht und rase los, als wären mir alle Teufel der Hölle auf den Fersen, aber so leicht komme ich nicht davon. Mein Herz trommelt, ich kriege kaum Luft, und Tränen strömen mir über die Wangen. Ich weiß nicht, ob ich aus Trauer oder Freude oder Entsetzen weine, und es spielt keine Rolle. Ich bin verliebt in Tómas Adler, mein Leben, so wie ich es kenne, ist zu Ende, und ich habe ihn noch nicht einmal geküsst.

Erklärende Anmerkung VI
BÁRÐARBUNGA

Am 23. Juli 1972 wurde der Satellit ERTS-1 von der Vandenberg-Luftwaffenbasis in Kalifornien gestartet. Die US-amerikanische Raumfahrtbehörde brachte ihn in die Erdumlaufbahn, um geographische Daten zu sammeln und militärische Anlagen jenseits des eisernen Vorhangs zu beobachten. ERTS-1 flog innerhalb von achtzehn Tagen zehnmal über Island und machte jedes Mal fünf Bilder. Durch die Satellitenbilder hatten isländische Wissenschaftler erstmals die Möglichkeit, ihr Land aus dem Weltraum zu betrachten, aus 920 Kilometern Höhe, und Ende Januar 1973 erhaschte der Satellit ein Bild, bei dessen Anblick meinem Vater die Kaffeetasse aus der Hand fiel und auf dem Fußboden des geowissenschaftlichen Instituts der Universität Islands krachend zerschellte.

Das Bild enthüllte einen riesigen unbekannten Vulkan unter dem Gletscher Vatnajökull. Die harmlose Wölbung Bárðarbunga entpuppte sich als der größte und mächtigste Vulkan Islands mit einer 850 Meter tiefen Caldera, randvoll mit Gletschereis. Darunter schwelte eine gigantische Magmakammer, verantwortlich für viele der größten Lavafelder des zentralen Hochlands.

Es war, als hätte die Aufmerksamkeit Bárðarbunga aus einem friedlichen Schlummer geweckt, als wäre sie hochgeschreckt, als der Satellit sie überflog und ein Bild von ihr machte. Allerdings hatte sie aus grauer Vorzeit einiges auf dem Gewissen. Wahrscheinlich waren es ihre verheerenden Gletscherläufe, die sich durch das Land pflügten und die Kluft Jökulsárgljúfur und die hufeisenförmige Schlucht Ásbyrgi bildeten – ein Getöse, vergleichbar mit dem mehrerer Kurzstrecken-Atomraketen. Doch nachdem Island besiedelt worden war, hielt Bárðarbunga sich zurück, öffnete nur ein paar Spalten oben in der Wildnis, wo sie kaum jemanden störten. Auch nach dem Beginn der seismographischen Messungen machte sie sich nicht bemerkbar. Erst als die Aufnahmen aus dem Weltraum sie weckten, wurde sie wieder aktiv. Seitdem gab es bei Bárðarbunga viele heftige Erdbeben, und sie machte ihrem Groll Luft bei den Eruptionen von Gjálp 1996 und Holuhraun 2014. Sie selbst wartet noch, bis ihre Zeit gekommen ist, gleich einem riesigen Kanonenrohr über dem Feuerherzen, dem Mantelplume, der unter dem Land aufsteigt.

Und an der Erdoberfläche gehen wir weiter unseren ahnungslosen Tätigkeiten nach, verarzten, unterrichten, schreiben, tischlern, braten Frikadellen, kochen Kaffee, pflanzen Bäume, begradigen Flüsse und planieren Straßen, als könnte unser Kratzen an der Kruste etwas gegen die Kräfte ausrichten, die sich in der Tiefe unter uns regen.

Es ist nur eine Frage von Zeit, Druck und Widerstand.

ÄSTHETIK: PLAGIOKLAS, MAGNETIT

Man könnte sagen, dass die Schmelzregion im Erd-
mantel, dort, wo sich Magma bildet, eine Art »Feuer-
herz« Islands ist.
Freysteinn Sigmundsson, Magnús Tumi Guðmundsson,
Sigurður Steinþórsson: Die innere Struktur von Vulkanen.
Vulkangefahren

»Sieht echt schlimm aus«, sagt Jóhannes, streckt den Arm
über die Reling und stupst eine tote Forelle an. Es werden immer mehr, je weiter wir auf den See Kleifarvatn hinausfahren.
Sie treiben mit den blassen Bäuchen nach oben im Wasser.
Jóhannes blickt beunruhigt zum Himmel. »Da liegt was Un-
heimliches in der Luft. Ich spüre, dass es eine Eruption gibt.«
  »Es ist ja wohl keine Kunst, das zu spüren, wenn jedes
einzelne Messgerät in der Umgebung es ankündigt«, ziehe
ich ihn auf, muss aber zugeben, dass er recht hat. Die Stim-
mung lässt nichts Gutes erahnen, die schwere Stille und
der Geruch von Schwefel, selbst die Küstenseeschwalben
schweigen. Nur das Tuckern des Motors durchbricht die
drückende Ruhe, die über dem See liegt, bricht an den stei-
len Hängen und echot gespenstisch über dem Wasserspiegel.
Auch wenn es niemand ausspricht, möchten wir die Expedi-
tion schnell hinter uns bringen, bevor die Gasdetektoren in
unseren Brusttaschen anfangen zu piepen.
  »Mist, wir brauchen ein neues«, sagt Úlfar, der Techniker
von Iceland Geosurvey, fischt den Ponton aus dem Wasser
und schüttelt das daran hängende Messgerät. »Das hier ist
komplett korrodiert.«

»Kein Wunder. Der Schwefelsäuregehalt war gestern schon so hochgeschossen, dass die Geräte keine Daten mehr übertrugen«, sage ich. »Wir bringen kein neues Messgerät her, der See ist zu gefährlich.«

Wir nehmen eine Probe, die dritte auf der Fahrt, und Úlfars Hände zittern so stark, dass ihm das Probenglas ins Wasser fällt. Schließlich wenden wir das Boot und fahren zurück zum Ufer. Meine Erleichterung wird mit jedem Meter, den wir uns dem Strand nähern, größer.

»Was ist das denn für ein Schwachkopf?«, fragt Jóhannes, als ein großes Motorrad laut knatternd auf den Parkplatz fährt. »Die Polizei müsste das Gebiet doch inzwischen abgesperrt haben.«

Der Fahrer steigt vom Motorrad und setzt den Helm ab. Er holt eine Kamera aus der Tasche und macht Fotos, Blitze zucken, blitz, blitz, blitz, wie freudige Jauchzer am Strand.

»Das ist Tómas Adler«, beantwortet Jóhannes seine eigene Frage. »Der Fotograf. Ich habe ihn beim Kerlingar-Ausbruch kennengelernt, er hat ziemlich coole Fotos von mir gemacht. Und von der Eruption. Ich habe ihn sogar zu meinem Geburtstag eingeladen. Ihr kennt euch doch auch, Anna, oder?«

Ich sitze wie eine verurteilte Verbrecherin auf der Ruderbank und kriege kein Wort heraus, während das Boot mich näher zum Ufer bringt, gnadenlos immer näher. Tómas lässt die Kamera sinken und blickt mich mit diesem strahlenden schiefen Lächeln an.

»Hallo allerseits«, sagt er, als wir das Ufer erreichen, und meint uns alle, schaut aber nur mich an. Er reicht mir die Hand, um mir ins Trockene zu helfen. Ich ignoriere ihn und springe mit wackeligen Beinen an Land. Meine Hände schmerzen vor Verlangen, ihn zu berühren – was will er hier, verflucht noch mal?

»Puh, das war eine der schlimmsten Touren, die ich je gemacht habe«, stöhnt Úlfar. »Der See könnte jeden Moment hochgehen, und dann dieser Gestank, Mann!«

»Wie bist du durch die Absperrungen gekommen?«, fragt Jóhannes. »Ich dachte, die Polizei lässt außer uns niemanden mehr durch.«

»Die konnten mich nicht aufhalten«, antwortet Tómas und zieht einen Zivilschutz-Ausweis aus seiner Sicherheitsweste. »Ich habe den Polizeipräsidenten davon überzeugt, dass die Einsätze hier von Anfang an dokumentiert werden müssen. Ich darf durch die abgesperrten Gebiete fahren und Fotos machen, so viel ich will.«

»Milan Petrovic gefällt das bestimmt nicht«, kontert Jóhannes. »Er ist dagegen, Journalisten reinzulassen.«

»Ich bin auf eigene Verantwortung hier«, erklärt Tómas mit einem fröhlichen Grinsen. »Milan meinte am Ende, seinetwegen kann ich auch in eine Vulkanspalte springen, wenn ich das unbedingt will.«

In diesem Moment bebt die Erde unter unseren Füßen, wir erstarren und lauschen, aber das Beben beruhigt sich wieder. Es scheint kein Vorbote für weitere zu sein.

»Wir müssen uns beeilen«, sagt Úlfar und lässt den Blick über die Landschaft schweifen. »Das ist echt ein unangenehmer Ort. Mir wird schlecht von dem Schwefelgestank.«

Er hat recht, denn die Werte auf dem Gaszähler sind weiter gestiegen. Wir müssen fort von dem See, bevor der Schwefelwasserstoff sich setzt und den Talkessel in eine tödliche Falle verwandelt.

»Dann fahrt mal los«, sagt Tómas. »Ich mache noch ein paar Fotos, die Farben sind unglaublich.«

Entgeistert schaue ich ihn an. Ich kann ihn unmöglich hier zurücklassen, mit seiner naiven Begeisterung und seinem Leichtsinn angesichts der drohenden Gefahr. Er hat bestimmt weder eine Gasmaske noch ein Tetra-Funkgerät dabei. Ich verspüre einen verzweifelten Beschützerinstinkt, möchte ihn wegzerren, ihn vor jeglicher Gefahr beschützen.

»Wir müssen noch Proben im Grænavatn nehmen«, sage ich so neutral wie möglich. »Der See ist ein alter Explosionskrater, voller Schwefel. Du kannst gerne mitkommen.«

Er sieht mich verwundert und erfreut an. »Willst du das?«

»Ich dachte, das könnte ein gutes Motiv sein«, murmele ich. »Der See ist ... du weißt schon ... grün.«

Er grinst von einem Ohr bis zum anderen. »Ihr Wunsch sei mir Befehl, meine Gnädigste.«

Ich flüchte zum Jeep, und wir verlassen den See und fahren zu dem Geothermalfeld, mit Tómas auf dem Motorrad dicht hinter uns.

»Willkommen in Teufels Küche«, sagt Jóhannes, als wir aus dem Wagen steigen. Die Dampfsäulen ragen so hoch in die Luft, als wollten die heißen Quellen die Erdkruste aufbrechen. »Halt den Knaben fest!«, ruft er mir zu und zeigt auf Tómas, der mit gezückter Kamera losläuft. »Nicht dass er uns noch in ein Loch fällt, auch wenn das Milan freuen würde.«

»Das ist ja unglaublich!«, jubelt Tómas, klettert auf einen großen Fels und justiert die Kamera. »Als ich das letzte Mal hier war, hatte der See noch ein wunderschönes Blaugrün, und schau ihn dir jetzt an: wie das Auge eines Drachen!«

Es stimmt, der See wirkt metaphorisch, er hat durch den Schwefel eine erschreckend giftgrüne Farbe bekommen. Als Úlfar und Jóhannes sich mit ihren Probengläsern und Messgeräten vorsichtig hinunter zum Ufer tasten, bebt das Land unter unseren Füßen erneut, und Tómas kommt auf dem Fels ins Schwanken.

»Pass auf!«, rufe ich etwas zu schrill.

»Könnte es direkt unter uns einen Ausbruch geben?«, fragt er und springt von dem Fels, fahrig und atemlos vor Eifer.

»Das ist durchaus möglich, auch wenn es lange nicht mehr passiert ist«, antworte ich. »Die meisten Vulkanspalten liegen nördlich und westlich von uns, wo die neue Lava geflossen ist. Der Grænavatn ist ein Explosionskrater, der vor circa sechstausend Jahren bei einer Dampfexplosion entstanden ist. Dabei kam nicht viel Lava hoch, nur Geröll und Dampf, und es machte einen Höllenlärm. Die Explosion riss Gabbro aus dem Vulkanschlot mit, es liegt hier überall herum.«

»Gabbro?«, fragt er. »Was ist das?«

Ich suche nach einem einigermaßen glatten Stein, hebe einen auf und wische ihn ab.

»Das ist kein Ergussgestein, sondern Tiefengestein. Basalt, so wie Lava, aber ganz anders. Guck mal, wie gesprenkelt und schön gefärbt er ist. Die Kristalle darin sind viel größer als bei einem normalen Basalt, weil er tief in der Erdkruste erstarrt ist.«

»Sind die Tupfer Kristalle?«

»Ja, das Weiße ist Plagioklas, ein Silikatmineral, und die schwarzen Würfel sind magnetischer Magnetit. Die Kristalle hatten genug Zeit, zu wachsen, und die Minerale konnten sich in der Erde entfalten.«

»Das Ewige entfaltet seine Abgründe«, flüstert er fasziniert, betrachtet den Stein und schaut mich dann an. »Kennst du Guðbergur Bergssons Übersetzungen spanischer Lyrik?«

Ich schüttele den Kopf. »Nein, ich kann mit Gedichten nichts anfangen.«

»Du kannst mit Gedichten nichts anfangen? Und was ist mit der Schönheit?«, fragt Tómas und rezitiert:

nun frag ich mich was wird aus diesem Feuer
und seiner Nacht, der Asche

Ich schnaube.

»Mir fehlt es nicht an Schönheit. Die Wissenschaften sind voll davon.«

»Von Schönheit? Du machst Witze.«

»Sieh dich doch um, sieh, wie schön die Welt ist. Welche Dichtung kann beschreiben, was passiert, wenn das Magma aus dem Inneren der Erde kurz davor ist, durch die Oberfläche zu brechen? Schau dir den Dampf und die Farben und das Licht an, spür, wie der Boden unter deinen Füßen bebt – welches Gedicht könnte da heranreichen?«

Er schüttelt den Kopf. »Ohne die Dichtung sind wir nur Tiere ohne Verstand auf einer bebenden Erde. Sie macht uns zu Menschen, gibt uns einen höheren Sinn. Sie zeigt uns die Schönheit der Welt, erlaubt uns, sie zu beschreiben. Ich bin kein Lyriker, ich kann nicht dichten, aber ich versuche, meine Fotografien wie Gedichte zu denken. Sie sollen etwas anderes sein und mehr zeigen als die eigentlichen Motive. Ich versuche, die Schönheit hinter der physischen Welt zu enthüllen. Das ist meine Dichtung«, erklärt er und hält die Kamera hoch.

»Und das«, sage ich und halte den Stein hoch, »ist meine Dichtung. Tiefengestein aus dem Inneren der Erde. Gabbro ist für mich wie ein Gedicht, mehr Ästhetik brauche ich nicht.«

Jóhannes ist wieder da und knallt einen Eimer mit Messgeräten und Probengläsern auf den Boden.

»Es droht ein Vulkanausbruch, die Erde bebt, und ihr steht hier rum und diskutiert über Ästhetik und Dichtung! Ich weiß nicht, was dein Vater dazu gesagt hätte, Anna Arnardóttir.«

»Er hätte gesagt: Genug der Dummheiten. Aber was die Schönheit von Gabbro betrifft, hätte er mir zugestimmt.«

»Ich bin erst beruhigt, wenn ich wieder zu Hause in Grafarvogur sitze«, sagt Úlfar finster und geht zum Jeep. »Dieses Höllending fliegt uns gleich komplett um die Ohren.«

Tómas hat den Stein wieder aufgehoben und fragt: »Darf ich dein Gedicht behalten?«

»Tu das, nimm den Stein mit«, sage ich und folge den anderen zum Auto.

Da streckt er die Hand aus und greift nach meinem Arm. »Warte noch kurz, Anna.« Er fixiert mich, stockt und sagt dann: »Ich muss ständig daran denken, was letztens im Atelier passiert ist. Es geht mir nicht aus dem Kopf. Ich hoffe, du bereust es nicht.«

Ich starre ihn wortlos an.

»Ich weiß nicht, was du wolltest, ob dir das etwas bedeutet. Aber mir bedeutet es viel. Es ist etwas passiert, das weiß ich genau. Wir haben es beide gespürt, oder?«

Endlich stammele ich: »Nicht hier.«

»Komm zu mir ins Atelier. Jetzt gleich. Machst du das?«

Ich weiche seinem Blick aus. Das kann er interpretieren, wie er möchte – als Ablehnung, Zustimmung, Unentschlossenheit. Dann steige ich zu den anderen ins Auto, ohne mich noch einmal nach ihm umzuschauen.

Jóhannes und ich schreiben auf dem Weg in die Stadt keinen Feldstudienbericht. Beflügelt von dem Gespräch, schwadroniert er über Geologie und Lyrik, während ich stumm dasitze und versuche, das heiße, panische Glücksgefühl zu unterdrücken, das sich in meinem Körper ausbreitet wie ein Infekt, in meinem Kopf schrillt, in meinen Lippen zuckt, meine Wangen wärmt, mein Herz hämmern lässt und einen heißen Strom in meine Finger und meinen Unterleib jagt. Ich hoffe inständig, dass meine Kollegen sich nicht umdrehen und sehen, in welch einem Zustand ich mich befinde, auf der Rückbank glühe wie ein Feuerball.

Meine Sorge ist unbegründet. Úlfar hat das Lenkrad fest im Griff und starrt schweigend geradeaus, während er den Jeep über die ruckelige Piste steuert. Jóhannes schließt die Augen und rezitiert mit Inbrunst:

> Von den Schultern sie wirft die eisgraue Kutte
> hebt himmelhoch die feuerscharfen Schwerter.
> Sie hält Jüngstes Gericht in ihres Reiches Weiten.
> Ihr Antlitz birgt Pracht und Gefahr.
> Der blitzende Säbel fährt hinab auf das Land.
> Kotten und Wiesen stehen in Flammen.
> Nun schlägt Islands Feuerherz.

KÖNNEN SICH AMORALISCHE
MENSCHEN VERLIEBEN?

Ein Zentralvulkan ist ein Ort, meistens ein Berg, der immer wieder eruptiert. Zentralvulkane entwickeln sich mit der Zeit, und man geht davon aus, dass ihre Lebensspanne Millionen Jahre betragen kann. Auf der Reykjanes-Halbinsel gibt es vier Spaltenschwärme, deren Mitte jeweils von Geothermalgebieten definiert ist: Reykjanes, Svartsengi, Krýsuvík und Brennisteinsfjöll. Man kann sie als Zentralvulkane im Anfangsstadium betrachten, die Plattengrenzen darunter sind nur durch die flachen Gebirgskämme markiert.

Sigurður Steinþórsson: Was ist der Unterschied zwischen einem Vulkan, einem Vulkansystem und einem Zentralvulkan? Wissenschaftsnetz

Effusive Eruptionen können schöne und friedliche Ereignisse sein, sofern die Magmamenge mäßig und der Standort günstig ist: glühende Fontänen, wo Säulen von Magma aus den Eruptionsschloten aufsteigen, und die Lava kriecht über das Land, gründlich und effizient wie ein deutscher Straßenbautrupp. Sie können aber auch als schreckliche Katastrophen auftreten wie die Skaftá-Feuer, bei denen die Erde giftige Gase und fünfzehn Kubikkilometer Lava ausspie und einen großen Teil der Bevölkerung zu Tode quälte. Zu Beginn einer Eruption lässt sich schwer sagen, um welches Phänomen es sich handelt, ob man Kameras und poetische Beschreibungen auspacken kann oder besser das Weite sucht.

Am Anfang mache ich mich einer unverzeihlichen Zuversicht schuldig, unterschätze die Gefahr und vertraue auf das Sicherheitsgefühl, das meinem bequemen geregelten Leben innewohnt. Rede mir ein, dass mich keine Naturgewalt erschüttern, meinen schönen Garten ruinieren, die Birken in Brand setzen und den See vergiften kann, auf dem der Eistaucher in der hellen Sommernacht mit seinen Jungen auf dem Rücken schwimmt. Ich habe nicht genug Fantasie, mir mein Haus in Schutt und Asche vorzustellen, den geweißten Eichenboden verbrannt, die dänischen Möbel rußig und versengt.

Hätte ich es abwenden können? Hätte ich unser glückliches ruhiges Dasein vor dieser Katastrophe bewahren können? Ich weiß es nicht, weiß nur, dass ich am Anfang davon überzeugt gewesen bin, dass ich die Lage unter Kontrolle habe. Dass ich mit einem kleinen interessanten Problem konfrontiert bin und über alle Techniken verfüge, um es zu lösen: Erfahrung, Wissen und grenzenlose Vernunft. Eine spannende Sache, ja, und eine aufregende Vorstellung, die Aufgabe in Angriff zu nehmen, sie von allen Seiten zu betrachten, die vielerprobten Methoden der Wissenschaft anzuwenden, um sie zu zergliedern und ihre unterschiedlichen Aspekte zu analysieren. Schlussendlich bin ich Wissenschaftlerin. Und ihr werdet sehen, die Wahrheit und die wissenschaftliche Methodik werden euch freimachen.

Oh, wie naiv ich doch bin! Naiv und dumm und unwissend angesichts der Kräfte, vor denen ich stehe wie ein Kleinkind vor einer Massenvernichtungswaffe. Ich stapfe weiter, bewaffnet mit kindlicher Neugier und Zuversicht, mit flatterndem Herz und leuchtenden Augen nehme ich die Herausforderung an, lasse mich verleiten, akzeptiere die Einladung und besuche Tómas Adler in seinem Atelier. Wir stehen uns gegenüber und schauen uns in die Augen, dann nimmt er meine Hand und berührt mein Gesicht, streicht mit dem Daumen über meine Lippen, bevor er sie küsst. Der Kuss ist fremd und berauschend, er erschreckt und entwaffnet mich.

Wir lieben uns auf seinem Schlafsofa, heftig wie Ertrinkende. Feuer brennen in den Tiefen der Erde, und meine Welt wird einstürzen, aber ich ahne nichts von der Gefahr, bin zu sehr mit meiner egoistischen Leidenschaft beschäftigt, um an sie zu denken. Mein Körper erschauert vor Lust, es gibt nichts auf der Welt außer meinem Liebhaber. Er ist ein wundersames unerforschtes Land, ich sauge ihn auf, bin erfüllt von seinem Körper, seiner Haut, seinem Geruch, schluchze in unverhoffter körperlicher Ekstase.

Danach liegen wir atemlos und angstvoll in enger Umarmung, unsere Beine umeinandergeschlungen, und ich bin ehrlich überrascht: Ist das, letztendlich, die Liebe? Dabei hatte ich mir eingeredet, sie wäre nur überschätzte Gefühlsduselei, eine Verzückung, die labile und überreizte Menschen befällt. Und jetzt liege ich hier auf diesem fleckigen Sofa, nackt, erschöpft und vernichtend geschlagen, überglücklich, schuldbewusst und panisch, fünf verpasste Anrufe auf meinem Handy, zwei vom Wetteramt, zwei von meinem Mann, einer von Salka.

Ich lege das Handy weg, stehe mit wackeligen Beinen auf und suche meine Klamotten zusammen, schlüpfe in die Unterhose, und meine Hände zittern so stark, dass ich den BH kaum zukriege, wie auf Entzug, das Hochgefühl lässt nach wie ein Rausch.

Tómas streckt den Arm aus und streichelt meine Hand, seine Augen glänzen feucht und sind grün wie Olivin.

»Ist alles okay? Bist du traurig?«

»Nein. Dafür bin ich ein zu schlechter Mensch. Ich bin amoralisch.«

»Ich liebe dich«, sagt er. »Auch wenn du amoralisch bist. Willst du mich heiraten?«

»Ich bin verheiratet, hast du das vergessen?«, entgegne ich. »Ich habe einen Mann und eine Familie.«

»Aber du liebst mich«, beharrt er. »Du hast es gesagt. Das ändert doch etwas.«

Ich muss schlucken und habe das Gefühl, als würde ein großer Gegenstand in meiner Brust stecken, eine geballte Faust in meinem Herz.

»Nein, das ändert nichts. Nicht an meiner Ehe.«

»Anna, meine Geliebte.«

Er schaut mich traurig und verloren an, aber ich weiche seinem Blick aus.

»Ich muss los.«

Ich ziehe meine Schuhe und meine Jacke an und stocke, bevor ich durch die Tür gehe.

»Ruf mich nicht an. Schreib mir nicht. Bitte. Lass uns so tun, als wäre das nicht passiert.«

GEBACKENES HÜHNCHEN, WELTUNTERGANG

Erinnerung (undeutlich)
Albtraum
längst vergessen:
Ein Berg verschlang einen Mann
Ingibjörg Haraldsdóttir: Magma

Und dann scheint das Leben einfach weiterzugehen, als wäre es gar nicht zu Ende. Der Motor springt an, die Straßen führen zu den richtigen Orten, der Haustürschlüssel passt ins Schloss, so als wäre nichts geschehen. Ich stelle die Schuhe mit den Spitzen nach vorne ins Schuhregal und stecke die Schnürsenkel hinein, hänge meine Jacke in den Schrank und gehe in die Küche, wo mein Mann Zwiebeln schneidet und die Nachrichten im Radio hört. Er lächelt, als er mich sieht.

»Wie war dein Tag, Schatz?«

Ich sage ihm nicht die Wahrheit. Sage ihm nicht, dass heute die Welt untergegangen ist, dass das Leben, wie er es kennt, nicht mehr existiert, weil ich es in eine Lüge verwandelt habe. Ich hebe nur die Mundwinkel und zeige ihm die Zähne, was ein Lächeln sein soll.

Ich lüge, als ich den Hals recke und ihn auf die Wange küsse, lasse mich von ihm in den Arm nehmen und ihn meine Taille umfassen, rieche seinen vertrauten Duft, vermischt mit dem Geruch von Zwiebeln, habe ihn so furchtbar gern. Und trotzdem befinde ich mich weiter an dem anderen Ort, in dem anderen Leben, dem neuen; ich weiß, dass das alte

Leben vorbei ist, dass die Welt nicht mehr so ist wie vorher, nur noch eine trockene, kratzende Schale.

»War ein guter Tag«, lüge ich, und meine Stimme klingt fast normal. »Wir sind nach Krýsuvík gefahren, um zu überprüfen, ob sich da was verändert hat.«

Er ist beunruhigt.

»Bitte sei vorsichtig. Kann es da nicht jederzeit einen Ausbruch geben?«

»Nein, noch nicht. Mach dir keine Sorgen um mich, ich weiß, was ich tue.«

»Das hoffe ich. Du musst aufpassen. Deine Kollegen neigen dazu, sich zu überschätzen.«

»Du kennst mich doch, ich gehe kein Risiko ein.«

»Ich weiß, Schatz. Ich vertraue dir vollkommen. Du würdest nie etwas Unvernünftiges tun. Ich mache mir nur Sorgen, dass du in eine Spalte fällst. Ich weiß nicht, was ich ohne dich tun würde.«

Er nimmt mich in den Arm und drückt mir einen Kuss auf die Stirn.

»Meine tüchtige Frau, ich bin so stolz auf dich. Hier, nimm dir ein Messer, die Kartoffeln müssen noch geschält und kleingeschnitten werden.«

Ich wasche mir die Hände, binde mir eine Schürze um und stelle mich neben ihn an die Arbeitsplatte. Die Messer bewegen sich im Takt auf den Schneidebrettern, tack, tack, tack. Wir schneiden Kartoffeln, Zwiebeln, Möhren, Fenchel und Sellerie, pellen Knoblauch, zupfen Blätter von Thymianzweigen und Nadeln von Rosmarinstängeln, pressen eine Zitrone und reiben die Schale, würzen das Hühnchen, legen es auf das Gemüsebett und schieben es in den Backofen. Wir brauchen kein Rezept, können das Gericht auswendig.

»Ach, hör mal«, sagt er plötzlich und schlägt sich die Hand vor die Stirn. »Ich habe ganz vergessen, dir zu sagen, dass das Bild heute Morgen gekommen ist. Von diesem Foto-grafen. Es wurde mit dem Taxi geliefert.«

»Ach ja?«

Meine Stimme klingt schwach und gepresst.

»Komm und schau es dir an, es wartet auf dich.«

Wir gehen ins Wohnzimmer, wo er das Bild aus dem di-cken Packpapier wickelt, an die Wand lehnt und grübelnd betrachtet. Dann schaut er mich dann an und lächelt.

»Es ist fantastisch, Anna. Das sieht bestimmt super aus. Passt genau an die große Wohnzimmerwand. Der Mann kann was.«

Ich sollte etwas sagen, sonst sterbe ich, verwandle mich in eine Salzsäule und werde weggefegt, aber ich tue es nicht, sondern lächle nur gezwungen. »Ja, es ist ziemlich gut.«

Er holt eine Bohrmaschine, ein Maßband und eine Was-serwaage, markiert eine Stelle an der Wand und hängt das Bild auf, mit ernster Miene und routinierten Handgriffen. Dann legt er mir den Arm um die Schultern und mustert zu-frieden das Ergebnis seiner Arbeit.

»Das ist echt schick«, sagt er, küsst mich auf die Stirn und eilt dann in die Küche, um den Tisch zu decken.

Ich bleibe stehen und betrachte das Foto. Es ist andert-halb Meter hoch und zwei Meter breit, die Eruptionssäule des Kerlingar-Ausbruchs auf Leinwand gedruckt und eingerahmt. Jetzt hängt das Foto an der Wand in meinem geschmack-vollen Wohnzimmer, eine aschgraue, zerstörerische Wolke schwebt über dem Sofa, und ich hasse das Bild aus meinem ganzen verzweifelten untreuen Herzen, möchte es am liebs-ten in Fetzen reißen, zertrampeln und aus dem Haus kicken.

Aber ich tue es nicht.

Ich bin zu zwei Frauen geworden. Die eine geht durchs Haus wie immer, hebt Socken vom Boden auf, wechselt im Badezimmer die Handtücher, streicht meiner Tochter über den Kopf und fragt, ob sie nicht noch etwas Klavier üben möchte, räumt die Waschmaschine aus und unterhält sich mit meinem Mann, hört zu, wie er von seiner Arbeit erzählt, von einem Fall, den er glaubt vor dem Landgericht zu verlieren. Die andere Frau liegt in den Armen eines anderen Mannes auf einem verschlissenen Schlafsofa, ihre Lippen berühren sich, er streichelt ihre Wange, sie schließt die Augen und lächelt, ihr Herz jubelt vor Glück, während es gleichzeitig vor Trauer bricht.

»Ich liebe dich«, sagt mein Mann und wischt den Küchentisch ab, »ich liebe dich«, flüstert der Mann, den ich liebe, und küsst mich auf den Hals, »ich liebe dich, seit ich dich das erste Mal sah, habe mich schon im Hubschrauber in dich verliebt«.

»Du bist der Weltuntergang, du machst alles kaputt«, sage ich, und mein Mann dreht sich am Herd um und blickt mich verwundert an. »Was hast du gesagt?«

»Es ist kein Weltuntergang, wenn du den Fall verlierst«, sage ich und trenne hastig die Welten voneinander, werde wieder zu seiner Frau und tue so, als ginge das Leben weiter.

Das Leben muss einfach weitergehen. Das war ein kurzer Ausrutscher, ein Unfall, eine abscheuliche Nichtigkeit in einer schönen, glücklichen Ehe. Ich werde Tómas Adler nie wiedertreffen, werde mich nie wieder von ihm irreleiten lassen. Ich nehme dieses Ereignis und separiere es in meinem Kopf, in einem abgeschlossenen Fach in meinem Herzen. Meine Gefühle sind verantwortungslos und unvernünftig. Ich reiße mich zusammen und beende diesen Unsinn, ich bin ein erwachsener, verantwortungsvoller, moralischer Mensch, der die richtigen Entscheidungen trifft.

Ich liebe meine Familie, meinen Mann, mein Zuhause. Ich bin glücklich. Führe ein gutes und angenehmes Leben. Ich lasse mir das von nichts und niemandem zerstören. Noch nicht einmal von der Liebe.

SECHSHUNDERTFÄDIGER
SEIDENDAMAST

Ich schrecke hoch, als sie mir übers Haar streicht und mit dem Finger meine Wange berührt. Sie sitzt auf der Bettkante und riecht nach Zigaretten und schwerem, süßem Parfüm, Patschuli und Sandelholz. Ich erkenne ihr Lächeln in der Dunkelheit und kriege eine panische Angst.

»Was machen Sie da?«, ächze ich, setze mich auf und ziehe mir die Bettdecke übers Kinn. »Sie wecken meinen Mann.«

»Keine Sorge«, flüstert sie. »Er ist gestern Abend achtzig Kilometer geradelt, er schläft den Schlaf der Gerechten. Während Sie wach liegen und nicht schlafen können.«

Sie streicht über meine Bettdecke, betastet die Naht an deren Rand und schaut sich im Raum um, ihre Zähne blitzen.

»Bei Ihnen ist alles so schick«, wispert sie. »Stilvoll und elegant. Sechshundertfädiger Seidendamast auf dem Bett, Gesundheitsmatratzen mit verstellbarem Rückenteil und diese tollen Verdunkelungsgardinen – eigentlich alles perfekt.«

Sie schiebt die Hand unter die Bettdecke und zwickt mich fest in den Oberschenkel. »Trotzdem fehlt etwas, oder?«

Jetzt habe ich genug. Ich stürze aus dem Bett, werfe mir auf dem Weg aus dem Schlafzimmer den Bademantel über, haste fluchend die Treppe hinauf in den Flur und reiße die Haustür auf.

»Raus! Verschwinden Sie sofort! Ich meine es ernst, lassen Sie mich in Ruhe!«

Sie geht seelenruhig durch den Flur, in ihren geschnürten Lederstiefeln und ihrem roten Kleid unter dem Kunstpelz, zündet sich eine Zigarette an, inhaliert den Rauch und blickt mich unter ihren dichten schwarzen Wimpern an, ein ironisches Lächeln umspielt ihre Lippen.

»Haben Sie sich entschieden?«

Sie presst sich mit brennenden Augen an mich, ihre Brüste sind hart wie Torpedos, ihre Zähne spitz und gelb in dem grinsenden Mund, aus dem Zigarettenrauch quillt, und ich bekomme keine Luft mehr. Sie stößt mich weg, geht hinaus in die Sommernacht, und ich wache schlotternd in meinem Bett auf, schweißnass und nach Luft ringend nach diesem Albtraum. Mein Mann murmelt etwas im Schlaf und legt den Arm um mich, während ich ganz still liege und versuche, meine Atmung und das panische Entsetzen in den Griff zu kriegen.

Sie ist weg und trotzdem überall, als hätte sie sich in den Wänden eingenistet, ihre Augen verfolgen mich aus den Spiegeln, als würde sich das ganze Haus bewegen und mit ihr atmen.

ZU LIEBEN IST, IN STÄNDIGER
ANGST ZU LEBEN

An: tomas.adler@gmail.com
Von: anna.arnardottir@hi.is
Betreff: Re: Foto Nr. 13 vom Kerlingar-Ausbruch

Das muss aufhören. Wir können uns nicht mehr treffen.
Ich habe mich gegenüber meinem Mann und meiner Familie verantwortungslos verhalten. Ich werde unser Glück nicht aufs Spiel setzen.
Falls ich dir Grund zu der Annahme gegeben habe, dass unser Kontakt etwas Ernstes war, bitte ich dich um Verzeihung. Es war nur ein kurzer Seitensprung, ein unkluger Flirt, der leider viel zu weit ging.
Ich bitte dich: Schreib mir nicht, ruf mich nicht an, kontaktier mich nicht mehr.
Anna

Die sechs Spaltenschwärme auf der geologischen Karte von Südwest-Island, die über meinem Schreibtisch hängt, sind rot markiert. Die Spalten sind kurze parallele Linien, die sich nach Nordnordost ziehen, von Reykjanestá bis zum See Þingvallavatn. Sie liegen wie geschwollene üble Narben eng beieinander, mit unversehrten Gebieten dazwischen. Ich konzentriere mich auf sie, atme tief ein und schlucke den Kloß im Hals hinunter. Ich werde wegen dieser dummen Sache nicht anfangen zu heulen, nicht hier auf der Arbeit. Ich schließe kurz die Augen, beiße die Zähne zusammen, drücke auf Enter und schicke diese abscheuliche Mail ab. Dann nehme ich mit zitternden Händen mein Handy und suche seinen Namen im Adressbuch: Tómas Adler, Fotograf. Ich blockiere seine Nummer, lösche ihn aus dem Adressbuch und aus meinem Leben.

So. Jetzt ist es vorbei.

Ich reiße mich zusammen und öffne wieder einmal die Dateien mit den neuesten Erdbebendaten. Arbeit tut gut, und die Wissenschaft sollte eigentlich ein unfehlbares Heilmittel bei irrationaler Trauer sein, aber heute funktioniert nichts. Das Programm verknüpft die Erdbeben mit den Satellitendaten und rechnet die Spannung in der Erdkruste aus. Unter normalen Umständen müsste die Modellierung angeben, wo sich das Magma unter der Oberfläche sammelt, aber die Zahlen verhalten sich nicht so, wie sie sollen. Der Boden hebt und senkt sich immer noch, hebt sich dann an einer neuen Stelle und zeitgleich am anderen Ende der Halbinsel, so als würde ein riesiges Ungeheuer sich unter dem Land winden und es an unterschiedlichen Stellen hochstemmen, während es sich wälzt. Die Ergebnisse sind unlogisch, das ist nicht auszuhalten.

Ich schüttele frustriert den Kopf und bin kurz davor, aufzugeben. Immer wenn sich ein bestimmtes Muster auszubilden scheint, halte ich die Luft an und glaube, dass es das ist, dass die Magmaintrusion gefunden ist, aber dann bildet sich die Schwellung zurück, der Boden senkt sich und alles wird wieder wie vorher, bis es in einem anderen Vulkansystem anschwillt, anderswo auf der Halbinsel. Wir sind davon überzeugt, dass wir es mit einem ähnlichen Ablauf zu tun haben wie bei den Krafla-Feuern, aber die Reykjanes-Halbinsel weigert sich, dieser wohlbegründeten Theorie zu entsprechen, sie gehorcht einfach nicht. Das Rechenmodell funktioniert nicht.

Genau wie ich. Frust und Schuldgefühle kreisen in meinem Kopf und verzerren meine Gedanken, stoßen sie aus ihren logischen Bahnen in einen fremden, undurchdringlichen Sumpf, wo sie in Morast und wirren Träumen steckenbleiben. Ich muss diesen Unsinn abschütteln und mich darauf konzentrieren, das Modell nachzubessern.

Ein sanftes Klicken aus dem Inneren des Computers lässt mein Herz einen Freudensprung machen, Glück durchflutet mich für einen kurzen Moment, dann kommt die Angst zurück. Auf dem Bildschirm erscheint ein ungeöffneter Briefumschlag, eine Mail von Tómas Adler. Ich starre sie an, zögere, beiße mir dann auf die Lippen, taste nach der Maus, schiebe die Mail ungeöffnet in den Papierkorb und setze den Absender auf die Blocklist. Ich überlasse es dem Spam-Filter, die Liebe aus meinem Leben zu löschen.

Die Verzweiflung trifft mich wie eine Druckwelle, ich springe vom Schreibtisch auf, stürme durch mein Büro, schlinge die Arme um meinen Oberkörper, wiege mich wie ein Kind und kämpfe mit den Tränen. Die Sehnsucht nach ihm gleicht einer Abhängigkeit, ist wie das teuflische Verlangen nach Drogen. Ich muss die ersten Tage überstehen, dann bin ich frei. Muss währenddessen nur an etwas anderes denken.

Ich stelle mich vor den Spiegel und betrachte mich in dem fleckigen Glas. Die Liebe zerfrisst mich wie eine Krankheit; meine Wangenknochen stechen hervor, meine Augen sind größer und dunkler als sonst und bilden tiefe Löcher in meinem Gesicht, die Haare fallen mir strähnenweise aus und ringeln sich auf dem weißen Papier auf meinem Schreibtisch. Die Frau im Spiegel könnte meine Mutter sein, verhärmt vom Rauchen, von der Einsamkeit und der Dichtung. Ich reibe mein eingefallenes Gesicht und meinen Hals, schiebe die Hand unter die Bluse und lege sie auf meinen Bauch. Er hat zwei wunderschöne Menschen in sich getragen, aber jetzt ist er dünn wie ein Trommelfell und spannt sich zwischen den Hüftknochen, voller Sehnsucht und Angst und Schuldgefühlen, sodass ich nichts runterkriege. Ich hebe die Bluse hoch und mustere mich im Spiegel, die feinen Schwangerschaftsstreifen ziehen sich wie Filigran um den Nabel. Erst waren sie rot und geschwollen, aber mit der Zeit sind sie grauweiß geworden wie Islandspat. Ich drehe mich vor dem Spiegel und betrachte die Streifen, die Fäden, die senkrecht nebeneinander auf meinen Hüften liegen wie ein Silbergürtel. Sie begleiten mich schon so lange, dass ich sie kaum mehr bemerke. Fast ein Vierteljahrhundert, lange genug, um zwei Kinder großzuziehen, einen Doktortitel zu erlangen und eine erfolgreiche akademische Karriere aufzubauen. Zuerst machten mir die Streifen Angst, ich fand es schon seltsam genug, dass mein Körper anschwoll und mir die Kontrolle raubte, und dann auch noch das, ich fühlte mich entstellt. Ich konnte keine Verbindung zu dem Wesen aufbauen, das sich in meinem Körper einnistete, wuchs und gedieh, sich drehte und diese hässlichen roten Streifen hinterließ, als wollte es sich einen Weg durch die Haut bahnen. Ich war zu einer Behausung für ein anderes Lebewesen geworden, das sich letztendlich aus meinem Körper sprengen würde, um hinaus in die Welt zu gelangen.

Dieser Körper war mir schon immer fremd gewesen, bestenfalls ein praktisches Stativ für den Kopf. Ich hielt mich für einen Vernunftmenschen, lesend, denkend und analysierend. Ich ging mit Wissen, Fakten und Argumenten bewaffnet durch die Welt und erlitt einen Schock, als mein Körper sich entwickelte. Die Pubertät verwandelte mich in eine Art laufende Zielscheibe mit Brüsten und Taille und Hüften. Eigentlich wunderte ich mich immer, wenn ich in den Spiegel schaute, dass diese Frau ich sein sollte. Die gierigen Blicke der Männer würdigten mich herab, als stünde mein Körper zwischen ihnen und meinem Intellekt.

Dann entzündete sich diese kleine Flamme und funkte dazwischen, einmal, zweimal, dreimal, und ich hatte keine Ahnung, was auf mich zukam.

»Was wäre das Schlimmste, was passieren könnte?«, fragte Kristinn damals auf dem Sofa, bevor er mir die letzte Zigarette abnahm und ausdrückte. »Was hast du zu verlieren?«

Natürlich war meine Mutter das Schlimmste, was passieren konnte. Ich hatte schreckliche Angst, dass sie recht hatte, dass ich so wäre wie sie, unfähig zu lieben. Dass ich mein Kind ablehnen würde, so wie sie mich abgelehnt hatte. Doch das sagte ich nicht, ich ließ den Vater meines Kindes nicht in diesen dunklen Winkel meines Herzens, sondern schaute ihn nur an und nickte: »Ich denke drüber nach.«

Und ich dachte nach, während mein Körper mir die Kontrolle abnahm, sich aufblähte und nach Spinat, Birnen und Pistazien verlangte. Ich übergab mich andauernd, heulte und konnte nicht schlafen, kam mit Logik nicht weiter. Ich las Bücher über Elektromagnetismus und Mechanik und hing zwischendurch würgend über der Kloschüssel, wollte lernen, wie eine Wissenschaftlerin zu denken, während mein Körper mich in Beschlag nahm und mich zu einem kalbenden Tier machte.

Der Siegeszug des Fleisches über den Geist erreichte seinen Höhepunkt bei der Geburt, als diese automatische Produktionsmaschine meinen Nachwuchs auf ihrem blutigen, schleimigen Fließband ablieferte. Viertausend Gramm, ein hübscher Junge, ich hielt ihn im Arm und betrachtete sein winziges Gesicht, die Finger, die von Fruchtschmiere verklebten Haarsträhnen, und Tränen strömten mir über die Wangen. Ich liebte ihn, oh, wie sehr ich ihn liebte, wie erleichtert ich war, diese überwältigende Liebe zu spüren, aber sie lähmte mich auch und erfüllte mich mit Entsetzen. Wie sollte ich es schaffen, diesen winzigen Menschen großzuziehen, ihn zu beschützen in einer Welt, die so fürchterlich war?

Ich weinte, weil die Liebe das Großartigste und Schrecklichste ist, was uns widerfährt. Sie stellt die Welt auf den Kopf, nimmt uns Sicherheit und Furchtlosigkeit. Sie ist eine Spalte, die sich vor unseren Füßen auftut, und da unten ist nur noch der Abgrund, die Panik, die Menschen zu verlieren, die wir lieben. Als ich heulend mit meinem Kind im Arm dasaß, begriff ich: zu lieben ist, in ständiger Angst zu leben.

Während ich mit den Fingerkuppen über meinen Bauch streiche, studiere ich die Karte an der Wand. Ich denke an die roten Spaltenschwärme und den silberweißen Riss, das Leben, das sich unter der Oberfläche wälzt, und auf einmal erkenne ich ein grelles Licht, es ist offensichtlich, und doch kann es nicht sein. Es widerspricht jedem gesunden Menschenverstand.

Ich stopfe meine Bluse wieder in die Hose, reiße die Tür auf und rufe: »Ebba, ich muss mit dir reden!«

Sie kommt mit zusammengekniffen Augen und besorgter Miene. »Ist was passiert?«

»Ich hatte eine bizarre Idee. Ist wahrscheinlich Blödsinn, aber ich muss mit dir reden.«

»Was denn?«

»Was wäre, wenn ...«, ich zögere und versuche, dieses quicklebendige Bild, das in meinem Kopf aufgetaucht ist, in Worte zu fassen, »... wenn alles, was wir über die Reykjanes-Halbinsel zu wissen glauben, falsch ist?«

»Was meinst du?«

»Wenn es nicht mehrere kleine Vulkansysteme sind, wie wir immer dachten? Wenn es ein großes System mit vielen Ausgängen ist? Deshalb verhalten sie sich so seltsam. Das

Magma fließt zwischen ihnen, und deswegen können wir es nicht finden.«

Ebba schaut mich an, als hätte ich den Verstand verloren. Ich lasse mich auf den Schreibtischstuhl fallen und öffne die dreidimensionale Karte der Reykjanes-Halbinsel.

»Wir haben nach den basalen Magmaintrusionen unter jedem System gesucht. Aber was wäre, wenn es eine große Magmakammer gibt, so wie unter der Krafla, nur viel tiefer, sagen wir mal, zehn Kilometer? Und die Kammer hat ... unter jedem Vulkansystem Abzweigungen, in denen das Magma abwechselnd hochgedrückt wird? So wie ... bei einem Kuheuter. Und die Vulkansysteme auf der Reykjanes-Halbinsel sind die Zitzen.«

»Wie bei einem Kuheuter? Meinst du das ernst?«, fragt Ebba und mustert mich beunruhigt. »Das würde allem widersprechen, was wir über die Halbinsel wissen. Es ist bekannt, dass es sich um klar abgegrenzte Systeme handelt und immer nur eins eruptiert. Keines der Systeme ist ein vollständig entwickelter Vulkan mit einer Magmakammer.«

»Ich weiß«, sage ich und reibe mir die Stirn. »Ich hatte nur plötzlich diese Idee. Ist vielleicht Blödsinn, aber ich verstehe einfach nicht, was da los ist. Alles deutet darauf hin, dass es eine Eruption geben wird, die Erdbeben, die geothermische Aktivität, die Landhebungen, aber wir finden einfach nicht die richtigen Stellen oder die Magmaintrusionen.«

Ebba zuckt mit den Achseln. »Da erscheint mir die Theorie von ÍSOR aber wahrscheinlicher. Dass die Landbewegungen nicht auf Magmaintrusionen, sondern auf geothermische Veränderungen zurückzuführen sind.«

»Bei den Leuten von ÍSOR dreht sich immer alles um Geothermie. Die würden ihre Theorien niemals revidieren, selbst wenn direkt vor ihrer Nase ein Vulkan ausbräche. Alle Lavafelder, die nach dem Verschwinden des Eiszeitgletschers auf der Halbinsel entstanden sind, haben eine ähnliche Struktur. Das ist alles Basalt und könnte demnach aus derselben Magmakammer stammen.«

»Aber Anna, es gibt auf der Halbinsel kein saures Gestein, bevor man zum Hengill kommt. Und basisches Magma wird in einer Magmakammer sauer.«

»Ich weiß, das brauchst du mir nicht zu erklären.«

»Die Erdkruste unter der Halbinsel ist höchstens zehn Kilometer dick, wo soll denn da deine geheimnisvolle Magmakammer sein?«

»Niemand weiß genau, wie dick die Erdkruste unter Reykjanes ist. Es existieren ebenso viele Theorien, wie es Wissenschaftler gibt, die die Halbinsel erforscht haben.«

»Aber kannst du auf so vagen Vermutungen eine Theorie aufbauen? Kannst du das beweisen und berechnen? Das Modell modifizieren?«

Ich schüttele den Kopf. »Nein, das lässt sich nicht modellieren. Es sei denn, wir vergessen sämtliche Kriterien, alles, was über vulkanische Tätigkeit in Island bekannt ist. Ich hatte nur so ein Gefühl, urplötzlich. Mir ist selbst klar, wie unwahrscheinlich das klingt, wenn ich es ausspreche.«

Sie blickt mich verwundert an. »Ein Gefühl?«

»Bitte rede mit niemandem darüber. Es wäre mir peinlich, wenn sich das herumspricht. Es war nur eine fixe Idee.«

Achselzuckend erwidert sie: »Es wäre doch okay, es zur Diskussion zu stellen, mal zu versuchen, es zu berechnen. Vielleicht bekommen wir dann ein klareres Bild. Du könntest deine Idee doch im Beratungsausschuss vorstellen.«

»Und mich lächerlich machen? Nein. Bitte erwähne es niemandem gegenüber, Elísabet. Wir müssen nur alle Systeme weiter genau beobachten. Wir müssen die Überwachung verbessern, jede einzelne Stelle kontrollieren, an der es losgehen könnte. Das kann überall sein.«

»Aber falls du recht hast«, wirft sie nachdenklich ein, »wenn dieses ... Gefühl sich als richtig entpuppt, dann sind die Systeme auf der Reykjanes-Halbinsel viel unberechenbarer, als wir dachten.«

»Nein, vergiss es«, insistiere ich. »Vergiss, was ich gesagt habe. Das war Blödsinn, es gibt dafür keine wissenschaftlichen Grundlagen, keine Berechnungen, gar nichts.«

»Unberechenbarer und viel gefährlicher.«

»Bitte halt den Mund, Elísabet Kaaber. Sonst rede ich nie wieder ein Wort mit dir.«

KRAFLA 1975–1984

Es bestehen kaum Zweifel, dass Landhebungen und
-senkungen im Krafla-Gebiet mit Magmabewegungen zusammenhängen. Gravitationsveränderungen
nebst horizontalen Bewegungen setzen einen Trans-
port von Material voraus, das eine mindestens so
hohe Dichte hat wie Magma.
Bryndís Brandsdóttir und Páll Einarsson: Seismische
Aktivität verbunden mit Landsenkung im Zentral-
vulkan Krafla 1977. Zeitschrift für Vulkanologie und
Geothermieforschung. 6/1979

Vulkanausbrüche kommen nicht aus heiterem Himmel,
ohne Ankündigung oder Vorwarnung. Sie haben immer eine
Vorgeschichte, klare und logische Ursachen. Jeder Vulkanausbruch beruht auf bestimmten Bedingungen unter oder
in der Erdkruste, und es ist Aufgabe der Vulkanologie, diese
Bedingungen zu analysieren, die Hinweise zu interpretieren
und zu versuchen, den zu erwartenden Ablauf vorauszusa-
gen. Dabei spielt der Standort eine zentrale Rolle.

Kurz vor Weihnachten 1975 kam es zu einer Eruption
beim Leirhnjúkur in der Nähe der Krafla. Sie dauerte nur
zwanzig Minuten, versiegte dann und hinterließ lediglich
einige übelriechende Schlammpfuhle, die Steine in die Luft
spuckten. Der Geologe Sigurður Þórarinsson wurde am
Kopf getroffen und war leicht benommen. Anschließend ka-
pierte er, dass nicht viel gefehlt hätte, und er wäre bei dem
kleinsten und unbedeutendsten Vulkanausbruch in der is-

ländischen Geschichte ums Leben gekommen. Er war schockiert.

»Er war am Boden zerstört«, sagte Papa und schüttelte sich vor Lachen. »Seitdem tragen wir Helme.«

Der kleinste und unbedeutendste Vulkanausbruch in der isländischen Geschichte entpuppte sich als der Beginn der Krafla-Feuer, die mit Unterbrechungen fast ein Jahrzehnt wüteten. Dennoch hatten sie kaum Einfluss auf das Leben im Land. Die Krafla befindet sich *in the middle of nowhere*, wie man so schön sagt, und die Bevölkerung gewöhnte sich schnell daran, dass dieser Arsch der Welt in hellen Flammen stand. Die Lava floss über die Weidegründe einiger Bauern im Mývatn-Bezirk und störte den Bau eines Geothermiekraftwerks: Beim dritten Ausbruch der Krafla-Feuer im September 1977 explodierte ein Bohrloch des Bjarnarflag-Kraftwerks wie ein Schornstein aus der Hölle, und glühende Lava wurde meterhoch in die Luft geschleudert. Zumindest nimmt man das an, denn es gab zunächst keine Augenzeugen. Der besagte Ausbruch begann nämlich neun Kilometer weiter nördlich, in der Krafla selbst. Alle, die konnten, Geologen, Bauern und Anwohner, eilten hinauf zum Vulkan, um das Spektakel zu sehen, ein hübscher kleiner Vulkanausbruch, der ein paar Stunden andauerte. Während die Leute die prächtige Vorstellung bewunderten, floss fast das gesamte Magma in Richtung Dorf und brach direkt unter dem Kraftwerk aus.

»Wir waren am falschen Ort«, erzählte Papa und kratzte seine Pfeife mit dem Taschenmesser aus. »Der ganze Trupp fuhr rauf zur Krafla, und die Kontrollzentrale im Keller des Hotels Reykjahlíð war nicht besetzt. Die Hausherrin Guðný meldete den Ausbruch. Sie briet gerade in der Küche Krapfen, als ihre Kinder angelaufen kamen und sagten, die Seismographen würden verrückt spielen. Sie hatten im Keller gespielt, als die Eruption losging, die aufgeweckten Kleinen. Ich weiß wirklich nicht, was wir uns dabei gedacht haben«, sagte er kopfschüttelnd. »Das hat uns eine Lektion erteilt. Vulkane sind zu allem imstande. Ein Ausbruch an einer Stelle schließt einen Ausbruch an einer anderen Stelle nicht aus.«

Ich war kaum fünf Wochen alt, als die Krafla-Feuer begannen, und hatte schon den Namen Anna bekommen, nach meiner Großmutter väterlicherseits und Anna Achmatowa, der Lieblingsdichterin meiner Mutter, zwei Fliegen mit einer Klappe. Mein Vater war ein typischer Vertreter seiner Generation, ließ Frau und Kind alleine und begab sich auf Exkursion in den Norden. Er stellte die ersten Theorien über Rifting im Krafla-Gebiet auf, beschrieb, wie sich der Boden hob und senkte, auseinanderglitt, bebte und immer wieder aufriss, wie das Magma schubweise vom Erdmantel in die Magmakammer in der Erdkruste hinein- und wieder hinausfloss. Seine Texte sind präzise und sachlich, aber wenn ich seine Aufsätze heute lese, habe ich den Eindruck, dass er einen Körper beschreibt, eine lebendige, blutende, atmende Erde. Ich schaue mir die Tabellen mit seinen Messergebnissen an und sehe das gnadenlose Pulsieren vor mir, wenn das Blut ins Herz hinein- und hinausströmt, die Adern sich dehnen und zusammenziehen.

Ein paar Wochen nach der ersten Eruption wurde die Nachricht an einem der Telefone im Bezirk entgegengenommen, im Maschinenhaus des Krafla-Kraftwerks. Bis sie meinen Vater beim Leirhnjúkur erreichte, hörte sie sich schon ein bisschen anders an: irgendeine Notlage zu Hause, eine Krankheit oder ein Unfall, er konnte niemanden erreichen. Er fluchte, trat von einem Bein aufs andere und zerbrach sich den Kopf, während er den Telefonhörer in der Hand hielt, aber am Ende war ihm klar, dass er die Krafla zurücklassen und nach Reykjavík fahren musste. Ich weiß nicht, worüber er im Jeep auf dem Weg zum Flughafen im Aðaldalur, wo die Frachtmaschine auf ihn wartete, nachdachte, vermutlich über die Vor- und Nachteile des Alleinseins im Vergleich zu Ehe und Vaterschaft mit über fünfzig. Aber er flog nach Reykjavík und fand mich unverletzt und schlafend auf dem Sessel bei Solveig vor, unserer Nachbarin aus dem Erdgeschoss. Meine Mutter war in die Psychiatrie eingeliefert worden.

»Die Geburt hat ihr zugesetzt«, sagte mein Vater später entschuldigend. »Das ist nicht deine Schuld, Kleines.« Zu dieser Zeit riet man davon ab, Patienten im Krankenhaus zu besuchen, besonders psychisch Kranke.

Er wollte nicht viel darüber reden, und ich wusste nur: Als er sie aus der psychiatrischen Klinik Kleppur abholen wollte, war sie weg, hatte einfach ihre Sachen in einen Koffer und ihre Bücher in eine Kiste gepackt, sich ein Zimmer in einer Pension genommen und ein Flugticket nach Stockholm gekauft. Von dort nahm sie einige Tage später die Fähre nach Leningrad und kam erst nach meinem fünften Geburtstag zurück nach Island.

Manchmal denke ich, dass mich im Grunde beide Elternteile in meinen ersten Lebenswochen verlassen haben. Mein Vater machte sich die damals üblichen Vorstellungen über die Rollenverteilung zunutze, und meine Mutter verlor den Verstand. Immerhin tat sie mir den Gefallen, ihn zurück nach Hause zu beordern und ihn zu zwingen, Verantwortung zu übernehmen, was zu der Zeit für ihn selbstverständlich so abwegig war, als hätte sie erwartet, dass er Eier lege. Solveig und eine lange Reihe mehr oder weniger liebevoller Haushälterinnen und Kindermädchen halfen ihm dabei, mich großzuziehen, aber er war meine Sonne, der Mittelpunkt meines Lebens. Eigentlich vermisste ich nichts, ich war ein Papakind.

Das Feuerherz unter der Krafla schlug zwanzigmal. Fünfzehn große Magmaintrusionen, drei wesentlich kleinere und zwei kleine. Die neun größten durchbrachen die Oberfläche und wurden zu Vulkanausbrüchen, im Durchschnitt einer pro Jahr. Die Krafla-Feuer waren das wichtigste Forschungsthema meines Vaters, sein Vermächtnis in der Geschichte der Geowissenschaften. Er war traurig, als sie zu Ende gingen, plötzlich und unerwartet.

WIR KÖNNEN IMMER NOCH
AUF SCHWARZ GEHEN

Man muss wissen, dass Modellierungen nur selten
ein korrektes Bild von der Wirklichkeit abgeben, aber
hilfreich sind, um sie zu verstehen. Deshalb sind alle
Modellierungen mit Vorsicht zu genießen.
Ólafur G. Flóvenz: Memorandum. 12. 02. 2020.
Isländische Energieforschungen

»Man wäre ja froh, wenn's endlich losginge! Dann könnten
wir die Sache abhaken.«

Der Polizeipräsident strafft sich, sodass die Messing-
knöpfe fast von seiner breiten Brust platzen. Er grinst bis
über seine sonnenverbrannten Ohren. Als der Einsatzruf
kam, stand er am Grill und hatte schon ein paar Bier intus,
dabei hätte er an diesem lauen Sommerabend, an dem ein
Erdbeben der Stärke fünf die Hauptstadt durchschüttelte,
durchaus damit rechnen können.

»Abhaken? Ist es für dich ein Grund zur Freude, wenn in
ein paar Kilometern Entfernung ein Vulkan ausbricht?«

Júlíus vom Wetteramt sieht den beschwipsten Polizeipräsidenten und obersten Chef des Zivilschutzes scharf an. Der
Wissenschaftsrat ist im Konferenzraum der Koordinationszentrale in Skógarhlíð zusammengekommen und versucht,
sich zu einigen, wie man reagieren soll, wenn dieses mehr-
fach angekündigte Ereignis endlich eintrifft.

»Gehen wir alles noch mal durch«, sagt Milan beschwich-
tigend und streicht sich über die grauen Stoppelhaare. »Anna,
wie ist die Lage?«

»Die Lage ist folgende«, beginne ich, klappe den Laptop auf und verbinde ihn mit dem Monitor. »Die Erdbeben und Landhebungen, die über die gesamte Halbinsel hin- und hergewandert sind, scheinen östlich des Sveifluháls, zwischen Krýsuvík und Seltún, einen gewissen Höhepunkt erreicht zu haben. Diese Entwicklung könnte natürlich stoppen, ohne dass es zu einem Ausbruch kommt. Es könnte bei einer harmlosen unterirdischen Magmabewegung bleiben, aber die neuen Modellierungen deuten darauf hin, dass die Lava an die Oberfläche dringt. Wenn es so weitergeht, könnte das in den nächsten Tagen passieren.«

»Bitte wiederhol noch mal, welche Szenarios du für am wahrscheinlichsten hältst.«

»Das sind drei: eine Magmaintrusion, eine kleine Eruption oder eine mittelgroße effusive Eruption. Ausgehend von unseren mathematischen Modellen, den Erdbeben, der Landhebung und der Historie tippen wir mit fünfzigprozentiger Wahrscheinlichkeit auf eine eher kleine hawaiianische effusive Eruption, vermutlich in der Nähe von Krýsuvík. Der Lavastrom würde dann dem Wasserlauf folgen und nach Süden fließen, in Richtung Meer. Die Modellierungen gehen davon aus, dass wir höchstens vier Tage haben, bevor die Lava den Suðurstrandavegur erreicht. Das Magma ist in dieser Gegend immer basisch. Das ist eine gute Nachricht, obwohl wir nie ausschließen können, dass wir es mit saurem Material zu tun kriegen.«

»Saures Material?« Die Seidenkrawatte aus dem Justizministerium glotzt mich verständnislos an. »Und was passiert dann?«

»Dann kann es eine explosive Eruption geben. Das Magma wird durch die Lagerung sauer und zähflüssiger, und wenn es lange unter der Erdkruste warten musste, bricht es mit einem Knall aus, obwohl es hier auf der Halbinsel überwiegend basisch und dünnflüssig ist. Letzteres ist am wahrscheinlichsten. Allerdings müssen wir in Betracht ziehen, dass die Lava mit einer geringen Menge Wasser in Berührung kommt, vor allem auf dem Solfatarenfeld in Krýsuvík. Wir müssen also immer mit einer gewissen explosiven Aktivität rechnen, aber ich halte es für unwahrscheinlich, dass der Ausbruch davon dominiert wird. Um es zusammenzufassen, ich glaube, wir sollten sicherheitshalber von einer mittelgroßen effusiven Eruption ausgehen.«

»Reicht das?«, fragt Júlíus. »Wäre es nicht besser, mit einem großen Ausbruch zu rechnen, nur zur Sicherheit?«

»Die Daten weisen wirklich nicht darauf hin, dass es zu einer Katastrophe kommt. Nach allen bekannten Variablen dieser Gleichung wird es einen eher kleinen und harmlosen Ausbruch geben«, erwidere ich achselzuckend. »Aber natürlich ist es immer besser, auf alles vorbereitet zu sein.«

Nachdenklich wirft Milan ein: »Seit letzter Woche gilt wegen der Erdbeben die Gefahrenstufe. Fragt sich, ob wir die beibehalten oder die Notfallstufe ausrufen sollen.«

Der Polizeipräsident lacht sarkastisch auf. »Die Notfallstufe? Sofort? Wollen Sie nicht gleich auf Schwarz gehen?«

»Schwarz?«, fragt Sigríður María und runzelt die sommersprossige Stirn. »Was heißt das?«

»Schwarz ist die vierte Stufe. Darüber reden wir in der Öffentlichkeit nicht viel«, erklärt Milan. »Es handelt sich um eine Maßnahme in einer Situation, in der die Sicherheit der Bevölkerung bedroht ist. Ein Atomangriff, eine Invasion einer feindlichen Armee oder eine lebensgefährliche Naturkatastrophe.«

»Und was passiert, wenn wir ... auf Schwarz gehen?«

»Dann müsste der gesamte Südwesten geräumt werden. Sicherheitshalber müsste der größte Teil der Bevölkerung evakuiert werden.«

Die Geschäftsführerin des Tourismusverbands blickt von einem zum anderen und blinzelt mit den himmelblauen Augen.

»Alle evakuieren? Wo sollen die denn hin? Sagten Sie nicht, es sei unmöglich, die Stadt zu räumen? Es gäbe in Island nicht genug Platz für alle Einwohner von Reykjavík?«

»Völlig richtig«, antwortet Milan. »Aber natürlich gibt es einen Notfallplan. Man müsste die Menschen nach Akureyri bringen und eine Luftbrücke ins Ausland aufbauen. Es gibt Verträge mit den nordischen Ländern und mit Kanada, die wir hoffentlich nicht brauchen werden. Niemand möchte einen Großteil der Bevölkerung in Flüchtlingscamps nach Esbjerg oder Tromsö verfrachten. Oder nach Gander in Neufundland, falls der Vulkanausbruch den Flugverkehr Richtung Osten lahmlegt.«

»Nein«, sagt Stefán. »Das ist ja wohl etwas übertrieben. Wenn die Geowissenschaftler meinen, dass es ein eher kleiner Ausbruch wird.«

»Das Problem ist, dass wir das nicht genau wissen«, wende ich ein. »Alle Daten weisen darauf hin, dass es eine klassische kleine Spalteneruption mit einem gut kontrollierbaren Lavastrom gibt, aber wir haben Schwierigkeiten, die Stelle zu finden, an der das Magma austritt. Und der Spaltenschwarm von Krýsuvík reicht bis ins Hauptstadtgebiet.«

»Na, na, na, sind Sie in der Uni immer so pessimistisch?« Der Polizeipräsident kratzt sich am Hinterkopf und grinst uns an. Er möchte möglichst schnell wieder nach Hause zu seinem Grill. »Da Sie eine kleine Eruption für wahrscheinlich halten, sollten wir es doch zunächst mal bei der Gefahrenstufe belassen, oder? Einfach mal abwarten.«

»Ich glaube, es wäre besser, wenn wir die Notfallstufe ausrufen«, meint Júlíus. »Wir sollten Krýsuvík abriegeln und eine ständige Polizeiwache an den Straßen Krýsuvíkurvegur und Suðurstrandavegur postieren. Wir dürfen kein unnötiges Risiko eingehen.«

Milan fixiert mich: »Anna?«

Ich schaue noch einmal auf die Karten und Erdbebendaten. »Das sieht alles völlig normal aus. Ich denke, wir sollten es bei der Gefahrenstufe belassen und abwarten. Es bringt ja niemandem etwas, die Notfallstufe zu früh auszurufen, dann nehmen die Leute sie nicht mehr ernst.«

Der Polizeipräsident lächelt erleichtert und erhebt sich. »Dann ist das beschlossen. Es ist immer gut, noch einen Trumpf im Ärmel zu haben.«

DER FAGRADALSFJALL BEBT

Über 1700 Erdbeben wurden seit gestern Abend beim Fagradalsfjall gemessen, das größte Beben der Stärke 5,1 um 23:36 Uhr. Danach wurden zahlreiche Nachbeben gemessen, die stärksten mit 4,6 um 05:46 Uhr und mit 4,3 um 06:23 Uhr heute Morgen. Außerdem wurden nach Mitternacht 22 Erdbeben mit einer Stärke über 3 gemessen. Die stärksten Beben waren von Akranes in Westisland bis Vík im Südosten zu spüren. Die Erdbebenserie hält an und ist höchstwahrscheinlich der Vorläufer unterirdischer Magmabewegungen oder eines Vulkanausbruchs bei Krýsuvík, vor dem der Zivilschutz warnt.
Isländisches Wetteramt: Erdbebenserie beim Fagradalsfjall

Der Fagradalsfjall bebt, und wir beben auch. Wir zittern, während wir auf den vielfach angekündigten Vulkanausbruch warten, das Land bebt, die Häuser wackeln, Gläser und Lampen klirren, Pferde scheuen, Hunde jaulen, Katzen fauchen und verkriechen sich unter den Möbeln. Die Hauptstadt wird heftig erschüttert, in der alten Kirche in Grindavík fallen Fensterscheiben aus den Rahmen und in dem kleinen Café am Hafen rollen Weinflaschen über den Boden und zerbrechen. Der Suðurstrandavegur reißt auf, und die Wasserbetriebe kämpfen damit, die Wasserversorgung in Keflavík und Njarðvík sicherzustellen. Ein dichtgespanntes Netz von Seismographen projiziert die Erschütterungen nahezu zeitgleich auf Bildschirme und Datenerfassungsgeräte, ein

Schwarm von roten Kringeln und grünen Sternen erscheint auf den Erdbebenkarten, aber die Leute sind an dieses Theater gewöhnt und registrieren es kaum, heben nur kurz die Köpfe, murmeln »das war jetzt aber heftig« und machen dann weiter mit Grillen oder Heckeschneiden.

Es ist mitten in den Sommerferien, und alle suchen das Weite, fliegen nach Alicante oder Teneriffa, fahren nach Nordisland oder ins Hinterland der Südküste. Ich ermuntere meinen Mann, in unser Sommerhaus zu fahren, aber er möchte nicht. »Es macht keinen Spaß, wenn du nicht mitkommst«, sagt Salka.

Ich gestehe mir selbst nicht ein, dass ich froh über den Vorwand bin, nicht zu Hause sein zu müssen, verkrieche mich von morgens bis abends im Büro, brüte über Modellierungen und rechne bis tief in die Nacht.

»Meine fleißige Frau, du rettest die Welt auch nicht, wenn du dich totarbeitest«, sagt mein Mann, als ich entschuldigend vom Frühstückstisch aufstehe und ihm sage, er soll mit dem Abendessen nicht auf mich warten, ich müsse länger arbeiten.

»Das ist ja nur vorübergehend«, erwidere ich, als ich meinen Regenmantel anziehe. »Du weißt doch, wie das ist. Wir unternehmen was zusammen, wenn es vorbei ist.«

Wenn was vorbei ist?, frage ich mich im Auto auf der Fahrt in die Weststadt. Tómas ist immer noch da, ein schmerzender, harter Knoten in meinem Bauch, ein Kloß in meinem Hals, sein Geruch in meiner Nase, seine Haut auf meiner. Ich warte darauf, dass er von mir abfällt wie ein Infekt im Körper, sage mir immer wieder, dass es Zeit braucht, ihn aus dem System zu löschen. Es ist wie eine Entgiftung, schärfe ich mir ein, ich muss in der Lage sein, mit dem Lieben aufzuhören, wo ich es doch auch geschafft habe, das Rauchen aufzugeben. Mit der Zeit wird die Trauer versiegen, die Sehnsucht nachlassen, und irgendwann werde ich mich nicht mehr so fühlen, als säße ich in einem tiefen Loch und müsste mir den Blick nach oben ins Licht verwehren.

Es ist eine Woche her, seit ich den Kontakt abgebrochen und ihm befohlen habe, mich zu vergessen, trotzdem steht er an diesem regnerischen Dienstag im Juli vor meiner Bürotür. Der Regen ist willkommen, er spült die Asche von den Hauswänden ins Gras und prasselt auf das Glasdach des Unigebäudes wie tausend Finger auf ein gespanntes Trommelfell. Der Campus ist verlassen, bis auf das Geowissenschaftliche Institut, in dem es nur so brummt vor Aktionismus, seismographischen Messungen und Gästen. In Erwartung einer Gruppe ausländischer Wissenschaftler stehe ich auf, als es an der Tür klopft, öffne sie mit einem breiten Lächeln, und da steht er. Mir knicken fast die Beine weg, so perplex und erfreut und wütend bin ich – wie kann er es wagen! Er lächelt, aber das Leuchten ist aus seinen Augen verschwunden. Es wirkt fast so, als hätte er den Hut abgesetzt und hielte ihn sich entschuldigend vor die Brust, aber es ist kein Hut, sondern eine Mappe aus festem Karton.

»Was willst du?«

»Das sind die Fotos«, sagt er mit lauter Stimme, als wollte er sichergehen, dass die Studierenden im Flur ihn hören, und hält mir die Mappe hin.

»Was für scheiß Fotos?«

Er senkt die Stimme. »Bitte, Anna, lass uns reden. Ich muss mit dir sprechen. Du antwortest nicht auf meine Mails, gehst nicht ans Telefon. Wir müssen miteinander reden.«

Ich öffne den Mund und will nein sagen, es gibt nichts zu reden, will ihn bitten, zu gehen und sich nie mehr blicken zu lassen, doch da steht er plötzlich in meinem Büro und die Tür ist zu. Er streckt die Arme nach mir aus, und ich bin nicht mehr in dieser Welt. Nichts existiert mehr, nur noch die schwindelnde Leere und wir zwei mittendrin, in diesem Kuss, dieser Umarmung. Sie übertönt die schwache Stimme der Vernunft, die nörgelnd protestiert, mein fester Vorsatz zerschellt wie ein Stück Holz in einem Gletscherfluss. Ich taste nach seiner Gürtelschnalle, er schiebt meinen Rock hoch, und wir lieben uns – nein, wir paaren uns wie Tiere auf meinem Schreibtisch, auf ausgedruckten Erdbebenkarten, Zirkeln und Textmarkern, sein Kopf stößt gegen die Schreibtischlampe, von meiner Bluse reißt ein Knopf ab, fliegt durch die stickige Luft durch mein Büro und landet mit einem Klacken auf dem Bücherregal.

Der Fagradalsfjall bebt, und beide sind wir hier, beide Frauen, zu denen ich geworden bin. Die eine schluchzt vor Ekstase, die andere vor Entsetzen, sie denkt an ihren Mann und ihre Kinder, ihre Kollegen und die ausländischen Gäste und hofft, dass unser Stöhnen nicht durch die dünnen Wände dringt, dass niemand durch die unabgeschlossene Tür hereinkommt.

Er stößt einen halberstickten Schrei aus, als er kommt, und ich lege ihm die Hand auf den Mund. »Pst, Liebling, sei leise, sonst hört man uns.« Die Sanftheit meiner Stimme schockiert mich. Er schließt die Augen, und sie schwimmen in Tränen, als er sie wieder öffnet.

»Verzeih mir«, sagt er dann, fast so, als würde er es wirklich meinen. Denn ich weine auch, vor Glück und Angst und Demütigung, stoße ihn mit zittrigen Händen von mir weg, ziehe meine Unterhose und Strumpfhose hoch, streiche meinen Rock glatt, schlüpfe in meine Schuhe und taumele zum Spiegel, wo ich mich bemühe, meine Haare zu entwirren. Mein Gesicht in dem braungefleckten Glas ist völlig aufgelöst, meine Augen zwei tiefe Löcher.

»Anna«, bittet er. »Lass uns reden.«

»Ja, das funktioniert ja auch immer so hervorragend«, entgegne ich sarkastisch. »Unsere Gespräche enden jedes Mal so. Du zerstörst mich. Du zerstörst mein Glück.«

»Das ist kein echtes Glück«, sagt er. »Du lebst in einer Lüge.«

Er steht mitten im Raum, stopft sich mit jugendlicher Überheblichkeit das T-Shirt in die Jeans und erwartet, dass ich alles wegschmeiße und mit ihm gehe. Ich würde ihn am liebsten ermorden.

»Wie kannst du es wagen, so zu reden? Ich bitte dich, mich in Ruhe zu lassen, ich sage dir, du sollst mir nicht mehr schreiben oder mich anrufen, und du missachtest es einfach. Du verfolgst mich, Tag für Tag, Woche für Woche, kommst hierher in mein Büro und gefährdest meine Karriere und meine Existenz, du … belästigst mich!«

»Ich belästige dich?« Er schüttelt den Kopf. »Und vergewaltige dich vielleicht auch? Ja?«

»Du respektierst meine Grenzen nicht.«

»Grenzen? Was meinst du, verdammt noch mal? Du liebst mich und ich liebe dich! Ich kann nicht ohne dich leben, und du kannst nicht ohne mich leben. Sieh uns doch nur an! Wir haben uns überhaupt nicht im Griff. Und du bist keinen Deut besser als ich.«

»Tómas, das hat keinen Sinn. Ich bin verheiratet. Ich habe einen tollen Mann und wundervolle Kinder, ich liebe meine Familie, habe ein schönes Leben. Warum sollte ich das alles wegwerfen?«

»Das ist falsch, und das weißt du. Du spielst dieses Theater so gut, dass du es selbst glaubst. Du liebst mich und nicht ihn. Wie kannst du weiter mit ihm verheiratet sein?«

»Du hast leicht reden! Du hast nichts zu verlieren, hast keine Frau und keine Familie. Wohnst in dieser Bruchbude, führst ein exzentrisches Künstlerleben und findest es selbstverständlich, dass ich alles wegwerfe und mein Leben mit dir teile. Du hast mir nichts zu bieten, du besitzt nichts, noch nicht mal ein Auto!«

Er lacht. »Kein Auto! Ist das das Problem? Bin ich dir nicht reich genug?«

»Nein, natürlich nicht«, sage ich resigniert und vergrabe das Gesicht in den Händen. »Du bist nur so ... verantwortungslos. Wie ein Teenager.«

Er zuckt mit den Achseln. »Aber dann wird's nie langweilig, oder? Du denkst nicht an Geld, während wir uns lieben. Die Liebe braucht kein Auto, sie kann fliegen.«

»Hör auf mit dem Quatsch, ich meine es ernst. Ich lasse es nicht zu, dass diese Gefühlsduselei über mein Leben und die Zukunft meiner Familie bestimmt. Das bin nicht ich, ich bin vernünftig.«

Er schüttelt lachend den Kopf. »Anna, du bist nicht nur vernünftig. Du schäumst und sprühst vor Emotionen, sie brechen aus dir heraus und umschwirren dich. Das ist es, was ich an dir liebe. Ich liebe es, wenn du so leidenschaftlich bist, wenn du stinksauer wirst, wenn du vor Glück weinst. Du lässt dich überhaupt nicht von Vernunft leiten, und das Unvernünftigste von allem ist, dass du tatsächlich glaubst, du wärst kein emotionaler Mensch. Das ist so absurd, dass es eigentlich herzzerreißend schön ist.«

Er kommt zu mir, legt seine Hand auf meine Wange und streicht mir eine Haarsträhne hinters Ohr. Ich will ihn abwehren und ihm sagen, dass er gehen soll, aber die Worte werden zu einem Schluchzen, meine Hand bleibt auf seiner Brust liegen, und ich kann ihn nicht wegstoßen.

»Wie bist du so geworden?«, fragt er. »Warum hast du solche Angst davor, zu lieben?«

Was soll ich darauf sagen? Dass ich immer dachte, die Liebe sei eine positive, aufbauende Kraft, etwas, das Menschen vereint und glücklich macht? Man müsse sich nur etwas anstrengen, Rücksicht nehmen, sich anständig verhalten, seinen Alltag und seine Gefühle miteinander teilen, und dann wäre alles gut? Mein Mann und ich sind Freunde, wir respektieren einander, was will man mehr? Ist das nicht das Rezept für ein glückliches Leben, für eine funktionierende Ehe? Warum ist das nicht genug, warum kann das nicht Liebe sein?, frage ich mich händeringend und antworte mir selbst:

Weil die Liebe sich nicht um Begriffe wie Güte und Fairness und Gerechtigkeit schert. Wir können jahrzehntelang im Einklang mit Gott und der Welt leben, Kinder bekommen, ein schönes Haus einrichten, Schulden abbezahlen, einen Garten anlegen, Brot backen und Freunde zum Essen einladen, ein behütetes und glückliches Leben führen, und genau dann, wenn wir glauben, wir hätten die schlimmsten Stürme überstanden, wenn wir beginnen, über die Rente nachzudenken, dann betritt die Liebe die Bühne und zeigt ihre wahre Natur. Sie ist kein süßes Kätzchen, oh nein. Sie ist eine kochend heiße Supernova, mit Reißzähnen und Krallen und einem Schwanz, mit dem sie um sich schlägt und alles zerstört, was ihr in den Weg kommt. Sie ist ein Komet, der auf die Erde prallt, sie aus ihrer Umlaufbahn katapultiert, ihre Achsneigung verändert und die Pole vertauscht, sodass alles auf dem Kopf steht und die geregelten Bahnen unseres Lebens urplötzlich nicht mehr da sind, ins Leere führen und dort enden, weshalb wir hinaus ins Weltall fallen, stürzen, stürzen, stürzen, und nichts kann uns auffangen, nur der Mensch, den wir lieben, der Mann mit den grünen Augen und dem schiefen Lächeln, mein Geliebter, mein Liebhaber.

Ich berühre Tómas Adlers Wange, streiche mit den Fingerkuppen über seine Lachfältchen und Bartstoppeln und die weiche Stelle hinter seinem Ohr, ich küsse seine Lippen, und Tränen strömen mir übers Gesicht, denn diese wunderschöne Welt ist so neu und fremd. Die alte Welt ist zerbrochen, alles, was mir heilig und kostbar war, ist kaputt, und ich selbst habe es zerstört, es mit meinen Füßen zertreten und besudelt, habe alles verraten, wofür ich gelebt und gekämpft habe.

Mein Zuhause, meine Familie, meine Kinder. Meinen guten lieben Mann.

Lasst die Dichter über die Liebe schwadronieren, aber ich kenne sie, ich habe sie in Aktion gesehen. Sie ist nichts anderes als eine Naturkatastrophe.

Es war die Liebe, die über mich hereinbrach.

KRÝSUVÍK
N63°53'43" W22°03'22"

Das Krýsuvík-System hat eine Breite von acht Kilometern und eine Länge von mindestens fünfzig Kilometern. Es besteht aus zwei Eruptions- und Spaltenreihen, die hier nach den Bergen Sveifluháls und Trölladyngja benannt werden. Das dritte Eruptionsgebiet ist in Krýsuvík und unterscheidet sich in seiner Art und vulkanischen Aktivität von den anderen. Im Krýsuvík-System gibt es Hinweise auf einen Zentralvulkan.

Der Spaltenschwarm dieses Vulkansystems, klar eingegrenzt durch Klüfte und Verwerfungen, grenzt nordöstlich an Reykjavík. Die neuen Wohngebiete, die dort derzeit gebaut werden, reichen in das Gebiet herein. Die Hauptstadtregion wird aus dem Spaltenschwarm des Krýsuvík-Systems mit warmem und kaltem Wasser versorgt.

Kristján Sæmundsson, Magnús Á. Sigurgeirsson:
Reykjanes-Halbinsel. Islands Vulkane

EIN PERFEKTER
TOURISTEN-AUSBRUCH

Es gibt zwei Arten von effusiven Eruptionen. Zum einen Spaltenausbrüche, die viele Kilometer lang sein können, und zum anderen Ausbrüche von Schildvulkanen, bei denen das Magma größtenteils aus einem Eruptionsschlot kommt. Säulen aus glühenden Magmabrocken können Hunderte Meter aus dem Schlot aufsteigen, aber die Eruptionssäule über ihnen besteht hauptsächlich aus magmatischen Gasen und Wasserdampf.
Freysteinn Sigmundsson, Magnús Tumi Guðmundsson, Sigurður Steinþórsson: Die innere Struktur von Vulkanen. Vulkangefahren

Der Vulkanausbruch in Krýsuvík kündigt sich wie ein ausländischer Diplomat mit einem entsprechenden Protokoll frühzeitig an. Das Magma legt, von starker Erdbebentätigkeit begleitet, etwa einen Kilometer zurück, bevor sich am Donnerstag, dem 16. Juli, kurz vor dem Abendessen beim Geothermalfeld Seltún, einem beliebten Touristenziel, eine Spalte öffnet und ein Ausbruch wie aus dem Lehrbuch beginnt – formell und höflich, nahezu entschuldigend, weil er Unannehmlichkeiten verursacht und den bescheidenen Anspruch erhebt, dass das Gebiet vorübergehend gesperrt wird.

Fast können wir wie bei einem Raketenstart runterzählen und beobachten, wie das Land anschwillt, der Wasserstand sinkt und sich rund um das Besucherzentrum zischend neue heiße Quellen bilden, eine von ihnen direkt unter dem Kiosk, sodass die Dampfsäule aus dem Würstchentopf hochsteigt, aber alle schaffen es, rechtzeitig wegzukommen, und übellaunige Busfahrer bringen die Touristen in Sicherheit. Die Beben kommen in einem regelmäßigen Rhythmus, der sich dann beruhigt und zum Murmeln eines vulkanischen Tremors wird, der dunklen Stimme der Eruption.

Das Spektakel enttäuscht unsere Erwartungen nicht; schön und majestätisch präsentiert es sich vor den Aussichtspunkten der Umgebung und ist sogar von Reykjavík aus zu sehen. Rotglühende Säulen erheben sich vor dem hellen Sommerhimmel, und die schwarze Lavazunge kriecht langsam, aber sicher gen Südwesten, von der Stadt weg zum Meer, genau wie die Modellierungen vorhergesagt haben. Es ist fast zu schön, um wahr zu sein. Das einzige Bauwerk, das in akuter Gefahr sein könnte, ist ein mehrere hundert Meter langes Teilstück der Straße Suðurstrandavegur.

»Ein perfekter Touristen-Ausbruch«, jubelt die Geschäftsführerin des Tourismusverbands, als wir an einem Berghang stehen und das Schauspiel bewundern. »Die Größe, der Ort – könnte nicht besser sein.«

Sigríður María ist beim Bergaufwandern ins Schwitzen gekommen. Sie hat ihren Fleecepulli ausgezogen, verschränkt die durchtrainierten, sonnengebräunten Arme in dem grellrosa Sport-Shirt und strahlt zufrieden. Es ist aber auch leicht, sich an diesem schönen Sommertag von dem Vulkanausbruch begeistern zu lassen: Blutrote Lavafontänen recken sich der Sonne entgegen, eine Fata Morgana flimmert über der schwarzen Lava, vibriert und glänzt wie Quecksilber, das Tal ist knallgrün und das Meer im Süden unwirklich blau. Der Wissenschaftsrat verstummt bei diesem imposanten Anblick, wir sind ergriffen von der Schönheit der Erde und unserer eigenen Winzigkeit. Hier sind alle leben-

den Wesen gleichwertig, der denkende Mensch und der Lauf-
käfer, der durchs Moos krabbelt, unser aller Existenz ist nur
ein Atemzug, ein unbedeutendes Kratzen an der Oberfläche
unserer mächtigen Mutter, die sich vor unseren Augen in all
ihrer bedrohlichen Pracht geöffnet hat.

»Coole Stelle für eine Aussichtsplattform«, sagt Sigríður
María. »Wie geschaffen für einen Parkplatz mit Souvenir-
shop.«

»Sind Sie verrückt geworden?« frage ich entsetzt. »Zwei
Kilometer von dem Ausbruch entfernt?«

Sie dreht sich zu mir um und misst mich mit ihren himmelblauen Augen ab. »Die Reisebüros werden mit Buchun-
gen überflutet, und die Hotels füllen sich endlich. Dieser
Ausbruch kommt zur richtigen Zeit, genau das, was wir
brauchen, um nach der Pandemie einen Vorsprung vor anderen Destinationen zu bekommen. Die Leute wollen etwas
Einzigartiges erleben, etwas, das sie noch nie gesehen haben.
Venedig und die Akropolis sind alter Tobak, aber ein Vulkanausbruch vor den Toren von Reykjavík, das ist neu und
aufregend. Der Flughafen Keflavík ist offen, die Fluggesellschaften fragen an, die Touristen kriegen das alles live präsentiert. Transitpassagiere aus den USA können einen Trip
zum Vulkanausbruch machen und in der Blauen Lagune ein
Glas Champagner trinken, vielleicht eine Nacht dranhängen.
Wir bauen den Tourismus mit Hilfe des Krýsuvík-Ausbruchs
wieder auf.«

»Bisher gab es keine Unfälle«, wirft Milan ein. »Aber Sie
müssen Ihren Leuten ins Gewissen reden. Wir bekommen
viele Meldungen, dass Absperrungen missachtet und Touristen bis an den Rand der Lavazunge gebracht werden.«

»Diese Absperrungen sind ja auch absurd«, erwidert Sigríður María und hebt die gezupften Augenbrauen. »Ein Radius von zehn Kilometern? Der Ausbruch ist total ungefähr-

lich, einfach nur eine tolle Show für die Touristen. Und wir müssen ihnen schon etwas mehr bieten als Aussichtsfahrten mit zehn Kilometern Abstand. Die Leute bezahlen dafür, die Hitze zu spüren und ganz nah ranzukommen. Sie wollen den Vulkanausbruch erleben, nicht nur sehen.«

»Das ist kein Vergnügungspark«, protestiere ich. »Vulkanausbrüche gehören zu den gefährlichsten und unberechenbarsten Ereignissen auf dieser Erde. Wir müssen Respekt vor ihnen haben.«

»Kein Vergnügungspark? Nur für euch Wissenschaftler, oder was? Ihr marschiert mit ganzen Busladungen von blauäugigen Studierenden und ausländischen Gästen durch alle Absperrungen, stolziert wie die Könige durch das gesamte Ausbruchsgebiet und badet in Aufmerksamkeit. Aber wenn die Tourismusindustrie ein Stück vom Kuchen abhaben will, dreht sich plötzlich alles um Sicherheit und Zivilschutz.«

»Wir sind Fachleute«, sage ich. »Die Situation kann sich jederzeit ohne Vorwarnung ändern, die Anzeichen lassen sich nur schwer deuten oder vorhersehen. Und was sollte es für einen Grund geben, die allgemeine Bevölkerung so weit in das Eruptionsgebiet hineinzulassen?«

»Devisen«, kontert Sigríður María. »Wir machen Profit und schaffen neue Arbeitsplätze. Island wird zum gefragtesten Reiseziel in Europa! Wir können richtig viel verdienen, wenn wir die Leute ganz nah an den Ausbruch ranbringen, wenn sie ihn spüren können. Helikopterflüge, Hochzeiten, Sterne-Restaurants am Rand des Lavafelds, auf glühender Lava gegrillte Steaks und Hummerschwänze, Exkursionen mit Geologen, es gibt endlose Möglichkeiten.«

»Das ist eine legitime Haltung«, meint Stefán und zieht den Reißverschluss seines Anoraks auf. Unfassbarerweise trägt er darunter ein Jackett. »Wir dürfen die Einwohner hier in der Gegend nicht vergessen. Das könnte Tausende neue Arbeitsplätze schaffen. Der Krýsuvík-Ausbruch kann die Wirtschaft immens ankurbeln, so wie der Eyjafjallajökull nach dem Bankencrash. Wir dürfen dieses Potenzial nicht ohne triftige Gründe beschneiden. Der Ausbruch dauert nicht bis in alle Ewigkeit an, wir müssen ihn bestmöglich nutzen. Unsere Wirtschaft braucht diese Einnahmen. Vergessen Sie nicht, dass der Kerlingar-Ausbruch die Staatskasse mindestens dreißig Milliarden Kronen gekostet hat, und die Epidemie zehnmal so viel.«

Er schaut uns vorwurfsvoll an, als trügen wir persönlich die Verantwortung für diese Kosten und sollten sie eigentlich mit Zinsen zurückzahlen. »Wir müssen diese Chance nutzen«, schiebt er hinterher.

Júlíus vom Wetteramt schüttelt den zotteligen Kopf. Er trägt einen ausgefransten Islandpullover unter seiner verblichenen Windjacke und ist der Einzige, der nicht von dem Vulkanausbruch begeistert ist.

»Und wenn dabei ein paar Touristen draufgehen? Sind das die üblichen Zusatzkosten für die vielen Jobs und die Kohle, oder was?«

»Da besteht doch keine Gefahr!«, hält Sigríður María dagegen. »Der Vulkanausbruch ist winzig. Das haben Sie selbst gesagt!«

»Im Moment ist es nicht gefährlich«, erkläre ich. »Aber das kann sich schnell ändern. Die Eruption kann weiterwandern. Spalten können sich öffnen und Menschen buchstäblich verschlucken. Wenn Lava ins Grundwasser fließt, gibt es Explosionen und Ascheregen.«

Júlíus' Finger zittert, als er ihn anklagend hebt und sagt: »Wie war es denn bei dem Ausbruch auf White Island in Neuseeland? Siebzehn Tote und Dutzende Verletzte, die mit schlimmen Verbrennungen ins Krankenhaus kamen, die waren entstellt von der glühenden Vulkanasche. Nur weil geldgierige Tourismusfirmen meinten, sie müssten die Ratschläge der Experten ignorieren und an den armen Touristen verdienen. Die Chance nutzen!«

»Das wäre auf lange Sicht natürlich nicht gut für die Tourismusindustrie«, sagt Stefán nachdenklich. »Das würde das Einnahmepotenzial verringern. Vielleicht hat unser Spielverderber ja recht.«

Ich werfe Júlíus einen warnenden Blick zu. Er soll bloß nicht durchdrehen und mich mit den Lobbyisten alleine lassen.

»Die Hauptgefahr geht von der Gasentwicklung aus«, gebe ich zu bedenken. »Bisher hatten wir Glück. Die Werte waren in den ersten Stunden noch niedrig, aber das kann sich ändern. Wenn die Windrichtung ungünstig ist, müssen wir vielleicht sogar einen größeren Teil des Hauptstadtgebiets räumen. Der Holuhraun-Ausbruch 2014 war zwar mitten im Hochland, trotzdem mussten wir zeitweise die Bevölkerung im ganzen Land dazu aufrufen, drinnen zu bleiben. Erinnert ihr euch an den blauen Dunst über Reykjavík? Die Schwefelbelastung in Höfn im Südosten stieg auf über 20 000 Mikrogramm pro Kubikmeter, das war die stärkste Belastung, die jemals in Wohngegenden gemessen wurde.«

»Der Holuhraun-Ausbruch war allerdings auch viel größer als der hier«, wirft Milan ein. »Gibt es Anlass, dass wir uns jetzt über eine so hohe Gasverschmutzung Sorgen machen müssen?«

Ich zucke mit den Achseln. »Keine Ahnung, das wissen wir nicht. Aber du willst bestimmt keine Touristen an der Lavazunge rumlaufen haben, während sich dort Schwefelwasserstoff- oder Kohlendioxidgase bilden. Toten Touristen kann man nichts mehr verkaufen.«

Die Gruppe verfällt in Schweigen.

»Immer dieser Pessimismus«, sagt Sigríður María schließlich. »Die isländische Natur war schon immer gefährlich und unberechenbar. Das ist es ja, was sie so spannend macht.«

»Und denken Sie an die Arbeitsplätze«, ergänzt Stefán. »Wir haben die moralische Verpflichtung, jede Chance zu nutzen, um neue Stellen zu schaffen. Wir werden uns doch wohl darauf einigen können, dass wir die Überwachung verstärken, damit das Gebiet kurzfristig geräumt werden kann.«

Er schaut zu Milan, Júlíus und mir.

»Wirtschaftswachstum ist auch Zivilschutz«, schwadroniert er. »Wir haben alle die Verantwortung, unser Land auf vernünftige und rentable Weise zu nutzen.«

Am Ende geben wir klein bei und akzeptieren eine Aussichtsplattform und Busfahrten zur Lavazunge. Wir bekommen eine gute Milliarde für intensivere Beobachtung der Vulkane auf der Reykjanes-Halbinsel, Finanzspritzen für das Wetteramt, das geowissenschaftliche Institut und den Zivilschutz, mehr Geräte und mehr Mitarbeiter für deren Überwachung. Ich weiß, dass das in dieser Situation das Vernünftigste ist und alle von der Übereinkunft profitieren. Trotzdem dröhnt ein dumpfer Warnton in meinem Hinterkopf, der mir sagt, ich sollte mich möglichst schnell in Sicherheit bringen.

Das Grundgestein unter dem größten Teil des Hauptstadtgebiets von den Inseln Engey und Viðey bis
nach Álftanes im Süden besteht aus Reykjavíker Basalt. Sein Ursprung ist unbekannt. Spalten und Verwerfungen im Grundgestein des Hauptstadtgebiets
stehen vorwiegend mit dem sogenannten Krýsuvíker
Spaltenschwarm in Verbindung, der nach Nordosten
bis zu den Seen Elliðavatn und Rauðavatn reicht.
Árni Hjartarson: Tunnel im Hauptstadtgebiet.
ÍSOR-Bericht für das Straßenbauamt 2005

Wir waren zusammen, als der Vulkanausbruch in Krýsuvík
begann. Wir hielten uns an den Händen und spürten, wie die
Erde unter unseren Füßen anschwoll und erzitterte, sich mit
einem seufzerähnlichen Geräusch öffnete und eine kleine
hübsche Eruptionssäule in den Himmel schickte. Lavafontänen stoben aus der Spalte, erst zurückhaltend, dann immer eifriger, mit munteren roten Spritzern junger ungehär-
teter Erde. Tómas war fasziniert wie ein Kind, seine Augen
leuchteten vor Begeisterung, und ich war gerührt, obwohl
ich wusste, was passieren würde.

Vulkanische Tätigkeit kann fast überall und jederzeit auf
dem Vulkangürtel einsetzen, durchschnittlich alle drei bis
fünf Jahre in diesem Vulkangarten, der aus dem Meer ragt
und den wir unser Land nennen. Trotzdem scheinen unsere Sinnesorgane es nicht erfassen zu können, wenn sich die
Erde auftut und Feuer aus ihrem Inneren strömt. Es ist, als
würden wir Zeugen eines Mirakels, eines metaphysischen

Wunders, das unsere Sicht auf die Welt verändert, obwohl Vulkanausbrüche das primitivste und natürlichste Phänomen auf unserem Planeten sind. Neben der Geburt natürlich, diesem ganz normalen Wunder, das uns den Atem stocken lässt und uns zum Staunen bringt, weil ein neuer Mensch auf die Welt gekommen ist. Einhundertfünfzig Kinder werden jede Minute auf dem Planeten Erde geboren, fünfhundert Vulkane brechen jedes Jahrhundert aus, und trotzdem beugen sich diese Wunder nicht dem Joch des Alltäglichen.

Ich glaube nicht an Gott, ich glaube an die Kräfte der Natur. Zu ihnen zog es mich, als ich meine Kinder zur Welt brachte, ich brachte ihre Gesetze gegen das Chaos und die Schmerzen während der Wehen in Stellung. Meine Gedanken richteten sich auf sie, als mein Körper aufriss, ich berechnete Widerstand und Viskosität, wie sich die Erdkruste über der Magmakammer hebt, das Land auseinandergleitet und der Druck zunimmt, bis Erdbeben ankündigen, dass es an der Zeit ist, dass der Ausbruch beginnt und das Magma sich in dem Vulkanschlot durch die Erdschichten an die Oberfläche presst. Ich umkrallte die Hand meines Mannes, kniff die Augen zusammen und konzentrierte mich auf die Kräfte unter mir, unter der Matratze und dem Krankenbett und dem Boden des Krankenhauses, ich steuerte durch den Keller und das Fundament, durch die weiche dicke Erde, den rauen Kies und den Fels unter dem Krankenhaus, den guten alten Reykjavíker Dolerit. Im Geiste spielte ich mit den Namen der Gesteinsarten und Minerale: Olivin, Andesit und Gabbro, Plagioklas, Pyroxin und Magnetit, ihre Bezeichnungen ähneln magischen Formeln, heilenden Erlösungsgebeten aus grauer Vorzeit. Anna peperit Mariam, Maria Christum; die vergessenen Namen aller Vormütter der Menschheit, die schon vor mir diese uralten Kräfte durch sich hindurchfließen ließen. Und unter alldem stieg mir der Mantelplume entgegen, unnachgiebig und heiß, angetrieben von dem weißglühenden Kern im Inneren der Erde, dem geschmolzenen wogenden Eisen unter unseren Füßen, der Nadelspitze, auf der wir tanzen, jede einzelne von uns.

»Lass deinen Gefühlen freien Lauf«, sagte die Hebamme, aber das brauchte ich nicht, nicht dort, wo ich war, umschlossen von der heißen, heilenden Erde. Ich jaulte bei der letzten Presswehe auf, dann glitten sie aus mir heraus, weich und stark und lebendig und duftend wie frisch gebackenes Brot. Ich weinte, als ich sie im Arm halten durfte.

»Ich kümmere mich um dich«, flüsterte ich und legte meinen Sohn an die Brust.

Ich streichelte die Wange meiner Tochter. »Mein geliebtes Herzchen, ich verlasse dich nicht, ich passe auf dich auf, bis über den Tod hinaus.«

$C_8H_{11}NO_3$

»Das ist nicht kompliziert«, sage ich.

»Du spinnst«, sagt Tómas.

Wir sitzen uns in einem kleinen Café am Hafen von Grindavík gegenüber, jeder mit einer Tasse Kaffee und einem Sandwich, seins mit Räucherlachs und Petersilie, meins mit Ei und Krabben. Ich dachte, hier würde uns niemand kennen, aber der Kellner begrüßt mich freundlich mit meinem Namen. »Sie sprechen im Fernsehen doch immer über Vulkanausbrüche und Erdbeben. Gut zu wissen, dass eine so fähige Frau wie Sie das alles kontrolliert. Sie passen bestimmt gut auf uns auf.«

Ich lächele steif und bedanke mich für sein Vertrauen. Dann bezahle ich den Kaffee und bringe die Tassen zu dem Tisch, an dem mein Liebhaber sitzt. Dabei zittern meine Hände so stark, dass der Kaffee auf die Untertassen schwappt. Er trägt seine Lederjacke und hat den Helm und die Handschuhe auf den Stuhl neben sich gelegt. Ich trage einen Goretex-Anorak und eine Wanderhose und habe Kristinn gesagt, ich wäre auf einer Exkursion zur Ausbruchsstelle.

»Hast du ein Glück, dass du bei dem schönen Wetter draußen arbeiten darfst«, hat mein Mann gesagt und mir einen Kuss auf die Wange gegeben, »fahr vorsichtig, ich kaufe für heute Abend was zum Grillen.« Ich nuschelte etwas in den Kragen meines Fleecepullis und schämte mich für diese neuerliche Lüge. Inzwischen sind es so viele, dass sie zu einem Teil von mir geworden sind, eine Reihe von Abszessen unter der Haut. Dabei dachte ich immer, ich könnte nicht unehrlich sein.

Aber jetzt wird alles anders.

Kristinn hatte recht, das Wetter ist fantastisch, einer der wenigen sonnigen Tage in diesem merkwürdig grauen Sommer. Die Boote schaukeln fröhlich am Kai, und die meisten Cafégäste sitzen mit einem Glas Bier draußen, sodass wir den schattigen Innenraum für uns haben. Zwischen uns auf dem Tisch liegt eine Mappe mit Fotos von dem Vulkanausbruch, wie ein Requisit, ein Beweisstück, dass dieses Treffen rein beruflich ist und nicht ein weiterer Versuch von mir, die Affäre mit Tómas Adler zu beenden.

Er starrt mich an, als wüsste er nicht, ob er wütend werden oder mich auslachen soll.

»Willst du etwa behaupten, du hättest mich hierherbestellt, um mir zu sagen, dass du die chemische Formel für die Liebe entdeckt hast? Bist du noch ganz dicht?«

»Die Liebe ist ein verhältnismäßig einfacher biologischer Prozess«, entgegne ich. »Ich habe viel darüber gelesen, alles, was ich finden konnte. Es ist lediglich eine Frage von Hormonen, Botenstoffen und Zeit, wie lange unsere Körper brauchen, um sie zu verarbeiten, wie lange es dauert, bis wir sie überwinden.«

Ich lächele und lasse die Hände unter dem Tisch, damit er nicht sieht, wie sie zittern. Ich möchte ihn berühren, habe ihn seit einer Woche nicht mehr gesehen, ein ganzes Eiszeitalter aus Sehnsucht, schlaflosen Nächten und Appetitlosigkeit. Aber heute bin ich entschlossen und hoffnungsvoll, ich habe über diesen Zustand recherchiert, über diese merkwürdige Krankheit, mit der wir uns herumschlagen. Ich weiß, dass wir ihren Ausgang beeinflussen können, bewaffnet mit Informationen und Argumenten, wenn wir nur hartnäckig und geduldig sind.

Ich streue Pfeffer auf mein Ei und stelle die Pfeffermühle zwischen uns auf den Tisch. »Sieh mal«, setze ich an, »wir lieben uns, wir verzehren uns nach einander, aber das, was wir Sehnsucht nennen, ist eigentlich Erregung oder körperliche Liebe. Lust. Ein sehr primitives neurologisches Phänomen, verwandt mit Hunger und Angst, ein Instinkt, den alle Säugetiere haben und der sie antreibt, sich zu vermehren. Das Gehirn jagt einen Cocktail aus Sexualhormonen und Adrenalin ins Blut und löst das Verlangen nach einem Geschlechtspartner aus. Das ist einfach nur ein animalischer Instinkt.«

Ich recke mich nach der Zuckerdose auf dem Nachbartisch und stelle sie neben die Pfeffermühle.

»Genau dieser Instinkt löst unsere gegenseitige Anziehungskraft aus. Wenn ich an dich denke, kriege ich körperliche Symptome, Schwindel, Zittern, Schmetterlinge im Bauch, ich verliere mein Urteilsvermögen und meinen Appetit und schlafe nicht mehr. Ergo bin ich in dich verliebt.«

Er lächelt sanft und will meine Hand nehmen, aber ich ziehe sie zurück. »Nein, hör mir zu. Das ist keine Liebeserklärung, sondern ein Fakt. Unsere Gehirne schwimmen in Dopamin und Noradrenalin, Botenstoffen, die für Wohlgefühl und Spannung verantwortlich sind, währenddessen verringert sich das Serotonin, die chemische Bremse des Gehirns, was für impulsives und unkontrolliertes Verhalten sorgt. Wir sind, mit anderen Worten, vollkommen in der Gewalt primitiver Instinkte, wie rollige Katzen und läufige Hunde.«

»Wie kannst du so über die Liebe reden? Über unsere Gefühle?«

»Warte. Lass mich ausreden.«

Ich nehme den Salzstreuer vom Tisch.

»Jetzt wird die Sache schwieriger. Ich habe in den letzten Wochen viele folgenreiche und falsche Entscheidungen getroffen. Der erste Fehler war, mich weiter mit dir zu treffen, als ich merkte, dass ich mich von dir angezogen fühle. Dann wurde mir klar, dass die Zuneigung gegenseitig ist, trotzdem brach ich den Kontakt nicht ab. Ich verlor die Kontrolle und berührte dich, das war der dritte Fehler, und dann ging alles seinen Weg, ich fuhr zu dir nach Hause und ... wir hatten Sex. Ich betrog meinen Mann, meine Familie und mich selbst und tue es immer noch, wenn ich dich treffe.«

Ich stelle das Salz neben den Zucker und den Pfeffer.

»Meine Gefühle für meinen Mann gehören in die dritte Kategorie von Botenstoffen, die Freundschaft, Fürsorge und langfristige Verbindungen steuern. Diese Liebe wird von Oxytocin gelenkt, nicht von der gefährlichen Mischung aus Dopamin und Noradrenalin, die mich zu dir zieht. Sieh mal«, sage ich und schreibe auf eine Serviette:

$C_8H_{11}NO_2$

Ich gebe sie ihm.

»Das«, erkläre ich, »ist das, worunter wir leiden.«

»Anna«, sagt er, aber ich lasse mich nicht von ihm unterbrechen.

»Weißt du, das ist nicht unsere Schuld. Ja, wir haben falsche Entscheidungen getroffen, aber das waren normale Reaktionen auf primitive chemische Prozesse. Jetzt müssen wir uns entscheiden. Sollen wir weiter auf diese animalischen Instinkte, auf Hormone und Botenstoffe vertrauen? Soll ich mich von meinem Mann trennen, meine Familie auflösen und das Glück meiner Kinder in Gefahr bringen, oder soll ich warten, bis diese Hormonschwankungen vorübergehen, und dann zu meinem geborgenen und glücklichen Leben zurückkehren, auf das Oxytocin vertrauen?«

Ich zeige auf ihn. »Und du? Willst du riskieren, mich noch am Hals zu haben, wenn ich verbittert und unzufrieden bin, falls unsere sogenannte Liebe sich nur als eine vorübergehende Stoffwechselstörung entpuppt? Würdest du die Vorwürfe und Gewissensbisse aushalten, wenn sich herausstellt, dass du mich nicht wirklich liebst? Es ging uns gut, bevor wir uns kennenlernten, wir waren glücklich. Jetzt können wir wählen, ob wir dorthin zurückkehren wollen oder auf eine ungewisse gemeinsame Zukunft setzen, beruhend auf Störungen der Botenstoffe im Gehirn.«

»Anna, du kapierst nichts.«

Tómas betrachtet kopfschüttelnd seine Serviette.

»Du bist so dumm. Ein Riesendummkopf. Du, mit all deinen Begabungen und Talenten und Hochschulabschlüssen. Der klügste Mensch, den ich kenne. Du brauchst einen Deppen wie mich, der nie Abitur gemacht hat, der dir sagt, dass die Liebe keine Formel ist und unsere Gefühle keine Botenstoffe sind. Ich habe mich nicht wegen irgendwelcher Dopaminschwankungen in dich verliebt. Ich liebe dich, weil du du bist, weil du Grübchen in der linken Wange hast und deine Haare immer hinter die Ohren streichst, wenn du nervös bist, genauso wie jetzt. Ich bin verliebt in die Wölbung unten an deinem Rücken und in das kleine herzförmige Muttermal auf deinem Po. Ich liebe deine Stimme, deine Heftigkeit, wenn wir Sex haben, dein Lachen, das manchmal aus deinen Augen strahlt, wenn du versuchst, ernst zu bleiben. Ich liebe sogar deinen fundamentalistischen Glauben an die Vernunft, wenn du wissenschaftliche Argumente für Dinge erfindest, die keiner Logik unterliegen, keinem Wissen oder Intellekt. Dinge, die einfach existieren und die es schon immer gab, die älter sind, als wir uns vorstellen können, und denen alle Formeln und jede Vernunft scheißegal sind. Ich liebe dich von ganzem Herzen, mein Leben ist ohne dich nichts wert.«

Mein Geliebter sitzt mir gegenüber mit der Sonne in den grünen Augen und einer widerspenstigen Locke, die ihm in die Stirn fällt, und ich liebe ihn auch, trotz meines zerstörten und unglückseligen Lebens.

»Dein Herz«, flüstere ich mit brüchiger Stimme, »ist nur ein Muskel, der Blut in den Körper pumpt.«

»Stimmt genau«, sagt er und zieht den Ausschnitt seines Pullovers bis zum Herzen herunter, nimmt meine Hand und legt sie auf seine Brust.

»Hier«, sagt er, »spürst du, wie es schlägt? Es pumpt all dieses Blut nur für dich.«

Ich schließe die Augen, und dann gehen wir hinaus zu meinem Auto, fahren zu einem abgelegenen Ort beim Berg Þorbjörn und lieben uns im Heidekraut, mit Lavasteinchen im Rücken und der Sonne in den Augen. Feine Asche wirbelt hoch und legt sich auf unsere Körper, ich blicke in den absurd blauen Himmel und wimmere resigniert; mein Herz ist vor Liebe zersprungen.

DIE LIEBE IST SCHLIMMER
ALS DER TOD

Eine plinianische Eruption: ein allgewaltiger explosiver Ausbruch, bei dem der Vulkan selbst zerstört wird.
Simon Winchester: Krakatau: Der Tag, an dem
die Welt zerbrach. 27. August 1883

Es ist Ende August, als ich meinem Mann sage, dass ich einen anderen Mann liebe.

Wir machen einen Spaziergang durch den Wald bei unserem Haus, es regnet, und das Heidekraut und die Zweige biegen sich unter dem nassen schweren Laub. Er ahnt schon, dass etwas Schreckliches geschehen wird, als ich ihn bitte, mit rauszukommen. Er mustert mich forschend, kennt mich gut genug, um das Zittern in meiner Stimme herauszuhören. Wir haben gerade gegessen und räumen den Tisch ab, spülen die Teller ab und stellen sie in die Spülmaschine, unterhalten uns dabei über alltägliche Dinge, belangloses Plaudern über Telefonate und Erledigungen, unbedeutende Vorfälle auf der Arbeit, Bemerkungen, Nichtigkeiten, Kleinkram, und die ganze Zeit dröhnt die Gewissheit unbarmherzig in meinem Hinterkopf: Es ist an der Zeit, es ist unumgänglich, du musst es ihm sagen.

Ich wünschte, ich könnte sagen, dass mein Gewissen mich dazu treibt, dass mein Moralempfinden und meine Schuldgefühle mich dazu zwingen, alles zuzugeben, die Lügen und das Doppelleben zu beenden, aber so ist es nicht. Die zwei Frauen, zu denen ich geworden bin, haben es sich in meinem Körper behaglich eingerichtet. Die eine lebt mein altes Leben weiter, so als wäre nichts geschehen. Sie liest meiner Tochter vor, kocht, schmiert Brote, schüttelt Sofakissen auf, küsst meinen Mann auf die Wange, lacht mit ihm und kauft ihm einen neuen Pullover. Die andere sucht Vorwände, um das Büro früher zu verlassen, fährt mit heftigem Herzklopfen und Tränen in den Augen zu ihrem Liebhaber und wirft sich in seine Arme, hat kaum ihre Jacke ausgezogen, da liegt sie auch schon auf dem hässlichen fleckigen Schlafsofa. Sie streicht mit den Fingern durch seine Haare und berührt seine Augenlider, seine Wangenknochen, seine Lippen, er beißt sie ins Kinn und in den Hals, sie umschlingt ihn mit den Beinen und weint, als sie kommt, vor Glück, vor Trauer, vor Angst, jedes einzelne Mal ist ein Weltuntergang, die Vernichtung von allem, was ihr lieb ist, und trotzdem kann sie nicht aufhören. Sie versteckt die Bissmale am Hals unter einem Seidentuch, richtet ihre Frisur, legt Lippenstift auf und setzt sich ins Auto, als wäre nichts geschehen, und die erste Frau übernimmt wieder. Kauft auf dem Nachhauseweg ein, wechselt den Sender im Autoradio, parkt vor der Garage, und niemand ahnt etwas.

Jedenfalls glaube ich das fest, bis Elísabet in mein Büro kommt, die Tür hinter sich zuzieht und sich auf den Stuhl auf der anderen Seite meines Schreibtischs setzt.

»Gibt's Neuigkeiten?«, frage ich, aber sie antwortet nicht. Starrt mich nur mit ihren grauen Augen durch die verschmierten Brillengläser eindringlich an.

»Was ist?«, frage ich und starre zurück.

Sie seufzt.

»Es geht mich ja nichts an«, beginnt sie, »und ich würde auch nichts sagen, wenn wir nicht seit zwanzig Jahren zusammenarbeiten würden und du nicht meine engste Kollegin wärst. Aber die Leute fangen an zu reden.«

Ich öffne den Mund und möchte etwas sagen, bringe aber nichts heraus. Meine Lippen und meine Zunge sind versteinert, mein ganzes Gesicht ist taub, meine Hände sind eiskalt.

»Ihr wurdet gesehen. Händchen haltend in Krýsuvík, knutschend im Auto. Und man kann euch hören – du weißt ja, wie dünn die Wände hier sind, man versteht jedes Wort. Außerdem ist nebenan die Kaffeeküche, Anna, wie kannst du ihn nur hier treffen? Du, die Vernunft in Person? Wir flüchten immer, weil das niemand mitanhören will.«

Ich schweige. Elísabet senkt den Blick.

»Es ist dein Leben, du triffst die Entscheidungen, wir verurteilen dich nicht. Wir sind deine Freunde und wollen nur dein Bestes. Aber wir stehen momentan alle unter großem Druck, haben alle Hände voll zu tun, und es gibt Leute, die es auf deine Position abgesehen haben, die meinen, sie sollten im Wissenschaftsrat sitzen und uns dort vertreten. Und du bist eine leichte Zielscheibe. Sie behaupten, du würdest den Fokus verlieren, deine Pflichten vernachlässigen und wärst nicht mehr belastbar.«

Ich ringe nach Luft, aber sie hebt die Hand und bremst mich: »Ich bin anderer Meinung, ich vertraue dir vollkommen, das weißt du. Aber ich mache mir Sorgen um dich, ich spüre, dass eine Last auf dir liegt, die dich zerreißt. Du hattest beruflich in letzter Zeit schon genug Stress, das kannst du nicht auch noch gebrauchen.«

Sie schaut mich flehend an. »Und ich mag deinen Mann, Anna, wir sind befreundet. Du musst mit ihm reden.«

Ich öffne wieder den Mund, und diesmal kann ich sprechen. Es ist, als würde ein Damm brechen, und die Worte und die Tränen strömen aus mir hinaus. »Ich liebe Tómas Adler. Ich bin zum ersten Mal in meinem Leben verliebt, und das ist das Schrecklichste, was ich je erlebt habe. Die Liebe ist schlimmer als der Tod, schlimmer als der Weltuntergang.

Ich habe nichts mehr unter Kontrolle, man kann mir nichts mehr anvertrauen. Ich vernachlässige meine Arbeit, hintergehe meine Familie, lüge meinem Mann eiskalt ins Gesicht. Er hat es nicht verdient, so behandelt zu werden, er ist ein guter Ehemann und mein bester Freund, niemand war besser zu mir als er. Aber er ist nicht genug, die Familie genügt mir nicht mehr, das Glück genügt mir nicht. Ich opfere alles für diese schreckliche Entzündung in meinem Herzen, diese unersättliche Sucht, diese verfluchte Liebe, die mich in den Klauen hat und nicht mehr loslässt.«

Ich weine, und Elísabet steht auf, nimmt mich in den Arm und hält mich ganz fest.

»Meine Süße«, flüstert sie, »mein armes Herzchen.«

Ich heule in ihren Armen, schluchze erleichtert, denn das ist das Letzte, womit ich gerechnet habe, wenn mein großes hässliches Geheimnis auffliegt. Ich habe Verachtung und Schande erwartet, nicht Mitgefühl und Sanftheit, hätte nie gedacht, dass ich in Elísabets weicher, verständnisvoller Umarmung versinken und in ihren alten rosafarbenen Wollpullover weinen darf.

»Du weißt, was du tun musst«, sagt sie schließlich. »Du weißt, dass du so nicht weitermachen kannst. Du musst mit deinem Mann reden, ihm alles beichten. Das bist du ihm schuldig.«

Ich nicke schniefend, denn ich weiß es, ich habe es immer gewusst. Danach fahre ich nach Hause und bitte ihn, nach dem Essen einen Spaziergang mit mir zu machen.

Erst schaut er mich verwundert an, dann beunruhigt, und nickt. »Ja, klar, lass uns rausgehen.« Wir ziehen unsere Fleecepullis und Arcteryx-Jacken an, dreilagiger Goretex, seine ist türkis, meine orange. Meine Hände zittern, als ich den Reißverschluss hochziehe und meine Wanderschuhe zuschnüre. »Wir gehen mal kurz raus!«, ruft er. »Darf ich mit?«, brüllt Salka vom Klavier. »Nein!«, antworten wir im Chor, »üb noch ein bisschen weiter, wir bleiben nicht lange.«

Mir ist schlecht vor Angst, aber ich verspüre auch eine sonderbare Erleichterung, wie wenn man an einem Felsvorsprung hängt und endlich loslässt, sich mit dem Unumgänglichen abfindet, in den Abgrund stürzt und sich in sein Schicksal ergibt.

ES REGNET, UND MEINEM MANN
BRICHT DAS HERZ

Vulkanausbrüche sind sehr unterschiedlich. Keiner gleicht dem anderen, manche sind sauer, zähflüssig und abscheulich, durchpflügen das Land mit Glutlawinen und verschonen nichts. Andere sind basisch und langsam, überziehen das Land gemächlich mit Lava. Das hängt ganz von der chemischen Zusammensetzung des Magmas ab, von seiner Menge und seinem Aufstieg aus der Erdkruste und von den Bedingungen, auf die es an der Oberfläche trifft. Ob es aus einem tatkräftigen Schichtvulkan oder einem zögerlichen Spaltenschwarm kommt, in einer unbesiedelten Einöde oder einem bewohnten Landstrich, ob es sich kilometerweit einen Weg durch das Gletschereis bahnen musste oder auf das Meer trifft, das bedrohlich und so dunkel ist, dass die größten Vulkane der Erde auf dem Meeresgrund entstanden sind, ohne sich an der Oberfläche bemerkbar zu machen.

Was wird passieren, wenn mein Mann erfährt, dass unsere Ehe am Ende ist? Wird er aggressiv und schmeißt mich raus oder mutiert er zu einer stummen, kalten Wand? Rastet er aus, weint er, wird er gewalttätig? Ich kenne niemanden auf der Welt besser, wir teilen seit über zwei Jahrzehnten unser Leben miteinander, unser Bett und unsere Gespräche, und dennoch habe ich keine Ahnung, wie er auf meinen Betrug reagieren wird. Elísabet macht sich Sorgen und bietet mir ihr Sofa an, falls er mich rauswirft.

»Ich kann draußen im Auto warten und in Rufweite bleiben, wenn du es ihm sagst.«

Ich schüttele den Kopf.

»Nur zur Sicherheit«, bittet sie.

»Er ist nicht gewalttätig. Er ist ein guter Mensch, der eine schlechte Nachricht bekommen wird, das hält er aus.«

Trotzdem bin ich völlig perplex von seiner Reaktion. Der Schlag trifft ihn, als hätte ich ihn geprügelt, dabei habe ich einfach nur gesagt:

»Ich habe mich in einen anderen Mann verliebt. Ich weiß nicht, ob ich weiter deine Frau sein kann.«

Er bleibt stehen und schaut mich nicht an, nicht sofort. Wie erstarrt blickt er auf den Kies unter unseren Füßen, sinkt dann langsam auf die Fersen, umschlingt seine Beine, vergräbt das Gesicht zwischen den Knien und kauert sich mit seinem langen schlanken Körper zusammen, als wollte er eine Druckwelle abwehren. Er atmet kurz und krampfartig, und als er aufschaut, ist sein Gesicht schmerzverzerrt. Ohne etwas zu sagen, sieht er mich an, schnappt röchelnd nach Luft, seine Augen sind trocken und flehend.

»Es tut mir so leid«, sage ich und merke, dass ich weine. In der Dämmerung um uns herum ist es seltsam leise, das Nieseln verdichtet sich und wird zu Regen, der nasse dunkelblaue Himmel wölbt sich über uns, alles ist still und ruhig. Das Heidekraut wartet gespannt, die ganze Welt hält den Atem an, dann schreit ein Eistaucher, sein trauriger Ruf hallt über den See, wo bist du, Geliebte?

Mein Mann sagt immer noch nichts, und ich versuche weiterzusprechen, meine verkrampften Gedanken zu verständlichen Sätzen zusammenzubauen. »Ich kann dich noch nicht mal bitten, mir zu verzeihen. Mein Verhalten ist unverzeihlich. Das hast du nicht verdient, du warst immer ein toller Ehemann.«

»Anna«, sagt er leise. »Meine geliebte Anna.«

Das ist alles. Er rappelt sich wieder hoch, strafft die Knie und den Rücken und geht über den Spazierweg in den regennassen Wald, langsam und steif, als müsste er erst wieder laufen lernen. Ich folge ihm, ganz wackelig auf den Beinen.

»Kristinn!«, rufe ich ihm weinend hinterher. »Bitte geh nicht! Was soll ich tun?«

Er schüttelt den Kopf, dreht sich nicht um, antwortet mir nicht.

»Bitte sag was! Willst du nicht wissen, wer er ist?«

»Tómas Adler«, sagt er leise. »Ich weiß, wer er ist.«

»Du wusstest es? Wusstest du es schon die ganze Zeit und hast nichts gesagt?«

Er dreht sich um und runzelt die schmalen Augenbrauen, Regen strömt über sein blasses Gesicht.

»Ich glaube, mir war klar, was passiert, seit ich euch zum ersten Mal zusammen sah. Und als ihr zusammen tanztet. Ich hatte dich noch nie so gesehen, du warst eine ganz andere Frau.«

Er lässt den Kopf zur Seite fallen, so als wäre er zu schwer für den Hals, seine Augen sind dunkel und traurig.

»Habt ihr miteinander geschlafen?«

»Ja.«

»Wie oft?«

»Ich weiß es nicht.«

»Was schätzt du?«

»Ungefähr zehnmal. Vielleicht zwölf.«

»Wann hat es angefangen?«

»Ende Juni. Bevor der Krýsuvík-Ausbruch losging.«

»Wo habt ihr euch getroffen?«

»Bei ihm. Und in meinem Büro.«

»In deinem Büro? Wissen es alle bei dir auf der Arbeit?«

»Keine Ahnung. Doch, ein paar.«

»Wer?«

»Elísabet. Jóhannes Rúriksson. Ich weiß es nicht.«

»Warum erzählst du es mir jetzt?«

»Elísabet hat mich dazu aufgefordert. Bevor du es von anderen erfährst.«

Die Antworten sprudeln aus mir heraus, obwohl meine Brust sich so schwer anfühlt, dass ich kaum Luft holen kann. Wir stehen uns gegenüber und schauen uns in die Augen, er verhört mich, und ich antworte, Kläger und Beschuldigte, Opfer und Täter. Jede Frage von ihm ist wie ein Schlag, jede Antwort von mir fügt ihm eine tiefe Wunde zu.

»Ist er besser im Bett als ich?«

»Bitte, Kristinn, nicht …«

Er senkt den Blick und mustert die Spitzen seiner Wanderschuhe, seine Arme hängen schlaff herunter. Er wirkt auf einmal so grau und gebeugt, als hätten die letzten Sekunden Jahrzehnte gedauert, als hätten meine Antworten sein Leben um ein halbes Menschenalter verkürzt. Der Regen fällt in grauen Schleiern, versickert in dem dunklen Waldboden und dem verdorrten Gras am Wegesrand, sammelt sich zu kleinen Pfützen in den Falten unserer Jacken und im Kies vor unseren Füßen.

»Ich wusste es schon lange«, sagt er. »Keine Ahnung, wie ich es beschreiben soll. Es war, als hätte sich dein Geruch verändert, der Klang deiner Stimme. Du warst fröhlicher, aber irgendwie nie richtig anwesend, ohne Wärme und Gewicht, als wärst du nur noch eine reduzierte Ausgabe deiner selbst. Künstlich, nennt man das wohl. Wahrscheinlich habe ich es einfach verdrängt und wollte es nicht wahrhaben. Habe tief im Inneren gehofft, dass es einfach aufhört, wenn ich so tue, als wäre alles in Ordnung. Dass du wieder zu mir zurückkommst und alles wieder so wird wie vorher.«

Seine Stimme wird lauter.

»Und während ich wartete und hoffte, hast du mich hintergangen, habt ihr gerammelt wie Tiere und über mich gelacht. Gelacht und gespottet über meine unschuldige, treuherzige Liebe. Du hast mich belogen und betrogen, mich lächerlich gemacht. Dabei bist du meine Frau. Meine beste Freundin, meine Lebensgefährtin, das Ehrlichste und Beste in meinem Leben. Du hast alles zerstört, alles kaputtgemacht und mit schmutzigen Schuhen in den Dreck getrampelt. Was soll ich dazu sagen, Anna? Was soll ich jetzt tun?«

Er weint, und ich weine auch und flehe: »Verzeih mir, bitte verzeih mir, ich wollte dich nicht verletzen. Ich wünschte, das wäre alles nicht passiert, aber ich kann es nicht rückgängig machen.«

»Und was hast du jetzt vor? Was passiert als Nächstes?«

»Ich weiß es nicht. Wenn du willst, gehe ich.«

»Nein. Bitte geh nicht.«

Er schlägt die Hände vors Gesicht, denkt und grübelt und holt dann tief Luft, schaut auf, sieht mich angstvoll und entschlossen an.

»Wir brauchen Zeit. Wir müssen vernünftig sein und nachdenken, in Ruhe entscheiden, was wir als Nächstes tun. Wir dürfen nichts überstürzen, keine unvernünftigen Entscheidungen treffen. Es steht zu viel auf dem Spiel, unsere Ehe, unsere Kinder, die Familie. Wir müssen darüber nachdenken.«

Er kommt zu mir, fasst mich an den Schultern und schaut mir fest in die Augen.

»Wir hatten zwanzig Jahre eine gute Ehe. Ich lasse mir das nicht in einem Augenblick auf diese abscheuliche Weise kaputtmachen. Lass uns wenigstens besprechen, welche Alternativen wir haben, ob es eine Chance gibt, unsere Beziehung zu retten. Du hast einen schrecklichen Fehler gemacht und großen Schaden angerichtet, aber vielleicht lässt er sich reparieren. Vielleicht kriegen wir das hin.«

»Glaubst du das?«

»Ich weiß es nicht, aber es wäre unvernünftig, es nicht zu versuchen. Meinst du nicht auch?«

Natürlich sollte ich sagen, nein, lieber Kristinn, ich glaube, es ist hoffnungslos, ich liebe dich nicht. Du bist mir unendlich wichtig, es tut unendlich weh, dich so zu verletzen und mich auf diese Weise von dir zu trennen, aber es ist das einzig Richtige, ich weiß es einfach, jede Zelle, jeder Nerv meines Körpers schreit es heraus. Aber ich sage es nicht, fühle mich zu wohl in seiner warmen, vertrauten Umarmung und stelle mir vor, dass ich zurückkann. Vielleicht wird alles wieder wie vorher, geborgen und angenehm und vorhersehbar, sodass ich aufhören kann, Tómas Adler zu lieben, wieder die alte Anna sein kann, Kristinn Fjalar Ævarssons Ehefrau. Vielleicht ist es nur Gedankenlosigkeit, die mich sagen lässt: »Ja, ich stimme dir zu. Es wäre unvernünftig, es nicht zu versuchen.«

Er schaut mich an, traurig, wütend und erleichtert, alles gleichzeitig. Trotz allem ist er in seine alte Rolle geschlüpft: mein Tröster, der mich vor mir selbst rettet und mein Leben aufräumt.

Erklärende Anmerkung IX
SCHWÄNE AUF DEM WEG
INS SOMMERLAND

Der typische Vulkan in Island besteht aus einer langen Ausbruchspalte, die meistens nicht mehrmals eruptiert, sondern es öffnen sich weitere Spalten in einem großen, abgegrenzten Gebiet. Dies muss bei der Analyse der Auswirkungen von vulkanischer Tätigkeit hierzulande berücksichtigt werden.
Páll Imsland: Risiken bei Vulkanausbrüchen.
Vulkangefahren

Ich verstand dieses Wort nicht: Spaltenschwarm. Ein Schwarm beschreibt keine konstanten verortbaren Dinge wie Erde oder Geröll, sondern eine große bewegliche Gruppe lebendiger fliegender Wesen, Bienen oder Sperlinge. Ich fand es seltsam, dieses Wort für eine Schar von Ausbruchspalten in einem Vulkansystem zu verwenden, verwirrend und unsinnig.

»Spalten können nicht ausschwärmen wie Vögel oder Insekten«, sagte ich zu meinem Vater.

Er saß mit seiner Kaffeetasse und dem *Alþýðublaðið* am Küchentisch, das Radio kündigte Nieselregen und Windböen an. Ich saß ihm mit einer Schale Cornflakes und Sauermilch gegenüber und las *Im Norden ist Feuer*, die Festschrift zum siebzigsten Geburtstag von Sigurður Þórarinsson. Ich war fünfzehn und hatte die Rebellion und das kritische Denken für mich entdeckt, brandneue messerscharfe Werkzeuge, um die Welt zu erkunden. Mein Vater erschien mir auf einmal schrecklich konservativ und behäbig mit seiner Wissen-schaft, und ich nutzte jede Gelegenheit, um ihm zuzusetzen und nach Antworten zu verlangen. Er blieb immer freundlich und geduldig, bis auf das eine Mal, als ich ihn mit den postmodernen Ideen von Thomas Kuhn konfrontierte, der der Ansicht war, dass die Naturwissenschaften auf subjektiven Werten aufbauen. Er regte sich so darüber auf, dass er den Kartoffeltopf auf den Boden fallen ließ, herumfuhr und mich fixierte: »Es gibt nichts Subjektives an wissenschaftlichen Fakten, Anna Arnardóttir!«

Aber über Spaltenschwärme redete er gern.

»Sieh mal, Kleines«, sagte er, stand auf, ging ins Wohn-zimmer und holte eine große vergilbte Mappe aus dem Bü-cherregal. Er schob unsere Kaffeetassen zur Seite, legte die Mappe auf den Küchentisch, öffnete sie vorsichtig und strich sanft über eine schwarzweiße Karte vom Nordosten Islands. Es gab neun Karten von unterschiedlichen Landesteilen, die mit dicken parallelen Linien durchzogen waren. Die Linien verliefen in verschiedenen Richtungen, im zentralen Hoch-land waagerecht, im Osten senkrecht und auf der Reykjanes-Halbinsel schräg von Nordwest nach Südost. Um sie herum schlängelten sich weitere Linien, die offenbar eine Art Wel-lenbewegungen darstellen sollten.

»Was ist das?«, fragte ich.

»Das sind Þorbjörns Magnetkarten, Kleines.«

Papa machte ein feierliches Gesicht, denn Þorbjörn war sein Freund und Lehrmeister gewesen. Sie waren beide aus anderen Fachgebieten zu den Geowissenschaften gestoßen, Papa aus der Astronomie und Þorbjörn aus der Atomphysik. Þorbjörn war der geborene Erfinder und besaß einen jugend-lichen Forscherdrang. Eines der Interessengebiete dieses kreativen, tatkräftigen Mannes war das Erdmagnetfeld, also erfand er ein Gerät, mit dem man die Intensität des Magnetfelds des Gesteins aus der Luft messen konnte. Er lernte fliegen und kaufte ein Flugzeug, an das er sein Gerät hinten dranhängen konnte.

»Und dann flog er einfach über Island, immer hin und her entlang dieser Linien, und maß die Abweichungen im Magnetfeld des Landes«, erklärte mein Vater. »Das sind die Wellen auf den Linien. Wir durften mitkommen, immer zu zweit, seine Welpen, wie er uns nannte, wir sollten die Position des Flugzeugs auf der Karte bestimmen. Das war vor der Zeit des Loran-Funknavigationssystems, deshalb hatte Þorbjörn sich ein Teleskop besorgt, das eine russische Wissenschaftlerin in Island zurückgelassen hatte. Einer von uns Studenten starrte damit in den Sternenhimmel und der andere durch ein Loch hinunter auf die Erde, wo er nach Orientierungspunkten suchte, Flüssen, Bergen, Straßenkreuzungen und auffälligen Gebäuden. So kriegten wir heraus, wo wir uns befanden. Þorbjörn war wegen der Messungen so aufgeregt, dass er herumtobte und das Flugzeug kaum noch steuern konnte, deshalb waren die Flüge ziemlich ruckelig. Uns wurde furchtbar übel, mein Gott, wir kotzten uns bei jedem einzelnen Flug die Seele aus dem Leib, und das wurde alles auf Tonband aufgenommen, die Koordinaten, die Landmarken, das Kotzen und Þorbjörns Gebrüll.«

Papa schüttelte sich vor Lachen. »Aber es gelang, und Þorbjörn vollendete seinen Plan, das Magnetfeld Islands zu kartieren. Er hatte großen Anteil an der Untermauerung von Wegeners Theorie der Plattentektonik und belegte, wie die Wanderung der Kontinentalplatten den Mittelatlantischen Rücken geformt hat – und wie Island auf der Plattengrenze entstanden ist.«

»Und was hat das mit Spaltenschwärmen zu tun?«, wollte ich wissen. Papa zeigte auf die Karte von der Reykjanes-Halbinsel.

»Siehst du die Wellen? Wie sie auf der Transformstörung größer werden? Und hier, wie sie den Plattengrenzen durchs Land folgen? Sie verhalten sich wie Vögel in einer V-förmigen Flugformation. Island bewegt sich, die Platten ziehen das Land auseinander, der Island-Plume steigt unter ihm auf, und die Bewegung zieht sich von Südwest nach Nordost wie ein Schwarm Zugvögel, Schwäne im Frühling auf dem Weg ins Sommerland. Die Bewegung ist nur so langsam, dass wir sie nicht wahrnehmen.«

Mein Vater betrachtete die Magnetkarten, dann schaute er mich mit leuchtenden Augen an. »Unsere Welt ist so wunderschön, Kleines. Sie unterliegt einfachen und perfekten Gesetzen, und es ist Aufgabe der Wissenschaft, diese Gesetze und deren Einfluss auf die physische Welt zu ergründen. Die großartigste Aufgabe, die ein Mensch angehen kann! Ohne die Wissenschaften sind wir nur unwissende Tiere in der Gewalt der Naturkräfte.«

Ich verdrehte die Augen. »Jetzt übertreibst du's aber, Papa. Du redest wie ein Dichter oder so. Unwissende Tiere und Schwäne auf dem Weg ins Sommerland – ich finde es trotzdem komisch, von einem Spaltenschwarm zu sprechen. Ich würde ein anderes Wort dafür benutzen, zum Beispiel Spaltenreihe.«

»Das beschreibt das Phänomen keineswegs«, widersprach mein Vater. »Du meinst, die Spalten wären fest und konstant, aber das sind sie nicht. Sie bewegen sich mit hoher Geschwindigkeit, wie Stare in einem großen Schwarm, aber du bewegst dich in einer anderen Zeit und bist nicht in der Lage, das wahrzunehmen. Du bist das Problem, nicht die Bewegung der Spalten.«

Beim Holuhraun-Ausbruch 2014 erkannte ich zum ersten Mal, was genau er meinte. Die Eruption war eigentlich woanders, das Magma kam aus einer Magmakammer der Bárðarbunga, des mächtigen Vulkans unter dem Vatnajökull, und bahnte sich einen Weg durch einen Spaltenschwarm, bis es vierzig Kilometer entfernt von seinem Ursprung in Holuhraun hochkam.

Ein Spaltenschwarm ist kein Ort, sondern eine Art, unterwegs zu sein.

Wenn ich mich doch nur an unser Gespräch erinnert hätte, an diese schlichte Wahrheit über die Gesetze und die Bewegung, die mein Vater mir einzubläuen versuchte, über die Reise der Schwäne ins Sommerland. Dass ein Spaltenschwarm kein Ort ist, starr und unveränderlich, sondern den Weg des Magmas an die Oberfläche beschreibt, und dass dessen Absichten uns verborgen bleiben, weil die Erde sich in einer anderen Zeit bewegt als wir Menschen, weil sie andere Sorgen und völlig andere Pläne hat als wir, die wir nur für einen kurzen Moment an ihrer Oberfläche kratzen. *Tausend Jahre ein Tag, nicht mehr*, wie es in der isländischen Nationalhymne heißt.

Während wir uns mit dem kleinen, hübschen Touristenausbruch in Krýsuvík beschäftigen, uns über die Entwicklung des Lavastroms und die Schwefelverschmutzung den Kopf zerbrechen, über Sperrungen und Verstärkung der Gasmessungen beratschlagen, Aussichtsplattformen und Hubschrauberflüge für Touristen genehmigen, Kosten gegen Einnahmen abwägen, plant das Feuerherz in der Tiefe eine andere, viel furchteinflößendere Reise.

Ein Kubikkilometer Lava klingt vielleicht nicht nach wahnsinnig viel. Man stellt sich einen Kilometer Wegstrecke vor, die ein mittelmäßiger Jogger in fünf Minuten zurücklegen kann. Doch sobald der Kilometer zu einem Quadratkilometer wird, km^2, handelt es sich schon um eine beträchtliche Fläche, und wenn die dritte Dimension hinzukommt, km^3, tausend Meter hinauf in den Himmel, dann reden wir von einem ganzen Berg. Dieser Berg und sogar noch mehr lauert unten in der Erde, in über fünfzehn Kilometern Tiefe direkt unter unseren Füßen, eine um die 1200 Grad Celsius heiß sich auftürmende Vernichtung oder vernichtende Auftürmung, je nachdem, wie man es betrachtet. Das Magma dringt bis zur Erdkruste, sucht nach einem Spalt, einer Schwachstelle, die es sich zunutze machen kann, um sich hindurchzupressen, dann steigt es höher und höher durch den Vulkanschlot, der sich im Grundgestein auftut, bis es ein bequemes Transportmittel gefunden hat, den Schnellzug, den Spaltenschwarm. Der kann es kilometerweit, nahezu horizontal durch das Land tragen, bis es beschließt, dass der Spaß jetzt vorbei ist, dass diese verantwortungslose unterirdische Vergnügungsreise ein Ende haben muss, weil es an der Oberfläche etwas zu erledigen gibt: Land auftürmen, Schluchten aufreißen, Häuser und Straßen und Gärten mit glühender Lava überziehen.

Und hier habe ich als vermeintlich führende Expertin für das Verhalten von Spalteneruptionen versagt, hier bin ich durch die Prüfung gefallen, für die ich gelernt und auf die ich mich über vier Jahrzehnte lang mit beständigem Fleiß vorbereitet habe, seit ich als Kind einen schroffen Lavaklumpen in der Hand hielt, sieh mal, Kleines, funkelnagelneue Erde. Ich starre die Messergebnisse an, vertraue auf die Modellierungen und wissenschaftlichen Methoden, grenze mich selbst von den eiskalt sachlichen Gedankengängen in meinem Kopf ab, blockiere die Erinnerungen und das leise Summen der Alarmsignale, die aus meinem Unterbewusstsein drängen.

Ich verliere den Überblick.

HERDFLÄCHENLÖSUNGEN

Die vorherrschenden Herdflächenlösungen auf dem Mittelatlantischen Rücken sind die tektonischer Abschiebungen, die auf das Auseinandergleiten der Höhenzüge des Rückens hinweisen.

Páll Einarsson: Seismische Aktivität am östlichen
Rand der Nordamerikanischen Platte. Geologie
Nordamerikas, 1986

Die Stadt zittert gleich einem Tier, das im Sterben liegt. Ich schrecke aus einem düsteren Albtraum hoch, bei dem ich in unserem Doppelbett versinke wie in sumpfigem Morast.

»Das war heftig«, murmele ich, aber es gibt seit dem Frühjahr so viele Erdbeben, dass ich den Kopf wieder aufs Kissen lege und warte, bis sich mein Herzschlag beruhigt. Mein Mann, der neben mir liegt, ist auch aufgewacht und fängt an zu sprechen.

»Du weißt ja, dass du gegen das Gesetz verstoßen hast«, sagt er. »Im zweiten Paragrafen des Ehegesetzes von 1993 steht, dass Ehepaare einander treu sein, sich gegenseitig unterstützen und die gemeinsamen Interessen der Familie wahren sollen. Du hast gegen diese Klausel verstoßen.«

Ich liege reglos mit geschlossenen Augen da und versuche, ruhig zu atmen, damit er glaubt, ich wäre wieder eingeschlafen. Vielleicht hört er dann auf zu reden.

»Heute könnte ich wegen Ehebruchs die Scheidung verlangen«, sagt er weiter. »Im achtzehnten Jahrhundert wärst du wahrscheinlich ertränkt worden.«

Jetzt reicht es mir. Ich springe auf und stehe, zitternd vor Wut, im Nachthemd mitten im Schlafzimmer.

»Dann verklag mich doch! Trenn dich von mir! Ich erhebe keine Ansprüche. Schmeiß mich raus! Wir haben vereinbart, dass wir versuchen wollen, unsere Probleme zu lösen, aber das gibt dir noch lange nicht das Recht, mich so zu behandeln. Steh lieber zu deinem Wort, und lass uns eine Lösung finden.«

»Aber es gibt keine Lösung, oder? Es ist hoffnungslos«, erwidert er. »Ich habe mich noch nie in meinem Leben so allein und verlassen gefühlt.«

Er liegt still da, und jetzt sehe ich, dass er weint. Tränen laufen ihm über die Schläfen und nässen sein Kissen, sein Körper zuckt schluchzend unter der Bettdecke. Resigniert sinke ich neben ihm auf den Boden, nehme seine Hand, küsse sie und lege sie auf meine Wange. »Schatz, du bist nicht allein, ich bin hier. Wir werden irgendeinen Ausweg finden.«

»Irgendeinen Ausweg, ja.«

»Wir müssen nur vernünftig sein.«

»Wir müssen weiter miteinander reden.«

Es klopft an der Tür. »Mama, du hast dein Handy in der Küche vergessen, da ist ein Mann vom Wetteramt dran und fragt nach dem Vulkan.«

»Wir kommen gleich«, rufen wir, wischen uns hastig die Tränen ab und schauen uns in die Augen. Wir müssen uns zusammenreißen, nicht länger wie verängstigte Kinder rumjammern und in die Rolle der souveränen Eltern schlüpfen.

»Ich liebe dich«, sagt er.

Ich schaue weg, ich weiß es.

Fünf verpasste Anrufe auf meinem Handy, was habe ich mir nur gedacht? Wie konnte ich es die ganze Nacht in der

Küche liegenlassen, mit fast leerem Akku, während die Lava aus der Spalte in Seltún fließt und die Werte auf den Gasmessgeräten steigen? »Im Krýsuvík-System gibt es ungewöhnlich starke seismische Aktivität«, informiert mich Júlíus vom Wetteramt, »bitte komm her, wenn du kannst.«

Salka sitzt auf dem Klo, blickt mich mit großen Augen an und baumelt mit den Beinen. »Mama, gehen wir heute den Vulkanausbruch gucken?«

Ich seufze; das Kind denkt an nichts anderes mehr. Salka ist schon oft mitgekommen, hat wie hypnotisiert am Rand der Lavazunge gestanden und sie angestarrt, als wollten ihre Augen sich durch die schwarze Schale in das rote Magma bohren. Sie läuft meinen Kollegen hinterher wie ein kleiner wissbegieriger Schatten mit einem viel zu großen Helm.

»Mal sehen, Kleines. Im Moment passiert da einiges, weißt du, es gibt viele Erdbeben. Wir fahren lieber an einem anderen Tag, wenn weniger los ist.«

»Aber Mama, du hast es versprochen!«

»Ich weiß, aber wir müssen sicher sein, dass es nicht gefährlich ist. Vielleicht ist es an einem anderen Tag besser.«

»Aber dann darfst du auch nicht hinfahren. Nicht, wenn es gefährlich ist.«

Ich streiche ihr über den Kopf. »Das gehört zu meiner Arbeit, Kleines. Du brauchst keine Angst um mich zu haben, ich bin vorsichtig. Und es macht auch gar keinen Spaß, mitzukommen, wenn alle so viel zu tun haben und sich nicht um dich kümmern können.«

»Und wann dann?«

»Mal sehen, vielleicht später. Ich muss jetzt erst mal zu einer Besprechung beim Zivilschutz, mich mit den anderen abstimmen, und dann schauen wir, ob du später mitkommen kannst. Vielleicht hole ich dich von der Schule ab, und wenn nicht, finden wir einen anderen Tag.«

Es ist 7:02 Uhr, heute ist Dienstag, der 4. September, und ich bin voll in meinem Element, in Wanderhose und Fleecepulli, muss nur noch einen Kaffee trinken, bevor ich losfahre. Ich schiebe eine Kapsel in die Kaffeemaschine, Fortissio Lungo, und während die schwarze Flüssigkeit in die Tasse tropft, wird mir auf einmal klar, dass ich diese Maschine nie ausstehen konnte, diese scheußlichen Aluminiumkapseln. Schlechter Kaffee in teuren Verpackungen. Eine absurde Verzweiflung ergreift mich. Ich will richtigen Kaffee, der gebrannt und gemahlen ist, bei heftigem Sturm auf dem Campingkocher in den Bergen zubereitet wurde und wohlriechende Aromen verströmt.

Ich hole tief Luft und gebe mir einen Ruck, nippe an dem Kaffee und bereite eine zweite Tasse für meinen Mann zu.

Er ist aufgestanden, sitzt in seinem gestreiften Schlafanzug und seinem Bademantel am Küchentisch und stiert auf die Tischplatte. Er wirkt verändert, hat abgenommen und ist grauer geworden, seine Konturen sind dunkler und schärfer, wie bei einem alten Messer. Als ich die Kaffeetasse vor ihn auf den Tisch stelle, hebt er den Kopf.

»Eins habe ich gelernt«, sagt er. »Man kann niemanden besitzen. Nicht seinen Ehepartner und nicht seine Kinder. Man besitzt niemanden, außer sich selbst.«

»Ach, Kristinn. Ich muss zur Arbeit.«

Er starrt in seine Kaffeetasse.

»Wenn du willst, dann geh. Ich habe dich nie besessen, auch wenn ich es mir wünschte. Es mir einredete. Aber ich glaube, ich wusste immer, dass du so sein kannst. So egoistisch. Dass du urplötzlich deine Meinung änderst und alles wegschmeißt. Ich war darauf vorbereitet, irgendwo im Hinterkopf. Deshalb bin ich so ruhig.«

»Du bist nicht ruhig«, erwidere ich.

»Was hast du denn erwartet?«, fragt er. »Ich bin seit zwanzig Jahren glücklich verheiratet, ein treuer, liebevoller Ehemann. Ich dachte, ich gehöre zu den Auserwählten, die eine Seelenverwandte gefunden haben, eine beste Freundin, Lebensgefährtin, glücklich bis ans Lebensende, und eines schönen Tages kriege ich vor den Kopf geknallt, dass meine Frau einen anderen hat. Dass diese ach so große Liebe wichtiger ist als unsere gemeinsame Zukunft. Dass sie alles in den Schatten stellt, was uns heilig war, unsere Ehe, unsere Kinder, deine Arbeit.«

»Bitte sprich nicht so laut. Salka kann dich hören.«

»Na und? Mir ist nicht aufgefallen, dass deine Kinder dir in letzter Zeit besonders wichtig waren. Du hast nur an dich gedacht. Du hast uns alle zum Narren gehalten.«

Ich verberge das Gesicht in den Händen, und er senkt die Stimme.

»Entschuldige, ich wollte nicht die Beherrschung verlieren.«

»Ich muss los«, sage ich. »In Krýsuvík ist was im Gange. Du bringst Salka doch zur Schule, oder?«

Aber ich kann ihn einfach nicht allein lassen, wenn er so deprimiert vor seiner Kaffeetasse kauert, gehe vor ihm in die Hocke, lege die Arme um seine Knie und den Kopf in seinen Schoß. Er streicht mir über die Haare.

»Ich liebe dich«, sagt er. »Ich kann es nicht ändern, egal, was du mir angetan hast. Ich kann nicht aufhören, dich zu lieben. Aber ich weiß nicht, ob ich dir verzeihen kann.«

»Das habe ich auch nicht verdient«, schluchze ich in seine Schlafanzughose. »Ich kann mir selbst nicht verzeihen, wie ich mich dir gegenüber verhalten habe.«

»Du brauchst dir nicht zu verzeihen«, sagt er verbittert. »So bist du nicht. Du kannst einfach weitermachen, ohne dir über die Vergangenheit den Kopf zu zerbrechen.«

»Hältst du mich für amoralisch?«

»Nein, du bist nicht amoralisch. Du kennst den Unterschied zwischen Richtig und Falsch, du hast andere Menschen immer gnadenlos verurteilt und dich selbst am härtesten. Aber jetzt kommt heraus, dass du das ignorieren kannst, einfach alles hinter dir lassen und weitermachen kannst, als wäre nichts passiert. Nach all den Jahren stellt sich heraus, dass du genauso bist wie deine Mutter.«

»Bitte sag das nicht, Kristinn. Vergleich mich nicht mit ihr«, schniefe ich.

»Immerhin hatte sie eine Entschuldigung, sie war psychisch krank. Sie hat ihre Mitmenschen nicht zwanzig Jahre lang verarscht und die Rolle der perfekten Ehefrau und Mutter gespielt.«

Jetzt reicht es. Hastig ziehe ich meine Schuhe und meine Jacke an und renne zum Auto. Die Tränen machen mich fast blind, trotzdem sehe ich ihn im Rückspiegel, als ich losfahre. Er steht barfuß im Bademantel in der Einfahrt und ruft meinen Namen, er weint auch.

Ich gebe zu, dass ich, als ich an diesem Dienstagmorgen die Koordinationszentrale des Zivilschutzes in Skógarhlíð betrete, nicht ganz bei mir bin. Auf dem Weg rufe ich Tómas an, aber bei den ersten beiden Versuchen geht er nicht ran, und als ich ihn endlich beim dritten Mal erreiche, muss ich fast losheulen. »Es ist so gut, deine Stimme zu hören, Liebster.«

»Was ist los?«, nuschelt er verschlafen. »Weinst du? Will er dich umbringen?«

»Nein, aber es ist echt schwer. Er redet die ganze Zeit, ist furchtbar verletzt und tut mir so leid. Ich habe ihn doch gern.«

Als Tómas nichts sagt, füge ich hastig hinzu: »Ich liebe ihn nicht so wie dich, aber trotzdem irgendwie, auf meine

Weise. Er war immer gut zu mir. Und dann tue ich ihm so was an.«

»Du kannst immer noch zu ihm zurück. Wenn er so gut zu dir ist und wenn du ihn liebst, trotz allem.«

»Tómas, Liebster, bitte sag das nicht. Wie könnte ich zurück? Ich liebe dich.«

»Du liebst mich, aber du klingst so, als würdest du alles bereuen«, sagt er verdrossen. Ich höre die Klospülung, ein gedämpftes Geräusch, wie aus einem anderen Raum.

»Ist jemand bei dir?«

»Wer soll denn bei mir sein? Ich bin gerade erst aufgewacht, war gestern spät im Bett. Du hast mich geweckt.«

»Entschuldige, ich wollte dich nicht wecken, geh wieder schlafen.«

Als er aufgelegt hat, höre ich auf zu heulen und starre auf die Straße vor mir. Die krampfartige Trauer in meiner Brust ist etwas Hartem und Kaltem gewichen, die Angst ist wie ein Würgegriff. Tómas klang so distanziert und gleichgültig, warum lag er noch im Bett? Wer betätigte die Klospülung?

Ich parke vor der Koordinationszentrale, bleibe noch einen Moment im Wagen sitzen und bemühe mich, meine Atmung in den Griff zu kriegen. Sie ist flach und gepresst, ich klammere mich ans Lenkrad und ringe nach Luft, Trauer und Wut tanzen einen teuflischen Reigen in meinem Kopf. Er liebt mich nicht mehr, hat sich von mir abgewendet, verlässt mich ausgerechnet jetzt.

Ich öffne die Autotür und übergebe mich auf den Parkplatz. Ein Teil des Erbrochenen landet im Wagen, die kaffeefarbene Galle wirkt fast schön auf dem hellen Lederbezug. Alles zerbricht, mein Leben ist nur noch eine missglückte Brühe. Ich spucke und schniefe, hole eine Rolle Küchenpapier aus dem Handschuhfach und wische mein Gesicht und den Autositz ab. Dann nehme ich mein angeschlagenes Urteilsvermögen und gehe in die Koordinationszentrale, um Entscheidungen über das Wohlergehen und die Sicherheit der Bevölkerung zu treffen.

KRIEGSMÜDIGKEIT NENNT
MAN DAS WOHL

»Und was schlagen Sie vor?«, brüllt der Polizeipräsident. »Dass wir fast im gesamten Südwesten die Notfallstufe ausrufen? Sind Sie verrückt geworden? Wollen Sie Angst und Schrecken in der Bevölkerung verbreiten?«

Júlíus ruft gerade eine Karte auf dem Monitor an der Wand auf, als ich den Konferenzraum betrete. Die Reykjanes-Halbinsel ist von Eldey bis Þingvellir mit grünen Sternen übersät. »Zweitausend Erdbeben letzte Nacht, davon fünfzehn über vier«, erläutert er. »Ich denke, wir sind uns einig, dass das ein unnormales Verhalten ist. Wir müssen die Leute warnen.«

Stefán aus dem Justizministerium nickt. »In den höher gelegenen Stadtteilen wurden schon Häuser beschädigt, und die Straßenwacht hat große Risse im Fundament der Brücke gemeldet, wo der Vesturlandsvegur über den Fluss Elliðaá führt. Es ist, als würde die Stadt auseinandergerissen.«

»Wovor wollen Sie denn warnen?«, fragt Sigríður María, knabbert an ihrem rosafarbenen Daumennagel und kratzt den Lack mit den Zähnen ab. »Ich meine, nicht weit von hier tobt ein Vulkanausbruch. Ist doch klar, dass es da auch ein paar kleine Erdbeben gibt.«

Milan mustert mich mit gerunzelter Stirn. »Ist alles in Ordnung Anna?«

»Ja, alles gut«, versichere ich, darum bemüht, die Kopfschmerzen und die Übelkeit zu ignorieren und den Nebel aus meinem Kopf zu vertreiben.

»Wie schätzt du, ausgehend von den neuesten Beben, die Lage ein? Könnte sich der Krýsuvík-Ausbruch verändern?«

»Das ist ungewöhnlich«, antworte ich. »Meistens hören die Erdbeben nach Beginn einer Eruption auf. Beim Krýsuvík-Ausbruch wurden sie zuerst schwächer und jetzt sind sie wieder stärker. Das könnte ein Zeichen für eine neue Magmaintrusion sein, also dass das Magma sich bewegt. Das Problem ist nur, dass wir nicht wissen, wohin. Die Beben ziehen sich über die gesamte Halbinsel und beschränken sich nicht auf ein bestimmtes Gebiet oder Vulkansystem. Das ist außergewöhnlich. Schwer zu sagen, was es bedeutet.«

»Und deswegen schlage ich vor, in ganz Reykjanes die Notfallstufe auszurufen«, sagt Júlíus. »Wegen der Gefahr weiterer Vulkanausbrüche und starker Erdbeben.«

»Wir haben ja schon die Gefahrenstufe«, wirft Stefán ein. »In einem Radius von zehn Kilometern um Krýsuvík. Wir dürfen den Leuten keine unnötige Angst einjagen. Hier wohnen zwei Drittel der Bevölkerung.«

»Wenn wir die Notfallstufe ausrufen, könnte Chaos ausbrechen«, stimmt der Polizeipräsident ihm zu und steckt sich einen Cremekeks in den Mund. »Staus auf den Straßen, Einbrüche und Plünderungen. Dafür gibt es meines Erachtens keinen triftigen Grund, jedenfalls noch nicht. Wir machen uns lächerlich, wenn wir das leichtfertig tun.«

Ich werfe ihm einen verwunderten Blick zu. »Einbrüche und Plünderungen? Meinen Sie das ernst? Gibt es dafür Beispiele, außer in amerikanischen Katastrophenfilmen? Die Leute haben bisher immer sehr ruhig und besonnen auf die Empfehlungen des Zivilschutzes reagiert.«

»Wir haben in einem so dicht besiedelten Gebiet noch nie wegen Vulkantätigkeit die Notfallstufe ausgerufen«, gibt der Polizeipräsident zu bedenken.

»Die größte Gefahr geht nicht unbedingt von dem Vulkanausbruch aus«, sagt Júlíus, »sondern auch von der seismischen Aktivität. Es könnte heftige Erdbeben über sechs geben, bei denen sich Spalten öffnen und Häuser und andere Bauwerke einstürzen.«

»Hier im Südwesten halten sich momentan 23 000 Touristen auf«, sagt Sigríður María. »Die werden vom Krýsuvík-Ausbruch angelockt wie die Fliegen. Die Notfallstufe würde sie beunruhigen, sie bekämen Angst, hier festzusitzen. Das würde unserem Ruf einen unwiederbringlichen Schaden zufügen und die gesamte Aufbauarbeit des Sommers zunichtemachen.«

Milan schaut mich immer noch an. »Anna, ich muss mich auf deine Einschätzung der Lage verlassen. Auf deine fachliche Beurteilung.«

Ich versuche, den Nebel in meinem Kopf zu durchdringen, starre auf den Monitor an der Wand, checke noch einmal die Tabellen und Karten vor mir auf dem Tisch, überfliege systematisch die GPS-Daten, das Alter der Lavaströme, die Lage der Spalten. Dann blicke ich zu Júlíus und sage: »Kannst du die Frequenzen zur Sicherheit noch mal aufrufen?«

Er nickt finster, streckt die Hand nach der Tastatur aus und logt sich in das System der Georisiko-Überwachung des Wetteramts ein. Grellbunte, flirrende Bilder erscheinen auf dem Monitor, in Echtzeit übertragen von dem feinmaschigen Seismographennetz. Alles wirkt normal, grün und gelb, die Stationen in unmittelbarer Nähe des Vulkanausbruchs sind orange. Der vulkanische Tremor befindet sich in Krýsuvík und erscheint dort als feuerroter Puls.

»Das hier macht uns Sorgen«, sagt Júlíus und zeigt auf die Striche, die die neuesten Erdbeben auf der Halbinsel markieren. »Sie sind nicht viel stärker geworden, die wenigsten gehen über vier, aber es sind jetzt mehr. Außerdem scheinen sie flacher zu werden, was darauf hindeuten könnte, dass das Magma sich der Oberfläche nähert.«

»Aber sind diese Bedenken ernst genug, um das gesamte gesellschaftliche Leben lahmzulegen?«, fragt Stefán. »Zwanzig Kilometer von hier bricht ein Vulkan aus, deshalb haben wir die Gefahrenstufe ausgerufen. Das Ministerium vertritt die Meinung, dass es unverantwortlich wäre, ohne triftigen Grund eine gesellschaftliche und wirtschaftliche Krise auszulösen.«

Wir haben uns um den ovalen Konferenztisch versammelt, sechs Leute mit dünnem Kaffee in angeschlagenen Tassen und mit dem Bewusstsein, in unserer seltsamen Verantwortlichkeitsrolle über das Beste für die Allgemeinheit entscheiden zu müssen. Zwei Polizisten, zwei Vertreter aus Politik und Wirtschaft und zwei Geowissenschaftler sitzen mit aufgeklappten Laptops am Tisch, betrachten Karten, Diagramme und Tabellen und versuchen krampfhaft, nützlich zu sein, jeder aus seiner Perspektive. Im weiteren Verlauf des Tages werde ich die Ereignisse noch unzählige Male im Kopf durchgehen und mir überlegen, was ich hätte anders machen können, zu welchem alternativen Ergebnis meine Berechnungen hätten führen können. Mich fragen, warum ich nicht meiner vagen Ahnung gefolgt bin, es nicht wenigstens probiert habe. Warum ich mein Gefühl nicht mit der Modellierung abgeglichen habe. Die Antwort auf diese zwanghaften Fragen ist immer dieselbe: Ich kann mich nicht aus der Verantwortung stehlen für das, was auf uns zukommt.

Aber in diesem Augenblick, hier im Konferenzraum des Zivilschutzes, glaube ich, ich weiß genau, was ich tue.

»Mit Vulkantätigkeit verbundene Erdbeben sind meistens eher schwach«, erkläre ich. »Die Wahrscheinlichkeit eines großen Bebens ist nicht hoch. Und was Vulkanausbrüche betrifft: Ein Merkmal der Spaltenschwärme hier auf der Reykjanes-Halbinsel ist, dass die vulkanische Tätigkeit in der

Mitte am stärksten ist und abnimmt, je weiter sie sich von den Plattengrenzen entfernt. Der nördlichste Vulkan in diesem System ist der Búrfell, weiter nördlich gab es nie eine Eruption. Das einzige Wohnviertel im Hauptstadtgebiet, das möglicherweise durch eine Eruption gefährdet sein könnte, wäre das Vallahverfi in Hafnarfjörður, das wurde auf dem Lavafeld von Undirhlíðar gebaut, aber wir hätten mehrere Tage Zeit, um es zu räumen, bevor der Lavastrom dort anlangt.«

Ich schaue zu Milan und verkünde meine Entscheidung: »Wir warten ab und halten uns einsatzbereit, falls sich etwas verändern sollte. Wir geben eine Pressemitteilung heraus, dass das Krýsuvík-Gebiet weiter überwacht wird, dass auf der Reykjanes-Halbinsel Erdbebengefahr besteht, wir aber derzeit nicht davon ausgehen, dass die Gefahrenstufe auf die Notfallstufe raufgesetzt werden muss.«

Milan nickt mir zu. »Gut, aber wir müssen auf alles vorbereitet sein. Sie werden bei der geringsten Veränderung benachrichtigt.«

Wir erheben uns vom Tisch, und als ich aufstehe, tanzen vor meinen Augen schwarze Punkte, sodass ich mich an der Tischkante festhalten muss, um nicht das Gleichgewicht zu verlieren. Milan bittet mich um eine kurze Unterredung, nachdem die anderen gegangen sind.

»Ist alles okay mit dir?«, fragt er noch einmal.

»Ja, natürlich«, antworte ich.

Er mustert mich eindringlich.

»Anna, wir standen in letzter Zeit alle unter immensem Druck. Du erinnerst mich an einige meiner Kameraden bei der Militärpolizei. Nicht an die Rekruten, sondern an die Harten und Erfahrenen. Die konnten endlos arbeiten, monatelang wie die Löwen kämpfen, und dann platzte auf einmal etwas. Sie waren verwirrt, verloren den Überblick, ohne sich über den Grund klar zu sein, und begingen sinnlose Gewalttaten. Kriegsmüdigkeit, nennt man das wohl.«

»Nun aber mal langsam, Milan Petrovic. Kriegsmüdigkeit? Ist das dein Ernst? Wenn du meinst, du könntest meinem Urteilsvermögen nicht trauen, dann sag das einfach und bestell jemand anders in den Rat.«

»Nun sei doch nicht sauer, ich vertraue dir vollkommen«, erwidert Milan. »Ich mache mir nur Sorgen um dich. Du bist meine Freundin.«

»Ich habe einen Doktortitel in Vulkanologie und Geophysik. Ich habe die Forschungen bei jeder einzelnen Eruption geleitet, die hier in den letzten fünfzehn Jahren stattfand. Ich versichere dir, dass es keinen Geowissenschaftler in Island gibt, der so viel Erfahrung, Hintergrundwissen und Überblick hat wie ich, dass niemand so fähig ist wie ich, eine vernünftige Entscheidung bezüglich des Verhaltens bei dieser Eruption zu fällen.«

Milan streicht sich über die Stoppelhaare, seine Augen sind traurig, trübe und blutunterlaufen vom Schlafmangel, genau wie meine.

»Weißt du was, Anna? Du bist der intelligenteste Mensch, den ich kenne, aber Intelligenz kann dumm und überheblich sein. Sie kann einen in falscher Sicherheit wiegen. Manchmal lässt sie einen glauben, man hätte Dinge unter Kontrolle, die man nicht kontrollieren kann. Manchmal ist die Vernunft eine Täuschung, manchmal muss man auch anderes in Betracht ziehen, Intuition und menschliche Emotionen.«

»Ich lasse es dich wissen, wenn es bei Naturkatastrophen um Emotionen geht«, kontere ich. »Ungefähr dann, wenn die Hölle gefriert. Es geht um einfache Gesetze, Physik und Berechnungen. Wissen und Vernunft sind die Instrumente, die wir haben, um Naturkatastrophen zu verstehen. Du brauchst dir um mich und meinen Stress keine Gedanken zu machen.

So was Bescheuertes habe ich noch nie gehört. Ich fahre jetzt nach Krýsuvík und schaue mir die Situation an. Wir können später noch eine Lagebesprechung machen. Tschüss.«

Dann marschiere ich erhobenen Hauptes hinaus, mir meiner Sache todsicher und getrieben von einem arroganten Stolz auf meine Vernunft, so als hätte ich absolut alles unter Kontrolle, wüsste alles und könnte auf mein unfehlbares Urteilsvermögen und Wissen vertrauen, trotz des Unwetters in meinem Kopf.

Und tatsächlich sieht alles so aus, wie es soll, die Modelle sind feinjustiert, die Prognosen exakt. Die Formeln gehen auf, jede Konstante und jede Variable ist am richtigen Platz, aber irgendwo tief in meinem Unterbewusstsein, tief in der Vergangenheit, klopft mein Vater seine Pfeife aus und kneift ein Auge zu.

»Sieh mal, Kleines. Ein Spaltenschwarm ist kein Ort, sondern eine Art, unterwegs zu sein. So wie die Schwäne, weißt du noch? Auf dem Weg ins Sommerland.«

Aber ich höre ihm nicht zu, lasse ihn nicht zu mir durchdringen.

GLUTWOLKE

Ein pyroklastischer Strom (Glutwolke) ist eine heiße, nahezu glühende Flut von Vulkangasen und Tephra, die mit großer Geschwindigkeit (bis zu 500 Stundenkilometer) an den Hängen des Vulkans hinabstürzt.
Sigurður Steinþórsson: Was ist eine Glutwolke?
Wissenschaftsnetz

Ich mache viele Fehler an diesem Morgen. Es kommt zu einer Kette von Entscheidungen, Erinnerungen und Versprechen, die gleich wieder in Vergessenheit geraten. Eine Sache, die ich vergesse, ist das Gespräch mit Salka heute Morgen, bei dem ich ihr halb versprochen habe, sie von der Schule abzuholen und mit zum Vulkan zu nehmen. Während des Meetings stelle ich mir die Frage, ob es, so wie die Dinge liegen, ratsam ist, eine Achtjährige mit zum Rand der Lavazunge zu nehmen. Dann flattert die Frage wieder davon, ohne eine Antwort abzuwarten, der Gedanke verschwindet, das Versprechen gerät in Vergessenheit.

Später versuche ich, im Kopf zu berechnen, wo wir um 10:34 Uhr am Vormittag gewesen wären, wenn ich sie abgeholt hätte. Wären wir schon zusammen mit Jóhannes, Halldóra und den anderen bei der Eruptionsstelle eingetroffen? Hätten meine Kollegen ihr kameradschaftlich auf die Schulter geklopft und sie ermutigt, »ganz wie die Mama, die Kleine«? Oder wären wir in der Schule aufgehalten worden, noch einmal zu Hause vorbeigefahren, um festere Schuhe und einen wärmeren Anorak zu holen? Wären wir im Auto in Sicherheit gewesen? Tausend Zwischenfälle und Entscheidungen hätten den Lauf der Dinge an diesem Tag verändern können, ein geplatzter Reifen, ein Auffahrunfall, ein wichtiges Telefonat, eine rote Ampelphase, doch das ändert nichts an der Tatsache:

Ich habe Salka vergessen.

Ich fahre nämlich nicht sofort nach Krýsuvík, wie ich es Milan gesagt habe. Dann hätte ich mich an mein Versprechen erinnert, wäre abgebogen und hinauf in unser Viertel gefahren, um Salka zu holen. Eigentlich bin ich sogar auf dem Weg dorthin, fahre schnurgerade auf der Kringlumýrarbraut, der Jeep schnellt wie ein champagnerfarbener Pfeil über den Asphalt, aber dann gerät er auf die falsche Spur, und bevor ich weiß, wie mir geschieht, fahre ich hoch zu der Brücke, die in das Industriegebiet führt, zu Tómas Adlers Wohnatelier. Als ich vor seiner Tür parke, beschleicht mich ein kurzer Zweifel. Was bringt es, wenn ich unangemeldet, argwöhnisch und streitsüchtig bei ihm aufkreuze? Erwarte ich die Bestätigung seiner Liebe oder die Enthüllung eines geheimen schrecklichen Betrugs? Ich zögere, gehe dann aber doch durch den unverschlossenen Eingang, ohne vorher anzurufen, öffne die Tür zu seinem Atelier und rufe:

»Hallo, ist jemand zu Hause?«

Ich lausche auf ersticktes Atmen, hektische Geräusche oder das Quietschen des Schlafsofas, aber das Einzige, was ich höre, ist Musik, *Wild Horses*, und den schwachen Geruch eines Joints. Er sitzt vor dem Computer und bearbeitet Fotos, ist ganz versunken in schwarzweiße Details. Als er mich kommen hört, dreht er sich um, und ein Lächeln zieht sich über sein Gesicht. »Anna, du? Wie schön. Was ist los?«

Mir schwindelt vor Erleichterung, und ich schäme mich für meine Eifersucht.

»Ich wollte dich einfach sehen. Ich habe dich vermisst, es war ein schwieriger Morgen.«

»Liebste«, sagt er und steht auf. »Ich habe dich auch vermisst. Es ist gut, dich zu sehen. Bitte entschuldige, dass ich am Telefon so kurz angebunden war, ich bin manchmal ein fürchterlicher Morgenmuffel.«

Er umarmt mich und drückt mich an sich. Ich zittere in seinen Armen vor Erleichterung und Entzücken darüber, dass er allein ist und sich freut, mich zu sehen. Eigentlich ist mir alles andere egal, das Chaos auf der Arbeit und in meinem Kopf und das plötzliche Bewusstsein, wie unattraktiv und alt ich in diesem Fleecepulli wirke, die Haare zu einem unansehnlichen Pferdeschwanz gebunden.

»Warum hast du mir nicht gesagt, dass du vorbeikommst?«, fragt er und küsst mich. »Ich hätte aufgeräumt und Kaffee gekocht.«

Da ist ein gewisser Klang in seiner Stimme, etwas Neues. Als ich ihm in die Augen schaue, erkenne ich darin plötzlich etwas Gehetztes. Ich mustere den Raum, das ungemachte Schlafsofa, den Couchtisch, auf dem ein Aschenbecher mit einer selbstgedrehten Kippe steht, die Spüle mit schmutzigem Geschirr und zwei Rotweingläsern, und meine am Rand des einen Glases Lippenstiftspuren zu erkennen.

»Hattest du gestern Abend Besuch?«, frage ich beiläufig, als würde ich übers Wetter reden.

»Warum fragst du?«, sagt er, und ich werde misstrauisch.

»Darf ich das nicht fragen?«

»Eine alte Bekannte hat vorbeigeschaut, sie will mit mir für *Iceland Review* an einer Serie über den Krýsuvík-Ausbruch arbeiten. Könnte auch ein Buch draus werden.«

»Warum hast du mir das nicht erzählt?«

»Es gab keine Gelegenheit, du hast mich ja erst jetzt gefragt. Ich treffe so viele Leute.«

»Hast du was mit einer anderen?«

Die Frage rutscht mir heraus, bevor ich es verhindern kann, und entblößt meine jämmerliche Angst. Er erschrickt und schaut mich mit großen Augen pikiert an. »Anna! Liebste, wie kannst du so was fragen? Du kennst mich doch besser, oder?«

»Ich kenne dich nicht so gut, wie ich dachte. Ich wusste zum Beispiel nicht, dass du kiffst.«

Er verdreht die Augen. »Kristín hat was geraucht, das stört mich nicht.«

»Deine Bekannte heißt also Kristín?«

»Ja, Kristín, eine Freundin. Sie ist Journalistin, Freiberuflerin, wir arbeiten manchmal zusammen. Ich kiffe nur ganz selten.«

Er umfasst mein Gesicht. Er trägt ein altes Heavy-Metal-Shirt und eine Jogginghose, ist unrasiert und zerzaust und riecht aus dem Mund. »Meine wunderschöne Geliebte, ich weiß, dass du müde bist, du stehst unter großem Druck, hast Stress zu Hause, aber du musst mir vertrauen. Ich liebe dich, und du liebst mich, nichts anderes ist wichtig. Du bist mein Licht, ich lege mein Leben in deine Hände.«

Er spricht so schön, mein Geliebter, wirkt so jungenhaft, sexy und relaxed in seinen weichen, abgetragenen Klamotten. Er spricht so, wie er sich bewegt, weich und stark und geschmeidig, läuft wie ein Tänzer, spricht wie ein Dichter, kann mich so schnell besänftigen und zum Lachen bringen, dass ich keine schwierigen Fragen mehr stelle. Ich kenne ihn kaum, weiß nichts über die Frauen, die er geliebt hat und die ihn geliebt haben, und jetzt taucht auf einmal eine Freundin auf, die mit ihm Joints raucht und Rotwein trinkt und zukünftige Projekte bespricht. Die Eifersucht steigt wie eine heiße rote Säule in mir hoch, aber die Worte, die über meine Lippen kommen, sind eiskalt: »Manchmal verstehe ich dich nicht, Tómas. Manchmal kommt mir alles, was du sagst, wie kitschige Lyrik vor, etwas, das du dir ausdenkst, damit ich zufrieden bin. Als wäre nichts dahinter.«

Er lacht mich aus. »Willst du harte Fakten, beinharte Beweise dafür, dass ich dich liebe, meine Wissenschaftlerin? Willst du, dass ich die Liebe in einem Dreisatz berechne? So funktioniert das nicht, du musst mir vertrauen. An die Liebe glauben.«

»Du sagst mir, ich soll dir vertrauen und an die Liebe glauben, und dann lachst du über mich? Findest du mich lächerlich, wenn ich so verletzlich und wehrlos bin? Ich habe alles für dich und die Liebe über Bord geworfen, Tómas. Meine Ehe, das Glück meiner Kinder, die Achtung meiner Kollegen. Was hast du für mich geopfert?«

Er wird sauer, und seine Augen blitzen. »Ich habe dich nie zu etwas gezwungen. Du hast den ersten Schritt gemacht. Und es war deine Entscheidung, Kristinn von unserer Affäre zu erzählen, ihm zu beichten, dass du mich liebst. Das hast du alles selbst losgetreten, du musst die Verantwortung für dich übernehmen.«

Ich traue meinen eigenen Ohren nicht. »Affäre? Heißt das jetzt Affäre? Du hast doch immer von einer Liebesbeziehung gesprochen, dem größten Abenteuer deines Lebens, du hast mich angefleht, ihn zu verlassen und mit dir zusammen zu sein, und jetzt heißt das Affäre? Und ich trage die Verantwortung?«

Das Blut rauscht mir vor Zorn in den Ohren, ich trete gegen den Couchtisch, sodass der Aschenbecher auf den Boden kracht. »So lasse ich mich nicht von dir behandeln, hast du gehört? Du reißt mein Leben nicht in Stücke und sagst mir dann, ich soll die Scherben aufheben. Ich soll Verantwortung übernehmen? Du kannst mich mal!«

»Anna«, brüllt er zurück. »Was ist in dich gefahren? Was habe ich getan?«

»Du hast nichts getan, das ist das verdammte Problem. Du redest nur und redest, über Liebe und Schönheit, und dann ist nichts dahinter. Kein verdammtes bisschen. Ich gehe.«

Ich stürme hinaus und höre ihn rufen, als ich die Tür hinter mir zuknalle, setze mich ins Auto und rase los, mit Tränen in den Augen, so schnell ich kann, fort von dem zweiten Mann an diesem verfluchten Morgen. Ich jage den Wagen mit Höchstgeschwindigkeit über die Reykjanesbraut, biege auf den Krýsuvíkurvegur und fahre in Richtung des hübschen kleinen Vulkanausbruchs, der an diesem perfekten Ort vor sich hin köchelt und sich in sein schönstes Kleid hüllt für zwei Busse mit Touristen und dreizehn Geowissenschaftler, die mit ihren Messgeräten, Spitzhacken, Schaufeln, Wärmebildkameras, Probengläsern und Maßbändern am Rand der Lavazunge herumwandern, harmlose Waffen der Wissenschaft gegenüber den Naturgewalten.

Ich wische mir mit dem Pulloverärmel die Tränen ab, bin so wütend, dass mir schummrig wird und mein Magen rumort, habe alle Hände voll zu tun, das Auto auf der Straße zu halten. Ich lasse die Scheibe runter, um frische Luft zu schnappen, und merke zu spät, dass der Aufruhr nicht nur in meinem Inneren stattfindet. Merke es erst, als das Nadelwäldchen neben mir urplötzlich verschwindet, wie durch Zauberei weggerissen wird, und nur noch die Straße zurückbleibt in der Leere, ein Streifen Asphalt, der ins Blaue führt, wie auf einer Nehrung, das umliegende Land ist verschwunden. Das Auto schleudert durch die Luft, der champagnerfarbene Pfeil durchpflügt die Rauchwolke, kein Geräusch bis auf das Gebrüll aus der Tiefe, als die Erde sich wälzt und auseinanderbricht.

Dann verstummt auch dies, und alles wird schwarz.

SCHWARZ

Definition:
Höchste Gefahr – Bedrohung
der inneren Sicherheit

In diese Kategorie fallen Ereignisse, die sofortige Maßnahmen erfordern. Bei einem solchen Ereignis kann die Zahl der Toten sehr hoch sein. Es kann immense wirtschaftliche Verluste, erhebliche gesellschaftliche Einschnitte oder unwiederbringliche Umweltfolgen nach sich ziehen. Ein solches Ereignis muss sehr ernst genommen werden und hat oberste Priorität. Konzepte für Gegenmaßnahmen und Notfallpläne werden erarbeitet, um die Gefahr zu mindern.

Gefahrenanalyse des Zivilschutzes: Die wichtigsten Ergebnisse. Redaktion: Guðrún Jóhannesdóttir. Polizeipräsident, Zivilschutzabteilung. Reykjavík, 2011

CHINESISCHE WIEGENLIEDER

So endet es. Ich bin tot, vom Erdboden verschluckt.

Ich komme zu mir, eingeschlossen von der Erde. Sie hat mich in ihrer Gewalt, hält mich in ihrer dunklen weichen Handfläche fest, als wäre ich ein Insekt.

Ich versuche, den Kopf zu bewegen, aber er steckt fest. Ich reiße die Augen auf und schließe sie wieder, nichts als Dunkelheit. Es ist besser, sie geschlossen zu halten, sich darauf zu konzentrieren.

Bloß nicht denken.

Nicht darüber nachdenken, dass ich tot bin, dass sich Totsein so anfühlt.

Im Grunde ist es nicht schlimm, so zu sterben. Die Flügel einzuklappen und im Erdboden zu versinken wie eine Hummel im Herbst. Am Ende kehren wir alle hierher zurück, in die dichte, sanfte Dunkelheit, zerfallen und kehren zurück zum Ursprung, Insekten, Wissenschaftlerinnen, Gerechte und Ungerechte, die Erde macht da keinen Unterschied. Für sie sind wir nur ein Häuflein empfindsamer Kohlenstoff.

Fast muss ich lachen, aber dann würde ich Erde in den Mund bekommen und ersticken. Ich darf nicht ersticken. Noch nicht. Ich darf nicht daran denken, dass ich ersticken könnte, dass hier eigentlich kein Sauerstoff ist. Dass ich wahrscheinlich nur noch ein paar Sekunden habe, bevor die Dunkelheit schwarz wird und ich tatsächlich sterbe, zu einem weiteren organischen Klumpen werde, den die Erde in ihre finstere Obhut nimmt. Stattdessen versuche ich, mir etwas mehr Platz zu verschaffen, scharre mit meinen zerschrammten Fingern in Erdreich und Schotter, kralle die Zehen in den Schuhen zusammen, bewege sie hin und her, versuche, mit Händen und Füßen zu strampeln – hinaus.

Mein linker Arm ist draußen, bis zum Ellbogen.

Ich liege einen Moment still, rätsele über meine unvermutete Lage, bis es meinem Körper reicht. Er übernimmt die Führung, getrieben vom Überlebenswillen, windet sich und tritt und zappelt mit aller Kraft, bis ein kalter Windzug in den hauchdünnen Spalt zwischen mir und der Erde strömt, von meinen verkrusteten Lippen eingesogen wird, durch zusammengebissene Zähne in meine kreischende Lunge, eine himmlische Mischung aus Sauerstoff und Stickstoff im perfekten Verhältnis von zweiundzwanzig Prozent Sauerstoff und achtundsiebzig Prozent Stickstoff, wie herrlich, wie erstaunlich, dass es genau diese chemische Verbindung gibt, die unser irdisches Leben möglich macht. Ich verwende meine gesamte Energie fürs Atmen, dann höre ich Rufe und Schreie, jemand greift nach meiner Hand und zieht, über mir wird gescharrt und gegraben, unter mir, neben mir, und dann bin ich plötzlich draußen, Hände greifen mir unter die Arme, ziehen mich hoch, und ich ringe nach Atem, sauge die wundervolle Luft in meine schmerzenden Lungen. Meine Augen erwarten grelles Licht, können aber nichts sehen, ich reibe mir mit den Händen übers Gesicht, bin ich erblindet?

Nein, da sind meine Hände, alle beide, und zehn wunde, verdreckte, aber ungebrochene Finger. Es ist stockfinster, die Gesichter meiner Retter sind nicht zu erkennen. Dunkle Augen über gräulichen Masken, jemand reicht mir eine Wasserflasche und sagt etwas, das ich nicht verstehe, ich trinke das Wasser mit gierigen Schlucken, meine Augen gewöhnen sich langsam an die Dämmerung. Wir befinden uns auf dem Boden einer Kluft, neben einem frischen Erdrutsch. Das Heck eines Kleinbusses ragt aus dem Hang, die Insassen sind durch den Kofferraum herausgeklettert und haben mich mit bloßen Händen aus der Gerölllawine ausgegraben. Die Erde hat uns buchstäblich verschlungen.

»Wo sind wir? Was ist passiert?«

Die Leute schütteln die Köpfe, sie verstehen mich nicht. Ausländer, vielleicht Chinesen. Sie unterhalten sich mit leise murmelnden Stimmen. Eine kleine grauhaarige Frau in einem roten Anorak hockt sich neben mich, umfasst meine Schultern, wischt mir Erde aus dem Gesicht und redet beruhigend auf mich ein. Sie säuselt sanft, *yao yao yao*, etwas, das ein Wiegenlied sein könnte. Erst jetzt merke ich, dass ich weine. Ich zittere wie Espenlaub, bin schlammverschmiert und nass bis auf die Haut, mein Handy ist weg, meine Jacke auch. Wir sind von eiskalter grobkörniger Dunkelheit eingehüllt, vom Himmel regnet schwarzer Sand, und mir wird klar, dass das dumpfe Dröhnen in meinen Ohren nicht von den unerträglichen Schmerzen in meiner Stirn herrührt. Es ist das unverwechselbare Getöse einer nahen explosiven Eruption.

Mein Verstand kommt ruckelnd in Gang und versucht, die wirren Gedanken zu etwas zu sortieren, das wie ein vernünftiger Plan aussieht. Nach und nach springen die Lichter in meinem Kopf an wie beim Steuerpult einer alten Maschine, die nach einem Kurzschluss wieder zum Leben erwacht. Ich bin geschwächt und nass und ausgekühlt und erschöpft, trotzdem weiß ich, dass ein frischer Erdrutsch die schlechteste Stelle ist, an der man sich in der Nähe eines Vulkanausbruchs aufhalten sollte. Wir müssen raus aus dieser Grube, bevor die Giftgase heranwabern, ihre heimtückischen Finger in unsere Münder und Nasen zwängen und uns betäuben.

»Follow me«, brülle ich den verschreckten Touristen zu und will die Gerölllawine hinaufklettern, aber mir sacken die Beine weg. Ein stechender Schmerz fährt in meine linke Schulter, und ich kann nicht auftreten. Zwei Männer greifen mir unter die Arme und stützen mich nach oben. Der eine ist schlank und kaum älter als zwanzig, seine Augen sind vor Angst geweitet, der andere könnte sein Vater sein, ein besonnener Mann mit dünnen Haaren und entschlossenem Blick. Sie klettern wieder hinunter, bugsieren die Koffer aus dem Bus, und die Leute schleppen sie im Gänsemarsch den Hang hinauf. Ich warte oben am Rand und betrachte wie vom Donner gerührt die Überreste der Welt, wie sie einmal war.

Eine brennende Wand durchtrennt das Land, so weit das Auge reicht, glühende Lavafontänen steigen in der versengten Landschaft auf wie scharfe rote Zähne. Die Erde zeigt ihr wahres Gesicht, die Furie hat ihre hübsche Hülle abgeworfen und längs der Halbinsel Vulkanspalten aufgerissen. Der schwarze Schatten einer gigantischen Eruptionssäule verdunkelt das Land, wir stehen in einem heftigen Aschesturm. Ich bin völlig orientierungslos, versuche, Ort und Zeit zu bestimmen, aber die Welt ist nicht mehr wiederzuerkennen, schwarz und verhangen, meine Beine und mein Kopf tun weh, und die Sonne ist in der Schwärze verschwunden. Ein schriller Ton durchschneidet das schwere Dröhnen der Eruption wie der Warnton eines defekten Elektrogeräts, aber ich kann nicht ausmachen, wo er herkommt.

Die Chinesen haben einen Koffer geöffnet und ziehen mir einen grellgelben Anorak über die verschlammten Kleidungsfetzen. Ich jammere, als sie meinen verletzten Fuß berühren, um mir eine Skihose anzuziehen. Sie reden mit weichem Singsang auf mich ein, setzen mir eine Feinstaubmaske auf und eine alberne Bommelmütze mit aufgestickten Papageitauchern, dann helfen sie mir vorsichtig auf die Beine.

Wir scheinen uns auf einer löchrigen Straße zu befinden, mitten in einem alten Lavafeld, das von neuen Schluchten und Erdrutschen zerschnitten ist. Geröll und Steine stürzen immer noch von den Abbruchkanten. Gewaltige Erdbeben haben das Land entzweigerissen, aber ich kann mich an nichts erinnern, weiß nicht mehr, wo ich war und was ich tat, als die Erde mich verschluckte.

Der hohe Ton wird lauter, ein unerträglicher schriller Alarm. Als ich benommen nach unten auf meine Füße schaue, erkenne ich eine Bewegung in der schwarzen Asche. Das Quieken kommt von einer kleinen Maus, die im Kreis läuft und vor Entsetzen schreit, um ihr Loch weint, ihr Zuhause und die Welt, wie sie einmal war, verrückt vor Angst in dieser düsteren, nicht wiederzuerkennenden Umgebung.

Die arme Kleine, denke ich noch, als die Erde erneut bebt, es ruckelt heftig, meine Retter stoßen Schreie aus und rennen los, ich weiß nicht, in welche Richtung, einfach irgendwohin, fort von den brüllenden Feuern, mit sechs chinesischen Reisekoffern und einer isländischen Geowissenschaftlerin im Schlepptau. Vater und Sohn tragen mich fast, ich klammere mich an ihre Schultern, laufe humpelnd und weine leise, weil ich endlich Ort und Zeit erkenne und begreife, was passiert ist. Wir fliehen von der Stelle, die vorher eine Aussicht auf den hübschen kleinen Krýsuvík-Ausbruch bot, aber Krýsuvík gibt es nicht mehr, und meine Kollegen sind in der Schwärze verschwunden. Der einzige Ort, von dem diese dunkelgraue Rauchwolke ausgehen kann, ist der idyllische See Elliðavatn, der einst fröhlich ans Ufer plätscherte, direkt vor meinem Haus am Rande der Hauptstadt.

Der Spaltenschwarm und die Reise, weißt du noch, Papa? Die Schwäne auf dem Weg ins Sommerland.

*

Die Feuerdunkelheit und der Ascheregen rauben den Leuten den letzten Lebenswillen. Ich habe schon miterlebt, wie dynamische Geologiestudenten nach mehreren Stunden im Dunkeln lethargisch und deprimiert zusammenklappten, sich hinlegen mussten und sich die Schlafsäcke über den Kopf zogen. Eine primitive Reaktion mit einem simplen Grund: Wir sind Kinder des Lichts und verlieren in der stofflichen Dunkelheit, die aus der Erde hinaufdringt, die Orientierung. Die Asche setzt mir genauso zu wie meinen Rettern, aber ich bin erfahren und vorbereitet und von einer anderen Angst getrieben als sie. Die Leute geben schnell auf, denn es ist schwierig, sich auf der von Rissen durchzogenen Straße im Dunkeln voranzutasten, wenn wir die Hände nicht vor Augen sehen können.

»Keep moving!«, rufe ich. »Our lives depend on it.« Aber sie verstehen kein Englisch oder wollen es nicht hören und werden immer langsamer. Die Koffer bleiben wie Treibholz auf der Straße verstreut liegen, die Leute stolpern gebückt weiter, schleifen die Füße durch die Schlacke, die grauhaarige Frau wimmert bei jedem Schritt leise. Schließlich sinkt sie auf den Boden, ein Mann und eine Frau, vielleicht ihr Sohn und ihre Schwiegertochter, ziehen sie hoch und zerren sie weiter, aber nach wenigen Minuten resigniert sie und lässt sich auf die Straße fallen. Die beiden versuchen, sie wieder hochzuziehen, aber sie schüttelt den Kopf und weigert sich. Sie stehen eine Weile unschlüssig neben ihr, dann geht die Schwiegertochter weiter, und der Sohn bleibt zurück. Nach und nach vergrößert sich der Abstand zwischen uns, bis ich sie aus dem Blick verliere. Vater und Sohn scheinen mich eher aus gutem Willen denn aus Kraft weiter zu stützen, irgendwann blickt der Sohn mich entschuldigend an, lässt mich los, bleibt stehen und verschwindet in dem dunklen Aschesturm.

»Please don't give up, we have to keep moving!«, brülle ich den Vater an. Er scheint mich nicht zu hören oder versteht mich nicht, doch dann zieht er den Kopf in der Kapuze ein und geht weiter, als könnte er nicht anders, wie ein Ochse, der sein ganzes Leben lang den Pflug gezogen hat. Am Ende gibt auch er auf und lässt mich los, seine Arme hängen schlaff am Körper herunter. Ich nehme seine Hand und versuche, ihn weiterzuziehen, sage »please«, aber er blickt mich nur mit traurigen rotunterlaufenen Augen über der schmutzigen Staubmaske an und setzt sich dann in die Asche, die sich auf der Straße zu Wehen aufgetürmt hat.

Ich schleppe mich ein paar Meter mit dem verletzten Fuß weiter, kapituliere dann und sacke auf die Knie, krieche auf allen vieren über die Straße, krieche und weine und fluche. Allmählich lässt das Durcheinander in meinem Kopf nach, meine Gedanken verblassen, meine bewusste Existenz bleibt auf der Straße zurück. Alles versinkt in der Schwärze, meine Arbeit, meine Reputation, mein Dünkel und meine Träume, mein Ehrgeiz, meine Eitelkeit, meine Eltern und mein Zuhause, mein Mann, mein Liebhaber, meine Kinder. Am Ende bleibt nichts als die Dunkelheit und die Liebe, eine Sehnsucht nach allem, was im Licht lebt, und ein Bruchstück von einer Strophe, die in meinem Kopf echot, nachdem alles andere in der Schwärze verschwunden ist,

Löwenzahn schlummert
hübsch auf der Wiese
die Maus unter dem Moos

dann verstummt auch sie.

Erklärende Anmerkung X
GRÓTTA

... eigentlich ist das völlig irrelevant, und ich weiß nicht, warum mir in der Dunkelheit diese Insel durch den Kopf geht: Dieser Landfetzen, der im Grunde schon unter dem Meeresspiegel liegt. Der Strand wurde aufgeschüttet, als Schutz vor dem Wasser, das die Insel aus allen Richtungen bedrängt. Einst war sie weites blühendes Land, doch der Ozean drosch unablässig auf sie ein, der Boden erodierte und sank ab, sodass nur noch eine Schale im Meer übrig blieb, geformt wie eine Träne. Man kann sie noch nicht einmal als richtige Insel bezeichnen wegen der schmalen Landenge, die sie gleich einer Nabelschnur mit dem Land verbindet – ein unselbstständiges Land, ein abschlägiger Raum, der dem Meer trotzt.

Ich wohne schon die gesamten zwölf Jahre meines Lebens in der Weststadt, war aber noch nie auf Grótta. Bis Guðrún Olga mich in ihrem kleinen weinrot-schwarzen Auto hinfährt, an den großen Einfamilienhäusern vorbei, und den Wagen dann auf dem Parkplatz ganz hinten auf der Landzunge abstellt. Sie nimmt einen großen Rucksack und einen Picknickkorb von der Rückbank und reicht mir den Korb. Der Rucksack ist so schwer, dass sie ihn kaum auf den Rücken wuchten kann. Dann marschiert sie los und ich hinter ihr her, ängstlich und neugierig.

Ich traue mich nicht, zu fragen, was wir hier machen. Meine Mutter bemerkt mich normalerweise gar nicht, und jetzt machen wir plötzlich zusammen einen Ausflug. Ich wusste noch nicht mal, dass sie ein Auto besitzt. Aber sie hat schon auf mich gewartet, als ich sie an diesem Tag besuche, ist aufgeregt und heiter, hat ein seltsames Leuchten in den

Augen und sagt: »Heute ist Mittsommer. Da soll man nachts Abenteuer erleben.«

»Weiß Papa davon?«, frage ich skeptisch.

»Ja«, antwortet sie, »er wollte dich überraschen. Deshalb hat er dir nichts erzählt.«

Natürlich weiß ich, dass das nicht stimmt. Papa hat noch nie versucht, mich zu überraschen. Wenn er wüsste, dass ich einen Ausflug mache, hätte er mir vorher einen kleinen Vortrag über die Geologie am Zielort gehalten, mir seinen Steinhammer geliehen und mindestens drei Brote mit Leberpastete und Gurken für mich geschmiert. Aber ich sage nichts, bin zu erstaunt und glücklich darüber, dass sie mich dabeihaben möchte.

Wir müssen ziemlich lange laufen, ich werde schnell müde und trage den Korb abwechselnd in der rechten und der linken Hand. Dann biegen wir auf einen Kiesweg, der am Meer entlangführt, in Richtung des Leuchtturms. Schließlich verliert sich der Weg, und wir stapfen durch Gras und Hahnenfuß, Strandroggen und Tang, bis wir das Meer erreichen. Das Wasser leckt schon an den Steinen, die in einer schmalen Reihe zu der kleinen Insel hinausführen.

»Komm, beeil dich«, ruft Guðrún Olga, »wir müssen drüben sein, bevor die Flut kommt.«

»Aber«, stöhne ich, »sitzen wir dann nicht auf der Insel fest?«

»Nur für eine kurze Weile. Das ist in Ordnung. Das ist ein Abenteuer.«

Als sie auf den ersten Stein tritt, rutscht sie aus, kann sich gerade noch fangen und stakst dann mit dem riesigen Rucksack auf dem Rücken über die Felsbrocken. Ich zögere kurz, bevor ich ihr folge. Sie ist nicht viel größer als ich und dünn wie eine Bohnenstange, ihre geschnürten Lederstiefel rutschen auf den nassen Steinen, unter ihrem schwarzen Mantel trägt sie ein rotes Kleid. Der Wind bläst ihre dunklen langen Haare in alle Richtungen, und ich habe Angst, dass sie von den Steinen geweht wird, ins Wasser fällt und nicht mehr rauskommt. Es ist schwierig, mit dem schweren Picknickkorb von Stein zu Stein zu hüpfen, und ich habe ein mulmiges Gefühl, aber es wird schon gutgehen, denke ich. Es ist ganz normal, mit seiner Mutter einen Strandausflug zu machen, Mütter unternehmen wahrscheinlich immer solche Sachen mit ihren Kindern. Ich sollte mir nicht so große Sorgen machen.

Die Sonne scheint, aber der Wind ist kalt. Auf dem Inselchen gibt es eigentlich nichts, bis auf den Leuchtturm und drei alte Häuser mit Brettern vor den Fenstern, ein paar gestresste Austernfischer und etwa zehntausend wütende Küstenseeschwalben. Sie greifen uns immer wieder an und stürzen sich kreischend aus dem blauen Himmel hinab. Ich spüre, wie ein Flügel meine Haare streift, und kann gerade noch die Kapuze aufsetzen, bevor eine Küstenseeschwalbe auf mich einhackt.

»Die rasten total aus«, rufe ich Guðrún Olga zu, die mitten in dem Vogelsturm steht, aber weder mich noch die Küstenseeschwalben zu bemerken scheint. Sie marschiert zum Leuchtturm und lehnt den Rucksack an die Wand.

»Hier zelten wir«, verkündet sie und öffnet den Rucksack.

»Darf man denn hier zelten?«, frage ich und schaue mich um. Der Boden ist mit Vogelkot und kleinen, zappelnden Knäueln bedeckt, frisch geschlüpften Jungvögeln. Sie kuscheln sich aneinander und versuchen, sich unsichtbar zu machen, während ihre Eltern den nächsten Luftangriff vorbereiten.

Meine Mutter hebt genervt den Kopf. »Du bist viel zu brav, kleine Anna. Manchmal muss man gegen Regeln verstoßen und Dinge tun, die nicht erlaubt sind. Mädchen müssen lernen, unartig zu sein.«

»Okay«, entgegne ich müde.

»Lass das!«, sagt sie gereizt. »Du sollst nicht okay sagen. Du sollst nicht gehorchen und dich entschuldigen und dich nach den Ansprüchen anderer richten. Du sollst widersprechen und nach dem Warum fragen und Ansprüche an deine Umwelt stellen.«

»Warum?«

»Weil die Welt versucht, dich zu unterdrücken, damit sie dich ausnutzen kann. Sie will dich ausnutzen, damit du putzt und kochst und Kinder bekommst und ihnen den Hintern abwischst und Wäsche wäschst und unerträglich langweilige Arbeiten für andere verrichtest. Du musst aus den Ansprüchen deiner Umwelt ausbrechen, kleine Anna, du musst lernen, dich für deine eigenen Interessen einzusetzen, nicht für die Interessen anderer. Du musst unartig sein, sonst wirst du zerquetscht wie ein Käfer.«

»Aber«, stammele ich, doch sie hört mir gar nicht mehr zu. Sie wühlt in dem Rucksack und holt ein ausgeblichenes Zelt, ein paar staubige Wolldecken und einen Stapel Bücher heraus. Ich versuche, ihr beim Zeltaufbauen zu helfen, aber es gibt nur drei rostige Heringe. Am Ende schaffen wir es, indem wir schwere Steine auf die Ecken legen.

»Na also«, sagt sie zufrieden und klopft sich den Staub von den Händen. Im Zelt stinkt es, wie wenn Papa vergisst, die Wäsche aus der Waschmaschine zu holen. »Das geht gleich weg«, sagt sie, zündet sich eine Zigarette an und bläst den Rauch ins Zelt.

Dann setzt sie sich auf die Umrandung des Leuchtturms, zieht Schuhe und Socken aus und streckt die dünnen Beine aus. Ich versuche, nicht auf ihre Füße zu gucken, kann aber nicht anders. Ihre Zehennägel sind lang und gelb und dick wie die Krallen eines Raubvogels. Plötzlich kriege ich Angst – nichts ist so, wie es sein sollte.

Wir sind von Meer umgeben, ansonsten ist alles seltsam normal: Esja und Akrafjall im Norden, Papas und meine Berge im Süden, Trölladyngja, Keilir und Fagradalsfjall. Meine Augen werden feucht, wenn ich sie betrachte. Papa wird sich Sorgen machen, wenn ich zum Abendessen nicht nach Hause komme. Ich bin nie länger als drei Stunden bei Guðrún Olga, wenn ich sie alle zwei Wochen besuche, worum sie bestimmt nicht gebeten hat. Ich glaube, Papa besteht darauf, dass wir uns manchmal treffen.

Ich blicke zum Land, zur Stadt. Das Wasser hat die Landenge überflutet, und ich stecke in Mamas Abenteuer fest.

Als ich zurückkomme, sitzt sie mit geschlossenen Augen da. »Komm«, sagt sie, »setz dich zu mir.« Dann soll ich den Kopf in ihren Schoß legen. Sie streicht mir sanft über die Haare und fängt leise und ein bisschen schief an zu singen, eine merkwürdige Strophe:

> Löwenzahn schlummert
> hübsch auf der Wiese
> die Maus unter dem Moos,
> die Möwe auf der Welle,
> Laub an einem Zweig
> Licht in der Luft,
> der Hirsch auf der Heide,
> und im Meer die Fische.
> Schlaf nun auch du
> sanft und siegreich.
> Schlaf, ich liebe dich.

Dann schweigt sie lange und streichelt meine Haare. Ich bleibe mit geschlossenen Augen liegen und wage es nicht, mich zu rühren.

»Hast du Hunger?«, fragte sie schließlich. Ich setze mich

auf und nicke. Sie nimmt den Picknickkorb und holt eine weiße Tischdecke, zwei Teller mit verblasstem Goldrand, eine Tüte Trockenfisch, eine Dose Sardinen und eine Packung Cracker heraus. Sie hat zwei Weingläser in ein Küchentuch eingerollt, öffnet eine Flasche Rotwein und schenkt die Gläser ein. Ich spähe in den Korb und suche nach Wasser, traue mich aber nicht, zu fragen, ob sie für mich auch etwas zu trinken mitgebracht hat. Sie reicht mir ein Rotweinglas und hebt ihres. »Nasdrowje! Das heißt Prost auf Russisch.«

»Soll ich das trinken?«, frage ich, woraufhin sie nur mit den Achseln zuckt. »Wenn du willst.« Ich schnuppere an dem Wein und probiere ihn, er ist furchtbar sauer und bitter wie verdorbener Apfelsaft, aber ich bin so durstig, dass ich ihn runterschlucke und das Glas in einem Zug leer trinke. Sie sagt nichts, schenkt einfach nach, reißt dann die Trockenfischtüte auf und hält sie mir hin. Ich mag keinen Trockenfisch, nehme aber trotzdem einen Happen, esse ein paar Cracker und bekomme dann wieder Durst. Ich sitze in der Falle: Ich habe schrecklichen Hunger, aber wenn ich etwas esse, werde ich noch durstiger. Von dem Wein wird mir schwindelig, mein Magen rumort, und am liebsten würde ich losheulen, tue es aber nicht. Guðrún Olga schaut mich an und mustert mich genau, als würde sie mich zum ersten Mal sehen.

»Hast du schon deine Periode?«, fragt sie aus heiterem Himmel. Ich schüttele den Kopf und spüre, wie mein Gesicht ganz heiß wird. Ich sage ihr nicht, dass ich auch noch keine Brüste bekomme, von allen Mädchen in der Klasse die Kleinste und froh darüber bin, weil ich nicht aufhören will, ein Kind zu sein.

»Du musst aufpassen, wenn du deine Tage bekommst«, erklärt sie. »Dann kannst du schwanger werden. Und wenn du schwanger wirst, stehst du vor der Wahl. Dann musst du dich entscheiden.«

Ich starre verschämt auf die Tischdecke und verstehe nicht, warum sie darüber reden muss. Ich möchte nicht darüber sprechen, nicht jetzt und auch sonst nicht.

»Du musst dich immer entscheiden, wer du sein willst«, fährt sie fort. »Ob du so sein willst, wie die anderen es dir sagen, oder ob du du selbst sein willst. Ob du lieb und brav sein willst oder stark und selbstständig. Und wenn du ein Kind kriegst, wird es kompliziert. Du kannst nicht mehr du selbst sein, wenn du ein Kind bekommst. Dann musst du Mutter sein. Du musst so viel von dir geben, dass nichts mehr übrig bleibt. Du hörst auf, als Mensch zu existieren.«

Sie senkt den Kopf, und die Haare fallen ihr auf die blassen Wangen.

»Ich wollte dich nicht verletzen«, flüstert sie. »Egal, was die Leute sagen. Ich war nur durcheinander, und du hast immer geweint. Hast nicht geschlafen, wolltest dich nicht von mir anfassen lassen. Da war Feuer in deinen Augen. Wir mussten sterben. Ich habe versucht, uns zu retten.«

Ihre Augen funkeln wie zwei schwarze Sterne.

»Sie wollten dich mir wegnehmen. Ich hätte dem Geologen nicht vertrauen dürfen. Er steckte mit ihnen unter einer Decke, die ganze Zeit. Er hat mich nur benutzt, wollte dich mir immer wegnehmen. Deswegen bin ich mit dem Kinderwagen runter zum Meer, um mit dir zu fliehen. Ich wollte dich nie verletzen, egal was sie sagen.«

»Wo wolltest du denn mit mir hin?«, frage ich verwirrt. »Warum bist du mit mir runter zum Meer gegangen?«

Sie schüttelt ungeduldig den Kopf. »Ich weiß es nicht mehr, ich war so durcheinander. Und du hast immer geweint. Da war Feuer in deinen Augen, und ich dachte, ich müsste es löschen, um uns zu retten.«

Sie streckt die Hand aus und berührt meine Stirn mit den Fingerspitzen.

»Die Liebe«, wispert sie. »Die Liebe ist das Gefährlichste, was dir widerfahren kann. Sie fesselt dich und verändert dich, sie löscht dich aus. Du musst dich entscheiden, kleine Anna. Du musst dich für die Liebe oder dich selbst entscheiden.«

Ich schaue sie verständnislos an, begreife nicht, was sie mir sagen möchte. Ich bin müde, hungrig, furchtbar durstig, verängstigt und ein bisschen betrunken, und als später am Abend die Polizei mit dem Rettungsboot kommt, um uns zu holen, kommt es mir so vor, als würden sie mir das Leben retten. Ich bin so erleichtert, als ich in Papas Armen liege, dass ich laut losheule. Er steht mit den Händen in den Anoraktaschen am Ufer, das Gesicht zermürbt vor Sorge, und hält mich auf dem Heimweg im Polizeiauto fest im Arm. »Schon gut, Kleines, alles wird gut«. Er macht mir Fleischsuppe warm und trägt mich ins Bett, als ich am Tisch einnicke. Danach sitzt er noch lange an meiner Bettkante und hält meine Hand, bis ich in einen unruhigen Schlaf falle.

Ich treffe sie erst viel später wieder, als ich schon kein Kind mehr bin. Grótta wird zu einer vagen unangenehmen Erinnerung, eine kleine Narbe in der Vergangenheit, die ich tief in einem dunklen Winkel meines Bewusstseins vergrabe. Ich erlaube mir nicht, sie wieder hervorzuholen und mit meinem erwachsenen Verstand zu analysieren, zu erkennen, dass das Abenteuer in der Mittsommernacht ein hilfloser, missglückter Versuch meiner Mutter war, mir eine Erklärung zu geben, mich um Verzeihung zu bitten, mir ihre Liebe zu gestehen.

Ich vergrabe das alles tief unten in der erstickenden schwarzen Finsternis.

»... was für ein Glück, dass wir Sie gesehen haben. Bei der schlechten Sicht hätten wir Sie bestimmt überfahren, wenn Sie nicht diese auffällige Jacke anhätten. Man kennt Ihr Gesicht ja aus dem Fernsehen ... sobald es um Vulkanausbrüche geht, sind Sie da und erklären die Sache.«

Der Nebel vor meinen Augen nimmt langsam Gestalt an und wird zu einer untersetzten Frau, die am Lenkrad sitzt. Ihre Stimme ist laut genug, um das ständige Knacken und Rauschen aus dem Funkgerät zu übertönen. Der Jeep der Rettungswache wird auf der Straße durchgeschüttelt, er ist vollbesetzt mit ernsten Menschen in rot-blauen Anoraks und mit weißen Helmen auf dem Kopf. Draußen ist die Dunkelheit greifbar, die Scheibenwischer schieben den grauen Matsch auf der Windschutzscheibe hin und her. Der Mann neben mir reicht mir einen Plastikbecher mit einem Schluck Kaffee. »Hier, versuchen Sie mal, was zu trinken. Sie waren ziemlich mitgenommen.«

Ich öffne den Mund und möchte etwas sagen, bringe aber nichts heraus, als hätte die Asche meinen Verstand blockiert. Meine Augen brennen höllisch, und jedes Mal wenn ich blinzele, schrammen die Lider wie Sandpapier darüber, deshalb halte ich sie besser geschlossen. Ich schlucke, räuspere mich und versuche, die Blockade in meiner Kehle zu lösen, schaffe es aber erst, indem ich mich auf den Boden des Jeeps übergebe, eine Pfütze aus schwarzem Schleim.

»Scheiße«, sagt der Mann neben mir. »Schon gut, entspannen Sie sich. Alles wird gut.«

»Die Leute«, röchele ich, »auf der Straße nach Krýsuvík. Wir müssen sie holen.«

»Die Rettungstrupps sind unterwegs«, sagt die Frau. »Es müssen überall Leute aus dem Lavafeld geholt werden. Das dauert, bei der schlechten Sicht.«

»Sie sterben«, schluchze ich. »Sie haben mir das Leben gerettet.«

Sie schüttelt den Kopf. »Tut mir leid, meine Liebe, das Auto ist voll. Und wir haben die Anweisung, Sie sofort nach Skógarhlíð zu bringen.«

»In die Koordinationszentrale?«

Natürlich sind wir auf dem Weg zur Koordinationszentrale, aber ich stutze, ich muss zuerst Salka und Örn finden, muss Kristinn anrufen. Und Tómas. Panik überkommt mich in Wellen – wo sind sie? »Kann mir jemand ein Handy leihen?«

Der Rettungswachmann auf dem Sitz gegenüber hebt vorsichtig meinen Fuß auf sein Knie, zieht mir den Wanderschuh aus, betastet den geschwollenen Knöchel und bittet mich, die Zehen und den Fuß zu bewegen. Seine Hände sind warm und behutsam, aber ich stöhne auf, als er mich berührt.

»Ich glaube, der ist nicht gebrochen, nur stark geprellt. Das können die sich in Skógarhlíð genauer anschauen, die geben Ihnen was Schmerzlinderndes und machen einen Stützverband. Das Netz ist tot, man kann nirgendwo anrufen.«

»Können Sie über Tetra-Funk fragen, was mit den Leuten im Vatnsendi-Viertel passiert ist, oben am Elliðavatn? Würden Sie das für mich tun?«

Die Fahrerin schüttelt den Kopf. »Sehen Sie nicht die Eruptionssäule? Vatnsendi gibt es nicht mehr. Die Einwohner hatten nur ein paar Minuten, um sich in Sicherheit zu bringen, bevor da alles hochging.« Sie wirft mir im Rückspiegel einen Blick zu und fügt mit lauter Stimme hinzu:

»Die Leute waren ja so dumm, euch Wissenschaftlern zu vertrauen. Niemand ahnte etwas, und dann ist alles explodiert.«

»Hör auf, Nína«, sagt der Beifahrer und dreht sich zu mir um. »Das ist noch völlig unklar, niemand weiß Genaueres. Wir sind von der Rettungswache Siegeshoffnung und kommen von Süden aus Sandgerði. Der Notruf ist bei uns eingegangen. In der Stadt herrscht Chaos, schon seit ungefähr anderthalb Stunden. Alle Leitungen sind tot, die Stromversorgung ist zusammengebrochen, das Einzige, was noch funktioniert, sind der Tetra-Funk und die Langwelle, die niemand mehr benutzt. Die Leute versuchen zu fliehen und bleiben dann mit ihren Autos stecken. Wir wissen nicht, wie lange die Polizei die Lage noch unter Kontrolle hat. Das ist nicht gut.«

Der Jeep der Rettungswache kriecht über die Straße, und wir werden durchgeschüttelt, sieben Köpfe mit weißen Helmen, der achte schlingert nutzlos auf meinen Schultern, schlammverkrustet, geprellt und zerschrammt. Mir stehen das Entsetzen und die Reue ins Gesicht geschrieben. Während ich durch das Fenster starre, auf dem die Scheibenwischer damit kämpfen, den grauen Matsch wegzukratzen, der auf das Auto regnet, überwältigt es mich. Die Fahrerin hat recht, ich trage die Verantwortung. Die Leute waren so dumm, mir zu glauben. Warum habe ich das nicht vorhergesehen? Ich begreife, was für ein Chaos ich in meinem Leben angerichtet habe. Ich habe alles kaputtgemacht, meinen Mann betrogen und meinen Liebhaber vergrault. Meine Liebsten sind in Gefahr, und das ist meine Schuld. Ich habe auf mathematische Modellierungen vertraut und sie als wissenschaftliche Fakten angesehen, mein Hochmut hat mir den Blick verstellt, ich war geblendet von dem naiven Glauben an meinen Intellekt. Habe nicht auf die Stimmen derer gehört, die versuchten, mich zu warnen, bei den Meetings, in meinem Kopf, in der Vergangenheit. Mir wurde die Verantwortung übertragen, und ich habe versagt, versagt, versagt. Ich schlage die Hände vors Gesicht und wimmere leise.

»Schon gut«, sagt der Rettungswachmann neben mir und tätschelt meine Schulter. »Das wird schon wieder, ruhen Sie sich ein bisschen aus.«

Ich lasse mich von dem blutjungen Kerl mit den strahlenden Augen beruhigen, der trotzdem etwas Sanftes und Väterliches ausstrahlt, und spüre, wie ich mich entspanne. Die Wellen der Verzweiflung lassen nach und werden zu einem Rauschen in meinen Ohren. Ich lege den Kopf an seine Schulter, schließe die brennenden Augen und überlasse mich dem Rütteln und der Müdigkeit. Das Tetra-Funkgerät auf dem Armaturenbrett knackt und zischt, die verzerrten Stimmen des Zivilschutzes schallen durch den Wagen:

»Skógarhlíð an alle. Notfallstufe schwarz. Notfallstufe schwarz. Katastrophenfall. Alle Mannschaften bei der Einsatzleitung melden. Ich wiederhole: Katastrophenfall. Notfallstufe schwarz.«

✳

Vor der Koordinationszentrale komme ich wieder zu mir. Ich habe keine Ahnung, wie lange wir uns in der Aschedunkelheit durch den Stau hupender festgefahrener Autos gekämpft haben. In meinem Dämmerzustand registrierte ich die Gesichter der wütenden, aufgebrachten Menschen in den anderen Fahrzeugen. Wir wurden von barschen Polizisten mit ängstlichen Augen durch Straßensperren und Barrikaden gewinkt. Die Autoscheinwerfer bildeten fahle Kegel in der Dunkelheit, in der Stadt gibt es keinen Strom.

Die Leute von der Rettungswache helfen mir in die Zentrale und überlassen mich der Obhut einer emsigen Krankenpflegerin, die mir eine Spritze in den Fuß gibt und ihn verbindet, die Kratzer in meinem Gesicht und an meinen Händen wäscht und desinfiziert und mir einen zuckersüßen Energydrink einflößt.

»Das peppt Sie auf«, sagt sie. »Wenn jetzt jemand klar denken muss, dann Sie.«

Im Einsatzraum herrscht konzentrierte Geschäftigkeit, ein quirliger Trupp von Leuten, die schnell gehen und leise sprechen, sich über Bildschirme und Kommunikationsgeräte beugen, darum bemüht, eine Situation in den Griff zu bekommen, die sich von keiner menschlichen Macht steuern lässt. Sie versuchen verzweifelt, Menschenleben zu retten, alles zu retten, was noch zu retten ist. Die einzigen Informationen, die zum Zivilschutz durchdringen, kommen über Funk von der Polizei, den Rettungswachen und Feuerwehrleuten, die sich einen Weg durch die panische Menschenmenge bahnen, die aus den oberen Stadtvierteln flieht, fort vom See, der sich in einen kochenden, brüllenden Vulkankrater verwandelt hat.

»Anna! Gott sei Dank!«

Niemand beachtet mich, außer Ebba, die aufspringt, als ich in den Saal humpele, auf mich zuläuft und mich fest umarmt. Während ich bibbernd in ihren Armen liege, wird mir bewusst, dass diese kluge, zurückhaltende Frau in dem verschlissenen Wollpullover wahrscheinlich die einzige Freundin ist, die ich je hatte.

Ihre Augen sind feucht, als sie mich loslässt.

»Mein Gott, bin ich froh, dich zu sehen«, seufzt sie. »Es sind so viele gestorben, ich dachte, wir hätten dich auch verloren. Jóhannes, Eiríkur, Halldóra, Jean und Mogens, viele Techniker von ÍSOR und vom Wetteramt und Gott weiß wer noch alles. Die Touristen. All die armen Menschen aus den Stadtvierteln da oben. Der absolute Horror.«

»Ebba, ich muss nach Hause.«

»Niemand fährt jetzt rauf zum See, außer der Feuerwehr und der Rettungswache. Du bleibst am besten hier in Skógarhlíð, hier bekommst du alle Informationen, die man kriegen kann. Und Milan wartet auf dich.«

Er steht im Auge des Sturms, vor der Schalttafel des Zivilschutzes, souverän und ernst, mit Bürstenschnitt, Kopfhörern und einem Mikro vor dem Gesicht. Er nickt kurz, lächelt mir zu und nimmt meine Hand, wie um sich zu vergewissern, dass ich es wirklich bin.

»Gut, dass du da bist«, sagt er, »warte einen Moment.« Dann spricht er weiter ins Mikrofon: »Die Evakuierung der Viertel westlich des Vesturlandsvegur und südlich der Reykjanesbraut wird fortgesetzt. Geht in die Häuser, kontrolliert Keller und Garagen. Sucht genau, aber passt auf euch auf, geht kein unnötiges Risiko ein.«

»Milan, meine Familie ist da oben. Ich muss da hin.«

Er blickt mich mit seinen grauen Augen betrübt an. »Ich brauche dich hier, es sind viele Wissenschaftler gestorben. Die innere Sicherheit ist bedroht. Wir haben alle Familien. Aber wir dürfen ihnen keinen Vorrang geben.«

Er zeigt in eine andere Ecke. »Das Rote Kreuz ist dabei, eine Liste der Personen zusammenzustellen, die gefunden wurden, sich gemeldet haben, schon im Krankenhaus sind oder ... rede mit ihnen. Danach musst du uns helfen.«

Das Rote Kreuz hat die Aufgabe, Vermisstenlisten zu erstellen, sie mit den Listen der Personen abzugleichen, die sich gemeldet haben, Familien zusammenzuführen und in Sicherheit zu bringen. Doch die Mitarbeiterin winkt ab. Das Computersystem funktioniert noch nicht, es gibt kein Internet, die Registrierung hat noch nicht begonnen. Ich sinke auf einen

Stuhl und lege meine zitternden Beine hoch. Ebba bringt mir ein Sandwich und eine Tasse dünnen heißen Kaffee und hält meinen Arm fest, als hätte sie Angst, mich zu verlieren.

»Wie viele Tote?«

»Wir wissen es nicht«, antwortet sie und schnäuzt sich. »Keiner weiß es.« Niemand hat den Gesamtüberblick, aber Ebba informiert mich über die einzelnen Puzzlestücke. Über die Erdbebenserie, die letzte Nacht bei Eldey begann, sich nach Osten über die Halbinsel zog, während ich mich mit Tómas stritt, und um kurz vor zehn Uhr bei Undirhlíðar mit einem Beben von sieben ihren Höhepunkt erreichte. Die Beben rissen das Land auseinander, brachen Schluchten auf, zerfetzten Straßen und zerstörten Häuser und Infrastruktur im Hauptstadtgebiet. Sie waren die Ursache dafür, dass die Erde unter dem Krýsuvíkurvegur wegsackte und mein Auto und einen Kleinbus mit chinesischen Touristen verschluckte. Kurz darauf öffneten sich neue Vulkanspalten, im Kleifarvatn gab es eine explosive Eruption und eine weitere im Meer vor Kerlingarbás, dann bahnte sich ein neuer, wesentlich stärkerer Magmastrom einen Weg durch den Spaltenschwarm nach Osten und eruptierte am südlichen Ende des Sees Elliðavatn, am Rande der Hauptstadt.

»Kurz nach dem großen Erdbeben kam eine Nachricht von dem Team an der Ausbruchstelle in Krýsuvík. Sie saßen fest, waren von den neuen Vulkanspalten eingeschlossen. Wir ... wir waren uns sicher, dass du auch dort wärst. Alle dachten, du wärst mit den anderen gestorben. Du kannst dir nicht vorstellen, wie erleichtert wir waren, als wir von den Rettungsleuten aus Sandgerði hörten, dass sie dich auf der Reykjanesbraut aufgegriffen hatten. Das einzige Licht in der Dunkelheit.«

»Konnte man wirklich nichts machen? Warum habt ihr sie nicht geholt? Was ist mit den Hubschraubern?«

»Ach, Anna, es ging alles furchtbar schnell. Der Aschefall war so stark, aus allen Richtungen, da kam niemand durch. Es war entsetzlich, aber wir konnten nichts tun. Wir mussten mitanhören, wie die Verbindung zu ihnen abriss.«

Ebba hält mich im Arm, während ich um die anderen weine. Ich versuche, sie mir nicht vorzustellen, Halldóras kluges blasses Gesicht, Eiríkurs kurzsichtige, vor Entsetzen geweitete Augen, und Jóhannes, mein Hassfreund, der warmherzige raue Vulkancowboy mit dem Tattoo vom Hekla-Ausbruch auf dem Unterarm, versuche, sie mir nicht angesichts der glühenden Lava vorzustellen, eng aneinandergedrängt, sich in den Armen liegend und auf den grausamen Tod wartend, der auf sie zukriecht, langsam und unerbittlich. Ich hoffe inständig, dass das Gas sie vorher betäubt hat.

»Verzeih mir«, flüstert Ebba. »Ich hätte auf dich hören sollen, dich ernst nehmen und ermutigen sollen, die Idee mit der großen Magmakammer weiterzuverfolgen. Aber das widerspricht allen Daten, Untersuchungen und Modellierungen. So etwas hätte nicht passieren dürfen. Es gab so weit nördlich im Krýsuvík-System noch nie eine Eruption.«

»Ich habe sie im Stich gelassen«, schluchze ich und wische mir mit dem Ärmel die Tränen ab. »Ich habe euch alle im Stich gelassen. Wir hätten die Notfallstufe ausrufen und das ganze Gebiet abriegeln sollen.«

»Aber wie hättest du das denn alles vorhersehen sollen? Nichts deutete darauf hin, dass diese Eruption gefährlich werden könnte. Und der Tremor des Ausbruchs in Krýsuvík war so stark, dass er alle Anzeichen für den Beginn einer Eruption weiter nördlich überdeckt hat.«

»Erinnerst du dich an den Holuhraun-Ausbruch?«, frage ich verbittert. »An die Krafla? Ein Spaltenschwarm ist eine Art, unterwegs zu sein, kein fester Ort. Wir hätten besser vorbereitet sein müssen. Ich hätte es wissen müssen.«

»Jóhannes' letzte Nachricht über Tetra-Funk lautete: Möge Gott unseren Seelen gnädig sein. Jetzt hört man das Feuerherz schlagen.«

»Ich weiß, dass Milan mich braucht, aber ich muss meine Familie finden. Und Tómas Adler.«

»Ach, Anna, leider weiß ich nichts über deine Familie«, sagt Ebba. »Aber Tómas ist hier.«

Mein Liebster, mein Geliebter – die Welt brennt, meine Kollegen sind tot und meine Familie ist verschollen, trotzdem freue ich mich mit meinem kranken, egoistischen Herzen, ihn zu sehen. Er sitzt mit einer Gruppe Journalisten in einem Raum im ersten Stock, inmitten eines Durcheinanders aus Computern, Stativen und Kameras, sitzt einfach da und dreht mir den Rücken zu. Ich würde seinen zerzausten Hinterkopf überall erkennen. Als ich seinen Namen rufe, springt er auf, sein Gesicht erhellt die grauenhafte Dunkelheit, und ich strecke die Hand nach ihm aus wie eine Ertrinkende.

Wir umarmen uns und klammern uns aneinander, während die Stadt von Erdbeben geschüttelt wird, Funkgeräte knacken, Sirenen heulen und Schalttafeln blinken, und nichts davon spielt eine Rolle. Für diesen einen Moment gibt es nur uns beide, ihn und mich, und ich zittere vor Erleichterung, dass er noch lebt, dass er verschont wurde und das Schicksal uns zusammengeführt hat, hier und jetzt.

Nach der kurzen Umarmung lösen wir uns vorsichtig voneinander. »Oh mein Gott, Liebling, wie siehst du nur aus«, sagt er und streicht über meine zerschrammte angeschwollene Wange. »Ich bin so froh, dich zu sehen, dich aus dieser Hölle zurückzubekommen. Alle dachten, du wärst zusammen mit Jóhannes und den anderen eingeschlossen und von der Lava verschüttet worden. Aber ich habe es nicht geglaubt, du konntest nicht einfach weg sein, und dann hörten wir plötzlich, du wärst auf dem Weg hierher, unverletzt.

Ich habe noch nie eine bessere Nachricht bekommen, meine Liebste.«

Ich weine nur und lächle wie eine Idiotin, als wären mir alle Trauer und Sorge dieser Welt genommen. Als würde es etwas ändern, Tómas hier zu finden, zerzaust und grünäugig und schön und unversehrt, und ihn bedingungslos zu lieben. Er redet sanft auf mich ein wie auf ein verängstigtes Tier und streicht mir durch die verfilzten Haare. Erzählt mir von dem Erdbeben, das sein Wohnatelier traf, dem ohrenbetäubenden Quietschen, als tausend Autos gleichzeitig bremsten und der Beton der Häuser in der Stadt Risse bekam. »Dann wurde es totenstill, als würde die Welt den Atem anhalten, und weißt du was, Anna, ich wusste, dass etwas noch Heftigeres im Anzug war. Ich spürte, dass tief im Inneren der Erde etwas explodiert war. Spürte es kommen, bevor ich es hörte, das Donnern vom Elliðavatn. Und als es kam, dachte ich sofort an dich, wo du bist, ob du in Sicherheit bist.«

Er fuhr unverzüglich zur Koordinationszentrale, raste mit dem Motorrad an den Staus auf den Straßen vorbei und kam mit dem Zivilschutz-Ausweis rein, in der Hoffnung, mich hier zu finden.

»Hier habe ich es dann gehört«, erzählt er weiter. »Dass in Krýsuvík urplötzlich alles anders war, dass der Vulkanausbruch sich verändert hat. Neue Spalten sind aufgerissen, rund um die erste und auch in Richtung Reykjavík, viel weiter ins Stadtgebiet hinein, als man jemals erwartet hätte. Außerdem gab es noch einen Vulkanausbruch draußen im Meer vor Kerlingarbás. Die Lage ist völlig außer Kontrolle, niemand hat den Überblick, noch nicht einmal Milan.«

Wir gehen nach unten in den Einsatzraum. Auf dem Monitor an der Wand über der Schalttafel ist eine Karte der Reykjanes-Halbinsel. Sie ist mit großen roten Kreisen für die Erdbeben übersät, ein schwarzer Stern markiert den unterseeischen Ausbruch vor Reykjanestá. Die Vulkanspalten an Land sind mit schwarzen Linien eingezeichnet und erstrecken sich in zwei getrennten Zweigen von Trölladyngja und Krýsuvík Richtung Kleifarvatn, vereinigen sich in Undirhlíðar, verschwinden beim Berg Búrfell, tauchen dann in Vatnsendahlíð wieder auf und ziehen sich weiter zum See Elliðavatn, ein brennender Pfeil nach Nordosten, in die Hauptstadt hinein. Wie Schwäne in v-förmiger Flugformation auf dem Weg ins Sommerland.

»Der Spaltenschwarm«, sage ich resigniert. »Unter uns war doch eine Magmakammer. Krýsuvík ist ein voll entwickelter Zentralvulkan. Und die Systeme sind miteinander verbunden.«

Mir wird schwindelig und ich muss mich hinsetzen, das ist alles meine Schuld. Ich wusste es. Aber ich habe mir selbst nicht geglaubt und es einfach verdrängt. Habe noch nicht einmal ein Modell ausrechnen lassen, das überhaupt nicht in Betracht gezogen.

»Anna, bist du okay?«, fragt Milan. »Fühlst du dich in der Lage, uns zu helfen?«

»Ich weiß nicht, ob ich zu irgendwas zu gebrauchen bin«, antworte ich. »Alle meine bisherigen Ratschläge haben euch ins Verderben gestürzt. Wir hätten das Gebiet längst abriegeln sollen. Hätten damit rechnen müssen, dass es schlimmer werden kann. Wir hätten die Leute in den oberen Stadtvierteln warnen müssen. Das war unsere Aufgabe, es war meine Aufgabe, dem Zivilschutz die Gefahr klarzumachen. Euch zu zwingen, sie ernst zu nehmen.«

Milan schüttelt den Kopf. »Es bringt nichts, sich jetzt den Kopf darüber zu zerbrechen. Wir haben keine Zeit für Kritik oder Schuldzuweisungen. Das kommt später. Jetzt müssen wir uns einen Überblick verschaffen und retten, was noch zu retten ist.«

»Das konnte niemand vorhersehen«, sagt Ebba. »Glaubst du etwa, Halldóra und Jóhannes und all die erfahrenen Leute wären bei der Ausbruchstelle gewesen, wenn sie damit gerechnet hätten, dass so was passiert? Das ist ein Unfall, eine unvorhersehbare Katastrophe. So etwas passiert einfach. Wir versuchen es zwar, aber wir können uns nie sicher sein, dass wir so eine Situation unter Kontrolle haben. Das wusstest du immer.«

Ich nicke. Mein Vater stopft seine Pfeife, lehnt sich auf dem Stuhl zurück und wischt ein paar Tabakkrümel von seinem alten Rautenpullover: »Wir dürfen nicht vergessen, dass es in den Vulkanzonen Islands überall, jederzeit und in jeder Form Eruptionen geben kann.«

»Aber das ist doch eine Vereinfachung«, widerspreche ich. »Es kann nicht überall Eruptionen geben.«

Er zündet ein Streichholz an, saugt konzentriert die Flamme in den Tabak, und der warme Pfeifengeruch zieht durchs Wohnzimmer.

»Sieh mal, Kleines, an manchen Orten ist die Wahrscheinlichkeit, dass es zu einer Eruption kommt, höher als an anderen. Die Wissenschaft hilft uns dabei, diese Wahrscheinlichkeit zu berechnen. Aber das gibt uns noch lange keine Sicherheit, wir können uns nie über irgendetwas sicher sein.«

Und trotzdem war ich mir meiner Sache so verdammt sicher.

*

Milan vertraut mir anscheinend immer noch, deshalb muss ich weiter meine Pflichten gegenüber dem Zivilschutz erfüllen. Wir müssen uns einen Überblick über die Katastrophe verschaffen und retten, was noch zu retten ist, bis wir Hilfe von außen bekommen. Militärtruppen aus Skandinavien sind unterwegs, aber deren Flugzeuge müssen in Akureyri landen, und die ersten Schiffe treffen erst in vierundzwanzig Stunden ein, was in dieser Situation eine lange Zeit ist. Ich rede mit dem Wetteramt und versuche, das bruchstückhafte Bild von der vulkanischen Tätigkeit zusammenzusetzen. Wir stellen Berechnungen an und zeigen mögliche Wege der Lava, der Gase und der Asche auf. Ich ziehe Linien auf der Karte, Milan vergleicht sie mit den Informationen von draußen und instruiert die Rettungswachen, die Polizei und die Feuerwehr. Nach und nach verdichtet sich die Karte und das Bild wird klarer: Die schwarzen Vulkanspalten erstrecken sich bis in den See, rote Wogen der Zerstörung kriechen in die Wohngebiete, versengen die Häuser und überziehen die Straßen mit Schlacke. Die Rettungstrupps sind flackernde blaue Punkte, die sich zögernd an die rote Linie herantasten, Häuser durchsuchen und dann vor der glühenden Vulkanasche zurückweichen, vor der Hitze und der Lava auf ihrem unaufhaltsamen, schonungslosen Kreuzzug hangabwärts Richtung Meer.

Ich strenge mich an, muss aber all meine Energie aufwenden, um mich auf die Aufgabe zu konzentrieren. Ich sitze zwischen blinkenden Lampen, knackenden Funkgeräten und piependen Warnsignalen und versuche, die Gedanken an meine Familie zu verdrängen, arbeite atemlos im Wettlauf gegen die Zeit. Die selbstgefällige Wissenschaftlerin gibt es nicht mehr, nur noch das Wrack eines erschöpften, verängstigten Menschen mit fürchterlichen Kopfschmerzen, dem Sand aus den Haaren auf die Schalttafel rieselt. Vielleicht bin ich tot, vielleicht bin ich dort unten im Erdboden gestorben, vielleicht war das eine andere Frau, die von den Touristen ausgegraben und von der Rettungswache Siegeshoffnung am Straßenrand aufgelesen wurde. Es ist unlogisch, dass ich überlebt haben soll, das habe ich nicht verdient. Meine Kollegen starben im Vulkanausbruch, meine Retter kollabierten vor Erschöpfung im Aschefeuer, meine Familie ist verschollen, meine Kinder sind womöglich in Lebensgefahr, und ich sitze am Schaltpult des Zivilschutzes und tue so, als hätte ich Ahnung von den Dingen, mit zittrigen Händen und paralysiert wie ein Zombie.

»Milan«, sage ich, nachdem ich das letzte Lavastrom-Modell gespeichert habe, »ich gehe jetzt und suche nach meiner Familie.«

Er nickt. »Ja, das verstehe ich. Geh nur, es ist genug. Ebba kann jetzt übernehmen. Wir sind in Kontakt mit Júlíus und seinen Leuten beim Wetteramt. Die Notunterkünfte sind eingerichtet, das Rote Kreuz hat bestimmt schon die Namenslisten ausgehängt. Rede mit ihnen und bitte sie, dir bei der Suche zu helfen.«

Als ich aufstehe, muss ich mich am Tisch abstützen, kann meinen verletzten Fuß kaum belasten.

»Milan, es tut mir leid«, sage ich. »Es tut mir leid, dass ich mich so verkalkuliert habe, dass wir es nicht geschafft haben, die Bevölkerung zu warnen.«

Er schaut mich mit traurigem Lächeln an. »Du musst dich für nichts entschuldigen, Anna. Du hast dein Bestes getan. Du hast es nicht vorhergesehen, aber du bist nicht allwissend. Das kann man von niemandem verlangen. Du hast immer ehrlich deine Arbeit gemacht, im Sinne der Wissenschaft und des Zivilschutzes. Und du bist hergekommen, um uns zu unterstützen. Das ist nicht selbstverständlich. Das hätte nicht jeder getan.«

Er nimmt meine Hand und drückt sie. »Viel Glück«, sagt er und dreht sich dann wieder zur Schalttafel, nimmt weitere Notrufe entgegen, schickt die Polizei, die Feuerwehr und die Rettungswachen in weitere Straßen und eingestürzte Häuser, um nach Überlebenden zu suchen.

Ich humpele zum Tisch des Roten Kreuzes, wo die gestresste Mitarbeiterin rotiert, offenbar ohne die geringste Ahnung, woraus ihre Aufgabe in der Koordinationszentrale besteht. Ehrenamtler haben gerade erst begonnen, die Namen der Personen zu registrieren, die in den Notunterkünften eingetroffen sind, und die Listen über die Vermissten werden schnell länger.

»Das ist doch Irrsinn«, sagt die Frau mit Panik in der Stimme. »Alle Stadtbusse wurden raufgeschickt, um die Schulen und Krankenhäuser zu räumen, aber die Leute hören einfach nicht. Sie rennen zu ihren Autos, wollen die Kinder und Alten holen, ihre Hunde, irgendwelches Zeug. Sie versperren die Straßen, weil sie Computer, Gemälde, Fernseher und Wohnwagen retten wollen. Die Polizei hat nichts mehr unter Kontrolle, die Busse kommen nicht weiter, die Busfahrer geben auf und lassen sie einfach auf der Straße stehen. Es ist hoffnungslos.«

Aber noch nicht ganz. Ich bedränge sie, flehe sie an, bis sie sich erbarmt und über Tetra-Funk nach meiner Familie fragt, obwohl das verboten ist und diesen wichtigen Kommunikationsweg für zwei Minuten blockiert.

»Gute Nachrichten«, krächzt die Stimme aus dem Funkgerät. »Hier ist eine Gruppe auf Kristinn Fjalar Örvarsson registriert.«

Ich bin so erleichtert, dass mir die Beine wegsacken und ich nach der Tischkante greifen muss, um nicht auf die Knie zu sinken. Kristinn und Örn haben sich beide in der Notunterkunft in Smáralind eingefunden, dann ist Salka bestimmt bei ihnen.

»Ein erwachsenes Familienmitglied wurde als vermisst gemeldet«, sagt die Stimme im Funkgerät. »Anna Arnardóttir.«

»Das bin ich«, flüstere ich so leise, dass es niemand hört.

Ich ringe nach Atem, danke der Vorsehung, Gott, wem auch immer dafür, dass meine Familie beschützt wurde.

»Und ein Kind.«

»Wie bitte?«

»Ein Kind, Salka Snæfríður Kristinsdóttir, acht Jahre. Sie steht auch auf der Vermisstenliste.«

KATLA 1311

Der Gletscherlauf begann am Sonntag nach Weihnachten und dauerte bis zum 2. Februar fort, mit
starken Fluten und Überschwemmungen. Er zerstörte alle Höfe auf dem Mýrdalssandur.
Markús Loftsson: Schriften über Vulkanausbrüche
in Island, 1930

... und ich sehe ihn vor mir, als die Flutwelle auf den Sander
hinabtost und auf den Hof zurollt wie eine aschgraue Sen-
se, die gekommen ist, um die Häuser und alles, was auf dem
Sander Atem schöpft, zu vernichten. Sein erster und einziger
Gedanke in diesem Moment ist, ins Haus zu laufen und das
Kind aus der Wiege beim Ehebett zu zerren. »Gottes Gnade sei mit euch!«, ruft er noch, als er schon wieder hinaus-
eilt, seine Frau und alle Hofbewohner dem Tod in den Fluten
überlässt, mit dem Kind auf dem Arm eine Mauer erklimmt
und von dort auf eine große Eisscholle hüpft, die der Gletscherlauf am Hof vorbei weit hinaus aufs Meer trägt.

Was geht ihm durch den Kopf an jenen langen Tagen, die
er auf der Eisscholle ausharrt, bibbernd und ohne Nahrung
mitten im dunklen Winter, während unablässig Asche vom
Himmel fällt? Bereut er es, geflohen zu sein, anstatt mit seiner Familie zu sterben? Spielt er mit dem Gedanken, auf-
zustehen und von der Eisscholle ins Meer zu springen? Er
hat gespürt, wie sein Kind ruhiger wurde, weil der Hunger
und die Nässe ihm alle Kraft raubten, hat gesehen, wie seine
Augen stumpf wurden. Er hat es unter der Joppe an seinen

Körper gedrückt, um es warm zu halten, zu Gott gebetet, er möge sie beide verschonen und ihren Seelen gnädig sein. Er hat sich Vorwürfe gemacht, weil er versuchte, Katla zu überlisten und zu überleben. Er zieht das Messer aus der Scheide, die Finger verkrampft und blau vor Kälte, und denkt in seiner Verzweiflung, dass es das Beste wäre, dem Kind die Halsader durchzutrennen, ihm sanft das Leben zu nehmen wie einem armen Lamm, aber sein kleines Mädchen wacht auf und schlägt mit dem Gesicht gegen seinen Oberkörper, sucht mit dem Mund nach der Brust, umschließt die trockene Brustwarze, saugt eifrig, lässt sie wieder los und weint bitterlich.

Er weint auch, ein erwachsener Mann, Tränen strömen über seine stoppeligen wettergegerbten Wangen. Er legt sich das Messer auf die Brust, setzt es an der Brustwarze an, schließt die Augen, beißt die Zähne zusammen und schneidet sie ab. Dann legt er das Kind an die Brust. Es trinkt, reagiert auf den fremden salzigen Geschmack, lässt los und brüllt entrüstet, aber der Hunger siegt über die Wut, und es saugt gierig weiter. Ab und zu hebt es den Kopf und brüllt mit blutverschmiertem Mund, und der Vater hebt das Gesicht zum Himmel und brüllt auch, brüllt aus Leibeskräften. Sie besitzen nichts, nur einander, das Blut und den Lebensdurst, den sie unter dem rußschwarzen Himmel teilen. Der Wind weht aus Westen und die Asche der Katla verfolgt sie gen Osten entlang der Strandlinie wie ein Fluch.

»Sie werden gerettet«, sage ich, »das kleine Mädchen und sein Vater.« Aber mein Vater schüttelt den Kopf. »Verschwende deine Zeit nicht mit solchem Unsinn, Kleines, das ist nur ein Volksmärchen. Genug der Dummheiten.«

Wortlos klappe ich das Buch zu und stelle es zurück ins Regal, vergesse die Geschichte aber nicht, sondern behalte sie im Gedächtnis. Ich glaube nämlich, dass sie wahr ist, die Geschichte von dem Mann mit seiner kleinen Tochter an der

Brust, sehe ihn vor mir, wie er sie unter der schwarzen Jacke an sich drückt, weit draußen auf dem Meer, und in die Dunkelheit brüllt: »Du kriegst sie nicht, hast du gehört? Ich rette sie, koste es, was es wolle!«

Er hieß Sturla Arngrímsson. Über siebenhundert Jahre sind seit dieser Katastrophe vergangen, die nach ihm benannt wurde und seitdem Sturla-Gletscherlauf heißt.

SIE IST IM SYSTEM

Smáralind: Einkaufszentrum im Stadtteil Smára-hverfi in Kópavogur mit hoher Kapazität. Geeignet zur Unterbringung einer großen Anzahl von Menschen ohne aufwändige Vorbereitungen.

Räumungsplan für das Hauptstadtgebiet

Ich halte mich an Tómas fest und vergrabe das Gesicht in seiner Lederjacke. Er rast wie ein Irrer über Verkehrsinseln und Gehwege durch den dichten Rauch, manövriert das Motorrad um die parkenden Autos herum. Die Leute haben ihre Fahrzeuge einfach stehen gelassen und irren mit ihren Kindern im Schlepptau in der Dunkelheit über die Bürgersteige, mit Tüchern vor Mund und Nase, die Augen starr vor Angst. Vereinzelte Autofahrer hupen uns an, öffnen die Wagentüren und schreien uns etwas hinterher, aber es ist mir egal. Ich klammere mich wie eine Ertrinkende an Tómas, presse mich an ihn und merke, wie sich die Panik in meinem Bauch sammelt und zu einem harten, schmerzhaften Geschwür wird. Sein Körper schwingt nach links und rechts, ich spüre, wie seine Schultern, sein Rücken, sein Bauch, wie jeder einzelne Muskel sich aufs Fahren konzentriert, um uns so schnell wie möglich zu dem Einkaufszentrum zu bringen. Ich versuche, mich seinen Bewegungen anzupassen, trage meinen kleinen Teil dazu bei, dass wir schneller werden, und hoffe, dass die Tränen und der Rotz, die mir übers Gesicht laufen, die Gasmaske nicht ruinieren. Die Maske und das Gasmessgerät waren die letzten Dinge, die Milan mir gab, nachdem er vergeblich versucht hatte, mich davon

abzubringen, rauszugehen und nach meiner Tochter zu suchen.

»Das macht keinen Sinn«, sagte er. »Überlass das lieber
den Rettungswachen und der Polizei. Das Rote Kreuz bringt
Familien wieder zusammen, das dauert nur seine Zeit.«

»Ich werde sie finden«, erwiderte ich verbissen. »Und
wenn es meine letzte Tat ist.«

»Du bleibst bestimmt auf der Straße stecken«, insistierte er mit finsterer Miene. »Das nutzt niemandem, weder uns
noch deiner Tochter. Hier kannst du viel besser nach ihr suchen als da draußen in dem Qualm. Sei vernünftig.«

Am Ende gab er klein bei, weil er merkte, dass er noch
nicht einmal an mein berufliches Gewissen appellieren konnte. Ich bin nur noch eine ungestüme Maschine mit einem
einzigen Ziel: Salka zu finden. Ich kann niemandem mehr
helfen, bevor ich sie nicht in Sicherheit gebracht habe.

»Die Schulen in den oberen Stadtvierteln wurden schnell
und gründlich evakuiert«, meinte die Frau vom Roten Kreuz.
»Die Kinder müssten inzwischen alle in Smáralind sein.
Wahrscheinlich haben Salka und ihr Vater sich nur noch
nicht gefunden, und er musste sie auf die Vermisstenliste setzen lassen, damit das Computersystem sie zusammenführen
kann. Vielleicht ist das schon passiert und muss nur noch ins
System eingegeben werden. Das ist nur eine Registrierungs-
sache, einfach Bürokratie.«

»Ich komme zurück, sobald ich sie gefunden habe«, ver-
sprach ich Milan. »Ebba hält so lange die Stellung, sie weiß
sowieso viel mehr als ich.«

»Vielleicht über die alte Katla, aber nicht über dieses
Ungetüm«, warf sie ein und umarmte mich zum Abschied.
»Mach dir keine Sorgen um uns. Viel Glück. Wenn ich verschollen wäre, würde ich mir wünschen, dass du diejenige
wärst, die loszieht und nach mir sucht.«

Ich umschlinge Tómas mit den Armen und Knien, als wären wir ein Körper, der sich über das Lenkrad beugt und durchgeschüttelt wird, wenn es über Bordsteine und Verkehrsinseln fährt und in den Kurven durch die Asche schlittert. Der Motor jault vor Anstrengung. Eigentlich müsste es helllichter Tag sein, aber die Dunkelheit zieht in schweren Schleiern über uns hinweg. Die Leute aus Skaftafell haben ein Wort für die düsteren Aschewolken der Vulkane, die regelmäßig im Norden ausbrechen: Trübungsblöcke. Sie ersticken die Landschaft, verwandeln sie in Schatten, nur einzelne Blitze beleuchten den dichten Rauch, und Donner rollt über dem unablässig dröhnenden Vulkan. Mein Geliebter fährt über einen schmalen, kaum erkennbaren Randstreifen und gibt alles, um mich zu meinem Mann zu bringen. Das Chaos in meinem Leben erreicht eine Art Höhepunkt, aber das spielt jetzt keine Rolle. Das einzig Wichtige ist, Salka zu finden, die endlose Fahrt zu diesem hässlichen Einkaufszentrum hinter uns zu bringen, das endlich wie eine Erlösung in der Finsternis vor uns auftaucht, mit flackernden, von einem schwachen Generator angetriebenen Lichtern, aber wenigstens sind sie da und werfen trübe Strahlen durch den Dunst. Ich springe vom Motorrad und hinke durch die Tür, mitten hinein in eine Menge von schmutzigen, panischen Menschen, Rufen, Schreien und Kinderweinen.

Tómas greift nach meiner Hand, und ich halte sie ganz fest, während wir uns in dem dämmrigen Einkaufszentrum durch die Menschmenge drängen. Ich frage nach dem Weg, nach dem Empfangstresen des Roten Kreuzes, und die Leute zeigen in das Gebäude. »Neben der Rolltreppe«, sagt jemand, aber dann sehe ich plötzlich einen dunklen Haarschopf über einem blauroten Overall, den ich überall wiedererkennen würde. Ich stoße einen Schrei aus, kämpfe mich durch das Getümmel und werfe mich in die Arme meines geliebten Sohns.

Er hat Brandwunden, und mir kommen die Tränen, als ich die Blasen auf seinen Handrücken und Unterarmen sehe, aber sie sind nicht schlimm genug, dass man ihn in der Krankenstation, die in der oberen Etage des Einkaufszentrums eingerichtet wurde, bevorzugt behandeln würde.

»Ist schon okay, Mama. Das ist nicht so schlimm.«

Örn versucht, mich zu beruhigen, und ich drücke ihn fest an mich, heilfroh, meinen geliebten Jungen zu sehen, ihn lebendig in meinen Armen zu spüren.

Er war von der Nachtschicht in der Aluminiumfabrik nach Hause gekommen und eingeschlafen, als das große Erdbeben kam. »Dann gab es Explosionen und alles wurde schwarz«, erzählt er. »Im Wohnzimmer sind die Fensterscheiben geplatzt, und als ich rausschaute, dachte ich, der See brennt. Aber Papa wusste genau, was zu tun ist. Ich sollte den Arbeitsoverall anziehen, und er hat sich eine Feuerlöschdecke um die Schultern gelegt und unsere Skihelme geholt. Erst fuhren wir mit dem Auto, bis der Verkehr stockte und wir einfach nicht weiterkamen. Wir mussten den Wagen stehenlassen, wir rannten zur Schule, um Salka zu holen, aber da waren die Kinder schon weg. Deshalb liefen wir einfach weiter, weg von dem Vulkanausbruch. Es war ein Alptraum, Mama, wie brennender Schneefall. Oben brannten schon Gegenstände, auch Häuser, außerdem sah man kaum noch was vor lauter Asche und hörte nichts mehr wegen dem Getöse des Vulkans. Wir rannten und rannten, und überall kreischten Leute. Es gab viele Verletzte und Verbrannte, es war schrecklich.«

Er schaut mich mit großen braunen Augen an, ist mir so ähnlich, ist seinem Großvater so ähnlich. Verzweifelt und ängstlich, ganz aufgelöst wie früher als kleiner Junge. »Mein geliebter Schatz.« Ich drücke ihn an mich, unendlich erleichtert, ihn heil wiederzusehen.

»Wir können Salka nicht finden, Mama. Oben haben sie

uns gesagt, wir sollen uns keine Sorgen machen, alle Kinder wären evakuiert worden, aber ihre Schule ist hier und die Lehrer sagen, sie wüssten nicht, ob sie mitgekommen ist. Da herrscht totales Durcheinander. Papa dreht völlig durch. Er steht vor dem Tisch vom Roten Kreuz und brüllt die Leute an.«

Ich muss ihm beistehen.

Wir müssen uns einen Weg zum Informationstresen des Roten Kreuzes bahnen, drängeln uns durch die Masse von verängstigten aufgebrachten Menschen und heulenden Kindern. Das Einkaufszentrum ist vollgestopft mit panischen Leuten mit Rettungsdecken über den Schultern, sie sitzen auf dem Boden, lehnen an den Wänden, einige haben Zuflucht in den Geschäften gesucht, wo die Mitarbeiter sich entweder um sie kümmern oder sich krampfhaft bemühen, diese schmutzigen Gespenster zu ignorieren, als wäre das ein ganz normaler Dienstag im September. Der Outdoorladen wurde von den Bewohnern eines Altenheims okkupiert, man hat den alten Leuten bunte Anoraks und Pullover angezogen, um sie warm zu halten, weshalb der Boden aussieht wie ein grellzerklüftetes Lavafeld.

Mein Mann steht mit verschränkten Armen vor dem Rot-Kreuz-Tresen und fixiert den Scheitel eines jungen Mannes in einem roten Fleecepulli, der frustriert auf seinen Computer starrt. Als er mich sieht, sagt er nichts, schaut mich nur mutlos an und streckt die Hände nach mir aus. Ich werfe mich in seine Arme, vergrabe das Gesicht in seinem Pullover und schluchze. Mein geliebter Mann hält mich ganz fest, als wäre ich die Lösung für alle Probleme dieser Welt.

»Sie ist verschwunden«, sagt er mit gebrochener Stimme. »Sie können sie nicht finden. Aber ich bin so froh, dich zu sehen. Wir dachten ... aber wir hofften ... ich bin so glücklich, dich zu sehen. Unversehrt.«

Ich bin auch froh, ihn zu sehen, und atme seinen vertrauten Duft nach Sandelholz und Zeder ein, vermischt mit Schweiß und Ruß. Er gibt mir ein friedliches Gefühl der Sicherheit, als wäre alles in Ordnung, so wie früher. Aber das dauert nicht lange an, er versteift sich in meiner Umarmung und lässt mich los.

»Was will der denn hier?«

Ich drehe mich um. Tómas Adler steht etwas abseits und beobachtet uns, sein Blick ruht auf mir.

»Er hat mich mit dem Motorrad hergebracht. Ach, Kristinn«, ich nehme seine Hände, diese großen warmen Pranken, die Geräte reparieren, Kindern über die Köpfe streichen und fast alles bewerkstelligen können, Hände, die ich nicht lieben konnte. »Wir müssen das gemeinsam angehen und Salka finden. Alles andere ist unwichtig. Wir müssen alles andere hintenanstellen.«

Kristinn nickt langsam und zögernd, holt tief Luft, ist wütend und erschöpft, aber vor allem wie immer vernünftig.

»Dann geh und rede mit der Schule. Die sind im zweiten Stock, beim Kino. Nimm Örn und den da mit, ich warte hier auf Neuigkeiten.«

Wir drängen uns durch das Gewühl, vorbei an unseren Nachbarn, Leuten, die sich ständig im Supermarkt begegnet sind, im Straßenverkehr, beim Gassigehen mit den Hunden oder bei Fußballturnieren, wo sie ihre Kinder angefeuert haben. Hier sehen sich alle ähnlich und sind kaum wiederzuerkennen, mit Asche in den Haaren, frierend unter den Rettungsdecken, die das Rote Kreuz verteilt hat. Es ist dämmrig, eine schwarze Ascheschicht liegt auf dem Glasdach des Einkaufszentrums, und die Lampen flackern. Wir hören das dumpfe Dröhnen des Vulkans wie aus weiter Ferne, aber die Donnerschläge sind nah, und das Gebäude wackelt, wenn sie darüber hinwegziehen.

Im Kino werden Zeichentrickfilme gezeigt, um die müden, verschreckten Kinder zu beschäftigen. Die Lehrer stehen vor dem Saal und versuchen, den Betrieb auf den Toiletten zu steuern und zu verhindern, dass Süßigkeiten aus der Verkaufstheke geplündert werden. Ich entdecke Salkas Rektorin, die mir hilft, ihren Lehrer zu finden. Er schüttelt frustriert den Kopf und versteht nicht, wie das passieren konnte. Er hätte schwören können, dass sie in den Bus gestiegen ist. Als er die Namen vorlas, war er sich sicher, dass kein Kind zurückgeblieben ist. »Es tut mir so furchtbar leid«, sagt er, aber ich habe keine Zeit, mir seine Entschuldigungen anzuhören.

»Wo ist Máni?«, frage ich, und der Lehrer führt mich in den verdunkelten Saal, wo kleine gelbe Comicfiguren einen albernen Tanz auf der Leinwand aufführen. Er winkt den besten Freund meiner Tochter heraus, er soll mit uns reden.

»Ich weiß es nicht«, sagt er und schaut mich durch seine dicken Brillengläser trotzig an. »Ich weiß nicht, wo sie ist.«

»Ich habe ihn schon gefragt«, seufzt der Lehrer resigniert. Trotzdem hocke ich mich vor den Jungen und sage klar und sanft: »Du bist ihr bester Freund, niemand kennt sie so gut wie du. Du kannst dich doch immer genau an Sachen erinnern ... weißt du noch, was sie gesagt hat?«

Er schweigt und schüttelt mit aufeinandergepressten Lippen den Kopf.

»Bitte, Máni, versuch es! Du bist nicht schuld, ich werde nicht sauer, versprochen. Niemand schimpft mit dir. Vielleicht ist sie in Schwierigkeiten. Ich muss sie finden und schauen, ob ich ihr helfen kann.«

Er starrt auf seine Zehen. »Ich weiß nicht. Vielleicht ist sie nach Hause gegangen. Vielleicht wollte sie ihren Papa suchen und Mandla und Rúsína holen.«

Die Ratten!

Natürlich. Bin ich nicht sogar darauf herumgeritten, dass sie die Verantwortung für die Tiere übernehmen und sich um sie kümmern muss? Dass sie auf ihren Vater und ihren Bruder aufpassen soll? Dass sie fleißig und vernünftig sein soll, so wie ihre Mutter?

Ich rappele mich hoch und haste aus dem Saal, ohne mich von Máni oder dem Lehrer zu verabschieden, und renne vor dem Eingang in Örn und Tómas.

»Nach Hause«, krächze ich und kriege vor Panik kaum noch Luft, »sie ist zu Hause.«

Wir drängeln uns wieder durch das Einkaufszentrum und finden Kristinn an derselben Stelle vor dem Informationstisch des Roten Kreuzes. Die Härte in seinem Gesicht verwandelt sich in verbissenes Entsetzen.

»Haben Sie das gehört?«, zischt er den jungen Rot-Kreuz-Mitarbeiter an, »sie ist nach Hause gelaufen, zum Elliðahvammsvegur 8. Geben Sie der Einsatzleitung Bescheid, die müssen da sofort hin und nach ihr suchen.«

Der junge Mann tippt etwas in den Computer, blickt uns dann ratlos an und schüttelt den Kopf. »In dem Viertel wurden alle Häuser durchsucht. Die Feuerwehr und die Rettungswache sind angewiesen worden, sich zurückzuziehen. Die Gegend ist zu gefährlich.«

»Sie ist erst acht Jahre alt«, sage ich mit brüchiger Stimme. »Sie müssen nach ihr suchen.«

Der Mann zuckt mit den Achseln. »Tut mir leid. Sie ist im System, mit höchster Priorität. Das ist das Einzige, was ich tun kann. Sie suchen nach ihr, wenn sie können. Ich muss Sie bitten, sich zu setzen und geduldig zu sein. Es gibt noch mehr Leute, die Unterstützung brauchen.«

Wir stehen wie versteinert da, die Hilflosigkeit überrollt uns wie eine Welle. Mein Gesicht ist taub, und ich schaue abwechselnd auf die drei Männer, die ich liebe. Mein Sohn hat die Hand gegen den Mund gepresst und kämpft mit den Tränen. Sein Vater knirscht hilflos vor Wut mit den Zähnen und sieht aus, als würde er gleich den Info-Tisch umwerfen. Tómas hat die Arme verschränkt, schaut mich besorgt an und wartet auf meine Reaktion. Ich ringe nach Luft, muss die Lage unter Kontrolle bekommen, unsere Möglichkeiten ausloten.

Eigentlich gibt es nur drei. Wir bleiben hier, warten deprimiert auf Neuigkeiten und vertrauen den Rettungswachen, die aufgehört haben, in unserem Viertel zu suchen. Diese Möglichkeit steht nicht zur Debatte. Ich könnte zurück zur Koordinationszentrale fahren und versuchen, Milan dazu zu bringen, einen Suchtrupp in unser Viertel zu schicken, aber das erscheint mir ziemlich hoffnungslos. Es ändert nicht viel, ob die Bitte von mir oder von einem müden Rot-Kreuz-Mitarbeiter kommt. Milan würde mich niemals auf Kosten anderer bevorzugen. Die dritte Möglichkeit ist die einzige, die in Frage kommt.

»Ich gehe selbst«, verkünde ich entschlossen. »Ich fahre rauf und finde sie.«

»Ich komme mit«, sagt Örn sofort, aber ich schüttele den Kopf. »Nein, Schatz, das lasse ich auf keinen Fall zu. Du bleibst hier bei deinem Vater, Tómas und ich fahren mit dem Motorrad. Das ist der einzige Weg.«

Kristinn schaut mich ungläubig an. »Du willst ihn mitnehmen, um nach Salka zu suchen?«

»Es ist sein Motorrad. Anders kommen wir nicht hin.«

»Sie ist meine Tochter.«

»Das weiß ich doch«, sage ich, nehme seine Hände und schaue ihm in die Augen, die dunkel vor Angst sind. »Kristinn, einer von uns muss hierbleiben und Salka in Empfang nehmen, wenn sie gefunden wird. Wenn die Rettungswache sie vor mir findet.«

»Dann fahre ich mit ihm, und du wartest hier.«

»Nein, ich muss rauffahren. Tómas und ich haben Ausweise, mit denen wir durch die Sperrungen kommen. Die Polizei muss uns durchlassen. Außerdem kenne ich Vulkanausbrüche. Ich kann die Situation einschätzen. Wenn jemand durchkommt, dann ich.«

»Er wird dich enttäuschen.« Kristinns Stimme zittert. »Er bringt es nicht fertig, dich den ganzen Weg zu begleiten.«

Ich stelle mich zwischen die beiden Männer und halte sie beide an der Hand. Tómas blickt verschämt auf den Boden, und Kristinn starrt ihn wütend an, als würde er ihn am liebsten ermorden. Ich drücke ihre Hände, blicke von einem zum anderen.

»Wir müssen jetzt vernünftig und klar denken. Alles andere hintenanstellen. Wir müssen tun, was getan werden muss, um Salka zu finden. Uns bleibt nichts anderes übrig.«

Kristinn schließt schweigend die Augen, holt tief Luft und schluckt. Dann schaut er zu Örn: »Zieh deine Sachen aus.«

»Was?«

»Zieh den Overall aus und gibt ihn deiner Mutter. Er ist feuerfest.«

Zum Abschied umarme ich meinen großen Jungen, der in seiner kurzen Hose und seinem T-Shirt bibbernd dasteht. Ich umarme auch seinen Vater, der vor unterdrückter Wut zittert, mich aber ganz fest hält.

»Sei vorsichtig, Anna«, flüstert er. »Mögen Gott und alle guten Geister dich beschützen. Finde unsere Tochter und bring sie unversehrt zu mir. Kommt wieder zu mir, alle beide, hörst du?«

FEUER AUF DEM HÜGEL

Wie weit wirst du für die Liebe gehen? Was wirst du aufs Spiel setzen? Dein Zuhause, deine Arbeit, deinen Ruf, deine finanzielle Sicherheit? Wirst du den ganzen Weg gehen, dein Leben und dein Seelenheil opfern? Gehst du für deine Liebe bereitwillig durch die Hölle, zusammen mit mir, wie Pech und Schwefel? Oder sagen wir das nur so, ist das zu viel verlangt?

Und wie bereitet man sich auf eine Fahrt in die Hölle vor? Tómas und ich vertrauen auf Wasser, reichlich Wasser, Schokolade, Gasmessgeräte, Masken und Feuerlöschdecken und ziehen damit bewaffnet hinaus in die Schwärze. Es hat ein wenig aufgeklart, das Licht ist trüb und grau, aber immerhin sehen wir etwas. Ich versuche, Tómas durch sein Helmvisier ins Gesicht zu schauen, erkenne aber nur seine Augen.

»Danke, Liebster«, sage ich und umarme ihn, »danke, dass du mitkommst und mir hilfst, mein kleines Mädchen zu finden. Danke, dass du das mit mir durchstehst, dass du mich nicht im Stich lässt.«

Ohne zu antworten, legt er seinen Helm an meinen, sodass unsere Stirnen leicht gegeneinanderschlagen. Dann steigen wir auf das Motorrad, er in Lederklamotten, ich in Örns viel zu großem Arbeitsoverall, dessen Schritt mir bis in die Kniekehlen hängt. Tómas lässt den Motor aufheulen, die Maschine brummt, Asche und Schlacke spritzen unter den Reifen. Wir fahren nach Norden in die Schwärze und sausen um parkende Autos herum, über Verkehrsinseln und Bürgersteige.

Vor der ersten Absperrung bremsen wir ab. Eine schlanke Polizistin mit Helm und Gasmaske gibt uns ein Zeichen, dass wir anhalten und absteigen sollen. Ich hole meinen Zivilschutz-Ausweis heraus, der mir uneingeschränkten Zugang zum Katastrophengebiet gewährt. Sie kontrolliert ihn und wirft mir einen verwunderten Blick zu.

»Wollen Sie jetzt rauf zum See? Wissen Sie, wie die Lage da oben ist? Da regnet es Feuer. Da ist niemand mehr.«

Ich schaue hinauf zu dem Hügel, auf dem ich einmal wohnte, und merke, dass ich es verdrängt habe, dass ich unbewusst weggeschaut und mich geweigert habe, mir den Horror vorzustellen, der uns am See erwartet. Die Asche fällt in schwarzen Vorhängen, aber da oben in der Dunkelheit brennt Feuer. Es ist durch den dichten Rauch zu erahnen, die Häuser auf dem Hügel ragen vor dem Feuerschein auf wie Zähne in einem abscheulichen roten Maul. Blitze zucken in der Rauchsäule, und es dröhnt, als würden Berge gegeneinanderschlagen. Nur Verrückte verlangen Einlass in diese Hölle.

»Ich sitze im Wissenschaftsrat, wir sind im Auftrag des Zivilschutzes hier«, sage ich so streng wie möglich und fixiere die Polizistin, so als hätte ich hier zu bestimmen. Dabei hoffe ich inständig, dass sie sich nicht über Funk bei der Einsatzleitung in Skógarhlíð nach unseren Absichten erkundigt.

Sie mustert meinen Ausweis genauer, gibt ihn mir schulterzuckend zurück und streckt die Hand nach Tómas' Ausweis aus. Er schiebt die Hände in seine Hosentaschen, öffnet seine Jacke, klopft die Brusttaschen ab und blickt dann abwechselnd zu ihr und zu mir.

»Scheiße«, sagt er. »Ich muss ihn unterwegs verloren haben. Ich habe ihn nicht dabei.«

Ein eiskalter Schauer durchfährt mich.

»Such noch mal«, bitte ich ihn. »Dreh alle Taschen um, auch die Innentaschen.« Dann wende ich mich an die Polizistin. »Das ist eine Ausnahmesituation, wir müssen da rauf. Können Sie uns nicht ausnahmsweise durchlassen?«

Sie schüttelt den Kopf. »Sie können fahren, wenn Sie wollen, aber ihn kann ich nicht durchlassen, wenn er keinen gültigen Ausweis hat.«

Ich schaue mich verzweifelt um. Da stehen nur zwei Streifenwagen und ein Polizeimotorrad, die Straßensperre besteht aus einigen orangen Kegeln. »Kein Problem, da durchzufahren«, flüstere ich Tómas zu, als wir zurück zu unserem Motorrad gehen, »wir müssen es versuchen.«

»Dann verfolgen die uns mit Blaulicht. Vergiss es«, flüstert er zurück. »Sie kriegen uns auf jeden Fall, weiter oben sind noch mehr Absperrungen, da kommen wir nie überall durch.«

»Wir müssen es versuchen«, insistiere ich, aber er schüttelt den Kopf, packt mich am Arm und schaut mir in die Augen.

»Lass uns umkehren«, sagt er. »Das ist das einzig Vernünftige, Liebling. Lass uns runter nach Skógarhlíð fahren und mit Milan reden. Wir bringen ihn dazu, einen Suchtrupp loszuschicken.«

»Nein!«

»Anna, wir haben es probiert. Wir haben alles getan, was wir konnten.«

Die Angst überwältigt mich, sie ist ein heißes, schwarzes Pochen in meiner Brust, aber ich weigere mich, aufzugeben. Zähneknirschend gehe ich zum Motorrad und durchwühle voller Verzweiflung alle Taschen und Fächer, bis Tómas meinen Arm nimmt und versucht, mich zu bremsen. »Anna, hör auf.« Doch dann öffne ich ein kleines Fach unter dem Lenkrad, und da liegt sein Zivilschutz-Ausweis.

Ich stoße einen Freudenschrei aus und halte ihm den Ausweis triumphierend hin, das Problem ist gelöst!

Er senkt den Kopf.

»Ich fahre nicht. Ich kann das nicht.«

»Du kannst das nicht?«

Ich schaue ihn begriffsstutzig an. »Wir sind hier, mit dem Motorrad, und wir haben eine Durchfahrerlaubnis. Was ist das Problem?«

»Anna, das ist total verrückt. Da oben brennt alles, siehst du nicht das Feuer? Wir rennen in den sicheren Tod.«

»Wir müssen es versuchen, Tómas. Sie ist zu Hause, sie ist meine Tochter. Ich muss sie retten.«

»Sie ist nicht meine Tochter.«

Er steht vor mir, und auf einmal sehe ich ihn so, wie er wirklich ist. Kein böser Mensch, kein Scheusal, nur ein ängstlicher, schwacher Mann, der sich selbst mehr liebt als alles andere auf der Welt. Mehr als mich. Ich kann es ihm nicht verübeln. Zerknirscht und mit hängendem Kopf steht er vor mir, ist sich seiner Sache aber trotzdem ganz sicher. Er wird mir nicht in den sicheren Tod folgen, bis in die Hölle. Und ich kann ihn dafür nicht hassen. Nach allen schönen Worten, Versprechungen und Liebesbekenntnissen geht seine Liebe nicht tiefer. Er kann nichts dafür.

Ich schaue weg, er streckt die Hand aus und blickt mich flehend an. »Komm, Anna, lass uns umkehren.«

»Nein«, erwidere ich und steige auf das Motorrad. »Ich kehre nicht um.«

Dann fahre ich los.

TRIUMPH BONNEVILLE

Ich bin noch nie in meinem Leben Motorrad gefahren, aber ich habe Tómas dabei beobachtet. Die Maschine fegt los, so schnell, dass ich einen schrecklichen Augenblick lang glaube, dass sie sich aufbäumen und mich abwerfen wird, aber ich bekomme sie unter Kontrolle und rase weiter, durch die Absperrung und die Ascheverwehungen.

Tómas ruft etwas und rennt mir nach, mein wortgewandter schöner Geliebter mit den lachenden Augen, dann wird er vom Staub verschluckt. Ich habe nur noch Enttäuschung für ihn übrig und diese beschissenen Tränen, die meine Schutzbrille und meine Gasmaske verschmieren, als spielte es jetzt noch eine Rolle, ob mein Herz gebrochen ist, ob die Liebe, die mein Leben in Beschlag nahm, mich veränderte und all diese neuen Räume in mir öffnete, sich als wertlos entpuppt, ob sie verpufft und fortweht, sobald sie auf die Probe gestellt wird. Ich habe Wichtigeres zu tun.

Ich lasse den Motor aufheulen, jage das Motorrad weiter, fahre heulend diesen vertrauten Weg, den ich schon hundertmal gefahren bin, vorbei an friedlichen Wohnstraßen, Einfamilienhäusern, Geschäften, Kirchen, Schulen und Parkplätzen. Jetzt ist alles leer und verlassen, eine sinnlose Kulisse, das Leben ist aus der Welt verschwunden. Nichts existiert mehr, nur noch das Wüten der Erde und meine kleine, wahnsinnige Fahrt in das Auge des Sturms, zu dem dumpfen furchteinflößenden Feuerschein im Westen.

Je weiter ich komme, desto schwieriger wird das Fahren. Die Aschehaufen türmen sich immer höher auf, und die Schlacke wird gröber, sie klebt an den Rädern und in den Innenseiten der Schutzbleche, der Motor muss sich mehr anstrengen. »Komm schon, komm schon, fahr weiter«, flehe ich durch zusammengebissene Zähne, »nur noch ein Stückchen, bis zur nächsten Kreuzung«, aber es bringt nichts. Der Motor röchelt wie Salka, wenn sie das Asthma plagt, dann gibt er auf, das Motorengeräusch wird leiser und erstirbt.

»Verfluchte Scheiße«, ich lasse das Motorrad fallen und stolpere durch den Ascheregen die Straße hinauf. Die Verzweiflung in meiner Brust lähmt mich fast, ich brauche zu Fuß viel zu lange, über diese schwarzen Verwehungen, wie soll ich das rechtzeitig schaffen? Der Overall behindert mich beim Laufen, ich tapse vorwärts wie ein trostloser Königspinguin in der Wetterhölle der Antarktis, konzentriere mich darauf, einen Fuß vor den anderen zu setzen, kämpfe mich durch den Aschesturm. Die Asche ist gröber geworden und schlägt immer fester gegen meinen Helm, macht mich mürbe und schlapp.

Der Schlag eines fünf Zentimeter großen Bimssteinklumpens ist nicht lebensgefährlich, predigt eine Stimme in meinem Kopf, aber pausenlose Kraftanstrengung kann schädlich sein. Der Schlag eines fünf Zentimeter großen Felsbrockens mit einer Geschwindigkeit von hundert Stundenkilometern kann tödlich sein. Beim Hekla-Ausbruch 1510 gab es einen Todesfall durch Verausgabung bei Aschefall …

Der monotone Vortrag surrt weiter in meinem Kopf, der dichte Rauch wird immer schwärzer, das Dröhnen des Vulkanausbruchs immer lauter. Ich bin taub und verwirrt, muss aufpassen, dass ich nicht die Orientierung verliere, der Lärm scheint aus allen Richtungen zu kommen, von oben, von den Seiten, von hinten. Er klingt wie ein Motor.

»Anna!«

Ich drehe mich um, langsam, ganz langsam wie eine Pflanze, die sich zum Licht dreht, traue meinen Augen nicht, aber Tómas ist da. Einen Augenblick bin ich mir nicht sicher, ob ich halluziniere, ob ich den Verstand verloren habe, aber er ist es, er ist es wirklich, auf einem riesengroßen Polizeimotorrad. Er setzt den Helm ab und grinst verschmitzt, hochzufrieden, dass er mich überrascht hat.

Ich möchte auf ihn zulaufen, ihn in die Arme schließen, ihn tausendmal küssen und ihm danken, ihm sagen, dass die Welt ruhig untergehen kann, wenn er nur bei mir ist, wenn ich dabei nicht allein sein muss, dass ich mit ihm an meiner Seite alles schaffe. Aber ich sage nichts, stehe nur wie angewurzelt da und blicke ihn an.

Tómas steigt vom Motorrad, hält sich schützend die Hand vor die Augen und versucht, mir ins Gesicht zu schauen. Er wird unsicher.

»Verzeih mir«, sagt er. »Verzeih mir, dass mich der Mut verlassen hat. Ich habe dich enttäuscht. Mir erschien das alles so hoffnungslos. Als ich dir dann nachschaute, wusste ich, dass ich dich nicht alleine fahren lassen kann, dass ich dir helfen muss. Wenn du alleine gefahren wärst, mit dem Wissen, dass ich dich enttäuscht habe, könnte ich nicht mehr weiterleben. Ich glaube, die Polizistin hat das verstanden. Am Ende hat sie mir ihr Motorrad geliehen. Sie meinte, es verstößt gegen alle Regeln, aber es wäre verantwortungslos, dich alleine fahren zu lassen. Und … tja, hier bin ich. Ich komme mit.«

Er grinst, er hält sich wacker, aber er hat Angst, Todesangst. Die Schlacke fällt ihm in die Haare, in seine schönen dunklen Haare, der Schein des Vulkanfeuers erleuchtet den Winterhimmel und spiegelt sich in seinen Augen, und ich treffe eine Entscheidung. Ich gehe mit fünf energischen Schritten auf ihn zu und stoße ihn weg, sodass er rücklings in die Asche fällt.

»Anna, ich habe einen schrecklichen Fehler gemacht«, beschwört er mich. »Kannst du mir nicht verzeihen?«

»Hau ab!«, brülle ich. »Verpiss dich! Lass dich hier nicht mehr blicken!«

»Ich habe mich entschuldigt! Liebling, es tut mir so leid, was ich über Salka gesagt habe, dass sie nicht mein Kind ist. Das war gemein und dumm und unverzeihlich, das weiß ich. Aber ich bin gekommen, um dir zu helfen, verdammt noch mal! Ich liebe dich!«

»Hau ab!«, sage ich noch einmal. »Ich will dich nicht dabeihaben. Ich mache das allein. Ich liebe dich nicht.«

Er zuckt zusammen, als hätte ich ihn getreten.

»Du liebst mich nicht? Hast du den Verstand verloren? Setz wenigstens den Helm ab und lass mich dein Gesicht sehen!«

Aber das tue ich nicht, sondern greife nach dem Lenker des Polizeimotorrads und schwinge mein Bein mit Mühe über den Sitz. Er rappelt sich hoch und packt mich am Arm. »Bitte, Anna, lass mich nicht hier zurück. Was soll ich tun?«

»Hau ab«, sage ich. »Geh zurück. Ich will dich nicht dabeihaben.«

Meine Stimme ist fest, er kann mein Gesicht durch das Visier nicht erkennen. Ich starte den Motor und fahre los, weiter hangaufwärts, in die Schwärze hinein. Im Rückspiegel sehe ich, wie er mir nachläuft, dann stehen bleibt und mir hinterherschaut. Mein Liebhaber, mein wundervoller Geliebter versinkt in dem dichten Rauch, ich zittere schluchzend, und Tränen laufen mir über die Wangen, aber so muss es sein.

Er ist stark, er schafft es zurück.

Er wird es überleben. Er und Örn und Kristinn. Damit tröste ich mich.

Das Motorrad quält sich auf die Hügelkuppe, und ich blicke auf die Zerstörung, die einmal mein Wohnviertel war. Der See ist fast verschwunden, in Rauch aufgelöst, um die Spalte türmen sich Kraterränder auf, schwarz und rotglühend. Das Magma steigt in spitzen gelben Zungen, aus denen eine dichte Gaswolke quillt, hundert Meter in die Luft. Die Spalte erstreckt sich entlang der Siedlung von dem brennenden Wald bis zu dem toten schwarzen Seegrund. Die Häuser in der ersten Uferreihe versinken in Asche, viele wurden schon von der herumwirbelnden glühenden Schlacke, die das rote Maul ausspuckt, in Brand gesetzt und stehen in hellen Flammen.

Das Gasmessgerät in meiner Brusttasche gibt einen langgezogenen Heulton von sich, wie der Eistaucher, der einst auf diesem See lebte. Ich schalte es aus, wickle mir die Feuerlöschdecke um den Kopf, um den Helm zu schützen, gebe Gas und fahre runter zum See, in Richtung des schwarzen Buckels, der mein Zuhause ist. Und dann gibt es nur noch Finsternis und Feuer und Grauen, aber ich lasse mich nicht abhalten, fahre weiter in die Schwärze hinein, in das Feuerherz, das wütet und brennt und Zerstörung über die Welt bringt.

Jetzt gibt es nur noch Salka und mich, denke ich.

Jetzt komme ich.

Sie hat sich ganz hinten in meinem Kleiderschrank versteckt. Sitzt zusammengekauert zwischen alten Ausgehschuhen, den Kopf an einen Pullover gekuschelt. Er war weich, vielleicht hat er nach mir gerochen. Vielleicht hat es sich angefühlt, als wäre ich bei ihr, vielleicht kam sie sich nicht so allein vor.

Sie hält die kleinen Tiere, die Degus, fest an ihre Brust gepresst. Die Tiere sind steif, aber ihr Körper ist noch weich und leicht, ihr Kopf fällt nach hinten, als ich sie hochhebe, so als würde sie schlafen. Ich lege sie auf den Boden, setze meine Maske ab und versuche, sie zu beatmen, überstrecke ihren Kopf, öffne ihren Mund und blase hinein, eins, zwei, drei, vier, aber mein Atmen wird zu einem Wehklagen, sie ist schon kalt, so kalt, Asche rieselt in ihre offenen Augen, ihre Pupillen sind weit und starr, sie sehen nichts mehr. Kohlendioxid tötet still und leise, kriecht unbemerkt in Senken und Mulden, nimmt seinen Opfern den Sauerstoff und schläfert sie sanft ein.

Meine Tränen nässen ihre weichen dunklen Haare, und ich wiege sie wie früher, als sie klein war, weine um mein Ein und Alles, mein kleines Mädchen. Mein Weinen geht in ein Wiegenlied über, ich hauche es auf ihren Scheitel, hatte den Text längst vergessen, aber das Lied beruhigte sie immer, linderte ihr Asthma, trocknete ihre Tränen.

Obwohl kein Leben mehr in dem kleinen Körper ist, den ich in den Armen halte, obwohl mein Herz gebrochen und das Licht in der Welt erloschen ist, erwacht eine wundersame Versöhnlichkeit in meiner Brust. Ich betrachte ihr zartes Gesicht und küsse ihre helle Stirn, ich weine vor Schmerz, aber auch vor Dankbarkeit, denn ich durfte sie lieben. Sie und ihren Bruder, ihren Vater und Tómas, meinen Vater und meine arme bedauernswerte Mutter. Ich habe geliebt, ich wurde geliebt, mir wurde dieses Leben geschenkt, das ich lebte, und so geht es zu Ende.

Behutsam lege ich sie aufs Bett, ziehe die Schuhe aus, stelle sie ordentlich vor die Bettkante, stecke die Schnürsenkel hinein, lege mich dann neben sie und decke uns zu. Ich umschlinge sie wie eine Raubkatze ihren Welpen, halte ihren schmalen Körper und singe leise in ihr Ohr. Nach und nach fallen mir die Wörter wieder ein, bevor sie vom Dröhnen des Vulkans erstickt werden.

> Löwenzahn schlummert
> hübsch auf der Wiese
> die Maus unter dem Moos,
> die Möwe auf der Welle,
> Laub an einem Zweig
> Licht in der Luft,
> der Hirsch auf der Heide,
> und im Meer die Fische.
> Schlaf, ich liebe dich.

Asche dringt durch das zerbrochene Fenster und hüllt uns in eine schwarze weiche Wehe.

SKAÐI
N64°05'08'' W21°45'34''

Ein circa 260 Meter hoher Vulkan zwischen Reykjavík und Kópavogur, wo sich zuvor der See Elliðavatn befand. Der Elli-ðavatn war ein flacher Binnensee am Rand des Waldgebiets Heiðmörk (siehe Waldlavastrom). Skaði (Schaden) bildete sich in den ersten Jahren der Krýsuvík-Feuer, bei denen ein großer Teil der oberen Wohnviertel des Hauptstadtgebiets zerstört wurde (siehe Stadtbrand). Es gab 87 Tote und um die 300 Verletzte, als sich in Krýsuvík, im See Kleifarvatn und beim Elliðavatn Vulkanspalten öffneten. Die meisten Menschen starben durch giftige Gase.

QUELLENVERZEICHNIS

Die Karten wurden von Landmælingar Íslands zur Verfügung gestellt.
Die Zitate auf den Seiten 5, 14, 39, 80, 94, 131, 139, 146, 171, 218, 219, 246
stammen aus: Sólnes, J., Sigmundsson, F. und Bessason, B. (Hrsg.):
Náttúruvá á Íslandi: Eldgos og jarðskjálftar. Viðlagatrygging Íslands /
Háskólaútgáfan, Reykjavík 2013.

S. 15   Die Überschrift bezieht sich auf das Klavierstück *Pavane pour une
infante défunte* von Maurice Ravel.

S. 34   Zitat aus Páll Einarssons Weihnachtsvorlesung des Isländischen
Physikvereins in der Universität Islands, 19. Dezember 2019

S. 36   Zeitungsmeldung in *Morgunblaðið*, 3. November 1947

S. 59   Auszug aus dem Gedicht *Du wirst Donner hören* von Anna
Achmatowa

S. 65   Zeile aus dem Gedicht *Eldstafir* von Hannes Sigfússon

S. 76   Gedichtzeilen aus *Dymbilvaka* von Hannes Sigfússon. Übersetzt
von Kristof Magnusson in: *die horen*, Band 242, 56. Jahrgang

S. 122   Auszug aus einem Gedicht von Jóhannes úr Kötlum

S. 128   Gedichtzeilen aus *Glíma við fjallið* von Matthías Johannesen

S. 130   Auszug aus der *Kristni saga*

S. 153   Kristján Sæmundsson und Einar Gunnlaugsson: *Íslenska
steinabókin*, 1999

S. 165   Strophe aus dem Song *Fjöllin hafa vakað* von Egó

S. 176   Zeilen aus dem Gedicht *Cinerario* von Blanca Andréu

S. 178   Auszug aus dem Gedicht *Eldgröfin* von Einar Benediktsson

S. 179, 267   Zitate aus Artikeln von Sigurður Steinþórsson auf der
Webseite *Vísindavefurinn*

S. 183   Auszug aus dem Gedicht *Kvika* von Ingibjörg Haraldsdóttir

S. 198   Zitat aus dem Artikel *Skjálftavirkni tengd landsigi í megineldstöð
Kröflu 1977* von Bryndís Brandsdóttir und Páll Einarsson, in: *Tímarit um
eldfjallafræði og jarðhitarannsóknir*, 6 / 1979

S. 203   Auszug aus einem Memorandum von Ólafur G. Flóvenz für
Íslenskar orkurannsóknir, 12. 02. 2020

S. 226   Auszug aus einem Bericht von Árni Hjartarson von ÍSOR für
Vegagerðin, 2005

S. 235   Simon Winchester: *Krakatoa. The day the world exploded*

S. 252   Páll Einarsson: *Jarðskjálftavirkni á eystri brún Norður-Ameríkuflekans. Jarðfræði Norður-Ameríku*, 1986

S. 274   Auszug aus *Áhættuskoðun almannavarna: Helstu niðurstöður.* Redaktion: Guðrún Jóhannesdóttir. Polizeipräsident, Zivilschutzabteilung, Reykjavík, 2011

S. 281, 286, 329   Wiegenlied aus *Requiem* von Jón Leifs

S. 306   Markús Loftsson: *Rit um jarðelda á Íslandi*, 1930

S. 309   Auszug aus dem Räumungsplan für das Hauptstadtgebiet, Almannavarnarnefnd höfuðborgarsvæðisins, Jón Viðar Matthíasson